U0127375

殘骸線索

All That Remains

Partricia Cornwell
派翠西亞．康薇爾——著　藍目路——譯

康薇爾作品系列 3

殘骸線索　All That Remains

作　　者　派翠西亞・康薇爾 Patricia Cornwell
譯　　者　藍目路
封面設計　莊謹銘
編輯協力　黃亦安

業　　務　陳玫潾
行銷企劃　陳彩玉、蔡宛玲
總 編 輯　劉麗真
總 經 理　陳逸瑛
發 行 人　涂玉雲

城邦讀書花園
www.cite.com.tw

出　　版　臉譜出版
台北市中山區民生東路二段141號5樓02-25007696
發　　行　英屬蓋曼群島商家庭傳媒股份有限公司城邦分公司
台北市民生東路二段141號11樓
讀者服務專線：02-25007718；25007719
服務時間：週一至週五9:30～12:00；13:30～17:00
24小時傳真服務：02-25001990；25001991
讀者服務信箱E-mail：service@readingclub.com.tw
劃撥帳號：19863813 書虫股份有限公司
城邦讀書花園網址：http://www.cite.com.tw
臉譜推理星空網站：http://www.faces.com.tw

香港發行　城邦(香港)出版集團
香港灣仔駱克道193號東超商業中心1樓
電話：852-25086231/傳真：852-25789337
Email：hkcite@biznetvigator.com

馬新發行　城邦(馬新)出版集團
Cité(M) Sdn. Bhd.(458372 U)
11,Jalan 30D/146,Desa Tasik, Sungai Besi,
57000 Kuala Lumpur,Malaysia
電話：603-90563833/傳真：603-90562833
Email：citekl@cite.com.tw

初版一刷　2001年1月5日
二版一刷　2011年8月2日
三版一刷　2015年12月8日

版權所有，翻印必究 (Printed in Taiwan)

I S B N　978-986-235-479-7
定價360元 (本書如有缺頁、破損、倒裝，請寄回本社更換)

國家圖書館出版品預行編目資料

殘骸線索/派翠西亞・康薇爾 (Patricia Cornwell) 著；藍目路 譯. -- 三版. -- 臺北市：臉譜出版：家庭傳媒城邦分公司發行, 2015.12
面；　公分. --（女法醫.史卡佩塔；3）
譯自：All that remains
ISBN 978-986-235-479-7 (平裝)

874.57　　104025192

All That Remains © 1992 by Patricia Daniels Cornwell
Complex Chinese Language edition Published in agreement with Cornwell Entertainment, Inc., through Bardon-Chinese Media Agency
Complex Chinese translation Copyright © 2015 by Faces Publications, a division of Cité Publishing Ltd.
All Rights Reserved.

導讀
死亡的翻譯人

唐諾

日前，我個人在Discovery頻道上看過一支有關法醫和刑案的影片。因爲豐碩的法醫知識和經驗而成爲眞實世界神探的李昌鈺博士也在片子裡露了一手，他示範了人體血液從無力滴落到沛然噴灑所造成的不同現場血跡狀態，並由此可重建致死的原因、方式和眞確位置，這個絕技他拿來應用在一名警員車內殺妻卻謊稱車外車禍致死的駭人刑案。李昌鈺從噴灑在車前座、儀表板以及車窗上的血跡（該警員宣稱血跡是車禍之後，他把妻子抱入車內所造成的），證實死者當時係坐在駕駛座旁，血液噴灑的出處也全部來自同一個點，相當於死者頭部的高度，而且只有鈍器的用力重擊才足以造成如此大量且強勁的血液噴灑——和我們絕大多數的推理小說結局一樣：他漂漂亮亮的破案了。

該影片一開頭爲我們鏘鏗留下這麼兩句話：每具屍體都有一個故事，它只存在法醫的檔案簿裡。

談到這個，我們得再提一下E. M.佛斯特，這位著名的英籍小說家以爲，人的一生是從一個他已然忘記的經驗開始（出生），到一個他必須參與卻不能了解的經驗結束（死亡），我們只能在這兩個黑暗之間走動，而兩個有助於我們開啓生死之謎的東西，嬰兒和屍體，並不能告訴我們什麼，「只因爲他們傳達經驗的器官和我們的接收器官無法配合。」

我們當然了解，佛斯特所說的生死之謎是大哉問的文學哲學思辯之事，但他「訊息」和「接收」兩造之間無法配合的俏皮話，卻為我們留下一個滿好玩的遊戲線索來：是不是其間失落了一個轉換的環節呢？是不是少了一個俗稱「翻譯」的東西呢？

在人類漫長的歷史裡，其實這個翻譯人的角色一直是有的。至少，我們曉得的就有這麼兩個職位，其中較為古老的一種是靈媒。靈媒不僅較古老，翻譯的野心也較大，他試圖把佛斯特所言「結束那一端的黑暗」裡的一切譯成我們人間的語言，但也許正因為他宣稱的管轄範疇實在太遼闊了，太無所不能了，因此反而變得可疑，讓人愈來愈不敢相信他譯文的「信達雅」。

另一個歷史稍短的我們今天則稱之為法醫或驗屍官（但這也不完全是現代的產物，很久、很久之前我們中國人曾叫他「仵作」）。相形之下，這個翻譯人就謙卑踏實多了，原則上他不去瞻量真正的死後世界種種，他也不強做解人，他關心的只是死亡前的事，尤其是進入死亡那一瞬間的方式和原因，但他是信而有徵的，經得住驗證。

從文學、法醫到警務

派翠西亞．康薇爾所一手創造出來的凱．史卡佩塔便是這麼一位可堪我們信任的死亡翻譯人，維吉尼亞州的女性首席法醫，這組推理系列小說的靈魂人物。

凱．史卡佩塔的可信任，從結果論來看，充分表現在她從質到量的驚人成功上頭，舉例言之，一九九〇年她的登場之作《屍體會說話》，一口氣囊括了當年的愛倫坡獎、約翰．克雷西獎、安東尼獎、麥卡維帝獎以及法國Roman d'Aventures大獎；而又比方說六年之後的一九九六年三月一日，這個系列的六部著作同時高懸《今日美國》的前二十五名暢銷排行之內，分別是第

一、第二、第八、第十四、第十五和第廿四。

事情會到這種地步，想來不會是偶然的，必有理由。

我個人的看法是，在這裡，康薇爾成功寫出了一個專業、強悍、實戰派而且禁得住科學挑剔的罪案工作者。身爲一個實際上和一具一具屍體拚搏的法醫，而不是抽著板煙夸夸其談的安樂椅神探，這樣的小說基本上有著一翻兩瞪眼的透明性，因爲她的揭示工作，不能仰仗語言的煙霧，乃至於「弄鬆」到用人生哲理、人性幽微或那些「扯哪裡去了」的語言自圓其說，檢驗她的不是高度唯心不確定的語言論述，而是冰冷無情、說一是一的一具顯微鏡，這種無所遁逃的特質，使得如此書寫的推理小說只有兩種極端的結果：一是再不聰明的讀者都能一眼瞧出的假充內行失敗之作，另一則是結實可信的眞正耀眼之作。

可想而知，這樣的小說也就不是可躲在書房，光靠聰明想像來完成的。

說來，康薇爾的眞實生涯，好像便爲著創造出凱·史卡佩塔而準備的，她原本是記者，而且前夫還是英國文學的教授，然而，她奇特的轉入維吉尼亞州的法醫部門工作，從最基層的停屍處檢驗記錄人員幹到電腦分析人員，最後，在她寫作之路大開，成爲專業小說作家之前，她又轉入了警務工作——就這樣，文學、法醫到警務，三點構成一個堅實的平面，缺一不可。

人的存在

屍體會說話？這是眞的嗎？

我們回過頭來再一次問這個問題，是爲了清理一下某種實證主義的廉價迷思，就像我們經常在生活中聽到，甚至偶然也方便引用脫口而出，數字會說話、資料會說話、事實會說話……云云。這裡，隱藏著某種虛假的客觀，說多了，甚至好像連人都可以不存在似的。一具屍體，乃至於萬事萬物的存在，的確都不是當下那一刻的冰涼實體而已，它或彰或隱保留了自身在時間裡的記憶刻痕（最形而下比方說某次闌尾炎手術的疤痕或體內的某個器官病變受損），這都可以被轉換理解成某種訊息，可堪被人解讀出來，因此，我們遂俏皮的說，儘管它並不眞正出聲，卻仍然像跟我們說著話一樣——這原本可以是積極的提醒，讓人們在實證的路上更積極更深化，主動去尋求並解讀事物隱藏的訊息，叫出它的記憶。

然而，問題在於：這是怎麼樣的訊息？向誰而發？由誰來傾聽？

從法醫的例子到佛斯特「訊息」到「接收」的說法，我們由此很容易看得出來，這個訊息說的並不是我們人間的普通語言，在通常的狀態之下我們是聽不懂的，我們得仰賴一個中介者，一個能解讀兩種不同語言的專業翻譯人。就像一具客觀實存的屍體擺在我們面前，我們大概只能駭怕的發現，它是死亡的，頂多稍稍猜得出它可能是暴烈或安然死亡而已，然而，在李昌鈺博士或我們的凱·史卡佩塔首席女法醫的操弄解讀之下，這具屍體卻可以像花朵在我們眼前綻開一般，神奇的讓我們看到它的死因、它的死亡細節和眞正關鍵，看到我們並不參與的生前遭遇和記憶，以及其他。

神奇但又可驗證，這樣的事最叫人心折。

這個中介者或翻譯者，必定得是人，一種專業的人——這個「專業」，指的不是他的職業，而是他的知識和經驗，並由此堆疊出來的洞見之力。從這裡我們知道，實證主義的進展，最終並非走向一種人的取消，相反的，它在最根深柢固之處，會接上能動的、思維的人。

所謂強悍

也因著這樣，我個人會更喜歡凱．史卡佩塔多一點，就像我也喜歡當前美國冷硬推理小說的兩位奇特私探，分別是蘇．葛拉芙頓筆下的肯西．梅爾紅和莎拉．派瑞斯基的維艾．華沙斯基一樣，只因為她們都是女性。

這極可能是我的偏見，但我的想法是，在男女平權尚未完成的現在，女性的專業人員，尤其是存在著粗魯暴力的男性主體犯罪世界之中，不管做為私探或者法醫，她們都得承受較多的不利和風險，包括先天生物構造的脆弱和後天社會體制形塑的另一種脆弱，但意識到這樣的脆弱在小說的思維裡是好的，就像大導演費里尼所說，「害怕的感覺隱藏著一種精微的快樂。」我們會看到凱在面對屍體的溫柔和面對罪犯的心情跌宕起伏，正如我們會看到梅爾紅和華沙斯基在放單面對並不得不緝捕男性罪犯時的狼狽和必然的害怕，這個確實存在的脆弱之感，引領著小說的思維走向一種精微的、豐饒的層次，而不是那種打不退、打不死、像坦克車一樣又強力、又沒腦袋的無趣英雄。

我個人多少覺得海明威筆下那種提著槍出門找尋個人戰鬥如找尋獵物的男性沙文英雄，以及當代波士頓冷硬大師羅勃．派克筆下的硬漢史賓塞看成是可笑的；對於海明威我寧可喜歡和他同期同名、深鬱細緻的福克納；至於羅勃．派克，他一向以雷蒙．錢德勒的繼承人自居，但老實說，他那位打拳練舉重、一雙鐵拳一枝快槍幾乎打遍天下無敵手的史賓塞，較之於高貴、幽默、若有所思的元祖冷硬私探菲力普．馬羅，實在只是個賣肌肉的莽漢而已。

我稱凱．史卡佩塔是專業且「強悍」的女法醫，正如我們大家仍都同意梅爾紅和華沙斯基仍隸屬於所謂「冷硬」私探一般，我相信，在這裡，強悍冷硬的意義是訴諸於一種專業的知識層面、一種強韌的心智層面和一種精緻的思維層面，在這些方面，並不存在著肉體的強弱和性別的差異，要比的，只是如何更專業，更強韌以及更精緻而已。

讓我們帶著這樣的心情，進入這位專業女法醫所爲我們揭示的神奇死亡世界，聽她跟我們翻譯一個個死亡的有趣故事吧。

人物介紹

凱・史卡佩塔	法醫病理學家
彼得・馬里諾	里奇蒙警局凶殺組警探
班頓・衛斯禮	聯邦調查局嫌犯人格分析專家
康妮・衛斯禮	班頓・衛斯禮的妻子
馬克・詹姆斯	聯邦調查局探員，史卡佩塔的男友
傑・摩瑞	維吉尼亞州警局警探
蒙塔納	詹姆士市警局內部事務組組長
保羅・塞休	健康與人體委員會委員長
安娜・澤納	心理醫師
艾力士・維西	史密森國家自然歷史博物館館長
費爾丁	法醫辦公室副主任
琳達	法醫辦公室槍械檢查員
瑪格麗特	法醫辦公室電腦分析人員
尼爾斯・范德	指紋檢驗室區域組長
蘿絲	史卡佩塔的祕書
露西	史卡佩塔的外甥女

弗瑞德．柴尼	第五對受害者，下落不明
黛伯拉．哈韋	第五對受害者，下落不明
珮德．哈韋	國家毒品政策執行長，黛伯拉．哈韋的母親
鮑伯．哈韋	珮德．哈韋的丈夫
布魯司．柴尼	弗瑞德．柴尼的父親
艾比．敦布爾	《華盛頓郵報》記者，史卡佩塔的好友
克利夫德．林	《華盛頓郵報》記者
希爾達．歐茲媚	靈媒，也曾提供聯邦調查局協助
布魯斯．菲力普	第一對受害者，已證實死亡
茱蒂．羅伯茲	第一對受害者，已證實死亡
吉姆．弗利曼	第二對受害者，已證實死亡
波妮．司密	第二對受害者，已證實死亡
班．安德遜	第三對受害者，已證實死亡
卡洛琳．班納特	第三對受害者，已證實死亡
麥克．馬汀	第四對受害者，已證實死亡
蘇珊．威克司	第四對受害者，已證實死亡
吉兒．哈靈頓	威廉斯堡一間法律事務所員工
伊莉莎白．摩特	電腦公司的業務人員
艾琳．卓丹	7-11店員

殘骸線索

All That Remains

1

星期六，八月的最後一天。破曉前，我就開始工作。我沒有注意到晨霧如何在草地上蒸騰散逸，也沒有欣賞天色漸漸轉爲亮藍。整個早上，占據在不鏽鋼台上的盡是殘破的軀體，而停屍間裡也沒有可以看出去的窗戶。這個勞工節週末假期的里奇蒙市，從一早就充斥著汽車碰撞及槍擊聲。

我一直工作到下午兩點，才回到位於西區的家，柏莎在廚房忙碌的打掃。她每星期六來幫我整理一次，並早已習慣不去理會電話鈴聲。這會兒，電話正響著。

「我不在，」我大聲叫著打開冰箱。

柏莎停止打掃。「一分鐘前就響過了，」她說：「幾分鐘前也是，同一個男人。」

「沒有人在家啦。」我重複。

「隨便你，凱醫生。」拖把拖過地板的聲音再度響起。

我試著不去理會答錄機轉動的聲音，但那無形無體的聲音卻霸氣的入侵陽光滿室的廚房。在夏天，我盡情享受漢諾瓦番茄，幾乎毫無節制，但秋天將臨的此刻，我只能省吃著這剩下的三顆了。雞肉沙拉放哪兒了？

答錄機在「嗶」一聲後，傳來一個熟悉的男性聲音。「醫生？我是馬里諾……」

喔，老天爺，我叫著，順便把冰箱的門用屁股「砰」的一聲關上。里奇蒙市的凶殺組刑警彼德．馬里諾自午夜開始就在街道上穿梭，不久前，我才在停屍間見到他，那時我正把子彈從他負責案件中的屍體裡取出來。此刻他應該是在往蓋斯頓湖的路上，實現他的週末釣魚計畫。我呢，則很想在我的花園勞動一下。

「我一直試著跟你連絡，但現在必須出門，請用傳呼機跟我連絡……」

馬里諾的聲音聽來很緊急，我一把抓起話筒。

「我在這兒。」

「眞的是你，還是答錄機？」

「猜猜看。」我回答。

「壞消息。他們發現另一輛被棄置的車子，在紐肯特，第六十四號公路往西的休息站。班頓剛找到我——」

「另一對？」我打岔，看來我今天的計畫泡湯了。

「弗瑞德·柴尼，白人男性，十九歲。黛伯拉·哈韋，白人女性，十九歲。最後被看到的時間是昨晚八點左右，當時他們正從里奇蒙市的哈韋家開往司平得弗方向。」

「而他們的車是在往西邊的公路上被發現？」我問，司平得弗位於北卡羅萊納州，在里奇蒙市東方約三小時半車程處。

「是的。他們顯然往反方向走，似乎要回到市內。一位州警在一個鐘頭前發現那輛車子，是部吉普車，還沒找到人。」

「我現在就過去。」我告訴他。

柏莎沒有停止打掃，但我知道她沒有漏聽一字一句。

「我工作結束離開時，」她向我保證。「會把門鎖上，並且設定好警報器。不要擔心，凱醫生。」

我抓起皮包，衝向我的車子，一股懼意涼颼颼的爬上背脊。

截至目前為止，已經有四對了。每一對都是先報失蹤，接著被人發現陳屍在威廉斯堡方圓半徑五十哩範圍內。

這些案件的凶手，如今已被媒體封為「情侶殺手」。整個案情相當撲朔迷離，叫人難以理解，沒有任何線索或可靠的推測。即使聯邦調查局或其轄下之暴力罪犯逮捕計畫利用智慧型電腦比對失蹤人口、連續犯等資料，都無法提供有效資訊。兩年多前，當第一對屍體被人發現後，聯邦調查員班頓．衛斯禮和里奇蒙市的凶殺組刑警老鳥彼德．馬里諾組成的暴力罪犯逮捕計畫，就應地方警局的請求前往協助調查。接著，另一對宣告失蹤，隨後又有兩對。每一次的情形都是：當暴力罪犯逮捕計畫接到消息，迅速連絡全國犯罪資料中心開始連上全美各地警察局追尋線索時，就發現失蹤的青少年已慘遭謀殺，屍體棄置在樹林裡任其分解腐化。

我經過公路收費亭，關掉車裡的收音機，猛踏油門往六十四號公路急駛而去。這時腦中湧上一堆圖像，夾雜著一團聲音。支離骨頭、腐朽衣物混雜在落葉堆裡。報紙上印出來一張張可愛且笑容滿面的年輕臉龐，電視上記者訪問著不知所措、痛心憂傷的家人，以及那些找我的電話。

「我很遺憾那些事發生在你女兒身上。」

「請你告訴我，我的孩子是怎麼死的。喔，老天爺呀，她是否受了很多苦？」

「她的死因目前尚無法確定，班納特太太。我實在無法在這個階段提供你任何進一步的消息。」

「你說你不知道是什麼意思？」

「馬丁先生，他整副軀體只剩骨架，當軟組織腐化後，所有可能的傷口也消失了……」

「我不是來聽你講那些醫學狗屎！我只要知道是什麼殺了我的兒子！警方在問有關嗑藥的問題！我兒子從來沒有喝醉過，更別說嗑藥了！你聽清楚了嗎？他死了，而他們卻想把他變成一個不學無術的壞蛋……」

「首席法醫的迷思：凱．史卡佩塔醫生無能辨別死因。」

無法確定。

一次又一次，八個年輕人了。

這實在很糟糕。眞的，對我而言，這種情形實屬前所未有。

每一個法醫都多多少少會接到一些無頭案件，但像我眼前這樣互相牽連的倒還眞不多見。

我打開車頂的天窗，外頭的天氣讓我振奮了幾分。氣溫不熱不冷，樹上的葉子又到轉換顏色的時候了。在這兒，只有春秋季節才不會讓我想念邁阿密。里奇蒙市的夏天太熱，又沒有海風送來清涼潔淨的空氣，黏膩的溼氣叫人無法忍受。冬天更糟，因爲我不喜歡冷天。不過，春秋兩季卻相當令人陶醉。時序交替時小酌一杯，酒意就懶懶的爬洩在胸臆之間。

紐肯特郡的六十四號休息站到我家不多不少恰好三十一哩。這裡就像維吉尼亞州中任何一個休息站一樣，有野餐桌、燒烤爐、木製垃圾桶、磚砌洗手間和販賣機，還有新栽植的樹木，但眼前目光所及之處，沒有一名旅客或卡車司機，倒是警車隨處可見。

一名穿著藍灰色制服、滿臉嚴厲毫無笑容的州警，走向正把車駛近女用洗手間的我。

「對不起，女士，」他俯身靠向開著的車窗，說「休息站今天暫時關閉，我得請你繼續往前開。」

「凱·史卡佩塔醫生，」我表明身分，將車子熄火。「警方請我過來。」

「為了什麼呢？」

「我是首席法醫，」我回答。

我可以感受到他眼神裡充滿了不信任。是啦，我是看起來一點兒也不像什麼「首席」。我身上穿的是件石洗的丹寧布裙，粉紅布質襯衫，腳上是雙皮製登山靴，全身上下沒有一點兒標示著權威，包括我的車，也不過是一輛等著進廠換輪胎的老爺車。乍看之下，我像是個不怎麼年輕的雅痞，迷亂的頂著泛灰金髮，開著黑灰色的賓士車往商場駛去。

「我需要看看你的證件。」

我在手袋裡翻了一會兒，拿出一個薄薄的黑色夾子，打開裡頭黃銅盾紋證件，再拿出駕照遞給他。他研究了好一陣子，我可以感覺到他有些尷尬。

「史卡佩塔醫生，請把你的車子停在這，你要找的人在後面。」他指著大型車輛停車場的方向。「祝好運。」他無意義的補充，然後舉步離開。

我循著磚道往前走，繞過建築物，經過一叢樹影，眼前出現了更多警車，還有一輛閃著燈的拖吊車，和至少一打以上穿著制服和便服的人們。但一直走到近處，我才發現那輛兩門吉普車。它停在出口彎道的中途，偏離道路的斜坡上，隱身於濃密樹叢之後，車身披蓋著一層灰塵。我從駕駛座車窗向裡看，發現灰褐色皮革裝飾的車內非常乾淨，後座整齊的堆疊各種行李，有彎道用滑雪橇、捲成一圈的黃色尼龍滑橇繩，和紅白相間的塑膠冰櫃。鑰匙懸吊在發動孔上，窗戶都半開著。從車道往草坡上去的方向留下兩道明顯的車輪痕跡，車子前端的鉻鋼護柵被茂密的松樹叢往上擠壓了。

馬里諾正在跟一位瘦長的金髮男子說話，那是在州警局任職的傑．摩瑞，我並不認識他。但他看來像是掌局的人。

「凱．史卡佩塔，」我自報姓名，因爲馬里諾從來只稱我「醫生」。

摩瑞抬起他墨綠色的雷朋太陽眼鏡朝我看了看，又點了點頭。他身著便服，還炫耀性的擺弄看來只比青少年多一些的鬍髭，整個人籠罩在我相當熟悉的那種新官上任的虛張聲勢裡。

「我們目前只知道，」他神經兮兮的環視四周，「吉普車是黛伯拉．哈韋的，她和她的男朋友，嗯，弗瑞德．柴尼，昨晚大約八點左右離開哈韋家。他們開車前往司平得弗，哈韋家在那兒有棟海濱別墅。」

「這對年輕人離開里奇蒙時，哈韋家有沒有人在？」我詢問。

「沒有。」他簡短的望向我這邊。「他們都已經在司平得弗，那天稍早先出發的。黛伯拉和弗瑞德想自己開車前往，因爲他們計畫星期一就回里奇蒙。他們倆人是卡羅萊納大學二年級學生，需要早點回去準備課業。」

馬里諾熄掉香菸解釋道，「昨晚他們出發前曾打電話到司平得弗，告訴黛伯拉的一個弟弟說他們正要出發，預計在午夜和凌晨一點之間到達。但直到今天清早四點鐘他們都沒有出現，接著珮德．哈韋就通知了警方。」

「珮德．哈韋！」我不可置信的看著馬里諾。

摩瑞警官回答我，「沒錯。我們碰上了個好案子。珮德．哈韋現在就正在往這兒的途中。一架直升機——」他看了看手錶，「約在半小時前過去接她。至於父親呢，嗯，鮑伯．哈韋，因公在外，本來預計明天會到達司平得弗。就我們所知，尚未連絡上他，所以他還不知道發生了什麼事。」

珮德．哈韋是國家毒品政策執行長，被媒體稱爲「毒品沙皇」。她被總統授命任職，前不久才上了《時代雜誌》的封面。哈韋太太可以說是當今美國最有影響力，也最受尊崇的女人之一。

「那班頓呢？」我問馬里諾。「他知道黛伯拉．哈韋是珮德．哈韋的女兒嗎？」

「他沒有說。他在機場打電話給我，說是搭局裡飛機來的。那時他正急著找租車的地方，我們沒有多談。」

這其實回答了我的問題。班頓．衛斯禮不會隨隨便便用局裡的飛機趕到這兒，除非他已經知道黛伯拉．哈韋的身分。我只是奇怪他爲什麼沒有告訴馬里諾，他們是地區暴力罪犯逮捕計畫的伙伴呀。我審視著馬里諾寬闊鎮定的面龐，嘗試讀出些什麼。他下顎緊縮著，童山濯濯的頭頂冒著成串的汗珠。

「現在呢，」摩瑞繼續說著，「我的人在四周維持交通。另外，我們已經檢查過洗手間，附近也巡視了一圈，確定他們不在這周圍。半島搜救小組到達後，我們就展開樹林裡的搜尋工作。」

位於吉普車頭北方的休息站，有將近一英畝的面積，滿滿覆蓋著灌木叢和大樹，密集到我只能看到在葉片上閃動的陽光，和迴旋飛翔在遙遠松樹林頂端的禿鷹。雖說近年來不斷有新建的商場和房屋入侵六十四號公路周圍，但是眼前這夾在里奇蒙和潮水鎮之間的區域，看來依舊堅守著自然的面貌。通常這樣的景致會讓我產生輕鬆舒適的安全感，然而此刻卻叫我毛骨悚然。

「混帳，」馬里諾在我們離開摩瑞，開始在附近繞繞時抱怨著。

「眞可惜了你原來的那個釣魚計畫。」我說。

「嘿，有哪一回不是這樣？這週末的釣魚計畫，我可是已經籌備了好幾個月呢，又泡湯了。總是這樣。」

「當你駛入州界時，我注意到——」我忽略他的嘀嘀咕咕，自顧自道，「休息站的入口彎道立時分成兩條斜彎路，一條連到這兒，另一條到休息站的前方。換句話說，這些路是單行道。不太可能發生將車開到前方，然後改變主意轉到這兒，卻因沒有保持一定的距離而撞上別人。我想昨晚這裡一定有不少旅客經過，這兩天可是勞工節週末。」

「沒錯，我知道這點，用不著你這科學家特別爲我說明。可能是因爲昨晚休息站另一邊有很多人，所以兇嫌蓄意選擇這條專停大型車的彎路把車子推落溝內。不過，想來當時這裡一定很安靜。兇嫌才能自由離去，沒有讓任何人看到。」

「兇嫌也許不想讓吉普車太早被人發現，這解釋了爲什麼車子會被推入車道外的斜坡裡，」我說。

馬里諾往樹林的方向走去，喃喃的說著，「我眞是老了，經不起這樣的折騰。」

眞是個抱怨不停的傢伙，馬里諾就是這個脾氣，來到犯罪現場時總喃喃自語他有多麼不情願。我們一塊工作已經有很長的一段時間了，久到我已經習慣他的埋怨，但這回他的態度似乎跟以往有些不同。他的苦惱顯然不只是因爲那期待已久又再次泡湯的釣魚活動。我猜想他是不是跟他妻子有些爭執。

「喔哦，」他咕噥著，眼睛往磚造建物的方向看去。「獨行俠來了。」

我轉過身看到班頓．衛斯禮瘦長、熟悉的身影，打男生廁所方向走來，很勉強的跟我們打了個招呼。他太陽穴上的銀髮溼漉漉的，藍色西裝翻領上有著點點水漬，看起來像剛用水洗過臉。他目無表情的瞪著那輛吉普車，再從胸前口袋拿出一副太陽眼鏡戴上。

「哈韋太太到了沒？」他問。

「沒有，」馬里諾回答。

「記者呢？」

「沒有，」馬里諾說。

「很好。」

衛斯禮的嘴抿得很緊，讓他那有稜有角的臉看起來比平常更嚴峻、更難親近。他如果不是老掛著那一副冷硬的表情，應該可以稱得上俊美。他的思想和情緒也往往叫人捉摸不清、無從猜測，而近來更變本加厲的成爲隱藏自我情緒的高手，讓我幾乎完全無法了解他。

「我們要盡可能的封鎖這個消息，」他繼續道。「一旦消息走漏，事情就會變得更加棘手。」

我問他，「班頓，你對這對年輕人知道多少？」

「相當少。哈韋太太今早報的案，她打電話到局長家裡，局長再打給我。她女兒和弗瑞德．柴尼在卡羅萊納大學認識，大一起就開始交往。據聞這兩人都算是好孩子，沒有不良記錄，也沒有什麼招惹麻煩的歷史——至少哈韋太太是這麼說。不過，我倒是發現一件事，她對於他們的交往有些矛盾的情緒，她認爲她女兒和柴尼單獨相處的時間太多了。」

「那也許可以說明爲什麼他們要自行開車到海邊去，」我說。

「是的，」衛斯禮回答，同時環顧四周。「也許那就是理由。從局長的轉述中我得到的印象是，哈韋太太不是很高興黛伯拉帶她的男朋友到司平得弗去，那原是個家庭聚會。哈韋太太星期一到星期五都住在華盛頓，這個夏天她並沒有多少機會跟她的女兒和兩個兒子相處。老實說，我覺得黛伯拉和她母親的關係近來也許並不融洽，而且很可能昨天早上全家人在離開北卡羅萊納時發生過爭執。」

「那兩個小鬼一塊私奔的機會有多大？」馬里諾說。「他們很聰明的，不是嗎？他們也許看了報紙、新聞，尤其看到近來有關這些情侶案件的電視特別報導。重點是，他們也許知道這些案件就發生在這附近。誰敢保證他們沒有可能這樣做？一個狡猾、有計畫的失蹤，爲的是想爲難父母。」

「這是我們要考慮的衆多可能性之一，」衛斯禮回答。「也因爲這樣，我希望盡可能的不讓新聞界知道這個案件。」

當我們走向出口彎路上的吉普車時，摩瑞加入我們。另外有兩位身著暗色連身衣、長靴的一男一女，從一輛淺藍色敞篷小型貨車裡下來。他們打開車尾橫板，兩隻急促喘著氣、興奮搖著尾巴的獵犬跳出牠們的籠子。他們接著把長長的狗鏈扣在自己腰間的皮帶上，再抓住兩隻狗的項圈。

「鹽巴、海王星，我們走！」

我不知道哪隻狗是哪個名字。兩隻狗都有著壯碩的身軀、淡褐皮毛、布滿皺褶的臉和鬆軟的耳朵。摩瑞對牠們露齒一笑，並伸出手來。

「你們好呀，小傢伙！」

鹽巴或者是海王星，舔了他一下，又用鼻子磨蹭他的腳。

狗教練從約克鎮來，叫傑夫和吉兒。吉兒跟她的伙伴一般高，看來也同樣強壯。她讓我聯想起那些一輩子在農場工作的婦女，她們的臉上刻畫著辛勤工作和豔陽曝曬的痕跡，她們有著因瞭然大自然運作，而聽天由命到近似痲木的堅忍耐力。從她看著吉普車，檢視現場是否被破壞的眼光，我猜她是搜救隊的隊長。

「沒人動過，」馬里諾告訴她，一邊彎下身來撫弄狗兒耳後的頸子。「我們還沒有開過車門。」

「之前有沒有人進到車裡過？像是發現這輛車子的人？」吉兒詢問著。

摩瑞開始解釋，「車牌號碼是在今天早上以電傳打字拍發的方式傳送出去，要各方BOLO——」

「BOLO是什麼鬼東西？」衛斯禮打岔。

「注意警戒。」（譯註：英文原文是 Be On the Lookouts。）

衛斯禮此時的臉看起來就像花崗岩般冷酷，而摩瑞繼續冗長的說明，「警員的行動不是在定點枯守等待，所以不一定都能接收到訊息。他們直接在巡邏車上聽候指示。在接到失蹤報告後，拍發人員就開始電傳訊息，然後大約午後一點鐘左右，一個貨車司機發現了這輛吉普車，用無線電通報警方。接到通報的警員說他只從車窗往裡看有沒有人，他甚至沒有太接近車子。」

我希望事情真是這樣。大部分的警察，即使是那些熟知程序的，都常常無法抗拒打開車門的好奇誘惑，或是往儀表板上放雜物的凹槽翻尋證件。

傑夫緊抓住架在狗身上的行頭，帶著牠們去一旁撒尿，這時吉兒問，「你們可有什麼東西能讓狗兒聞氣味用？」

「已經要求珮德．哈韋帶些黛伯拉最近穿過的衣服來了。」衛斯禮說。

如果說吉兒對她要找的是誰的女兒感到驚訝的話，她可是一點也沒顯現出來，只是定定的看著衛斯禮說下去。

「她搭直升機過來，」衛斯禮道，看了一眼手錶。「應該快到了。」

「好吧，只要注意不要讓那隻大鳥在這裡降落就行了，」吉兒邊指示著，邊走向吉普車。「最怕的就是打亂現場。」透過駕駛座邊的窗子，她察看車門的裡側，一寸不漏的研究著。然後稍微退後一些，再久久注視著車門外側上黑塑料製的把手。

「也許最好用裡面的座椅，」她決定著。「我們會讓鹽巴聞一個，海王星聞另一個。但首先，我們必須想辦法在不破壞任何東西的情況下進到車裡去。有人有鉛筆或鋼筆嗎？」

衛斯禮從胸前襯衫口袋裡掏出一支原子筆交給她。

「還要一支，」她再說。

奇怪的是，竟沒有人帶筆，包括我。我發誓，平常我總會在包包裡放幾支筆的。

「折疊式小刀怎樣？」馬里諾伸手到他牛仔褲袋裡。

「太好了。」

吉兒接著一手握著瑞士刀，一手握著筆，一邊壓著駕駛座旁車門外側把手上的拇指凹點部位，同時拉開把手，然後以腳尖擠進拉出縫隙的車門，輕輕把門拱開。這時我聽到直升機螺旋槳轟隆轟隆的聲音由遠而近，越來越清晰。

不一會兒，一架紅白相間的直升機盤旋在休息站上空，像隻蜻蜓般翺翔，在地面引發小小龍捲風。地面上所有的聲音都被掩蓋住，咆哮而起的風搖晃著群樹，更在草地上吹起一圈圈漣漪。

吉兒和傑夫半瞇著眼睛，蹲坐在狗旁，緊緊抓住狗的項圈。

馬里諾、衛斯禮和我退到建築物旁，從這個有利的位置可以清楚看見那架直升機狂暴的降落過程。鼻端向下的直升機慢慢的降落，引起一陣亂流。在這過程中，我看到珮德．哈韋垂眼看著她女兒的吉普車。

她從直升機下來，彎著腰低著頭，直升機擾起的風把她的裙子吹得劈哩啪啦響，在其腳邊狂亂飛舞，衛斯禮則在漸漸減緩速度的螺旋槳外的安全距離迎接著，他頸子上的領帶被風吹過肩膀，像極了飛行員的披巾。

珮德．哈韋出任國家毒品政策執行長之前，是里奇蒙市的州檢察官，然後升任為東維吉尼亞區的聯邦檢察官。我曾解剖過由她負責的幾件引起公眾注意的毒品案裡的被害人，但我從未被要求出庭作證；只有引用我的檢驗報告，因而哈韋太太和我還沒眞正見過面。

電視中和報紙照片上的她看起來一派女強人模樣，親眼見到她，卻多了些女性的柔婉，非常吸引人。瘦長，身軀完美，陽光把她紅褐髮上的金色和紅色反映得鮮明亮麗。衛斯禮一一介紹我們，哈韋太太帶著政治人物久經訓練的適度禮儀和自信同每人握手。但她臉上沒有笑容，也沒有和任何人的眼神交會。

「這裡有件上衣，」她說，把一個紙袋交給吉兒。「我在海灘別墅，黛比的房間找到的。不知道她最後一回穿是什麼時候，但我想這件最近沒洗過。」

「上回你女兒是什麼時候到海灘別墅？」吉兒問，沒有馬上打開紙袋。

「七月初。她和幾個朋友到那兒度週末。」

「你確定當時是她穿這件上衣的嗎？有沒有可能被她的朋友借去穿？」吉兒淡淡的問著，好像她只是在問天氣一樣。

這個問題讓哈韋太太愣了一下，有那麼一會兒，一絲疑惑蒙上她深藍色的眼睛。「我不確定。」她清了清喉嚨。「我假設黛比是最後一個穿上它的，不過我當然無法確認。我當時不在場。」

她眼光穿過我們，看向車門敞開著的吉普車，短暫落在發動孔上的鑰匙，鑰匙鍊上懸掛著一個銀製D字母墜飾。有好一會兒大家都沒說話，我可以看出她力圖避免顯露出驚慌的情緒來。

她轉向我們說，「黛比應該帶著一個錢包，尼龍質料，鮮紅色，就是那種用魔鬼膠開合的體育用品店買的錢包。你們有沒有發現它？」

「沒有，夫人，」摩瑞回答。「還沒有發現那樣的東西。但截至目前為止，我們只是從車外往裡看，還沒有在車裡搜尋，我們等著搜救犬來。」

「我想它應該在前座什麼地方，也許在地板上。」她繼續道。

摩瑞搖搖頭。

衛斯禮接話道，「哈韋太太，你知不知道你女兒身上帶了多少錢？」

「我給她五十美金買食物和汽油，但我不知道除此之外她有多少，」她回答。「她還有信用卡和支票簿。」

「你知道她支票帳戶裡有多少錢嗎？」衛斯禮問。

「她父親上星期給了她一筆錢，」她平穩的敘述著。「爲學校的開支、書本費用等等。我可以肯定她把錢存進戶頭去了。我想她帳戶裡應該至少有一千美金。」

「你也許應該看看帳戶收支，」衛斯禮建議。「以確定最近沒有人提領。」

「我會馬上進行。」

我站在旁邊看著，感覺到一股希望之苗正在她心中滋養著。她女兒有現金、信用卡、支票簿。此刻情形看來她並沒有把錢包留在吉普車裡，那可以解釋成她也許還拿著它。如此一來，她很可能還好好的活著，只是跟男朋友到什麼地方去了。

「你女兒可曾威脅說她會跟弗瑞德一塊兒走掉？」馬里諾率直的問道。

「沒有。」然後再看一眼那輛吉普車，她繼續說她想相信的假設，「但那並不能證明這不會發生。」

「你最後和她的談話中，她的心情怎樣？」馬里諾再問。

「昨天早上我和我兒子們出發前往海灘別墅前，我們聊了幾句，」她以平和安靜的聲音回答。「她對我很不滿。」

「她知道這附近發生的事嗎？知道那些失蹤的情侶嗎？」馬里諾問。

「當然，我們曾談過那些事，猜想他們可能的行蹤。她知道這些案子。」

吉兒對摩瑞說：「我們應該開始了。」

「好主意。」

「最後一件事。」吉兒看著哈韋太太。「你知道是誰開的車嗎？」

「弗瑞德，我猜，」她回答。「通常他們如果一塊到什麼地方，都是他開車。」

吉兒點點頭說：「我需要再用一次那把小刀和筆了。」

從衛斯禮和馬里諾處借到後，吉兒繞到駕駛座另一側，將車門打開。她抓住一隻獵犬的項圈。狗兒急切的跳上車，完美的配合著女主人的行動；牠到處嗅著，鬆垮發亮的皮毛下，矯健的肌肉一圈圈的波動著；耳朵沉重下垂，好像懸掛著鉛錘似的。

「加油，海王星，讓我們看看你神奇的鼻子有多厲害。」

我們靜靜的看著，她引導著海王星去嗅黛伯拉．哈韋昨天可能坐過的椅子。突然間，牠嗥叫起來，像是乍然見到響尾蛇般，猛然跳出吉普車，激烈扭動身軀，力量大到吉兒幾乎無法抓住項圈。牠把尾巴緊緊夾在後腿間，背上的毛一根根的豎立著，一股寒意冷冷的沿著我的背脊爬上來。

「噓，乖，噓！」

海王星全身顫抖，嗚咽抽噎著，牠接著蹲坐下來，在草地上大起便來。

2

第二天早上起來，我仍然疲累不堪，而星期天的報紙又攪得我心驚膽顫。報上頭條新聞用粗得足以在一街以外就叫人看到的字體寫著：

毒品沙皇的女兒及朋友失蹤——
警方懼怕的暴行

記者不僅握有黛伯拉．哈韋的照片，及她吉普車從休息站被拖吊的照片，還有鮑伯．哈韋同珮德．哈韋手牽手走在司平得弗無人海灘上的資料照片。我啜飲著咖啡，一邊看著報，禁不住感嘆的想到弗瑞德．柴尼的家人。他的家庭背景並不顯赫，在這件事件中，他只被稱呼爲「黛伯拉的男朋友」。而他，不但是同時失蹤，更也是另一對父母的孩子。

報載，弗瑞德的父親是南區的商人。他身爲獨子，母親去年死於腦動脈瘤破裂。報導裡又說，警方終於在昨晚連絡上正於撒拉索塔拜訪親戚的弗瑞德的父親。報導記載，弗瑞德的爸爸說，他的兒子不可能跟黛伯拉「私奔」，因爲那和弗瑞德的個性太不符合。弗瑞德被描述爲「卡羅萊納大學的好學生、大學游泳校隊的健將」。黛伯拉則是位特優生，而且在體操表演上有足夠的天分，可以參加奧林匹克運動賽。她體重不到一百磅，留著及肩深色金髮，並繼承她母親的優美容貌。弗瑞德體格魁梧壯碩，有著自然捲曲的黑髮，以及淡褐色眼睛。他們是相當匹配的一對，據稱非常親密。

「任何時候，你只要看到其中一個，另一個一定也在近處，」一個朋友說：「我想那跟弗瑞德的母親過世很有關係。黛比就是在那時認識他的，我敢說倘若沒有她，弗瑞德是走不出悲傷的陰影。」

當然，報紙不忘再一次反芻其他四對維吉尼亞情侶的失蹤事件，以及隨後證實的死亡。我的名字被提起幾次。加諸於我的形容詞是：失敗、挫折、迷惑，持續拒絕評述。我懷疑大家是不是知道我仍然得繼續每個星期的固定工作，仍然忙著解剖檢驗各個凶殺案、自殺案的屍體。事實上，我依舊如同往常般跟被害人家屬溝通，到法庭作證，給醫護人員和警校學生上課。不論情侶或不情侶，生與死的故事仍然不停的上演。

我離開餐桌，看著屋外明亮的早晨一邊啜飲咖啡，電話鈴聲這時響了起來。

應該是我母親，她通常會在星期天這個時間來電話，問我好不好，有沒有去望彌撒。我就近拉了把椅子，拿起話筒。

「史卡佩塔醫生嗎？」

「是的。」是一個熟悉的女子聲音，但一時想不起是誰。

「我是珮德．哈韋，請原諒我打到你家來。」不知怎麼地，在那穩定的聲音之後，我聽到一絲恐懼。

「不會，沒有關係，」我溫和的回答。「有什麼事嗎？」

「他們整晚搜查，現在還在進行中。他們召來更多警犬、警察和一些直升機。」她開始急速的說著。「什麼也沒有。沒有一點影子。鮑伯已經加入搜索的行列，我在家裡。」她遲疑了一下。「我是在想，不知你可不可以過來一趟？來用午餐什麼的？」

停了好一會，我不情願的答應了。放下電話後，我無聲的痛罵著自己，我明知道她要我過去幹什麼。珮德．哈韋會問我有關其他幾對失蹤情侶的情形。如果我是她，我也會這麼做。

我上樓到臥室拿浴袍，然後泡了個長長的熱水澡，還洗了頭髮。答錄機截聽了幾通電話，除非是緊急的，我壓根不想回。不到一小時，我已穿上一件土黃色套裝，緊張兮兮的來到答錄機旁聽留言。共有五通，全是那些知道我被傳喚到紐肯特郡高速公路休息站的記者。

我手伸向話筒想打電話給珮德．哈韋，取消午餐約會，但我無法忘記她搭直升機到現場，手裡拿著女兒上衣時的表情，也無法忘懷所有爲人父母在那種場合的面容。我無奈的放下電話，鎖了門走進車裡。

公職人員除非另有收入，否則根本負擔不起維持隱私所需要的設備。很顯然，珮德．哈韋的聯邦薪水只是用來裝飾她富有家世的那點微不足道的金邊。他們住在詹姆士河畔一棟雄偉壯麗的傑弗遜式建築。我猜整片產業至少有五英畝，四周有巨大磚牆圍繞著，到處標示有「私人產業」的字樣。我轉入一條兩旁樹蔭遮蓋的長長車道，來到一扇堅固又精巧的鐵門前，我還來不及把車窗搖下湊到對講機說話，鐵門就無聲無息的自動滑開。我駛過去，鐵門又在我身後關上。我把車停在一輛黑色捷豹轎車旁，眼前是光滑挺然的柱子，古老紅磚和白色的羅馬式門廊。

我一下車，屋子正門便打了開來。珮德．哈韋出現在階梯的最上端，強做鎮靜的微笑著，手上拿著廚房手巾擦著手。她臉色蒼白，眼神沒有光彩，看起來疲乏困倦。

「謝謝你來，史卡佩塔醫生。」她做著手勢。「請進。」

進門後的玄關寬敞得驚人，足有尋常人家客廳的面積，我跟著她穿過一個正式起居室來到廚房。家具是十八世紀的古董，牆上掛了東方壁毯，還有些印象畫派的真跡，火爐裡巧妙堆放著山毛櫸圓木。至少廚房像是個具功能性的地方，而且確實有在使用。我覺得家裡似乎沒有其他人。

「傑森和邁可同他們父親一塊兒出去了，」她回答我的問題。「男孩們是今天早上到的。」

「他們多大年紀？」我又問，她正打開烤爐的門。

「傑森十六，邁可十四，黛比是老大。」她找著放熱鍋的厚墊子，同時關上爐子，然後把一盤乳酪蛋餅放在爐子上保溫。她伸向抽屜拿刀子和抹奶油刀的手顫抖著。「你要喝葡萄酒、茶，還是咖啡？這午餐很輕便，我另外準備了水果沙拉。我想在走廊上吃，希望你不會介意。」

「那很好，」我回答。「我喝咖啡。」

她打開冰箱，在心思紊亂中，差點錯拿愛爾蘭香甜烈酒放進咖啡機裡。我只靜靜的看著她。她看來很失意、很絕望。丈夫和兒子都不在家，女兒失蹤，整個房子處處透露著空虛寂寥。她一直沒有開始發問。我們來到走廊上，落地玻璃門敞開著，我們身後彎彎曲曲的河流在陽光下閃爍著。

「那幾隻狗兒的行為，史卡佩塔醫生，」她開始問，同時插弄著她盤裡的沙拉。「你怎麼解釋？」

我可以，但我不準備說出來。

「很顯然，其中一隻狗被嚇到了。但是另一隻沒有？」她的這番觀察其實是又丟出一個問號。

另一隻狗，鹽巴，的確跟海王星的反應截然不同。在牠聞過駕駛座後，吉兒把鏈子鉤上牠的項圈，發出命令，「搜尋。」狗兒就像賽狗場上的灰狗般衝將出去。牠穿過出口彎路，往前跑到野餐區，然後拖著吉兒穿過停車場往州界方向行進。如果她沒有對牠叫喊「過來！」牠也許會一頭衝進車陣中。我看到他們在區隔東西向車道的中間綠地上疾走奔跑著，然後穿過行人步道，直接走向公路另一邊的休息站，那是發現黛伯拉吉普車所在的另一邊。最後獵犬在停車場失去了追尋下去的線索。

「我是不是該相信，」哈韋太太繼續說：「那個最後開黛比吉普車的人離開車子後，穿過西邊的休息站，再越過州界？接著這個人很可能進到一輛停在東邊休息站停車場上的車子，然後開走？」

「那是個可能的解釋之一，」我回答，翻弄著我的乳酪蛋餅。

「其他可能的解釋是什麼呢，史卡佩塔醫生？」

「獵犬聞到了一種味道。至於是誰的或是什麼的，我不清楚。也許是黛伯拉的味道、弗瑞德的，或第三人的——」

「她的吉普車停放在那兒有好幾個小時了，」哈韋太太打斷我，眼光落在河上。「有夠多的時間讓人進到車裡找值錢的東西。像是搭順風車的人、經過的旅客等等，然後步行到州界另一邊的休息站去。」

我沒有提醒她一些足以推翻這理論的明顯事實。警方在方向盤旁邊的置物箱裡找到弗瑞德·柴尼的錢包，裡頭有全部的信用卡和三十五元美金現鈔。這對年輕情侶的行李看來並沒有被人翻動過。不管發生了什麼事，吉普車裡除了原先待在裡面的人和黛伯拉的錢包之外，什麼都沒有遺失。

「第一隻狗的反應，」她不帶感情的論述著。「我假設並不尋常。牠被什麼東西嚇到了。至少，讓牠不舒服，出乎牠意料之外。不同的味道——跟另一隻狗聞到的不同。那個黛比也許坐過的椅子……」她的語音滑去，眼睛盯著我。

「是的。很顯然兩隻狗聞到不同的東西。」

「史卡佩塔醫生，我希望你對我坦白。」她的聲音發著抖。「不要考慮我的心情，求求你。我知道狗兒那樣的反應一定有原因。我確信你在工作上必定經歷過獵犬搜救的場面。你以前看過狗兒有這種反應嗎？」

有的，兩次。一次是一隻獵犬聞著一輛汽車的後車廂，最後發現那個車廂曾用來載運一具屍體，那具屍體後來在一輛大型垃圾車內被人發現；另一次是狗兒循著味道來到一個健行步道上，那地點是一名婦人被強暴殺害的地方。

然而我只說：「那種獵犬通常對費洛蒙生化物質有強烈的反應。」

「請再說一遍？」她看來有些不知所措。

「一種分泌物。動物、昆蟲的分泌腺分泌出的化學物質。譬如說，性引誘物質，」我不動感情的解說著。「你知道狗兒有畫定領土或嗅到令牠害怕的事物時進行攻擊等等的習性嗎？」

她只定定的看著我。

「當一個人產生性興奮，或焦慮、害怕時，身體裡會分泌各式各樣不同的荷爾蒙。理論上來說，像獵犬這種能區辨味道的動物，可以聞到費洛蒙，或其他從我們身體特殊腺體分泌出的化學物質——」

她打斷我。「黛比在邁可、傑森和我前往海灘別墅之前曾提到經痛。她的月經才剛開始，這能解釋……？那麼，如果她真是坐在駕駛座旁的座位，也許這就是那隻狗聞到的味道？」

我沒有回答。事實上，她的猜測不足以解釋讓那隻狗反應如此激烈的原因。

「不夠吧。」珮德．哈韋把眼光從我身上轉移開來，無意識的搓揉著放在膝上的餐巾。「那不足以解釋爲何那隻狗會發出悲鳴，還有背上的毛根根豎立。喔，老天，這跟之前失蹤的情侶一樣，對不？」

「我無法證實。」

「但你是這樣想的，警方也是。如果大家一開始不是這樣想的話，昨天你就不會被請到現場。我要知道他們發生了什麼事，那些之前失蹤的人。」

我什麼也沒有說。

「根據我讀到的資料，」她進逼著，「每一個現場你都在，警方都請你過去。」

「是的。」

她伸手到她運動上衣的口袋，掏出一張折疊的文件，將它攤平。

「布魯斯．菲力普和茱蒂．羅伯茲，」她開始向我簡報，好像我很需要知道似的。「高中生、兩人是情侶，兩年半前的六月一日失蹤，當時他們開車從格羅斯特一個朋友的家中離去，卻沒有回到各自的家。第二天早晨布魯斯的車子被人發現棄置在十七號公路上，鑰匙懸在發動孔上，車門沒有鎖，窗戶是打開著的。十星期後，你接獲通知到約克河州立公園東邊一哩處的一個森林地帶，因爲有個獵人在那兒發現兩具部分已成骨骸的屍體，面孔朝下埋在落葉中。地點距十星期前發現布魯斯的車子處大約有四哩遠。」

我記得就是這個時候地方警局要求地區暴力罪犯逮捕計畫協助偵查。當時馬里諾、衛斯禮和格羅斯特的地方警探並不知道那年七月，即布魯斯和茱蒂消失的一個月後，會有另外一對情侶也宣告失蹤。

「接著是吉姆．弗利曼和波妮．司密，」哈韋太太抬眼看了看我。「他們在七月最後一個星期六參加在弗利曼家舉行的撞球派對之後失蹤。那天晚上吉姆開車送波妮回家，隔天，查爾斯市警局的警官發現吉姆的車被棄置在離弗利曼家約十哩的地方。四個月後，十一月十二日，有個獵人在西區發現他們的屍體……」

我不愉快的猜想著，她大概不知道我曾數次要求警方給我警察報告的機密文件副本，以及現場照片、證物清單等，但每次都被拒絕。我把這種明顯的不合作態度歸咎於這起案件的調查已牽涉多方管轄權的問題。

哈韋太太面無表情的繼續著。翌年三月，同樣的事再一次發生。班．安德遜從阿靈頓開車載他女朋友卡洛琳．班納特，到位於契撒皮克海灣司丁格雷區的家。他們大約在不到七點時從安德遜家開車前往諾福克的歐多明尼大學，他們是那所大學三年級的學生。第二天晚上，一名州警連絡班的父母說，他們兒子的敞篷小型吉普車被發現棄置在六十四號公路路肩，距布克魯海灘五哩的地方。鑰匙掛在發動孔上，車門沒鎖，卡洛琳的女用錢包丟在駕駛座旁的座椅下。他們在六個月後的獵鹿季節中，於約克郡一九九號公路南方三哩的森林地帶被人發現，身軀已部分成骸骨。這回，我甚至沒有拿到任何一份警方報告的副本。

而蘇珊．威克司和麥克．馬汀在今年二月失蹤的事，我是從一份早報上讀到的。他們預計前往麥克在維吉尼亞海灘的家度假，然後跟其他情侶一樣半途消失了。麥克的藍色箱形車遭棄置於威廉斯堡附近的科羅尼休公園路上，一條白色的手帕綁在天線上標示著引擎故障，但那條手帕在警察稍後抵達現場時並未找到。五月十五日，一對父子到野外獵捕火雞，在詹姆士郡六十號公路和六十四號公路之間的林區發現這對情侶已腐化的屍體。

我記得，我曾數次收拾起支離的骨頭，帶到史密森刑事人類學家那兒去做最後的檢驗。八位年輕人，不論我在他們遺體上花多少時間，仍無法確定他們如何死亡，以及為什麼死亡。

「如果——老天，如果再有類似案件，不要等到屍體出現，才……」我終於通知馬里諾。「一發現車子就讓我知道。」

「呦。也許該開始解剖車子，因為那些屍體無法提供任何線索，」他回答，試著用玩笑的語氣，但效果不佳。

「所有的案子，」哈韋太太的聲音把我拉回來。「車門都沒有關上，鑰匙懸掛在發動孔上，沒有打鬥掙扎的痕跡，也沒有東西被偷走。作案手法基本上都相同。」

她把那份文件折起來放回口袋裡。

「你的消息很確實。」是我僅有的回答。我沒有問，但我確信是她要手下去蒐集那些資料的。

「我的重點是，你打一開始就參與這些案子，」她說。「你檢驗了所有的屍體，然而就我所知，你並不知道是什麼殺死了那些情侶。」

「沒錯！我不知道，」我回答。

「你不知道？或是你不願說，史卡佩塔醫生？」

珮德·哈韋在聯邦檢察官任內的作為贏得全國大眾的尊敬，或者敬畏。她的作風一向具有侵略性，而我現在就突然覺得她家的走廊變成了法庭。

「如果我知道他們的死因，我不會在報告書上寫不確定。」我溫和的說。

「但你相信他們是被謀殺的。」

「我相信年輕健康的人不會突然遺棄他們的車，然後就莫名其妙的死在森林地，哈韋太太。」

「那麼理論上的猜測呢？你怎麼說？我相信你對那些並不陌生。」

對我而言，的確並不陌生。

四個不同的管轄區域，加上來自不同地區的警探，每個人都有一長串的假設。比如說，那些情侶是使用毒品的偶犯，他們跟毒品交易者碰頭，購買致命的新型毒品，而那種毒品無法以現有的毒品檢測查驗出來；或者是什麼神祕的超自然能力造成；或那些情侶都屬於什麼祕密組織，他們的死只是一種自殺協定。

「到目前爲止，對那些理論我不予置評。」我告訴她。

「爲什麼不？」

「我所發現的事實無法支持任何一個我所聽到的假設。」

「你的發現支持什麼呢？」她追問。「而且，又是什麼樣的『發現』呢？根據我手邊所有可以聽到、讀到的資料，你根本沒有什麼混帳發現。」

一片雲霧飄過，使天空看來有些昏暗，陽光下有一架似銀針般的飛機，拖著一條長長的白色絲線。在沉默中，我看著那條凝結白線慢慢擴散，逐漸消失。如果黛伯拉和弗瑞德跟其他那些情侶有相同的命運，我們是不可能很快找到他們的。

「我的黛比從沒碰過毒品，」她繼續說，眼淚在眉睫閃動。「她也不會參加任何神祕宗教或組織。她脾氣是不太好，有時也會很沮喪，就像所有同齡的青少年。但她不會——」她突然止住，努力的壓抑情緒。

「你必須試著冷靜面對此刻，」我靜靜的說。「我們不知道你女兒發生了什麼事，也不知道弗瑞德究竟怎麼了。也許要很長一段時間我們才會知道。有沒有什麼關於她的——或他們的事，你可以告訴我的？任何一些可以幫得上忙的？」

「今早一名警官來過，」她深深吸了口氣後回答。「他到她臥室拿了些她的衣服和梳子，說衣服是給狗聞嗅用的，另外梳子上的頭髮可以拿來比對在吉普車上發現的毛髮。你要看看嗎？她的臥室？」

好奇心的驅使下，我點點頭。

我跟著她走上打磨上蠟的硬木階梯來到二樓。黛伯拉的臥房在東廂，在那兒可以看到日出，也看得到風暴在詹姆士河上集結。這房間看來不像一般的青少年房間。家具是北歐式樣，造型設計簡單，用上好的柚木製成。一條淡淡清爽的藍綠色棉被蓋在一個大號的床上，地上是一條印度織毯，上面滿是玫瑰和近深藍的紫色。書架上盡是百科全書和小說，書桌上的雙層架排滿了獎盃，和近打的以淺色緞帶懸吊的獎牌。架子最上層是一幅放大照片，黛伯拉站在平衡木上，背脊曲拱著，雙手維持著個如鳥兒般的美妙姿勢，而她臉上的表情，像沉浸在她自己的聖殿裡，充滿著絕對的紀律和優雅。我不需要身爲黛伯拉．哈韋的母親就能了解這個十九歲的女孩相當特別。

「黛比自己挑選這兒所有的東西，」哈韋太太在我四處瀏覽時說：「家具、織毯，還有顏色，你或許不知道她幾天前才在這裡打包衣物準備上學。」她盯著角落裡的手提箱和皮箱，然後清清喉嚨。「她非常懂得規畫、有紀律，我想那是承襲於我。」她笑笑，卻掩蓋不住焦慮，接著又加了一句，「如果我有什麼値得稱道的地方，那就是我相當懂得規畫。」

我記起黛伯拉的吉普車。它從裡到外看起來都很清潔整齊，所有的行李和雜物都井然有序的堆放著。

「她對她的東西相當在意，」哈韋太太繼續，移到窗前。「我時常擔心我們太寵溺她。包括她的衣服、車子、金錢。鮑伯和我在這點上花了很多時間來商量決定。有時會有些困難，因爲我住在華盛頓。可是去年我接獲任命時，整個家族都覺得，要全家搬到另一個城市不是個好主意，而且鮑伯的事業在這兒。比較簡單的方法是，我一個人住公寓，然後盡量在週末回到家來，等到下次選舉時再看看情況如何。」

停頓了好一會兒，她繼續。「我想我要說的重點是，我很難拒絕黛比對我提出的要求。當你想要給你的孩子最好的一切時，就很難同時兼顧所謂的明理。特別是當你回想自己在他們這個年紀時的渴望和欲求，對自己的衣著和身材是如何的不滿意，卻又知道父母無法負擔皮膚專家、牙齒矯正專家，或整型外科醫生的費用。我們盡量試著採取中庸之道。」她雙手交叉在胸前。「有時我會疑惑，我們是否做了正確的決定，譬如她的吉普車。我當時反對她有車，但我沒有精力去爭論，尤其是她相當實際，要一輛能在任何天候都很安全的車子。」

遲疑中，我問，「你提到整型外科，你是指你女兒嗎？」

「體操選手是不適宜有大胸脯的，史卡佩塔醫生，」她說，沒有回頭。「黛比十六歲時，胸部發育得特別好。她不只是覺得不好意思，還覺得那影響了她的運動生涯。不過，問題在去年就解決掉了。」

「那麼，這張照片是最近的，」我說，我眼前這張照片裡的黛伯拉，有著一副完美的體態，胸部和臀部看起來小巧結實。

「那是去年四月在卡羅萊納照的。」

當有人失蹤並可能遇害的案子發生時，對像我這樣的人來說，一些組織解剖上的細節常會引起我們的注意——不管是子宮切除、根管治療或是整型手術留下的疤痕，對無法辨認的屍體都很可能提供有用的線索。這是我需要在聯邦調查局全國犯罪情報中心失蹤紀錄表裡尋找的描述，我依賴的是世俗性的人類容貌要點，因為寶石類的東西和其他個人特徵在我過去的經驗裡，並不是很靠得住。

「我剛告訴你的，請不要讓它出了這個房間，」哈韋太太說：「那相當隱私。我的家務事都是私密。」

「我了解。」

「她和弗瑞德的關係，」她繼續。「也很隱密，非常隱密。相信你已經注意到，這兒沒有照片，沒有任何東西可以顯示他們之間的關係。我確定他們有交換照片、禮物、紀念品，但她對那些一直相當低調。像她去年二月生日過後不久，我注意到，她右手小指上戴著一個金戒指。小小的，有花紋設計。她一個字也沒有透露，我也沒問。但我相信是他送的禮物。」

「你覺得他是個穩定的年輕人嗎？」

她轉過身來，面向著我，眼光深沉，帶著困擾。「弗瑞德個性相當熱情，有時頗具強迫性。但我無法說他不穩定。老實說，我對他沒什麼好抱怨。我只是擔心這段關係變得太認真，太……」她看向別處，思索著用字。「耽溺。這是我目前想得到的用語。他們似乎是彼此的毒品。」她閉著眼睛，轉動方向，把頭靠在窗戶上。「喔，老天爺，我真希望我們沒有買那輛該死的吉普車給她。」

我靜默著不予評論。

「弗瑞德沒有車。那她就會沒有其他選擇……」她的聲音拖得老長。

「那她就不得不……」我說：「搭你們的車到海邊。」

「然後這就不會發生了！」

她突然離開房間往玄關走去。我知道，她無法忍受再待在女兒房間一分鐘，我跟著她走下樓梯來到前門。我伸出手想拉拉她，但她轉過身背向我，開始哭泣。

「我很遺憾。」這句話我說過多少遍了？

我走下正門的階梯，大門在我身後靜靜的關上。在開車回家的路上，我祈禱著，如果我再有機會面對珮德·哈韋，千萬不要是以法醫的身分而來。

3

又一個星期過去之後，我才跟哈韋－柴尼案件相關的人員有了再一次的接觸。就我所知，該案件的調查程序截至目前爲止毫無進展。那是個星期一，我正在停屍間忙碌的工作，手肘以下沾滿了紅色血跡，就在這時班頓·衛斯禮來了電話。他想要立即跟我和馬里諾談談，建議我們到他家晚餐。

「我想是珮德·哈韋讓他緊張，」馬里諾後來這麼說。當時是傍晚，我們正在前往衛斯禮家的路上，點點雨滴試探性的在他車子前面的擋風玻璃一下一下的跳躍著。「我自己才沒時間理會她是不是跟什麼什麼算命師談過，有沒有打電話給比利·葛漢或什麼該死的復活節兔子。」

「希爾達·歐茲媚不是什麼算命師。」我回答。

「那種玫瑰姊妹的下流場所，招牌看板上畫有一隻手的，半數以上都是賣淫的地方。」

「我倒不知道，」我疲倦的說。

他拉開車上的菸灰缸，提醒了我抽菸是個多骯髒污穢的習慣。如果他再在那裡多塞一支菸頭，就眞能破了金氏紀錄。

「那麼，我猜你對希爾達·歐茲媚沒什麼了解，」他繼續。

「我是對她知道不多，我只知道她住在卡羅萊納州。」

「南卡羅萊納。」

「她現在住在哈韋家？」

「沒有了，」馬里諾說著，並關掉雨刷，太陽已從雲層後探出臉來。「這要命的天氣眞是多變。她昨天回南卡羅萊納去了。她是搭乘私人飛機往來里奇蒙的，你相信嗎？」

「你可以告訴我何以大家都知道這回事嗎？」與其說我很驚訝珮德·哈韋會想找女巫靈媒之類，倒不如說我更好奇爲何她會讓人知道這件事。

「好問題。我只是告訴你班頓在電話中說的話。顯然那個騎著掃帚的希爾達在她的水晶球裡看到了些什麼，讓哈韋太太非常沮喪。」

「究竟是什麼？」

「問倒我了，班頓什麼也不肯說。」

我沒有再追問下去，討論班頓·衛斯禮和他那種賣關子的態度讓我很不自在。他和我曾有一度合作得很愉快，我們對彼此有相當程度的尊重，也算親近。現在我只覺得他很冷漠，讓我不得不聯想衛斯禮這種態度的轉變跟馬克有關。當馬克離開我，轉而接受在科羅拉多的工作時，也同時離開了匡提科。他原本在那兒享有特權，並主持聯邦調查局國家學院的法律訓練組。衛斯禮因而失去了一個同事和伙伴，在他心裡可能認爲那全是我的錯。有時男性間的友誼會比婚姻更爲強烈，而那徽章底下的兄弟情誼有時比情人間的忠誠更爲熾熱。

半小時後，馬里諾下了高速公路，在他開上鄉間道路更深入鄉村地區時，我隨即就喪失了方向感。雖然過去我和衛斯禮見過許多次面，但不是在我辦公室，就是他的，我從來沒有受邀到他家過。他家位於風景如畫的維吉尼亞州農地和森林間，白色藩籬圈圍著大片的山坡牧野，穀倉房舍建在遠離道路的地方。當我們駛上一段長長的車道時，就開始進入他的產業範圍。那車道直通一棟矗立在寬闊地面上的巨大現代房屋，在可以分別停放兩、三輛汽車的車庫前，停有歐洲製的轎車。

「我不知道華盛頓的那些豪華社區跟里奇蒙有這麼近，」我評論道。

「什麼？你已經在這附近住了四、五年，竟然還沒聽說過北方人的侵略？」

「如果你出生在邁阿密，南北戰爭不會是你腦子裡最重要的事。」我回答。

「我想也是。再說，邁阿密甚至不在這個國家裡呢。任何一個要用投票來決定英語是不是官方語言的地方，都不能算是美國。」

馬里諾對我出生地如此的諷刺早已經不新鮮了。

他駛上石礫鋪設的車道，減緩速度，他說：「這個木屋還不錯，是不？想來聯邦人員的薪水比州政府人員要來得多些。」

這房屋是木瓦式建築，屋身以粗石蓋成，還設計有突出的窗戶。屋前一排玫瑰叢，東西兩邊站著頗爲古老的木蘭樹和橡樹。下車後，我開始四周梭巡觀看，試著找出班頓·衛斯禮私人生活的內部景觀。車庫門上端有個籃球架，一堆覆蓋在塑膠布下的柴薪旁放了一台紅色的割草機，上面留有殘存的斷草。再往後走，我看到一個寬廣的後院，毫無瑕疵的披覆著花床、杜鵑叢和果樹。幾把椅子圍繞在一個瓦斯烤架上，我可以想像衛斯禮和他的妻子在閒散舒適的夏日夜晚，一邊喝著酒，一邊輕鬆的烤著牛排。

馬里諾按了按門鈴。來開門的是衛斯禮的妻子，她自我介紹爲康妮。

「班在樓上，」她微笑著說，並領我們來到客廳，那兒有寬闊的窗子，雄偉的壁爐和原木家具。以前我從沒聽過衛斯禮被暱稱爲「班」。這也是我第一回見到他的妻子。她看來四十五歲左右，是位相當具有吸引力的褐色皮膚女子，眼睛呈現的褐色清淡得幾乎變成黃色，瘦高的身材像極她的丈夫。她有一股溫順柔婉的氣質，一種恬靜纖弱的個性。很顯然，那個我知道的高度自我防衛的班頓．衛斯禮在自己家裡是非常不一樣的，而我也很懷疑康妮知道多少他工作上的細節。

「要喝啤酒嗎，彼德？」她問。

他已舒舒服服的躺到一張搖椅上。「看樣子我還得當個司機，所以最好只給我咖啡。」

「凱，要我給你準備什麼？」

「咖啡就好，」我回答。「如果不會太麻煩的話。」

「很高興總算見到你了，」她誠摯的說道。「班提及你好幾年了。他相當看重你。」

「謝謝你。」這番稱讚讓我很慌亂，而她接下去說的話卻讓我震驚。

「我們最近一次看到馬克時，我要他答應我下次再回匡提科，一定要帶你來吃晚餐。」

「你太客氣了，」我說，努力微笑著。顯然，衛斯禮沒有告訴她所有的事，但馬克最近曾來到維吉尼亞卻連個電話也沒給我的事實，讓我難以忍受。

她留下我們到廚房去張羅，馬里諾問，「你最近有跟他連絡嗎？」

「丹佛市（譯註：科羅拉多州首府）很漂亮，」我推諉答道。

「混帳，如果你想聽聽我的意見，我就會說，他們把他從臥底中帶進來，讓他在匡提科隱居一段時間，然後又把他送到西邊去做不可以對人透露的任務。這下又多了個不到聯邦調查局去工作的好理由。」

我沒有唱和。

他繼續，「哼，什麼私人生活。就像有些人說的，『如果胡佛（譯註：美國聯邦調查局一九二四到七二年的局長）要你有妻子和孩子，就不會給你盾牌徽章。』」

「胡佛是很久以前的事了，」我說，瞪著窗外在風中翻騰的樹。看起來又要下雨了，這應該會是場大雨。

「也許，但是你仍然沒法擁有私生活。」

「我不認爲我們當中誰有私人生活，馬里諾。」

「那倒是見鬼的實話，」他喃喃的抱怨著。

腳步聲響起，衛斯禮走了進來，仍穿著西裝和領帶，灰色的西裝褲和漿過的白襯衫有些縐褶。他看來疲倦心煩，但仍周到的問我們是否要喝點什麼。

「康妮正替我們準備，」我說。

他坐到一張椅子上，看了看手錶。「我們一小時後用餐。」握緊的手放在大腿上。

「還沒有打摩瑞那兒聽到任何狗屎，」馬里諾開始說。

「恐怕沒有什麼新發展，沒什麼有用的資訊。」衛斯禮回答。

「我沒指望會有。我只是告訴你摩瑞還沒有告訴我任何事。」

馬里諾面無表情，但我可以感覺到他的憤慨。雖然他沒有跟我抱怨什麼，但我猜想他的感覺就像個留在觀察區的四分衛在整個足球季裡被冷落冰凍了。他過去一向能跟來自不同管轄區的警探維持和諧信任的關係，事實上，那也是地區暴力罪犯逮捕計畫得以在維吉尼亞州順利推進的關鍵之一。但是，失蹤情侶案件發生後，調查員彼此間不再交換資料。他們不再跟馬里諾說話，也不跟我連絡。

「地方性的工作已經停止，」衛斯禮通知他。「自從那隻獵狗在東向休息站停車場失去聞嗅線索後，我們就沒有進一步的發現。只除了在吉普車裡找到一張收據。那是黛伯拉和弗瑞德在離開里奇蒙的哈韋家後，到一家7－11買東西的收據。他們買了一組六罐裝的百事可樂，以及一些其他東西。」

「那麼，這事已經查證過了，」馬里諾暴躁的說。

「警方找到當時值班的店員，她記得他們曾到過店裡，似乎是晚上剛過九點的時候。」

「只有他們？」馬里諾問。

「看上去是那樣，沒有人跟著他們走進店裡，而且根據他們的態度，也沒有跡象顯示停在外頭的吉普車上有人等著他們。」

「那家7－11在哪兒？」我問。

「我們發現吉普車的休息站西邊大約五哩處，」衛斯禮回答。

「你說他們還買了其他幾件東西，」我說。「可以說說是什麼嗎？」

「我正要講這個，」衛斯禮說。「黛伯拉．哈韋買了一盒衛生棉條。她還詢問是否可以借用那兒的洗手間，但店員表示那有違店規，於是指引他們到六十四號公路上往東邊方向的休息站。」

「就是獵狗失去線索的地方，」馬里諾說，雙眉緊皺，面現困惑。「發現吉普車的對街。」

「沒錯，」衛斯禮回答。

「那麼那些百事可樂呢？」我問。「你找到了嗎？」

「警察進入吉普車裡搜查時，在冰櫃裡找到六罐可樂。」

他停了下來，這時他妻子端來我們的咖啡和他的冰茶。她在沉默中殷勤的忙碌著，盡量表現出不打擾的態度，然後離開。

「你認爲他們停在那個休息站，是爲了讓黛伯拉可以使用洗手間，然後在那兒碰上壞胚，」馬里諾接上。

「我們還不知道發生了什麼事，」衛斯禮提醒我們。「有太多的細節值得推敲。」

「譬如說？」馬里諾仍緊蹙著雙眉。

「誘拐。」

「擄人勒贖？」馬里諾毫不掩飾他語氣中的懷疑。

「可千萬別忘了黛伯拉的母親是誰。」

「我知道。毒品沙皇女士，她之所以能接掌這職位只因爲總統想給女權運動者一些可以說嘴的東西。」

「彼德，」衛斯禮平靜的說：「我不認爲把她降爲派閥政治或毫無建樹的女性傀儡象徵是明智的。雖然那職務名稱聽來跟實際的權力不符，因爲那職位並不等同於閣員頭銜，但珮德·哈韋確實直接向總統負責。事實上，她的確在對抗毒品犯罪案件上有權協調所有的聯邦幹員。」

「更不要說她當聯邦檢察官時的紀錄，」我加入。「她一向大力支持白宮推動將與毒品有關的謀殺和意圖謀殺皆判處死刑。關於這點，她一向暢所欲言，毫不隱瞞。」

「不僅是她，還有上百個政客，」馬里諾說：「如果她是那些想把毒品合法化的一分子，我會比較有興趣去關心。這樣我才能想像一些極右派保守份子舉著道德旗幟，自認是上帝派遣他來拐走珮德·哈韋的孩子。」

「她一直相當激進，且甚具侵略性，」衛斯禮說：「曾在一些最糟糕的案件裡成功的把罪犯定案，也在重要法案上扮演不可輕忽的角色，另外她也曾安然度過死亡威脅，幾年前甚至有人炸她的車——」

「是的，她停放在鄉村俱樂部的捷豹汽車，當時沒有人坐在裡面。這一炸使她成為英雄。」馬里諾插嘴。

「我的重點是，」衛斯禮很有耐心的繼續著，「她樹敵不少，尤其是此刻，她正指揮一項針對各種慈善事業的調查。」

「我讀過相關報導，」我說，並試著回想起一些細節。

「平民大衆目前知道的只是表面，」衛斯禮說：「她最近的方向是針對ACTMAD。（The American Coalition of Tough Mothers Against Drugs）——美國受難母親對抗毒品聯盟。」

「你一定是在開玩笑，」馬里諾說：「那等於是說聯合國兒童急難救濟基金是個骯髒的組織。」

我並沒有說出我每年都會捐款到ACTMAD，而且自認是相當熱心的支持者。

衛斯禮繼續，「哈韋太太在蒐集證據，證明ACTMAD其實只是一個用來掩護中美洲販毒組織和一些非法活動的幌子。」

「老天，」馬里諾說，搖著頭。「幸好我從不捐款。」

「黛伯拉和弗瑞德的失蹤案之所以複雜得使人困惑，是因爲它似乎跟其他四對年輕人的失蹤案相關，」衛斯禮說：「但同時也有可能是故意安排，是有人蓄意要我們相信這些案件彼此有關聯，而實際上並沒有。我們也許面對的是個連續殺人犯，也可能面對的是完全不同的事實。然而不管到底是什麼，我們要盡可能的隱藏這項調查，盡量不讓它曝光。」

「所以我猜你正在等贖金通知或什麼的，對不對？」馬里諾說。「你知道，中美洲的一些狂徒也許會要她母親以金錢換回黛伯拉。」

「我不認為事情會那樣發展，彼德，」衛斯禮回答。「情況也許會更糟。珮德・哈韋明年初要在一個國會聽證會上作證——同樣的，這跟一些非法慈善組織有關。在這節骨眼，沒有比讓她女兒失蹤更糟糕的事了。」

我的胃因這些消息而隱隱絞痛。就專業角度上來看，珮德・哈韋一直享有一清二白的職業生涯，在這點上她無所畏懼。但她卻同時身為人母，子女的幸福安寧對她而言，比自己的生命還要珍貴。她的家庭是她的弱點。

「我們不能排除政治性綁架的可能，」衛斯禮評述著，眼睛盯著強風吹過的後院。

衛斯禮也有家庭，也會作惡夢，衛斯禮曾致力瓦解的某些犯罪組織，有可能會對他的妻小下手。他家中裝設有相當複雜的防盜系統，正門外有內部通訊連絡系統。他住在維吉尼亞鄉間偏僻地帶，電話號碼沒有登錄，地址從未透露給記者，甚至他大部分的同事或認識的人也不知道。今天以前，我根本不知道他住在哪兒，只猜想他家大約在匡提科附近，也許是麥克林或亞力山德利雅。

衛斯禮說：「我相信馬里諾跟你提到過希爾達・歐茲媚的事？」

我點點頭。「她可靠嗎？」

「調查局曾在一些特定情形下徵用她的服務，雖然我們不願承認。不管怎麼說，她的天賦或是能力，絕不是偽造，甚至還相當眞實。不要問我如何解釋，這遠超乎我的實際經驗。然而，我可以告訴你，她曾幫我們探知一架調查局飛機掉落在西維吉尼亞山區的正確位置。她同時也預測了沙達特的暗殺，如果我們聽從她的指示，或許就可以在雷根暗殺事件中有周詳的準備。」

「你不是在告訴我她甚至預測了雷根槍傷事件吧，」馬里諾說。

「預測準確到發生的日期。我們沒有把她說的話傳達出去。說起來，我想是我們沒有把她的話當眞。那是我們的錯，現在聽來也許很瘋狂。但從那之後，不管她說什麼，情報中心都想要知道。」

「情報中心也閱讀星座生肖嗎？」馬里諾問。

「我想希爾達．歐茲媚會認爲占星術太過普通。就我所知，她不算命。」衛斯禮強調。

「哈韋太太是怎麼知道她的？」我問。

「也許是法務部門裡有人告訴她，」衛斯禮說。「不管怎樣，她邀請那個超能力靈媒星期五飛到里奇蒙，顯然聽到了不少事讓她……嗯，讓我們這麼說吧，我認爲哈韋太太現在像不受控制的砲彈，我擔心她會做出具傷害性的事來。」

「那個女巫到底告訴她什麼了？」我眞的想知道。

衛斯禮無動於衷的看著我說：「我實在不能說，至少現在不能。」

「但她跟你討論過？」我質問。「珮德．哈韋自願告訴你她請教過一個女巫？」

「我不方便告訴你，凱。」衛斯禮說，然後我們三人靜默了一會。

我突然想到哈韋太太也許並沒有對衛斯禮洩漏這個消息，他是從別的管道了解的。

「我不知道，」馬里諾最後說：「事情有可能只是隨機而起，而不是事先計畫好的。我不想把這個可能性刪除掉。」

「我們必須考慮所有的可能性，」衛斯禮堅定的說。

「這事已經有兩年半了，班頓，」我說。

「沒錯，」馬里諾說：「這段時間真是該死的長。但我仍然認爲那是一個壞胚幹的，專門向情侶下手，是那種因嫉生恨的失敗者，自己本身無法擁有，卻因別人得到而忿恨不已。」

「當然那是個可能性相當高的解釋。有人專門尋找特定的年輕情侶，他也許時常光顧情人步道、休息站、公園水池。他也許先觀察一段時間才下手，之後，等上好幾個月，直到殺人的衝動再次湧起，然後碰上一個好機會。黛伯拉．哈韋和弗瑞德．柴尼的情形有可能只是碰巧——他們也許只是在錯誤的時間出現在錯誤的場所。」

「我倒不知道有任何證據顯示那些情侶停下車子，接著在車上發生性行爲，然後遇上攻擊者。」我指出。

衛斯禮沒有反應。

「而且撇開黛伯拉和弗瑞德，其他情侶們並沒有把車停在休息站和任何像你說的『公園、水池』等等地方，」我繼續。「他們的情形是他們正開往某個目的地，因著什麼原因把車停在路旁，讓什麼人進到他們的車裡，或是跟著什麼人進到別人的車裡。」

「警察殺手的理論，」馬里諾喃喃的說著。「不要以爲我沒有聽說過。」

「有可能是某人僞裝成警察，」衛斯禮回答。「那確實足以解釋有些情侶很可能因著證件檢查之類的因素而自己停下車來，或進到別人的車裡去。如今任何人都可以走進專售制服器材的店，買到警示燈、制服、徽章，任何你可以想到的東西。這個理論碰到的問題是，警車的閃燈應該多少會引起注意。如果眞有警察在現場，其他開車經過的駕駛者很可能會注意到，他們至少會減緩速度，甚至停下來提供協助。但是，到目前止，沒有任何報告提及在那些年輕人失蹤的區域或在那段時間裡有人看到這類的臨檢。」

「你同時還得考慮為什麼皮包和錢包都留在車裡——除了黛伯拉．哈韋的錢包還沒有找到之外。」我說。「如果說那些年輕人是被所謂的警車攔下，又進到那警車裡，那留在車裡的汽車證件和駕駛執照又如何解釋？這是警察第一個要看的東西，而且當你進到別人的車裡，通常都會帶著私人的貴重物品。」

「他們也許是被迫進到這個人的交通工具裡去的，凱，」衛斯禮說。「他們以為是被一名警察給攔了下來，但當那個人走近他們車窗時，他拿出一把槍，命令他們進到他的車裡去。」

「仍然相當冒險，」馬里諾爭論。「如果是我，我會立即啓動汽車，把油門踩到底加速離去。而且，總有可能被其他的路人看到。我是說，你何以能在四個，甚至五個不同場合中，每次都用槍強迫兩個人進到你的汽車裡，卻碰巧都沒被任何人看到？」

「比較有用的問題是，」衛斯禮說，漫無目的的看著我，「你要怎麼謀殺八個人，卻沒有留下一丁點線索，也沒有在骨頭上留下刻痕，或任何子彈？」

「勒死、絞死，或割破喉嚨，」我說，這不是他第一回這樣質問我。「那些屍體都已經分解腐爛得很嚴重了，班頓。我只想提醒你，那個警察殺手理論暗示了被害人進入歹徒的車子裡。另外上個星期，根據那隻獵犬的表現，我認為如果有人對黛伯拉．哈韋和弗瑞德．柴尼做了什麼，那個人很可能是把黛伯拉的吉普車開走，拋棄在休息站，然後走路跨過州界離開。」

衛斯禮的臉看來相當疲倦，已經按摩太陽穴好幾次，像是頭很痛似的。「我邀請你們兩人來的目的是因為這個案子有些層面要很小心的處理。我希望我們三人間能直接坦白的交換意見。謹慎周到的顧慮是絕對必要的。還有，絕對不要跟記者們接觸，不要向任何人洩漏，即使親近的朋友、親戚，其他的法醫或警察。彼此間不要用無線電連絡。」他看了看我們兩個。「當黛伯拉．

哈韋和弗瑞德·柴尼的屍體出現時，一定要立即通知我。要是哈韋太太想跟你們任何一人接觸，請她直接來找我。」

「她已經找過我了，」我說。

「我知道，凱。」衛斯禮回答，看也不看我。

我沒問他是怎麼知道的，但我有些嚇到，而且明顯的表現出來。

「在那種情況下，我可以了解你去看她的原因，」他說。「但最好不要再發生，你也別再跟她討論這個案件。那只會增加麻煩。倒不是怕她會干擾調查，而是她知道的越多，越會把自己推往危險境地。」

「爲什麼？她會死掉？」馬里諾懷疑的問。

「不如說她會變得失去控制，進而喪失理智。」

衛斯禮關心珮德·哈韋的心理健康也許是有根據的，但於我而言，那根據基礎未免太薄弱了些。晚餐後，馬里諾和我開車回里奇蒙的路上，我不禁想衛斯禮要見我們的眞正理由跟尋找那對失蹤情侶可能是一點兒關係也沒有。

「我有被監控、不能自主的感覺，」當里奇蒙在地平線出現時，我終於忍不住坦白說出來。

「歡迎加入這個行列，」馬里諾暴躁的說。

「你想這裡面到底發生了什麼事？」

「嗯，這個嗎，」他回答，把車上香菸點燃器往下壓。「我懷疑天殺的調查局捕風捉影的認爲這其中會有些事使某個重要人物很難看。我感覺有這麼一個人想要遮掩什麼，而班頓被夾在中間。」

「如果他是，那我們也是。」

「猜對了，醫生。」

距離上回艾比．敦布爾出現在我辦公室門口，已經有三年之久了。那時她滿手抱著新鮮的鳶尾花和一瓶上好的葡萄酒。她當時是來說再見的，我事先已從里奇蒙的《時代》報導中得知，她要轉到華盛頓的《郵報》主跑警方新聞。我們像大多數人在別離場合都會說的那樣，彼此承諾要保持連絡等等。而我得承認，我連上一回是什麼時候跟她通電話或寫信的都不記得了。

「你要我把她的電話轉進去嗎？」蘿絲，我的祕書問我。「或者我請她留話？」

「我來跟她說，」我說：「史卡佩塔，」在我來得及意識到之前，我已習慣性的報上名字。

「你還是那般叫人氣憤的簡潔，」一個熟悉的聲音說。

「艾比！對不起。」我笑起來。「蘿絲告訴我電話是你打來的。跟往常一樣，我手邊處理著上百件事務，再加上我想我已經喪失在電話中表現友善的能力了。你怎樣？」

「很好。只除了一件事，那就是我搬來華盛頓後，謀殺案件遽增了三倍。其他的一切都還好。」

「我希望那只是個巧合。」

「毒品。」她聽起來有些緊張。「古柯鹼、快克和自動步槍。我以前總認爲那種事件在邁阿密最嚴重，或者紐約。但事實是我們可愛的首都最糟糕。」

我抬眼看了看時間，然後把來電時間速寫在一張表上，又是一項習慣。我已經很習慣於填寫來電表格，甚至有一次我的理髮師來電，我也伸手記上一筆。

「我在想今天也許你會有空一起吃晚餐。」她說。

「在華盛頓？」我問，很有些困惑。

「事實上，我現在里奇蒙。」

我建議到我家來用晚餐，接著我收拾公事包，往市場的方向去。我在商場裡推著購物車來來去去徘徊著，忖度了好一會後，選了兩個牛腰部嫩肉和做沙拉的材料。下午天氣不錯，即將要見到艾比讓我很快樂。我決定再次硬著頭皮面對烹飪，這回藉口是爲了跟老朋友消磨一個晚上。

回到家後，我開始迅速工作，壓碎新鮮蒜頭，跟橄欖油、紅葡萄酒一起倒進碗裡攪拌。雖然我母親屢次告誡我「不要浪費了好牛排，」但是我自認有自己的烹調技巧。說實話，鎭裡沒有人的醃漬滷汁做得比我好，沒有一塊肉在經過那樣浸泡後不會變得更可口。我把波士頓生菜沖洗過後放在廚房紙巾上瀝乾，然後開始將洋菇、洋蔥切片，以及最後的一顆漢諾瓦番茄。接著我振作一下，強打起精神，轉而清理烤肉用具。終於我厭煩了這些準備工作，踏出室外，來到舖著磚石的院子。

我看著後院的樹木、花園，有好一會覺得自己像是被放逐在自己土地上的逃亡者。我拿起一瓶洗潔液、一塊海綿，開始努力的刷洗室外的桌椅，準備放上墊子。室外烤架自五月的一個星期六晚上，我和馬克最後一次相聚之後就沒再用過了。我攻擊似的對付烤架上燻黑的油漬，直到手肘隱隱作痛。影像和話語交互相侵入我的腦海。爭執、交戰，接著雙方撤退到無聲的憤怒，然後在瘋狂的做愛交歡中了結。

我幾乎認不出剛過六點半後來到我前門的艾比。當她在里奇蒙報導警方活動時，她的頭髮長及肩部，夾雜著些許白髮，讓她看來憔悴得可怕，也讓她看來比實際年齡——四十出頭，還要老上許多。現在白髮不見了，剪得很短、很時髦的樣式，凸顯她臉上美好的骨架和眼睛。那雙眼睛分屬不同濃淡的綠，它的不對稱總叫我困惑。她穿一套深藍色的絲質套裝，象牙白絲質襯衫，帶著一個黑色光滑皮革公事包。

「你看起來非常像華盛頓人，」我說，然後給了她一個擁抱。

「看到你眞好，凱。」

她記得我喜歡蘇格蘭威士忌，便帶了一瓶葛蘭非迪過來，我們迫不急待的打開。接著我們到屋外的院子喝酒，淘淘不絕的談了起來。在淒濛夏季尾端的夜色籠罩中，我燃起了烤架的火。

「是的，我眞是懷念里奇蒙的一些事情，」她解釋著。「華盛頓很刺激、很精彩，卻也處處是陷阱。我放縱自己買了輛紳寶車，記得嗎？車已經被宵小闖入一次，車輪蓋被偷走，車門也被打得變了形。我另外每個月付一百五十塊美金爲停放那輛破車，停車地方在我住處四條街外，不要想在《郵報》附近停車。我是走路上班，需要時開公司的車。華盛頓絕對不是里奇蒙。」她有一點點毅然的補充道，「但我不後悔離開。」

「你仍然値夜班嗎？」放上烤架的牛排嘶嘶作響。

「沒有，輪到別人了。年輕的記者在天黑後跑，而我在白天接手。只有在眞正重大新聞發生時，才會叫我在晚上工作。」

「我一直有讀你的新聞報導，」我告訴她。「自助餐廳有賣《郵報》，所以我通常在吃午餐時閱讀。」

「而我不完全了解你所進行的案件，」她承認。「但是我多少知道一點。」

「說說你爲什麼來里奇蒙？」我大膽表示，一邊把滷汁刷在肉上。

「因爲哈韋案件。」

我沒有說什麼。

「馬里諾一點也沒變。」

「你跟他談過了？」我問，抬起眼看了看她。

她回以一抹譏諷似的微笑，「試過，以及其他一些調查人員。當然還有班頓·衛斯禮。結論是，放棄吧。」

「嗯，如果聽到這點能讓你覺得好過些，艾比，我要說的是，這兒也沒人肯多告訴我什麼。但即使那樣，這也是我們私下說的。」

「有關的所有談話都是所謂私下說的，非正式的，凱，」她嚴肅的說：「我來看你不是因爲我想從你腦裡挖出什麼故事。」她停頓一下。「我對在維吉尼亞州發生的事是有些警覺。早在黛伯拉·哈韋和她男朋友失蹤以前，我對那些案件就一直比我的主編要熱心得多。現在呢，整件事已經變得很熱門了，相當相當熱門。」

「我不意外。」

「我不太確定怎麼開始。」她看起來有些不安。「有些事我還沒有告訴任何人，凱。但是我覺得我似乎踏到什麼別人不想讓我注意的東西了。」

「我不太了解，」我說，伸手拿我的酒。

「我自己也不太了解。我問自己是不是在無中生有。」

「艾比，你在吊我胃口。快點解釋一下。」

她拿出一支菸，深深吸了一口，然後說：「我留意這些情侶死亡的案件已經很久了。我進行了一些調查，從一開始我接觸到的反應就很奇怪。依我經常接觸警察的經驗來看，那已經不只是不情願透露消息了。我一提起這事，他們就掛我電話。然後，去年六月聯邦調查局幹員來找我。」

「什麼？」我停止塗抹醬汁的動作，定定的看著她。

「你記得在威廉斯堡發生的一起三屍命案？母親、父親和兒子在一場搶劫中被射殺？」

「記得。」

「因為我當時要寫一篇關於那個案子的報導，必須到威廉斯堡一趟。你知道，當你下六十四號公路，如果右轉，你會到科羅尼休路的威廉斯堡、威廉和瑪麗學院。但如果你向左轉，開下彎路出口，差不多二百碼處，你會碰到一個死巷，前頭是培力營的入口。我沒有仔細想，於是轉錯了彎。」

「我也錯過一、兩次，」我承認。

她繼續，「我開到警衛亭解釋我轉錯了彎。老天，想想那個叫人毛骨悚然的地方。到處是巨大的警告招牌，寫著『武裝部隊實驗訓練活動』。進到這種場所就表示你默許搜查的行動，包括你的人身和物品。我幾乎半猜疑著隨時會有偽裝成尼安德塔人的霹靂小姐（SWAT）從灌木林中跳出來，把我拖出去。」

「警察基地一直不是個友善的地方，」我不知怎的感到有些好笑的說。

「不管怎樣，我一刻也沒停留就飛也似的離開了，」艾比說，「而且，說眞的，我完全忘了這回事，直到四天後有兩個聯邦調查局幹員出現在《郵報》大廳，指名找我。他們要知道我到威廉斯堡幹什麼，為什麼我會把車開到培力營。原來，我的車牌被監視器拍下來了，他們一路追到報社。那眞是不可思議。」

「爲什麼聯邦調查局會有興趣?」我問。「培力營隸屬於中央情報局。」

「中央情報局在美國沒有執行權。也許那可以說明爲什麼,不過也可能那些混帳是中央情報局的人員假扮成聯邦調查局幹員。誰敢說自己能夠完全辨別那些傢伙的眞眞假假?再說,中央情報局從來就沒有承認培力營是它的主要訓練場所,那兩名調查員在訊問我時,一個字兒也沒有提到中央情報局。但是我知道那是他們想知道的,而他們也知道我知道。」

「他們還問了什麼?」

「基本上,他們想知道我是不是在著手撰寫有關培力營的報導,也許想偷偷潛進去。我告訴他們如果我意圖偷偷進去,我會設法盡量掩蔽,而不會直接把車開到警衛亭。雖然我還特別強調目前並沒有要對『中央情報局』作任何報導,但是也許這次之後,我應該好好想想。」

「我猜那效果很好,」我譏誚的說。

「那些傢伙連眼也不眨,完全不動聲色。你知道他們的樣子。」

「中央情報局是相當偏執而且緊張多疑的,艾比,尤其是對於培力營。連州警和緊急直升機都不許從它上空飛過。沒有人侵入過那區域的領空,也沒有人在被耶穌基督證實清白前,可以通過警衛亭進去的。」

「然而你也曾轉錯彎過,成千上百的遊客也做過,」她提醒我。「聯邦調查局卻從沒有來找過你,對不對?」

「沒有,但我不在《郵報》工作。」

我把牛排從烤架上拿起來,她跟著我走到廚房。我把沙拉裝盤,倒葡萄酒時,她繼續說。

「自從那幹員來看過我之後，奇怪的事開始發生。」

「像是？」

「我想我的電話被竊聽。」

「你有什麼根據？」

「開始時是我家裡的電話。我會在跟人講電話時聽到別的聲音。這情形也發生在辦公室，尤其是最近。電話轉接給我後，我強列的感覺到有人在偷聽。那很難解釋。」她焦慮的重新安放銀製餐具。「一種靜態的、紛亂似的靜默，看你要怎麼描述。但它確實存在。」

「還有其他不尋常的事嗎？」

「幾星期前發生一件事。有天晚上的八點鐘，我站在靠近杜旁圓環，康乃狄克的人人百貨公司前，預定要和一個線民碰頭，然後我們要到別的地方，安靜的吃頓晚餐。接著，我看到有個人，輪廓鮮明，穿著風衣和牛仔褲，長得很好看。我站在角落邊的那十五分鐘內，他來回經過我面前兩次，後來當我和約好的人進到一家餐廳時，我又從眼角餘光瞥見他。我知道聽起來很瘋狂，但是我覺得我被跟蹤了。」

「你以前見過這個人嗎？」

她搖頭。

「後來你還有看到他嗎？」

「沒有，」她說：「但還有其他的事。我住在一棟公寓大廈。所有的信箱都在樓下大廳，我有些信件上的郵戳，怎麼想都不對。」

「如果中央情報局要動你的信件，我可以向你保證你絕對察覺不出來。」

「我不是說我的郵件看起來有被翻閱過的痕跡。但是在幾次情況裡，有人——我母親或是我的代理人——發誓他們是在某一天寄東西給我，但當我收到時，郵戳上的日期怎麼看都沒道理。總是晚了幾天或一星期。我不知道。」她停下。「如果只是單純一件事，我很可能會認爲那是郵政服務品質欠佳，但是跟其他的事件放在一起想，叫我不禁要懷疑。」

「爲什麼有人要竊聽你的電話、跟蹤你，或攔截你的信件？」我提出這個敏感的問題。

「假如我知道，也許我還能做些什麼。」她終於開始吃東西。「這味道眞好。」除了口頭上的讚美，她看不出來有一點點食慾。

「也有可能是別的事，」我率直的建議，「你和那些聯邦調查局的人見面、培力營的插曲，會不會使你太過緊張？」

「很顯然那讓我緊張惶恐。但，凱，我不是在寫什麼揭開掩飾神祕面紗的報導，也不是另一個水門案件。在華盛頓發生的事件一個接一個，但都是相同的老故事，唯一醞釀中的大事發生在這裡。這些情侶被謀殺或可能是被謀殺案。我開始挖掘這些事，然後捲入麻煩。你怎麼想？」

「我不確定。」我不舒服的想起班頓．衛斯禮的態度，以及他前天晚上的警告。

「我知道有關鞋子不見了的事，」艾比說。

我沒有反應，也沒有顯示我的驚訝。那是到目前爲止，仍隱瞞報紙等傳播媒體的一個細節。

「八個人，被人發現死在樹林子裡，但在現場或遭棄置的車裡都沒有找到鞋子和襪子。這不是件尋常的事。」她若有期待的看著我。

「艾比，」我安靜的說，再往我們酒杯裡倒酒，「你知道我不能細談這些案件。即使是跟你。」

「你有沒有留意到任何線索可以說明我到底對抗的是什麼嗎？」

「老實說，我知道的可能比你少。」

「那倒告訴了我一些事。這案子已經持續了兩年半，而你居然可能知道的比我少。」

我記得馬里諾曾提到有人在「掩飾什麼」。我想到珮德．哈韋和那場國會聽證會。我的恐懼開始滴答轉動。

艾比說：「珮德．哈韋是華盛頓的一顆閃閃發亮的星星。」

「我了解她的重要性。」

「有更多的事是你在報上無法讀到的，凱。在華盛頓，你被邀請到什麼宴會裡就跟選舉一樣。也許比選舉的含意更多。如果談到貴賓名單上的頭號人物，珮德．哈韋的地位直逼第一夫人。謠傳說，下一次的總統選舉，珮德．哈韋可能會成功的被推上副總統候選人的位置。」

「副總統的可能人選？」我驚訝懷疑的問。

「那只是謠言。我是持懷疑論，如果我們再有另一個共和黨總統，我個人認為她至少會成為內閣閣員之一，或是司法部長，但是她必須先要能挺過這次事件。」

「她要付出額外的心力才能撐得過去。」

「私人問題絕對可以毀掉你的事業，」艾比同意。

「的確可以，如果你就這麼投降的話。但是如果你能熬過來，這件事也能讓你更堅強，更有力量。」

「我知道，」她喃喃自語，盯著她的酒杯。「我知道得很清楚，如果不是那件發生在韓娜身上的事，我永遠不會離開里奇蒙。」

在我來到里奇蒙就職後不久，艾比的妹妹——韓娜被謀殺了。那場悲劇使我和艾比因工作需要而連在一起。我們後來成爲朋友。數個月後，她接受《郵報》的職位。

「回到這兒對我而言，仍然不容易，」艾比說：「事實上，這是自我搬走後第一次回來。我甚至開車繞到我以前住的房子，幾乎想要去敲敲門，看看現任屋主是否願意讓我進去一下。我不知道爲什麼，但我想再走進去一次，看看我能不能忍受走到韓娜的房間去，把最後一次見到她的樣子，用比較和緩無害的影像替代。但那屋子似乎沒有人在，也許這樣最好不過。而且我也不認爲我可以辦得到。」

「當你眞正準備好的時候，你會辦到的，」我說，同時想要告訴她今天傍晚我在屋外院子的心情，告訴她我在今晚以前也無法做到。但那與她的情況比較起來是如此微不足道，而且艾比也不認識馬克。

「我跟弗瑞德・柴尼的父親今天稍晚的時候談過話，」艾比說。「然後轉到哈韋家。」

「你的文章預計什麼時候刊登？」

「也許要等到週末。我手邊還有很多事要做。報社要弗瑞德和黛伯拉的側寫，以及任何我可以挖到的有關調查的點滴——特別是跟其他四宗情侶失蹤案件的關聯。」

「你今天去哈韋家時，他們家的人看起來怎樣？」

「其實我沒有眞的跟他們談到話，那個鮑伯，我一到達，他和他兒子就離開了。記者不是他喜歡打交道的對象，而且我覺得被稱爲『珮德・哈韋的先生』讓他不舒服。他從不接受訪問。」她推開只吃了一半的牛排，把手伸向她的菸盒。她的菸癮似乎比我記得的還要嚴重。「我滿擔心珮德。她看來像是突然在過去一個星期中老了十歲。而且很奇怪，我無法甩掉一種感覺，一種她知道一些事的感覺，好像她對她女兒發生了什麼事已經心有定論。那也使我更加好奇。我在猜，她是不是已經接到了什麼威脅，一張紙條，或從不管是誰那兒得到了什麼訊息。她拒絕告訴任何人，包括警方。」

「我無法想像她會那樣糊塗。」

「我可以。」艾比說：「如果她認爲有任何一點機會可以使黛伯拉平安回家，珮德．哈韋連上帝都不會說。」

我起身清理餐桌。

「我想你最好弄些咖啡，」艾比說：「我不想在開車時睡著了。」

「你什麼時候離開？」我問，把杯碟碗盤堆到洗碗機裡。

「盡快。在回華盛頓前，我還有一、兩個地方要去。」

我往咖啡壺裡倒水時，看了看她。

她解釋，「那個黛伯拉和弗瑞德在離開里奇蒙之後停留過的7－11——」

「你怎麼知道這件事？」我打斷她。

「我想辦法從在休息站等著把吉普車拉走的拖車司機那兒打聽來的。他無意中聽到警方在談論，他們在一個塞滿紙的帶子裡找到的一張收據。後來費了九牛二虎之力，好不容易猜出是哪個7－11，以及會是哪個店員在黛伯拉和弗瑞德進店買東西時值班。那是一個叫艾琳．卓丹的女子，她從星期一到星期五值四點到午夜的班。」

我太喜歡艾比了，所以很容易忘記她探索新聞事件的傑出才能。

「你想從那店員身上挖掘出什麼？」

「這一類的冒險，凱，就像對待聖誕紙筒裡的禮物一樣，不可預期。我不知道答案會是什麼——事實上，我甚至不知道問題是什麼——直到我開始挖掘。」

「我眞的認爲你不應該一個人在深夜到那兒遊蕩，艾比。」

「如果你願意擔任持槍的工作，」她回答，開心的微笑著，「我會很高興有同伴。」

「我不認爲那是個好主意。」

「你也許是對的，」她說。

但是，最後我還是決定跟她去了。

4

我們一接近公路出口處大約半哩的地方，就看到閃著霓虹招牌的「7－11」字樣在黑夜中跳動。它那隱藏在紅綠交雜招牌下的訊息，已不僅單純只是它原先想要宣示的那樣。每一個我所知道的7－11，都成了二十四小時營業。我幾乎可以聽到我父親鄙夷評論的語聲。

「你祖父就是爲這個東西離開費羅納的嗎？」

那是當他看早報，看到他不同意的報導時，一邊搖著頭，一邊最喜愛加註的批評；也是當一個操喬治亞口音的人把我們看作非「眞正美國人」時，他最愛說的一句話；更是當他聽到謊話、毒品或離婚等等議題時，會滿心厭煩咕噥的評語。我小時候住在邁阿密，他開了一家小小的社區雜貨店。他每天在晚餐桌旁說著一天發生的事，以及問我們那天做了什麼。他在我生命中出現的時間並不長，我十二歲時他就過世了，但我很確定，如果他仍然活著，他不會對這種便利商店有什麼好感。他認爲晚上、星期天或假日，人們就不應該繼續站在櫃檯後工作，或在路上吃玉米餅。那些時間應該跟家人一塊度過。

艾比轉向出口，再次檢視她的照後鏡。繼續往前開不到一百呎，就來到7－11的停車場，我發現她明顯的鬆了口氣。雙層玻璃正門前，除了一輛德國福斯汽車之外，我們是唯一光臨的顧客。

「目前爲止一切平靜，」她觀察道，熄滅引擎。「在過去的二十哩中，沒有看到一輛巡邏警車，不管是否掛有警示標誌。」

「至少不是你知道的那種。」我說。

這是個朦朧迷離的夜晚，看不到一顆星星，天氣雖暖和，但有些潮溼。我們往那個有著空調、美國最熱門的便利商店走去，一個年輕男人拎著個十二罐裝的啤酒經過我們身邊。店裡角落有個閃動亮光的電動遊樂器，櫃檯後有個年輕女子忙著填補架上的香菸。她看來不到十八歲，頭髮染成金色，燙成大捲波浪堆疊在頭上，她纖細嬌小的體格包裹著一件橘白格子、長及膝蓋的恤衫和一條黑色緊身牛仔褲。她轉身過來問我們要什麼時，我被她臉上的冷漠嚇了一跳。她看來像是略受過職前訓練，就直接到百貨公司當服務顧客的店員。

「是艾琳．卓丹嗎？」艾比詢問。

這店員看上去很驚訝，接著警惕起來。「怎樣？你是誰？」

「艾比．敦布爾。」艾比非常職業化的伸出手去。艾琳．卓丹鬆垮垮的握住。「來自華盛頓，」艾比添加。「《郵報》。」

「什麼《郵報》？」

「《華盛頓郵報》。」艾比說。

「喔。」忽然間，她變得很無聊的樣子。「我們已經有了。就在那邊架子上。」她隨手指了指在大門旁已經空了的架子。

接著是段難堪的靜默。

「我是《郵報》的記者，」艾比解釋。

艾琳的眼睛倏忽亮了起來。「沒開玩笑？」

「沒開玩笑。我想要問你幾個問題。」

「是的。我在寫一篇報導，而我眞的需要你的協助。」

「你是說爲一篇報導？」

「是的。我在寫一篇報導，而我眞的需要你的協助。」

「你想知道什麼？」她貼近櫃檯，俯身過來，她像是突然覺得自己很重要而表情嚴肅起來。

「是有關一星期前的一個週五晚上，來這兒光顧的兩個人，一對年輕的男女。大約跟你一樣大。他們在剛過九點時進來，買了六罐的可口可樂，和一些其他的東西。」

「喔，失蹤的那對，」她說，開始生氣蓬勃起來。「你知道，我實在不應該告訴他們到那休息站去。但是當他們雇用我們時，告誡我們的第一件事就是不能讓任何人使用這兒的洗手間。私下說來，我是一點也不在乎，尤其是一對年輕男女一塊兒進來。我對她眞的感到很抱歉，我是說，我是眞的這麼覺得。」

「我相信你是。」艾比同情的說。

「當時眞是尷尬，」艾琳繼續。「她買了一盒衛生棉條後，問我是不是可以借用一下盥洗室，她男朋友就站在旁邊。噢，我眞希望我當時有讓她使用。」

「你怎麼知道他是她的男朋友？」艾比問。

有那麼一會，艾琳看來有些困惑。「事實上，我只是猜想。他們一塊兒在這兒看東看西，像是非常享受有彼此作伴。你知道人們是怎樣的。如果你稍稍注意，你就可以分辨。而我長時間一個人在這兒工作，很善於看人。拿結婚的人來說吧，他們總是在旅途中轉來這裡，孩子在車上。大多數進來的人，我可以立刻就知道他們是不是疲倦了啦，彼此是不是處的不好啦。但你提到的那兩個人，他們倆人之間可眞是甜蜜。」

「除了說需要洗手間外，他們還說了什麼嗎？」

「結帳的時候，我們聊了一下，」艾琳回答。「沒什麼特別的。就跟平常一樣。像『今天天氣不錯，很適合開車』，或『你們要上哪兒？』等等。」

「他們告訴你了嗎？」艾比問，一邊速記著。

「什麼？」

艾比抬起眼看看她。「他們告訴了你要去哪兒嗎？」

「他們說要到海邊。我記得那些是因為我告訴他們，他們運氣眞好，好像所有的人都要到什麼有趣的地方，而我卻被綁在這兒。再加上我和男友剛分手，讓我很感傷，你知道的？」

「我了解。」艾比溫和的微笑著。「再多告訴我一些他們的情況，艾琳。還有想到其他任何事情嗎？」

她很努力的想了想，然後說，「哦，他們看來很好，但好像很匆忙。我猜是因為她急著要找間盥洗室。我比較有印象的是他們很有禮貌。你知道，很多來這兒的人都要求過借用盥洗室，有些在我拒絕後會很難纏。」

「你提到，你指引他們到休息站，」艾比說。「你記得你是怎麼說的嗎？」

「當然，我告訴他們距離這裡不遠處有一個。只要回到六十四號公路向東，」——她強調——「然後他們就可以在大約五到十分鐘後看到它，不會錯過的。」

「當你告訴他們這些時，有沒有其他人剛好也在場聽到？」

「人們總是來來去去的，路上旅客太多了。」她想了一會。「我知道有個小孩在後面那兒玩小精靈。那個小鬼總是在這兒。」

「當時有任何人接近在櫃檯邊的那對情侶嗎？」艾比問。

「有一個男人。他在那對男女後面進來。到雜誌架那兒逛了一圈，最後買了一杯咖啡。」

「那時你還在跟那對男女說話嗎？」艾比氣勢洶洶的追問著細節。

「是的，我沒有忘記是因爲他相當友善，而且跟那個男的說了些什麼那吉普車是輛好車等等。那對情侶開一輛紅色吉普車，是那種富裕家庭孩子會開的車。車子就停在大門前。」

「然後呢，發生什麼事？」

艾琳在收銀機前一個凳子上坐了下來。「嗯，大約就是這樣了。接著有其他的顧客進來。那個買咖啡的男子離開，然後，也許五分鐘後吧，那對情侶也離開了。」

「那個買咖啡的男人——在你告訴那對情侶休息站的方向時，他也站在櫃檯附近嗎？」艾比就是要知道這點。

她皺了皺眉頭。「不太記得了。但我想，在我告訴他們的時候，他是在雜誌那區的。然後好像那女孩往另一個通道去拿她要的東西，再回到櫃檯時，那男子正好在付買咖啡的錢。」

「你說那對情侶在那男子離開五分鐘後才走，」艾比繼續。「他們在做什麼？」

「嗯，那是花了些時間啦，」她回答。「那女孩拿了六罐的啤酒到櫃檯來，你知道，我要她拿證件出來，她看來不到二十一歲，所以我不能賣她啤酒。她很客氣的接受了，還笑了笑。我是說，我們都笑了起來。我不認爲那有什麼。見鬼，我自己就那樣做過。後來，她買了六罐可樂，接著就離開了。」

「你能描述那名男子嗎，那個買了咖啡的？」

「不太能。」

「白人或黑人？」

「白人。皮膚黝黑。黑髮，或黑棕色，也許是二十幾、三十歲。」

「高、矮、胖、瘦？」

艾琳走向店面後方。「中等身高，也許。是那種還可以的身材，我想。」

「有鬍子嗎？」

「應該沒有……等等……」她的眼神亮了起來。「他的頭髮很短。沒錯！事實上，我記得他看起來像軍人。你知道，這附近有很多那種軍人樣子的人，總是在開車前往潮水鎮的路上中途休息進到店裡來。」

「是什麼讓你覺得他可能是軍人？」艾比問。

「我不知道。但也許是因爲他的樣子。那很難解釋，但當你看過夠多軍人的時候，你很容易就能認出他們來。他們有些特別的地方，比如說像刺青啦等等。他們身上大都有刺青。」

「這個男人也有刺青嗎？」

她皺眉的表情轉成失望。「我沒有注意到。」

「那他的穿著怎樣？」

「喔……」

「西裝領帶？」艾比問。

「呃，他沒有穿西裝打領帶，沒那麼正式，也許是牛仔褲或深色長褲。他好像穿了一件有拉鍊的夾克……老天，我眞的沒法確定……」

「你有沒有碰巧記得他開什麼樣的車？」

「不，」她篤定的說：「我沒有看到他的車。他一定是停在另一邊。」

「當警方來問你時，你有沒有告訴他們這些，艾琳？」

「有的。」她眼睛看著正門外的停車場。一輛貨車剛剛到達。「我告訴他們相同的故事。只除了一些當時我不記得的部分。」

當兩個十來歲的男孩閒逛進來，往電動遊樂器方向走時，艾琳把眼光轉回到我們身上。我看得出來她已經沒什麼要說的了，而且開始在想她是不是說的太多。

很顯然，艾比也有同樣的感覺。「謝謝你，艾琳，」她說，退開櫃檯。「這個故事會在星期六或星期天的報紙上出現。你一定要讀一讀。」

我們走出店外。

「該是離開的時候了，要不然她也許要尖叫著說所有的事都必須列爲私下論述。」

「我懷疑她甚至可能不知道『私下論述』的眞正意義，」我回答。

「讓我驚訝的是，」艾比說：「警察居然沒有叫她閉嘴。」

「也許他們有，只是她無法拒絕有可能看到自己名字上報的誘惑。」

六十四號公路東向休息站，那個店員指引黛伯拉和弗瑞德去的地方，在我們到達時，看起來相當荒涼僻靜。

艾比把車停在前頭，靠近一排報紙販賣機。有好一會兒，約莫是幾分鐘的時間，我們只是坐著沒有出聲。一棵在我們正前方的小冬青樹在車頭大燈照耀下，發出銀光，路燈被籠罩在白色煙霧中。我無法想像一個人在這種地方獨自下車到盥洗室去。

「眞叫人毛骨悚然，」艾比喃喃嘀咕著。「老天。我在想，這兒是不是每個星期二晚上都這樣荒涼沒有人煙，還是因爲消息傳出去，人們嚇壞了。」

「也許是那兩個原因的結合，」我回答。「但是你可以相信黛伯拉和弗瑞德失蹤的那個星期五晚上不是這種死寂的樣子。」

「他們當時也許就把車停在我們現在這個位置，」她沉思著。「也許當時這裡到處都是人，因爲是勞工節週末的前一天晚上。如果他們是在這兒遇上那個壞人，那人必定是個急躁的混帳王八蛋。」

「如果當時到處都是人，」我說：「那麼這個地方也應該到處停放著車輛。」

「意思是？」她燃起一根香菸。

「假設這是黛伯拉和弗瑞德遇到某人的地方，再假設他們因著某種原因讓那人上了吉普車，那麼他自己的車呢？難道他是走來的？」

「不太可能。」她回答。

「如果他也是開車過來，」我繼續，「又把他的車留在這裡，那麼除非當時這兒有很多汽車，否則這情形就不太合理。」

「我懂你的意思了。如果晚上這裡只停有他一輛車，又留在這兒好幾個小時，州警很有可能會發現它。」

「對一個犯下這麼一個大罪的人來說，不太可能會發生那樣的錯誤，」我再說。

她想了好一會。「你知道，一直困擾著我的是這整件事看來像是隨機抽樣，卻又同時不是隨意的選擇。黛伯拉和弗瑞德停在這個休息站是隨意的。如果他們是在這兒碰上某個壞人——或是在那個7－11碰上，假設就是那個買咖啡的男子——那都是隨機的。但，這之間也有預謀犯罪的計畫，或是事先考慮好的部分。總之，如果是有人綁架他們，那人絕對知道自己在做什麼。」

我沒有回應。

我在想衛斯禮所說。一樁跟政治牽連的案件，或一個觀察很久的攻擊者。如果那對情侶不是自己蓄意要躲起來的話，我無法想像這事件除了以悲劇收尾之外，還能是什麼。

艾比啓動了車子。

她一直沒有再說話，直到我們來到州界，將檔速保持在讓車子能穩定行進狀態下。「你認爲他們已經死了，對不？」

「你是想得到一個專家的說法嗎？」

「不是，凱，我不是想要個可以引用的回答。你要聽實話嗎？此刻，我壓根兒就不關心那個該死的報導，我只想知道到底發生了什麼事。」

「因爲你在擔心自己。」

「難道你不會？」

「我想，如果我的電話被竊聽，被跟蹤，我也會很擔心的，艾比。而談到擔心，現在已經很晚了，你看來也相當疲倦，倘若你今晚還要開車回華盛頓，實在是件傻事。」

她瞥了我一眼。

「我有足夠的空間，你可以明天一早出發。」

「如果你有多出的牙刷，可以讓我躺上去的東西，還有不介意我掠奪你的藏酒。」

我往後靠到椅背上，閉上眼睛，我輕輕的說，「如果你願意，你可以喝到醉。老實說，我也許會加入。」

我們在午夜時分回到我家，電話竟在那時響了起來，我在機器接聽前拿起話筒。

「凱嗎？」

一開始，我沒認出那聲音，因爲那實在超乎我意料之外，然後我的心開始咚咚咚急速狂跳。

「你好，馬克。」我說。

「對不起，這麼晚打擾你——」

我打斷他，但無法掩飾我語氣裡的慌張。「我現在有同伴。我相信你記得我曾跟你提到過我的朋友艾比．敦布爾，在《郵報》工作的？她今晚要在我這過夜。我們有個很美好的夜晚，還談了很多很多。」

馬克沒有反應。停了一會後，他說：「也許等你有空時再打電話給我，會比較方便。」

然後我掛斷電話，艾比正瞪著我，震驚於我明顯表露出來的懊惱。

「老天，那個人是誰，凱？」

我在喬治城的第一個月，因爲震懾於法律課程的繁重和人在異鄉的疏離感，而開始自我封閉，和人保持距離。我當時已經是合格醫生，來自邁阿密的義大利裔中產家庭，對生活中的豪華事物沒有多少接觸經驗，然後像是一剎那間，發現自己置身於一群有才能又漂亮的人群中。雖然我對我的家世背景並不感到羞恥，但在社交場合中，仍感覺自己一文不名。

馬克．詹姆斯是享有特權者的其中一員，他有副高挺、優雅的體格，很有自信也相當自負，而我遠在知道他的名字以前就已經注意到他。我們第一次碰面是在法律圖書館燈光昏黃的書架間，我永遠不會忘記當我們開始討論有關侵權行爲的一個法律問題時，他那專注的綠色眼眸。我們後來到咖啡館喝咖啡，持續我們的對話，一直到第二天凌晨。那之後，我們幾乎每天見面。

有將近一年的時間，我們沒有睡多少覺，而同睡在一張床的時候，做愛更是讓我們根本沒什麼休息的機會。不管我們如何勻出時間在一起，仍嫌不夠多。也許當時太傻、太傳統，我一度以爲我們會永遠在一起。第二年時，我甚至拒絕承認一些失望的寒意已經在我們之間慢慢沉澱。當我畢業以後，手指戴上另一個人許諾的訂婚戒指時，我以爲我已經忘了馬克，直到不久前，他又神祕的出現在我的生活裡。

「也許東尼是個安全的避風港，」艾比沉吟著，提起我的前夫。我們坐在我的廚房，喝著白蘭地。

「東尼是很實際，」我回答。「或者說開始時是這樣。」

「有道理，我自己就在我可憐的愛情生活中那樣做過。」她喝了一小口酒。「我可以熱情的放縱，而天知道機會是在那兒的，只是從來不會持久。結束時，我就像從戰場上退下的受傷戰士，蹣跚跛行的回家，蜷縮在某個從天而來的高貴男子的懷裡，聽他承諾永遠照顧我。」

「那是個童話故事。」

「正是格林童話，」她同意，有點苦澀。「他們承諾會照顧你，而事實上，他們眞正的意思是要你在家準備晚餐，外加幫他們洗衣服。」

「你剛剛的描述正巧就是東尼。」我說。

「他到底怎樣了？」

「我已經有太久沒有跟他說過話了。」

「至少應該維持友誼。」

「他不願意當朋友。」我說。

「你還想著他嗎？」

「你不可能在共同生活了六年後，一點也不去想他。但是，那並不代表我想和東尼復合，只是我心中將永遠有一部分會關心他，希望他過得好。」

「你們當初結婚時，你愛他嗎？」

「我想我是。」

「也許吧，」艾比說：「但在我聽來，你似乎從未停止愛過馬克。」

我再度把我們的酒杯斟滿。我們兩人明天早上起床後肯定都會不舒服到極點。

「我覺得不可置信的是，你們在分開那麼多年之後，居然又在一起，」她繼續。「而不管發生什麼事，我猜馬克也從未停止愛你。」

當他再回到我生活裡，我們分開的那幾年好像是待在不同的國家似的，過去生活所累積下來的語言模式，使我們難以溝通。我們只有在天黑之後才公開的交談。他告訴我他曾結過婚，他的妻子在一場車禍中喪生。我後來知道他放棄了他的法律事業，跟聯邦調查局簽了約。當我們又在一起之後，日子是那樣的甜蜜陶醉，就像我們在喬治城剛剛認識的第一年那些最完美的時光。當然，它並沒有持久，歷史本來就有自我重複的習慣。

「我想被調到丹佛不是他的錯吧，」艾比說。

「他做了決定，」我說：「我也是。」

「你不願意跟他一起去？」

「我就是他要求請調的原因，艾比。他想要分開。」

「所以他遷移到這個國家的另一邊？那聽來有些極端。」

「人在氣頭上的時候，行爲是無法保持理性的，甚至可能犯下大錯。」

「而他可能太頑固，無法承認他做錯了。」她說。

「他固執，我也固執，我們之間沒有一個在這場遊戲中是贏家。我有我的事業，他也有他的。他曾在匡提科，而我也在——那段時間很快就過去了。我是從沒想要離開里奇蒙，他則從沒有想要搬到里奇蒙。然後他開始想回到街上，請求調派到地區辦公室，或在首都華盛頓任職。這些情節不斷的重演，直到我們之間只剩下無止盡的爭執。」我停頓，嘗試著解釋一些永遠理不清的亂絲。「也許是我自己有問題。」

「你不能一邊跟別人生活在一起，一邊繼續你以前的生活方式，凱。」

我跟馬克對彼此說過多少次那樣的話了？到最後，我們除了那個問題外，什麼也沒有了。

「眞的值得爲了維持你所謂的自我，來付出你現在嚐到的代價嗎？那個你們兩人都在付出的代價？」

有無數次我也問著自己同樣的問題，但我沒有向艾比傾吐。

她點燃一根香菸，向那瓶白蘭地伸手過去。

「你們兩個有去找過諮商人員嗎？」

「沒有。」

這個回答並不完全眞實。馬克和我確實沒有去尋求協助，但我自己有，而且還繼續去看一個心理醫生，雖然現在已經沒那麼頻繁。

「他知道班頓．衛斯禮嗎？」艾比問。

「當然。班頓早在我來維吉尼亞之前，就在學院訓練馬克，」我回答。「他們是很好的朋友。」

「馬克在丹佛的工作是什麼？」

「我不知道，一些特別的任務吧。」

「他知道這裡發生的事嗎？那些情侶的事？」

「我想是吧。」停頓了一會，我問，「怎麼了？」

「我不知道，但是你和馬克談話時要小心注意。」

「今晚是幾個月以來，他第一次打電話給我。你聽到的，我跟他沒說什麼。」

她站了起來，我領她到臥房。

我拿睡衣給她，又指著盥洗用具，她繼續說著話，但剛喝下的白蘭地顯然已經開始發生作用，「他會再打電話來，或你會打給他，所以要小心些。」

「我並沒有打算打電話給他，」我說。

「那麼，你眞是跟他一樣糟糕，」她說：「你們兩人就像地獄小鬼一樣剛愎自用，又記仇。好了，那就是我對這個情況的評價，不管你喜不喜歡。」

「我必須在八點鐘到達辦公室，」我說。「我會在七點鐘把你叫醒。」

她輕輕擁抱我，親親我的面頰，道聲晚安。

那個週末我很早就外出，買了份《郵報》，但沒有找到艾比的報導。下一個星期也沒有，又過一個星期，仍然沒有。我覺得奇怪。艾比還好吧？爲什麼自她來里奇蒙拜訪我之後，就沒聽到她的消息？

十月底時，我打了電話到《郵報》辦公室。

「很抱歉，」一個男的很急促匆忙的說，「艾比休假中，要到明年八月才會復職。」

「她還在華盛頓嗎？」我問，驚訝的無以復加。

「不清楚。」

掛斷電話，我翻閱我的電話簿，打到她家。那頭傳來答錄機的聲音。艾比在往後數星期並沒有回我的電話，也沒有隻字片語。一直到聖誕節剛過不久，我才開始了解到底發生了什麼事。一月六日，星期一，我回家，在我的信箱裡找到一封信。信封上沒有寄信人住址，但上面的字跡我是再熟悉不過。打開信封，發現裡面有一張黃色法律用紙，潦潦草草的簽有「FYI，馬克」的名字，和一份從最近《紐約時報》裡剪下的短文。我無法相信的讀著，艾比．敦布爾跟書商簽了約，要寫有關弗瑞德．柴尼和黛伯拉．哈韋消失的故事，以及他們的這件案子跟維吉尼亞州其他四對情侶，先失蹤後死亡的案件之間「恐怖的牽連」。

艾比曾經警告我要小心馬克，現在換他來警告我要小心她，或者他把這則剪報寄來是有其他的用意？

我失魂落魄的獨坐在廚房，心中反覆交戰著是要在艾比的留言機上留下痛罵的言語，還是打電話給馬克，最後我決定打給安娜，我的心理醫生。

「你覺得遭人背叛了？」當我終於在電話中跟她連絡上時，她問。

「那是最輕微的說法，安娜。」

「你早知道艾比在為報紙寫這篇故事，那跟寫成書真有那麼大的不同嗎？」

「她從沒有告訴我她要寫的是一本書呀。」我說。

「因爲你覺得被背叛，並不表示實際上眞是如此，」安娜說：「那是你這個時刻的知覺觀感，凱。你必須給自己一些時間等一等，看一看。至於馬克爲什麼會把那份報導寄給你，你可能也需要時間觀察，說不定那是他想要跟你連絡的方式。」

「我在想我是不是要找個律師，」我說：「看看是不是有什麼地方需要我採取行動來保護自己。我對艾比書上會出現什麼，一點概念也沒有。」

「我想目前比較明智的做法是相信她所說的話，」安娜勸說著。「她說你們之間的談話純屬私人。她以前讓你失望過嗎？」

「沒有。」

「那麼我建議你給她一個機會，給她機會解釋。再說，」她說：「我不認爲她有多少資料能寫成一本書。這件事到目前爲止沒有逮捕任何人，還有那對情侶到底發生了什麼事也尙未確定。他們到現在都下落不明。」

那說法帶來的苦澀嘲諷在兩個星期後再次打擊我。那天是一月十二號，我在維州首府大廳等著一個要在維吉尼亞州議會中審核的法案結果，那個法案關係到授與法醫調查局成立DNA資料庫的權力。

我剛從一個快餐店回到大廳，手中捧著杯咖啡，然後我看到珮德·哈韋，優雅的身材裹在一套海藍色的喀什米爾質料的套裝裡，手臂下夾著一個有拉鍊的黑色皮革公事包。她正在大廳跟一些議員們說話。一看到我，立刻往我這方向走來。

「史卡佩塔醫生，」她伸出手說。她像是因見到我而鬆了口氣，但仍然皺著眉，壓力重重的樣子。

我正心裡奇怪她怎麼不在華盛頓，她就立刻像看透我似的回答說，「我被邀請來支持州議案，」她帶著略顯焦慮的微笑，說：「那麼，我猜，我們今天是抱著同樣的目的而來。」

「謝謝你，我們的確需要所有可能的幫助和支持。」

「我認爲你無庸擔心，」她回答。

她也許是對的，有國家毒品政策執行長的現身支持及媒體的披露，會給法務委員會帶來相當大的壓力。

在一陣不知如何接續的靜默中，我們兩人各自看著越來越多的人潮，然後我悄悄的問她，「你還好嗎？」

有那麼一會，淚水蒙上她的眼睛。她很快的看了我一眼，嘴邊仍是帶著焦慮的微笑，然後她往大廳的另一端走去。「對不起，我看到一個我必須和他談談的人。」

珮德．哈韋還沒離開到聽不到我這邊的聲音時，我的傳呼機就響了起來。

一分鐘後，我回了電話。

「馬里諾已經上路了。」我的祕書在電話中解釋著。

「我馬上動身，」我說：「把我的現場裝備準備好，蘿絲，確定所有的東西都整齊放好，手電筒、照相機、電池、手套。」

「好的。」

我一邊詛咒著腳上的高跟鞋和下個不停的雨，一邊匆匆忙忙走下階梯，往葛分那街跑去。風拉扯著我的雨傘，我禁不住想當哈韋太太知道這消息後，會如何的消沉痛苦。感謝上帝，當我的傳呼機發出駭人的警報聲時，她並沒有站在我身邊。

5

遠遠就可以聞到那股氣味。碩大的雨珠猛擊著地上的枯葉，天色陰沉幽暗有如薄暮黃昏，樹林在雨中蒸騰的霧氣裡忽隱忽現。

「我的老天，」馬里諾踩到地上的一根木頭，咕噥的抱怨著。「他們一定爛成泥巴了。真不知道還有什麼氣味可以比擬，我不斷聯想到醋醃螃蟹。」

「還會有更糟的呢，」傑．摩瑞保證著，他正領著路。

黑色污泥吸吮著我們的腳，而每一次馬里諾擦動樹枝，沉積的雨水便嘩嘩落下；至於我呢，就像沖了個冰涼涼的冷水浴一樣狼狽。幸運的是，我穿著一件連帽的防水透氣外套，還有一雙粗橡皮靴。我總是在我公務車後車廂裡放好這些用具，以備不時之需。但這回我找不到厚皮革手套，只好把雙手插在口袋裡，這使我在穿越樹林時無法用手撥開迎面而來的樹枝，行進也因而變得非常困難。

他們告訴我發現了兩具屍體，初步檢定是一男一女。地點距離去年秋天黛伯拉．哈韋吉普車被發現的休息站不到四哩。

「現在還不確定那就是他們，」每踏出一步，我就這樣告訴自己。

但當我們來到現場時，我的心臟不自禁縮了一下。班頓．衛斯禮正在和一名拿著金屬探測器工作的警察說話。如果警方不確定，是肯定不會傳呼衛斯禮的。他像個軍人般昂揚挺立，散發出男人掌控全局的自信。他看來正為了什麼而困擾著，但顯然不是因為壞天氣或是人體分解所發出的惡臭。他沒有像我和馬里諾一樣仔細的、一點兒也不放過任何細節的看著周遭，而我知道爲什麼。衛斯禮早就看過了，遠在我被通知之前，他就在這兒了。

屍體在一塊小空地上並排躺著，臉面朝下，距離我們停車的那片泥濘地有四分之一哩遠。他們腐爛的程度非常嚴重，部分肢體幾乎已呈骸骨狀態。手臂和腿部的長形骨頭顯現出來，像是污穢的灰色枯枝披著已經腐爛的衣飾，混雜在殘敗的枯葉裡。頭蓋骨也分裂了，被推滾到一或兩呎遠，很可能是些小型肉食動物造成的結果。

「找到他們的鞋子和襪子了嗎？」我問，因爲並沒有在四周看到。

「沒有，但找到一個錢包。」摩瑞指著屍體右側。「裡面有四十五元二十六分美金，外加一張黛伯拉·哈韋的駕駛執照。」他再次指了指，繼續道，「我們猜測躺在左邊的屍體是柴尼。」

標示犯罪現場的黃色膠帶，映照著陰暗的樹幹，在潮溼的空氣中閃爍飄動。地上枯枝被四處走動的人們踩得劈啪響，混雜著人們無法辨識、含糊不清的交談聲，交織迴盪在這場殘酷無情的雨中。我打開我的公事包，拿出一雙外科用手套和相機。

有好一會，我一動也不動的檢視著眼前萎縮，幾乎已經沒有血肉的屍體。要從骨骼殘骸判定性別人種，是無法一眼就辨識出來的。尙未看到骨盆之前，我什麼也不會說，而此刻那部分被像是深藍或黑色的牛仔褲遮蓋著。不過，根據我右手邊這個屍體的特徵——小骨頭，小頭蓋骨，和幾縷黏著腐爛紡織物的金色長髮——都直指那是一名白人女子。她同伴的尺寸，強健的骨骼，突起的眉骨、大頭蓋骨，以及寬臉頰，則在在指明是個白人男子。

至於這對情侶到底發生了什麼事，我則無法判定。骸骨上沒有任何可以目視斷定是勒斃或絞死的繩索痕跡，我也沒有看到明顯的碎骨或孔洞可以推測有過爆炸或子彈射擊。這兩具男女屍體像是安安靜靜的並躺就死，她左手骨頭疊在他右手下，像是她最後握住了他，而他們空洞的眼窩在雨中張大著。

當我移近屍體，屈膝跪坐檢查時，發現屍體邊緣有一圈深色泥土，窄窄的一環，幾乎無法認得出來。如果他們是在勞工節週末死亡的話，當時樹葉還未掉落。他們身下的地面應該相對的光禿。我不喜歡此刻我所想到的事。警察在過去幾小時不停的在這周圍踐踏行走已經夠糟了。眞是該死。在法醫到達之前移動或擾亂屍體，不管程度如何，都無法饒恕原諒，這裡的每一個警員都應該知道這一點。

「史卡佩塔醫生？」摩瑞俯看著我，呼吸間冒著白氣。「我剛同那邊的菲力普司談過話。」他看了看我們東方約二十呎處，在灌木叢下搜尋的幾名警員。「他在屍體這兒找到一支手錶、一個耳環、一些零錢。有趣的是，金屬探測器一直響著。他把它移動到屍體正上方，它就嗶嗶響。有可能是拉鍊或什麼的，或者是一個牛仔褲上的金屬釦子，我想也許你會想要知道這點。」

我抬頭看著他瘦削、嚴肅的臉，他在有帽子的外衣下發著抖。

「告訴我，摩瑞，你們除了把金屬探測器移到他們上面檢測之外，還做了什麼。我可以看出他們被移動過。我必須知道這裡是不是他們今早被發現時所在的確實位置。」

「我不知道當獵人發現時他們所在的位置，但獵人們確實聲稱他們沒有靠得很近，」他說，眼睛射向樹林深處。「但，是的，當我們抵達時，這就是他們的樣子。我們只察看私人物品，檢查他們的口袋和她的錢包。」

「我想你們在移動任何東西之前都有拍照吧，」我平靜的說。

「我們一到達就開始拍照。」

我拿出一具小手電筒，開始例行毫無希望的痕跡追蹤。人類身體暴露於空氣中這麼多個月，要發現有意義的頭髮、纖維，或其他碎片的機會微乎其微。摩瑞靜靜的在旁看著，不自然的雙腳交替站立。

「在你們的搜查過程中，你有沒有其他重大發現足以支持這兩人就是黛伯拉·哈韋和弗瑞德·柴尼？」我問，因為自發現黛伯拉的吉普車那天起，我就沒有見到過摩瑞，或和他談過話。

「除了可能跟毒品有關聯外，什麼也沒有，」他說。「我們聽說柴尼在卡羅萊納的室友吸食古柯鹼，也許柴尼自己也有涉及。那是我們考慮的方向之一，亦即他是否和哈韋家的女孩為了跟販賣毒品的人碰頭而來到這裡。」

那沒有道理。

「為什麼柴尼會把吉普車留在休息站，然後跟毒品販子離開，還帶著黛伯拉，來到這裡？」我問。「為什麼不在休息站買毒品，繼續上路？」

「他們也許來到這裡參加一個聚會。」

「有哪一個神智清楚的人會在天黑之後來到這裡參加聚會？還有他們的鞋子呢，摩瑞？你是要說他們赤腳穿越樹林嗎？」

「我們不知道他們的鞋子是怎麼回事，」他說。

「那真是很有趣。到目前為止，五對情侶死亡，而我們都不知道他們的鞋子怎麼了。沒有一個人的鞋子或襪子出現過。難道你不覺得相當突兀怪異嗎？」

「喔，是的，我是覺得很奇怪，」他說，一邊摩擦著自己，試圖取暖。「但現在我只想針對眼前的這樁案子，而不要讓前面發生的四個案件困擾我。我必須根據所得到的資料來研判，而目前的資料指出這案件可能跟毒品有關。我不打算讓連續殺人犯或這女孩母親的身分給擾亂了方向，要不然我很可能忽略了明顯的線索。」

「我當然不是建議你忽略明顯的事物。」

他陷入沉默。

「你可有在吉普車裡發現使用毒品的用具或裝備？」

「沒有，到目前爲止，這裡也沒有任何跟毒品有關的發現，但我們要檢驗的泥土和樹葉還很多很多——」

「這天氣很糟糕。我不認爲現在是進行泥土篩濾工作的適當時機。」我的話聽起來不僅沒有耐心，還很暴躁心煩。我對他很生氣，所有的警察都讓我沮喪憤怒。雨在我大衣上匯成水流。我的膝蓋痛起來，我的手和腳漸漸痲痹，失去知覺；惡臭越來越叫人難以忍受，而轟隆作響的雨聲讓我神經緊張。

「我們還沒有開始挖掘，也還沒使用篩子。想等一會再做。現在根本沒辦法看清楚。到現在我們只有用金屬探測器和我們的眼睛。」

「但是，我們頻繁的在這裡走來走去，只會更嚴重的破壞現場，小骨頭、牙齒、其他東西，很可能被踐踏然後深埋到土裡去了。」他們已經在這裡好幾個小時，也許現在談保護現場已經太晚太晚了。

「那麼，你要今天就移動他們或是等到天氣變好後？」他問。

通常情況下，我會等到雨停，光線稍微充足些時再移動他們。當屍體被棄置在樹林裡好幾個月，再把他們用塑膠袋蓋起來留在原地一、兩天不會有什麼不同。但當馬里諾和我把車停在那邊圓木鋪設的小徑上時，早就已經有好幾輛電視採訪車在那兒等著了。有些記者坐在車裡，有些冒著雨企圖誘哄站崗警員套消息。這案子不是往常的那種普通情況。雖然我沒有權力告訴摩瑞該做什麼，但依據法律，屍體歸我決定。

「我車後有擔架和屍袋，」我說，翻找著我的鑰匙。「如果你可以找個人幫我拿來，我們馬上就可以移動屍體，帶到停屍間。」

「沒問題，我去交代。」

「謝謝了。」然後班頓·衛斯禮在我身旁蹲下來。

「你怎麼知道的？」我問。這個問題有點不明確，但他懂我的意思。

「摩瑞打電話到匡提科找我。我立刻趕到。」他研究著屍體，有稜有角的臉在淌著雨水的兜帽裡顯得異常憔悴。「你有沒有發現什麼，能說明這裡到底發生了什麼事？」

「到目前爲止我只能告訴你他們的頭骨沒有碎裂，也沒有槍彈穿過他們的頭部。」

他沒有回應，他的沉默讓我緊張。

我打開裝屍袋時，馬里諾走上來，兩手縮在外衣口袋裡，雙肩往前拱起以抵禦寒冷和雨水。

「你會得肺炎的，」衛斯禮評論道，一邊站起來。「里奇蒙警局難道窮到沒法給你們買頂帽子嗎？」

「狗屁，」馬里諾說，「你運氣很好，他們給你那該死的車子餵汽油，還配你一隻槍。春街裡混混的待遇都比我們好上許多。」

春街是州立監獄感化院。那倒是眞的，州政府每年花在看管囚犯的費用都比那些力使罪犯從街頭消失的警察薪資要高些。馬里諾最愛抱怨這件事。

「我發現是地方警察把你從匡提科揪出來，今天眞是你的幸運日，」馬里諾說。

「他們告訴我找到屍體了。我問他們是不是有通知你。」

「算是有，讓我這麼說吧，他們最後終於通知我了。」

「我了解，摩瑞告訴我他從未跟地區暴力罪犯逮捕計畫合作過。也許有時候你可以幫幫他。」

馬里諾定定的看著屍體，他下顎肌肉緊緊收縮著。

「我們必須把這個輸入電腦，」衛斯禮繼續，大雨像擊鼓般的猛烈敲打著地面。

我不再注意他們的對話，將一個袋子放到女性遺體旁，把她翻過來變成仰躺。她仍然完整，關節韌帶還連結著。像維吉尼亞州這樣的天氣，暴露在自然界中的人體要完全成爲骷髏，或關節脫落斷截，通常需要至少一年的時間。肌肉組織、軟骨、韌帶是相當頑強的。她很嬌小，叫我想起那張在平衡木上擺姿勢、年輕可愛體操選手的照片。我留意到她的上衣是套頭式那種，可能是件毛衣，她牛仔褲上的拉鍊拉起，還緊扣著。攤開另一張袋子，我對她的同伴進行相同的程序。替腐爛毀朽的軀體翻身就像是翻動一堆石塊。你無法預期在屍體下面會發現什麼除了常見的昆蟲以外的東西。我看到幾隻蜘蛛迅速爬開，消失在落葉裡，那使我皮膚起了一陣疙瘩。

我徒勞的變換姿勢以求舒適，並意識到衛斯禮和馬里諾已經離開。在雨中獨自蹲跪的我，開始在落葉和泥濘地面上摸索，尋找手指甲、小骨頭和牙齒等東西。我注意到其中一副上顎中至少不見了兩顆牙齒。最有可能發現的地方是頭蓋骨附近的地面。十五、二十分鐘後，我找到一顆牙齒，一個也許是從男子襯衫上掉落的小小透明釦子和兩枚菸蒂。在每一個現場都會發現一些菸蒂，但不是每一個受害者都抽菸，更不尋常的是，沒有一個菸蒂濾嘴上有生產商的商標或名字。

當摩瑞回來，我向他指出這個發現。

「所有的犯罪現場都會發現菸蒂。」他回答，而我懷疑他可能到過幾個現場。我猜是不多。

「看起來像是菸紙的一部分被剝掉，或是濾嘴近菸草的地方被摘除了。」我解釋著，但這沒有得到他進一步的反應，我只好繼續在溼泥裡摸索。

當我們開始走向車子時，天漸漸黑了，抬著鮮橘色裝屍袋的警察無聲的在昏暗中行進著。我們來到窄小且鋪滿木頭的地方，一陣寒冷的北風吹襲過來，雨水變得冰冷徹骨。我那輛深藍色公務車跟靈車一樣配備齊全。在車後三合板鋪就的車底上有扣環可以扣緊擔架，使其在運輸過程中不至於晃動。我坐到駕駛座上，繫好安全帶，馬里諾從另一邊進到車裡，摩瑞砰的一聲把車後門關上，平面和電視攝影師全程記錄著我們的一舉一動。一名記者不斷的拍打我的車窗，幸好我把門鎖了起來。

「上帝保佑，我眞希望我不會再被叫到這樣的現場來。」馬里諾叫著，把車裡暖氣開到最大。

我啓動車子，轉過幾個水坑。

「看看那群禿鷹。」瞪著他那側的照後鏡，看著記者們倉皇跑向各自停放的車子。「一定有哪個混帳透露消息給媒體，很可能就是摩瑞，那個一級傻蛋。如果他在我隊上，我一定把他降去管理交通，轉到穿制服的地方或服務台。」

「你記得從這裡怎麼轉向六十四號公路嗎？」我問。

「在一個三岔路口轉向左手邊那一條再往前，狗屎。」他打開車窗，拿出香菸。「沒有比處在一個封閉且裝有腐爛屍體的車子裡更糟糕了。」

三十英哩之後，我下車打開辦公大樓的後門，按下內部牆上的紅色按鈕。那門在打開時發出刺耳的嘎嘎響聲，裡面的燈光流瀉到外頭溼漉漉的柏油路上。我回到車子，打開車後尾板。拉出擔架，放下輪子，把兩具屍體推到停屍間去。這時有幾個刑事鑑識員從電梯裡出來對著我們微笑，但並沒有向我們推著的東西看上一眼，彷彿擔架上有著人體曲線的隆起物就跟牆上的空心磚沒什麼區別。流淌到地面上的血和腥惡臭味相當令人難受，你得學會讓路出來，並安靜的快速通過。

我拿出另一隻鑰匙打開冰櫃不鏽鋼門上的扣鎖，然後找到掛在腳上的名牌紙片，填妥資料後，把他們轉到雙層冰櫃裡過夜。

「你介不介意我明天過來看你檢查這兩具屍體的結果？」馬里諾問。

「沒關係。」

「是他們，」他說。「一定是。」

「恐怕是這樣的，馬里諾。衛斯禮呢？」

「在回匡提科的路上，在那兒，他可以把他那穿著名牌鞋子的腳，高高蹺在那張巨大的辦公桌上，然後透過電話知道結果。」

「我以爲你們兩人是朋友，」我小心翼翼的說。

「喔，是啦，但這就叫命，醫生。就像我打算要去釣魚，所有的天氣預報也都說天晴氣朗，而就在我把小船放到水裡的那一刻，開始下起雨了。」

「你這個週末輪值夜班嗎？」

「應該是沒有。」

「星期天晚上——要不要到我家來吃晚餐？六點或六點半左右？」

「好呀，沒問題。」他說，眼睛看向別處，但我仍然看到了他想隱藏卻顯露在眼裡的傷痛。

我聽說他的妻子是在感恩節前後搬到紐澤西州，為了照顧她不久人世的母親。那之後，我和馬里諾吃過幾次晚餐，但他總是不願意談他的私人生活。

我開門進入停屍間，走向衣帽室，我通常把隨身物品和為緊急事件準備的換洗衣物放在那兒。我覺得渾身骯髒污穢，死屍的惡臭黏附在我的衣服裡、皮膚上和頭髮間。我趕緊把穿到現場的衣服剝下來，放進一個塑膠袋，再綁上一個條子，指示停屍間的管理員第二天一早把它交給清潔工人。然後到淋浴室，在裡面待了很久很久。

在馬克搬到丹佛市後，安娜許多建議事項裡的其中一件就是，要我把習慣努力折磨自己的傷害減到最低限度。

「運動。」她曾說過那討厭的字。「內啡肽有助於減輕沮喪。你會吃得比較好，睡得比較好，感覺比較好。我想你應該重拾網球。」

依循她的建議實在是個令人羞辱的經驗。過了青少年時期，我就幾乎沒有再觸碰過網球拍，而且我的反手拍一直就打不好，又經過這十多年，本來可能具備的技巧，也都蕩然無存。我參加的網球訓練課訂在每星期一晚上，因為我想那時在維斯伍俱樂部室內運動場的人們，應該都擠在酒吧裡手持雞尾酒，比較不太可能會從看台上往球場行注視禮。

離開辦公室後，我只剩下足夠的時間，飛車到俱樂部，衝向女更衣室，換上網球服。從我的寄物櫃裡拿出網球拍，趕到球場時，我還有兩分鐘時間。我開始做暖身運動，大膽的想彎下腰來觸摸腳趾頭，讓我的血液循環慢慢的開始加速。

泰德是職業球員，從綠色門簾後面現身，肩上扛著兩籃球。

「聽到消息之後，我以為今晚你不會來，」他一邊說，一邊把籃子放下，再脫掉運動夾克。他有著一身漂亮的古銅色肌膚，通常會以滿臉笑容迎接我，說些俏皮話，但今晚他顯得有些低沉。

「我弟弟認識弗瑞德．柴尼，我也認識他，只是不太熟。」看了看周圍幾個場地上正在打球的人們，他繼續說，「弗瑞德是好人一個，而且不只是我這樣說，因為他……嗯，我弟弟對這件事眞是驚訝得無以復加。」他彎下身來抓了滿手的球。「那有些困擾我，如果你想知道的話，就是那些報紙似乎提也提不完弗瑞德的女朋友是誰，好像只有珮德．哈韋的女兒在這個事件中失蹤。我不是說那女孩有什麼不好，發生在她身上的事就跟在他身上一樣驚人可怕。」他停頓。

「喔，我想你懂我的意思。」

「我懂，」我說。「但是換個角度，從黛伯拉．哈韋的家庭來想，他們受到密集的公眾審視，而且因為黛伯拉母親的身分，他們永遠沒有私下傷感哀悼的機會。不管你怎樣看待，整件事是個不折不扣的悲劇，並且充滿了不公平。」

泰德想了想，迎著我的眼睛。「我還沒有這樣想過，但你是對的。我想成名不見得都是好事，而且我也知道，你不是付我一個小時的錢只為了站在這兒聊天。你今晚想練習什麼？」

「地板球。我想要你讓我從一個角落跑到另一角落的追球，這樣會提醒我抽菸有多討厭。」

「在這點上倒不需要我再多講了。」他移向網子中央。

我後退到底線。如果我現在是打雙打，那我的第一個正手拍倒還不賴。

身體肌肉的酸痛是很好的分心因素，今天發生的苦澀現實全被擱到一旁，一直到我進了家門，脫下滿是汗溼的運動服，聽見電話鈴聲響起的時候。

珮德．哈韋很是激動。「他們今天發現到的屍體。我一定要知道。」

「他們的身分還無法確認，我也還沒有開始檢驗，」我說，坐在床邊雙腳輪替蹬下網球鞋。

「就我所知，是一名男性和一名女性。」

「到目前爲止，是的。」

「請告訴我是否有任何不是他們的可能性。」她說。

我遲疑了一下。

「喔，老天爺，」她輕呼。

「哈韋太太，我不能證實──」

她用一個幾近歇斯底里的語聲打斷我。「警方告訴我他們找到黛比的錢包，還有駕駛執照。」

我想是摩瑞，那個沒腦筋的混蛋。

我對她說，「我們不能純靠私人物品來作確認判斷。」

「她是我女兒呀！」

接下去會是威脅和謾罵。我已經經歷這些過程太多次了，那些爲人父母的在平常狀態下，最和藹可親不過。我決定給珮德．哈韋一些有建設性的事做。

「我還沒有檢查那些屍體，」我重複。

「我要看她。」

再過一百萬年吧，我心中嘀咕著。「那屍體無法用肉眼辨識，」我說。「他們幾乎已成骸骨。」

她猛吸了口氣。

「現在要看你是否願意協助，讓我們明天就能確認，不然要等上幾天。」

「你要我做什麼？」她顫抖著問。

「我需要X光照片、牙醫病歷，以及其他任何你能拿到的跟黛伯拉有關的醫療紀錄。」

一陣靜默。

「你可以幫我找到那些資料嗎？」

「當然，」她說。「我立刻進行。」

我猜她會在太陽升起來之前就把她女兒的醫療紀錄準備好，即使那意味著她得把里奇蒙市裡一半以上的醫生從床上挖起來。

第二天下午，我才把罩在法醫解剖學輔助用具——人體骨骼上的塑膠套揭開，就聽到馬里諾的聲音在大廳響起。

「我在這兒。」我大聲的說。

他大踏步進到會議室來，臉上面無表情的看著那具人體骨架。骨架上的骨頭是用線連結在一起，再以其頭蓋骨頂上的彎鉤掛在一個L型的棍子上。它站起來的身形比我高一些，雙腳在有輪木製的底盤上晃來晃去。

收妥桌上的紙張文件後，我說：「要不要幫我把它推出去？」

「你要帶瘦子去散步？」

「它要到樓下去，另外它的名字叫哈雷須。」我回答。

當馬里諾跟他露著牙齒的同伴隨著我到電梯時，骨頭和小輪子安靜的碰擊著，引來我一些路過同事好笑的眼神。哈雷須不常出來，而且像是個不成文規定，每當它被請出來時，誘拐者的動機通常不是什麼嚴肅的理由。去年六月，我生日那天早上，一走進辦公室，我就發現哈雷須坐在我的椅子上，帶著眼鏡，披著實驗袍，唇間叼著根香菸。事後有人告訴我，樓上有個神思不定的刑事鑑識員打我辦公室門前經過時，還探頭說早安，竟沒有發現任何不對。

「你不是要告訴我，你工作時它會跟你說話吧。」馬里諾在電梯門關上後說。

「它以自己的方式跟我溝通，」我說：「我發現，它有時比圖表還要有用。」

「它的名字有故事嗎？」

「當然有。在幾年前它被買下來時，這兒有個印度裔病理學家名叫哈雷須。這個骨架的主人也碰巧是印度人，男性，四十幾歲，也許更老。」

「是像小畢虹印第安人，或是其他那種會在額頭畫紅點的民族？」

「是恆河邊上的印度人，」我邊說邊跨入一樓。「印度教把他們的死亡跟河流連在一起，相信他們可以直接走向天堂。」

「我倒希望這跟天堂無關。」

當馬里諾把哈雷須往停屍間推去時，骨頭和小輪子撞擊聲再次響起。

眼前第一個不鏽鋼台上，白色布幔下，躺著黛伯拉·哈韋的遺體，灰色不潔的骨頭，一堆沾滿污泥的頭髮，韌帶像製鞋皮革般堅硬。腐屍惡臭仍然刺鼻，但已經不那麼叫人難以忍受，因爲我已經除去她身上的衣服。她的情形在跟哈雷須做比較下顯得更惹人憐憫，哈雷須經漂白的骨頭上沒有那麼多的刮痕。

「我有幾件事要告訴你，」我對馬里諾說。「但你要先答應我不能洩漏出去。」

他點上一支菸，嚴肅的看了看我。「好。」

「對於他們身分的確認毫無問題，」我開始說，把頭蓋骨兩側的鎖骨排好。「珮德．哈韋今早送來牙醫的X光片和紀錄——」

「親自送來？」他打岔，充滿驚訝。

「很不幸的，沒錯。」我說，我實在沒有預期珮德．哈韋會自己把紀錄資料送來——我的失策，而且是個我不會輕易忘掉的失誤。

「那必定引起了一陣騷動，」他說。

是的。

她開著她的捷豹到達，將汽車非法停放在路旁，帶著諸多要求，還有瀕臨嚎哭邊緣的情緒。接待處人員被這個深具名望的公眾人物給震懾住，無可奈何的讓她進來，哈韋太太立刻在大廳裡尋找我。我想如果不是行政管理人員在電梯前把她攔住，引她到我辦公室，她可能會直接衝向停屍間。稍後，我在我辦公室看到她，她僵硬的坐在一張椅子上，臉色跟白蠟一樣蒼白。我辦公桌上有死亡證書、檔案夾、驗屍解剖照片和懸浮在灌滿福馬林小瓶子裡的一塊刀刺傷口的人體部位。門後掛著一件沾滿血跡的衣服，那是我想在今天稍後做證據蒐集時拿到樓上用的。兩張無法確認身分女屍的臉面重組物，高高放置在資料櫃上端，看來像是被斬首的陶製人頭。

珮德．哈韋得到了遠超過她應該要知道的消息。她正面迎擊這間辦公室所揭發出的殘酷事實。

「摩瑞也帶給我弗瑞德‧柴尼的牙醫紀錄。」我對馬里諾說。

「那麼，已經證實是弗瑞德‧柴尼和黛伯拉‧哈韋了？」

「是的，」我說，然後我導引他注意夾在牆上觀察燈下的X光片。

「那應該不是我所想的吧。」他臉上閃過一抹驚訝，聚精會神的看著在模糊影片裡腰畔脊椎骨間一個輻射穿不透的斑點。

「黛伯拉‧哈韋遭到槍擊。」我指著有問題的腰椎。「從後背正中開始穿入。子彈粉碎了脊椎棘突和椎根，擊中脊椎骨。就在這兒。」我指給他看。

「我看不到。」他再彎了彎腰。

「沒錯，你看不到。但你看到洞了嗎？」

「是嗎？我看到很多洞。」

「這是子彈孔，其他的是血導管孔洞，那些是爲血脈管提供血到骨頭和脊髓的。」

「你說到的碎塊在哪兒？」

「椎根，」我耐心的說：「我沒有找到它們。它們也許變成碎片，也許仍留在樹林子裡。子彈進到體內但是沒有出去。她被射擊的部位是跟肚子相對的背面。」

「你在她的衣服上找到子彈孔了嗎？」

「沒有。」

鄰近的桌上有個白色塑膠盤，我把黛伯拉的私人物品放在那兒，包括她的衣服、首飾和紅色尼龍錢包。我小心的把毛衣提起來，破破爛爛，髒髒黑黑，還散放出腐朽臭味。

「你可以看到，」我點出，「特別是衣服後面，是慘不忍睹的形狀。紡織物的大部分已經完全腐蝕，或被肉食性動物撕扯掉。同樣的情形發生在她牛仔褲背後相同的位置，而那是有道理的，因爲她衣服蓋住的那部分區域帶著血。換句話說，我預期會發現子彈孔的衣物部位已經不見了。」

「射擊距離呢？你有任何概念嗎？」

「像我說的，那顆子彈沒有出口。這讓我假設那不是個近距離或觸身射擊，但這也很難斷定。同樣的，就口徑來說，根據這個孔洞的大小來推測，我想是點三八或更大的槍枝。我們無法確定，要等到我把脊椎骨撬開，拿出子彈，帶到樓上的武器實驗室檢驗之後才知道。」

「古怪，」馬里諾說：「你還沒有看柴尼？」

「他也照過X光了。沒有子彈。但沒錯，我還沒有檢查他。」

「古怪，」他又說：「她從背後被射擊這點跟其他案件不合。」

「是的，」我同意。「那的確不吻合。」

「那麼這是她致死的原因嘍？」

「我不知道。」

「什麼意思，你不知道？」他盯著我。

「那樣的傷口不會立即致命，馬里諾，那顆子彈沒有穿透，沒有橫穿主動脈。如果它在腰間這個地方橫穿過主動脈，她會在幾分鐘內因出血過多而死。重要的是，那顆子彈必定穿過她的脊髓，造成腰部以下立刻癱瘓。當然，血管也被擊中，使她大量失血。」

「她可以支撐多久？」

「數小時。」

「那麼性攻擊的可能性呢？」

「她的內褲和胸罩都穿得好好的，」我回答。「但那並不表示她沒有被性攻擊。她也許在被襲擊後獲准穿回衣服，那要假設她是在被射傷之前先遭到攻擊。」

「爲什麼要那樣麻煩？」

「如果你被強暴，」我說：「而你的施暴者要你穿回衣服，你會假設還有活命機會。一絲絲的理智控制住你，使你遵照指示，因爲如果你反抗，他也許會改變主意。」

「聽來不對。」馬里諾皺起眉頭。「我只是不認爲事情是那樣的，醫生。」

「那是個假設。我不知道究竟發生了什麼事。我能確定告訴你的是，我沒有發現她的衣服被撕扯、割破，或反穿，或沒有扣好繫緊。至於精液，在暴露樹林裡這麼些日子後，根本不可能找到。」我遞給他一個速寫筆記板和一枝筆，繼續說：「如果你要在這兒待上一會，你最好也幫些忙。」

「你打算告訴班頓這個？」他問。

「不是現在。」

「那摩瑞呢？」

「當然，我會告訴他，她被槍擊，」我說：「如果凶器是一支自動或半自動槍枝，彈殼有可能還在樹林裡。如果警察要把消息散布出去，那是他們的事。但媒體從我這兒得不到任何一點東西。」

「那麼哈韋太太呢？」

「她和她先生知道已經證實是他們的女兒和弗瑞德了。我一確定就跟哈韋家及柴尼先生連絡。在我能做最後結論之前，我不會透露其他消息。」

當我把屍體的肋骨分成左右邊時，它們發出像錫製玩具一般輕輕碰撞的聲音。

「每邊各有十二個，」我開始口授。「跟傳說不一樣的是，女人沒有比男人多一根。」

「嗯？」馬里諾疑惑的從速寫筆記板上抬起眼來。

「你讀過《聖經》〈創世紀〉嗎？」

他兀自瞪著我排放好在胸部脊椎處每一邊的肋骨，不明所以。

「別在意。」我說。

接著我開始檢查腕骨，手腕關節上的小骨頭非常像你可以在小溪河床或自家花園挖掘出的小石頭。要區別左手右手的骨頭不是件容易的事，這時，那具解剖學用骷髏就能派上用場了。我把它移近一些，把它滿是骨頭的手放到解剖台邊，開始比對。我用相同程序進行比對末梢和基部的指骨，或手指的骨頭。

「看來她右手少了十一塊骨頭，左手十七塊，」我報告著。

馬里諾把這寫下來。「本來應該有多少？」

「每一隻手都有二十七塊骨頭，」我邊工作邊回答。「提供手部最大的靈活度，這也是讓我們能畫畫、拉小提琴、彼此愛撫的原因。」

它同時也使我們得以保護自己。

一直要到第二天下午我才了解黛伯拉．哈韋生前曾努力要脫離一個不只握有槍爲武器的攻擊者。第二天的天氣開始變得較爲溫暖，天空也晴朗些了，警方正進行著全天候篩濾泥土的工作。

不到下午四點鐘，摩瑞來到我辦公室交給我從現場找到的一些骨頭。其中有五塊屬於黛伯拉，而在她左手指骨基部背面，我發現食指骨頭最長的那一節被割掉半吋。

當我發現骨頭或肌肉組織的傷口後，第一件要做的是判定那是屬於死亡前或死亡後。如果不去辨別哪些現象是在死後發生的，便可能會造成嚴重的錯誤。

人在遭火焚時出現破碎的骨頭和硬膜出血，會被死板的理由判定成是生前經歷痛苦折磨，然後有罪犯縱火掩飾謀殺，但事實上，有些傷痕可能是極高溫所引發。被海水沖刷上岸的屍體，或在河邊湖邊找到的，通常看來像是被一個極其瘋狂的殺手切割支離了顏面、生殖器官、手、腳，但事實上那些傷口是魚、蟹和烏龜造成的，骨骼殘骸被啃囓、咬食，手足被老鼠、肉食禿鷹、狗、浣熊等支解。

四隻腳、有翅膀，或有鰭的肉食動物會造成很多的損害，而幸運的是，它們只會攻擊死屍。然後大自然只是簡單的開始再循環利用，塵歸塵，土歸土。

黛伯拉．哈韋指骨基部的割痕相當整齊俐落，不像是被牙齒或腳爪造成的，那是我的見解。但這仍然有待更進一部的觀察和確認，包括一項不可避免的猜測，亦即有可能是我自己在停屍間不小心用小手術刀所劃下。

星期三晚上，警方對傳媒發布黛伯拉和弗瑞德的消息，在接下來的四十八小時裡，無數的電話蜂擁而來，使得在第一線工作的職員得花費所有的時間在接聽電話上，無法進行他們平常的職責。蘿絲通知所有人員，包括班頓．衛斯禮和珮德．哈韋，案件在我離開停屍間之前不會有進展。

到星期天晚上，再也沒有我可以做的了。黛伯拉和弗瑞德的遺體已經去掉油脂，從所有的角度拍過照，也已完成他們骨頭的紀錄清單。我把他們裝到硬紙箱裡，這時後邊的鈴聲響起來。我聽到值夜看守人的腳步聲踱到樓下，大門被打開。接著，馬里諾走了進來。

「你是睡在這兒還是怎麼了？」他問。

我抬眼瞥了瞥他，驚訝的發現他的外套和頭髮是溼的。

「外面在下雪。」他脫下手套，把他車裡的可攜式音響放到解剖台邊緣。

「那正是我需要的。」我說，嘆了口氣。

「你看來累得像狗，醫生。我只是順路經過，看到你的車在停車場，想是你天剛亮就到這個洞穴來，忙得不知道時間了。」

我撕下一條長長的膠帶開始封箱時，突然想到，「我以為你這週末不值夜班。」

「沒錯，而我以為你要請我吃晚飯。」

頓住了一會，我奇怪的看了看他，然後我記起來了。「喔，不，」我低呼，抬頭看看鐘。現在已過了晚上八點。「馬里諾，我非常非常抱歉。」

「沒關係，反正發生了幾件事。」

馬里諾說謊時總逃不過我的眼睛。他不會對著我的眼睛看，還有他的臉會變紅。他一直在找我，不是單純的因為他想吃晚餐，他腦裡有些事。

我倚靠著桌子，全神貫注的看著他。

「我想你或許會要知道珮德．哈韋這個週末到華盛頓，看局長去了，」他說。

「是班頓告訴你的？」

「是嘍。他同時說他一直想辦法跟你連絡，但你沒有回他電話。那個毒品沙皇也抱怨你沒有回她的電話。」

「我沒有回任何人的電話，」我疲倦的回答。「唉，我近來相當神思不屬，而且這節骨眼上，我沒有任何可以披露的結論。」

他看著桌上的箱子，說，「你知道黛伯拉曾被槍擊，就一樁殺人案啊，你還在等什麼？」

「我不知道弗瑞德．柴尼的死因，以及是不是有毒品牽涉的可能性。我還在等毒品檢查報告，而且在那些檢驗有結果，以及跟維西談過以前，我不想發布任何消息。」

「那個在史密森工作的傢伙？」

「我早上會見到他。」

「祝你好運。」

「你還沒告訴我珮德．哈韋為什麼要去見局長。」

「她控訴你的辦公室耽誤事件的進行，聯邦調查局也在阻撓她。她火大了，要她女兒的解剖報告、警方報告、方圓九碼內所有的報告，還威脅要取得法院傳票。如果她的要求沒有立即兌現，她就要鬧得天翻地覆。」

「那實在瘋狂。」

「答對了。但如果你不介意一些忠告，醫生，我想你最好今晚給班頓一個電話。」

「為什麼？」

「我不想你陷入火堆，就這樣。」

「你在說什麼，馬里諾？」我解開我的手術袍。

「你現在越躲避所有的人，就越像在火上加油。根據班頓的反應，哈韋太太堅信有人隱藏了一些事實，而我們全部都牽涉在內。」

見我沒有反應，他又問，「你有沒有在聽？」

「我聽到你說的每一個字。」

他拿起盒子。

「眞難想像這裡頭有兩個人。」他向前走。

是很不可思議。那盒子不比一個微波爐大，也只不過十到二十磅重。當他把它放到我公務車後車廂時，我輕輕的說：「謝謝你爲我做的一切。」

「什麼？」

我知道他聽到了，他只是要我再說一遍。

「我很感激你的關心，馬里諾。眞的！而且我實在對晚餐的事很抱歉。有時，我眞的是一團糟。」

雪下的越來越急，他跟平常一樣沒有戴帽子。我發動引擎並把暖氣開到最大，同時看著他，心中不由得想著這眞是很奇怪，我竟會覺得他很貼心。馬里諾比任何人都有本事讓我生氣，然而我卻無法想像沒有他在周圍的情形。

鎖好門，他說：「是喔，你欠我一餐。」

「綏迷佛烈多巧克力。」

「我最喜歡你說髒話的樣子。」

「那是一種甜點，我最拿手的，你這混蛋，那是巧克力慕思加鬆脆餅。」

「鬆脆餅！」（譯註：鬆脆餅，Ladyfingers，直譯為仕女手指。）他故意看著停屍間的方向，假裝感到恐怖。

我似乎花了一輩子的時間才回到家。我幾乎是以爬行的速度在蓋滿落雪的路上行駛，用力集中注意的開車使我回到家中在廚房給自己倒杯飲料時，才發覺自己頭痛欲裂。我坐在餐桌旁，點起一支菸，打電話給班頓．衛斯禮。

「你發現了什麼？」他立刻問。

「黛伯拉．哈韋從背後被槍擊。」

「摩瑞告訴我了。說子彈很不尋常，海折－沙克，九釐米口徑。」

「正確。」

「她男朋友呢？」

「我不知道他的死因。我正在等毒品測試結果，另外我需要跟史密森的維西溝通。我現在就等著這兩項。」

「盡量拖得越久越好。」

「請再說一次！」

「我是說我要你盡可能的拖延，凱。我不要這份報告透露給任何人知道，即使是當事人父母，尤其是珮德．哈韋。我不要任何人知道黛伯拉是被槍擊的——」

「你是在告訴我哈韋家不知道？」

「當摩瑞通知我，我要他答應我把這消息封鎖住，所以哈韋家還不知道，警方還沒有告訴他們。他們只知道他們的女兒死了。」他停了一會，繼續說，「除非你向我不知道的人披露過。」

「哈韋太太試過要跟我連絡好多次了，但是我還沒有跟她說過話，事實上過去幾天我幾乎沒有跟任何人說話。」

「就保持那樣，」衛斯禮堅決的說：「我要求你只對我一人報告。」

「最終那一天還是會來的，班頓，」我以同樣堅決的語氣說，「會到我必須發布死亡原因的時候。根據法律，弗瑞德的家人、黛伯拉的家人，都有權知道。」

「盡量拖延。」

「你能不能告訴我爲什麼？」

沉默。

「班頓？」我正懷疑他是不是還在線上。

「只一件事，在跟我商量之前不要有任何動作。」他再一次頓了一下。然後，「我假設你知道艾比．敦布爾簽了約要寫書的事吧。」

「我在報紙上讀到。」我回答，開始生起氣來。

「她有再跟你連絡嗎？嗯，最近？」

再？衛斯禮怎麼知道艾比去年秋天曾來看過我？該死，馬克，我心中罵著。他那晚打電話給我時，我曾提到艾比跟我在一起。

「我沒有跟她連絡。」我草率簡慢的回答他。

6

星期一早上，我屋前的道路鋪了層厚厚白雪織就的毯子，天色灰暗，預告著更壞的天氣就要來襲。我沖了杯咖啡，沉思著這種天氣下自行開車到華盛頓到底明不明智。我幾乎要放棄我的計畫了，然而最後還是打了通電話問州警，了解九十五號往北的公路上沒有積雪，而且北上到佛德瑞克斯堡之後，雪就逐漸變小，地面上積雪只有一吋厚。另外，因爲我的公務車無法駛出車道，於是我把厚紙箱改放到我的賓士車裡。

當我快到州界時，才想到如果我的車發生故障或被警察攔下，我將很難解釋爲什麼開著輛後車廂裝有人體骨骼的非公務車往北走，只是亮出我的法醫公務徽章並不足以說服人。我永遠不會忘記曾經有一回，我帶著一個大型公事包，裡頭裝滿變態狂用的性虐待用品裝備，搭乘飛機到加州的經驗。公事包經過X光掃描帶後，我隨即就被機場安全警衛帶去進行跟審問沒什麼兩樣的問話。而且不管我怎麼說，他們就是不肯相信我是法醫，要前去參加國家法醫協會年會，並且將要以自體窒息式性愛爲專題發表演講。手銬、鉚釘項圈、皮製吊帶，以及其他不體面的奇怪東西根本是以前案件的證物，我得不停強調它們不是我的。

十點半時我抵達華盛頓，在憲法大道和十二街間找到停車位。自從幾年前在史密森國家自然歷史博物館參加刑事人類學的課程之後，我就再也沒有到過這個地方。我帶著厚紙箱來到大廳，那是個充溢著蘭花香味和遊客嘈雜語聲的所在，我眞希望我也可以悠閒的觀看恐龍、鑽石、木乃伊棺木和乳齒象，永遠不用知道在這些牆裡其實隱藏著荒蕪冷酷的寶藏。

在這個博物館裡，從天花板到地板間的每一個可利用的空間，都有著遊客看不到的綠色木製抽屜，裡頭裝有無數死掉的動物，包括三萬具以上的人體骨骼。每星期都會有許多來自不同地方，以掛號方式郵寄送來的骨頭，要艾力士．維西博士來檢驗。有些殘骸是屬於人類考古學範圍，有時則是熊或海狸的掌爪，或是在路邊或犁田耕作時發現，起初誤以爲是被虐待致死的人骨，但其實是看來像人類頭骨的腦水腫小牛頭骨。有些包裹的確帶來壞消息，如被謀殺的人骨。身兼自然科學家及館長的維西博士，也爲聯邦調查局工作，以及幫助像我這樣的公務人員。

從面無笑容的安全警衛取得出入證，把它別好，走向黃銅製電梯，登上三樓。當我經過籠罩在昏黃燈光下，兩側滿是抽屜的偪促通道時，隔著數層樓那些爭看塡充巨象的人潮語聲漸漸遠去，我開始感到被幽禁的恐懼。我記得，當時在這裡面上了八小時的課，讓我變得急切於接收一些外在感官的刺激；我衝到館外，心中滿是脫逃成功般的喜悅，人行道上洶湧的人潮讓我感到親切，交通繁雜的噪音讓我鬆了口氣。

我在上回看到維西博士的地方找到他，那是一個散置著不鏽鋼手拉車的實驗室。手拉車中盡是鳥或動物的骨骼、牙齒、股骨以及顎骨等，架子上有更多骨頭和其他令人不舒服的人體遺骸，像頭蓋骨、萎縮頭骨等。維西博士頂著滿頭銀髮，戴著厚重眼鏡，正坐在他的辦公桌後講電話。待他放下話筒後，我就把箱子打開，拿出裝有黛伯拉．哈韋左手骨頭的塑膠袋。

「毒品沙皇的女兒是嗎？」他不客氣的問，從我手中拿走袋子。

那聽來像是個奇怪的問題。但是，從某方面來說，又相當正確。看來那原是個活潑女孩的黛伯拉，此刻僅存有滿足科學研究者好奇心的價值，只是一塊人體物質證物而已了。

「是的，」我說。他從袋子裡拿起一塊指骨，開始輕輕的在燈光下轉動察看。

「我可以毫不猶豫的告訴你，凱，這不是發生在死亡後的割痕。雖然一些老的割痕可以看起來像新的，但新近的卻不可能看起來像老舊的，」他說。「這割痕裡面的顏色因外在環境而改變了，而且改變的程度跟其他骨頭表面相同。另外，割痕開口向內彎的現象告訴我這不可能是在死屍骨頭上發生。活的骨頭才可能彎曲，死屍骨頭不行。」

「跟我的結論一樣，」我回答，把一張椅子拉過來。「但你知道他們會問這個問題，艾力士。」

「當然，」他說，從他眼鏡邊緣抬起眼看我。「你不會相信有些什麼樣的事送到我這邊來。」

「我猜我能想像。」我說，不情願的想起法醫的良莠程度在州與州之間差異非常大。

「數月前，有個法醫給我寄來一個盒子，一堆軟組織和骨頭，他告訴我是個才出生的嬰兒，在陰溝裡發現，問題是不知性別和人種。答案卻是小小的公獵兔犬，兩星期大。在那不久之前，另一個法醫送來一具在不深的墓坑裡發現的骨骸。他對那具屍體的死因完全沒有頭緒。我卻找到四十多個刀痕，開口向內彎，都是教科書上談論活骨頭柔軟性的典型例子，絕對不是自然死亡。」他用他穿著的實驗袍一角擦了擦眼鏡。「當然，我也收到過另外一種：在解剖檢驗時弄出的割痕。」

「有沒有可能這是某個肉食性動物造成的？」我說，即使我知道那不太可能。

「雖說刀痕跟食肉動物造成的痕跡並不能很輕易的辨別，但我能很確定的說，我們談的是一種刀刃。」他站起來，愉快的說，「讓我們看一看。」

考古人類學的研究細節及工具很能引起我的興趣，我的反應則使維西博士感到開心，他興致勃勃的移到一個解剖用的顯微鏡，把骨頭放到鏡頭的中央。好一會兒，他安靜的透過鏡頭檢視著，還不停的在鏡下燈光中轉動那塊骨頭。然後，他說，「嗯，很有趣。」

我等著。

「這是你發現到的唯一刀痕？」

「是的，」我說：「也許由你進行檢查時會有其他發現，但我沒有看到彈孔以外的東西。那個彈孔是在她下腹腰椎，第十二根背面。」

「你是說那顆子彈擊中脊椎？」

「沒錯，她是背後受擊，我在脊椎骨找到子彈。」

「知不知道槍擊發生的地點？」

「我們不知道她是在樹林的什麼地方，或者是不是在樹林子裡受到槍擊。」

「而她手上又有這個刀痕，」維西博士沉思著，再一次轉向顯微鏡。「沒法確定哪一個先發生。在被槍擊後，她應該會從腰部以下開始癱瘓，但她仍然可以揮動手。」

「那是個防衛性傷口嗎？」我猜疑著。

「相當不尋常的一個，凱。刀痕通常不是應該在手背，而是在手掌。」他往後靠到椅背上，抬頭看我。「大部分的防衛性刀痕是在手掌。」他掌向外推出。「但她的傷口是在手背。」他轉掌向內。「通常我把傷在手背的刀痕跟帶有攻擊性的自衛動作聯想在一起。」

「拳擊。」我說。

「不錯。如果我持著一把刀向你走去，你一拳打來，你比較會傷在手背。當然，這樣就不太可能傷在手掌，除非你在某一時刻鬆開拳頭。但比較重要的是，大部分防衛性刀傷是切片似痕跡。行凶者不是左右直線擺動就是直接刺戳，被害人舉起手或前臂來擋住刀刃。如果那樣的刀傷深入到了骨頭，我通常就沒有辦法告訴你多少有關刀痕表面的推測。」

「而如果刀痕表面是鋸齒狀的刀刃，」我插話進來，「以橫掃切入的方式造成，那麼我們通常無法從刀痕表面推測刀刃型式。」

「那就是這個刀痕有趣的原因之一，」他說：「這個傷痕毫無疑問是一把鋸齒狀的刀刃造成的。」

「那麼她不是被劃過一刀，而是被一刀砍下而受傷？」我很困惑的發問。

「是的。」他把骨頭放到紙袋。「根據殘留刀痕上的鋸齒狀，顯示出至少有半吋的刀刃砍進她的手背中。」他回到的辦公桌前，繼續說，「至於施暴武器和事情是怎樣發生的？很抱歉，我僅能提供我的猜測。你知道的，這類事有很多變因，而且我無法告訴你刀刃大小，或這刀痕是發生在她被槍傷之後或之前，還有她承受這刀傷時的姿勢。」

黛伯拉有可能躺著，也可能跪著或站著，在我走回車子的途中，開始分析她的姿勢。她手上的刀痕很深，會造成大量流血。這可以推測她是在那鋪有木頭的道路上或是在樹林子裡受到刀傷的，因為她的吉普車裡沒有血跡。這個體重一百磅的體操選手曾跟攻擊她的人纏鬥過？她曾試著用拳頭襲擊他？她是否因為弗瑞德那時已經遭到殺害，在受到驚嚇的情況下，為自己的生命奮力搏鬥？那麼，為什麼會有槍枝？看來那凶手沒有用槍射殺弗瑞德。為什麼他會需要兩種武器？

我猜測弗瑞德是被割斷喉嚨的。很可能黛伯拉在遭槍擊後，喉嚨也被割斷，或被勒死。她不是被槍擊後遭棄置而死。她沒有在半癱瘓的情況下，勉力拖著自己的身體爬到弗瑞德旁邊，把自己的手臂塞進他手臂底下。他們的屍體是被蓄意安排成這個樣子的。

轉離憲法大道，我終於找到康乃狄克路，那會把我帶到城裡的西北區，如果華盛頓希爾頓飯店沒有在此設址，這裡只會比貧民區好一些些。那飯店座落於一大片鋪滿綠草的坡地上，有著壯觀豪華的白色線條，四周圍則是一片混亂景象，有滿是塵垢的酒店、自助洗衣店，標榜著「眞人舞者」的夜間俱樂部，以及一排殘破的房子，窗戶破了只用木板圍起，水泥鋪就的門前石階直接連著街道。我把車停在飯店的地下停車場，跨過佛羅里達大道，爬上一棟灰暗磚石鋪就的公寓大樓的門前石階，建築物前面還搭有褪色的藍色雨篷。我按下二十八號公寓的門鈴，那是艾比．敦布爾住的地方。

「是誰？」

我幾乎無法認出那個從對講機吼叫而出的語聲。我報出姓名，艾比似乎嘀咕了什麼，或者只是喘了口氣。電動鎖咔啦一聲打了開來。

我進到點著昏黃燈光的玄關，地上鋪著土黃色帶點棕黑的地毯，牆上有成排以纖維板圍住的黃銅製信箱，但已失去光澤。我記起艾比曾因有人竊讀她的信件而恐慌。但是，就我看來，那排信箱絕對不是可以輕易開啓的，首先必須有公寓大樓前門的鑰匙，再來信箱也得有鑰匙才能取件。去年秋天她對我說的所有事似乎都是假的。我氣喘吁吁的爬上五樓階梯，充滿著怒氣。

艾比站在她門口。

「你來這裡做什麼？」她低語著，臉色蒼白。

「你是這棟大樓裡我唯一認識的人，你想我來這裡做什麼？」

「你不會只爲了來看我而到華盛頓吧。」她的眼睛透露著驚惶。

「我出公差。」

從她敞開的門口，我可以看到裡面冷白的家具，淡青色的枕頭，和貴格卡玻的抽象版畫，都是些我以前在她里奇蒙家中熟悉的擺設。有那麼一剎那，那個可怕駭人的景象讓我很不安，我似乎看見她妹妹在樓上臥室床上那已開始腐爛的屍體，當時警察和醫務人員來來去去，艾比坐在一張沙發上，手抖動得那樣厲害，以致她幾乎無法握住一根香菸。那時除了她的名聲外，我並不認識她，而僅憑她在外的名聲，我一點也不喜歡她。當她妹妹被謀殺後，艾比至少引起我的同情。一直要到很久以後，我才開始信任她。

「我知道你不會相信我，」艾比仍然以低沉的語調說著，「但是我的確打算下週去看你。」

「我有電話。」

「我不能。」她懇求解釋著，而我們繼續在門廊間說話。

「你不請我進去嗎，艾比？」

她搖了搖頭。

恐懼刺痛了我的背脊。

我視線越過她看向裡邊，我悄悄的問，「裡面有人？」

「讓我們出去走走。」她低語著。

「艾比，看在老天的份上……」

她神情嚴肅的看了我一眼，舉起一根手指放在她的唇上。

我開始相信她有些瘋狂。我不知道還能怎麼做，只好在門廊等著，她進去取外套。然後我跟著她走到公寓大樓外，整整半小時，我們專心一致的沿著康乃狄克路走著，彼此都不說話。她帶著我走進五月花旅館，在酒吧最陰暗的角落找到一張桌子坐下來。我點了杯義大利濃咖啡，往後靠在皮製椅背上，我感覺得到坐在桌子對面的她很緊張。

「我知道你並不了解到底發生了什麼事，」她開始說，看著周圍。剛過午後不久，酒吧幾乎是空的。

「艾比！你還好吧？」

她下唇顫抖著。「我不能告訴你。我甚至不能在我自己見鬼的公寓裡跟你說話！那就像我在里奇蒙告訴過你的一樣，只不過要更糟糕千百倍。」

「你應該要去找人幫助你。」我非常鎮定的說。

「我沒有瘋。」

「你跟瀕臨崩潰只差一線之隔。」

她深深吸了氣，嚴肅的看著我的眼睛。「凱，我被跟蹤。我很確定我的電話被竊聽，甚至懷疑我公寓裡裝有竊聽器，那就是我不能請你進去的原因。儘管下結論吧，說我是個偏執妄想狂，發了瘋，或什麼你想編派的名目。但是我活在我的世界裡，不是你。我知道我經歷的是什麼，我知道我對這些案子的了解，以及自從我牽涉進這些案子以來所發生的事。」

「到底發生什麼事了？」

女侍應生送來我們點的東西。她離開後，艾比說，「我到里奇蒙同你談過話後不到一星期，我的公寓被人侵入了。」

「被偷了？」

「喔，不是。」她笑著，笑聲空洞。「一點都不是。那個人——或不只一人，不會那樣愚蠢，我什麼東西都沒有丟失。」

我用古怪揶揄的眼神看著她。

「我在家有個寫作用的電腦，硬碟裡有個檔案是有關於那些情侶的資料，和他們奇怪的死亡方式。長久以來，我就一直持續的寫著，寫進這個檔案裡。我使用的文書處理程式有個選項，提供我可以自動的爲工作結果製作副本，我把這選項設定爲每十分鐘就做一次。你知道，如果電力突然中斷或什麼的，我不至於失去任何東西。特別是我住的大樓——」

「艾比，」我打岔。「老天，你到底在說什麼呀？」

「我是在說如果你進到我電腦的檔案，又如果你使用超過十分鐘，就不只會留下副本，還有當你存檔時的日期和時間都會被記錄下來。你懂嗎？」

「我不確定。」我伸手拿我的義大利濃咖啡。

「你記得我來看你？」

我點頭。

「當我到7－11跟那值勤店員談話時我做了記錄。」

「是的。我記得。」

「我還跟其他很多人談過，包括珮德．哈韋。我回到家後，就打算把那些訪談紀錄輸入到電腦。但是所有的事情變得很混亂。你可以回想，我是在一個星期二晚上看到你的，然後第二天早上開車回到這裡。那天，星期三，我差不多在中午時分跟我的編輯談論，而他突然變得沒有興趣，說他要暫停哈韋與柴尼的故事，因爲《郵報》要在那個週末刊登有關愛滋病的系列報導。

「那實在很奇怪，」她繼續。「哈韋－柴尼的故事很熱門，而《郵報》曾經傾全力想要報導這件事。然而當我從里奇蒙回來後，卻突然間有了個新任務？」她停下，燃起一根菸。「後來，我就一直忙到星期六，才有時間在我的電腦前坐下，叫出這個檔案，而檔案旁出現了一個我無法了解的日期和時間。星期五，九月二十日，下午兩點十三分，是我不在家的時間。那個檔案被人打開過，凱。有人直接進去打開它，我知道那不是我，因爲我一直沒有碰我的電腦——一次也沒有——直到那個星期六，二十一日，那時我才有時間坐在電腦前面。」

「也許你電腦裡的時間停了……」

她搖著頭。「不是，我查過。」

「誰會做那種事？」我問。「有誰可以潛入你的公寓而不會被看到，甚至連你也沒有注意到？」

「聯邦調查局可以辦到。」

「艾比，」我說，有點惱怒。

「有很多事你不知道。」

「那麼請告訴我，」我說。

「你想我爲什麼跟《郵報》請假？」

「根據《紐約時報》的說法，你在寫一本書？」

「你難道假設我到里奇蒙去看你時，就已經知道我將要寫這麼一本書？」

「那不僅僅是個假設，」我說，又開始憤怒起來。

「我不是，我發誓。」她向前傾靠，以一種因爲激動而發著抖的語聲繼續，「我的行情變了。你懂那代表什麼嗎？」

我不語。

「最糟糕的事是被炒魷魚，但他們不會那樣做，沒有正當原因。老天，我去年還贏了個調查報告獎呢，但是突然間他們要把我調到生活專欄。你聽到了嗎？生活專欄。現在，你告訴我你怎麼想？」

「我不知道，艾比。」

「我也不知道。」她眨眼收回眼淚。「但我也有自尊。我知道有件大事正進行著，一個故事。所以我賣掉它。不管你怎麼想，我需要生存。我必須生活，我必須離開報社一陣子。生活專欄，喔，老天。凱，我很害怕。」

「告訴我有關聯邦調查局的事，」我堅定的說。

「我已經告訴你很多了。有關那個我轉錯的彎，經過培力營，以及聯邦調查局幹員來看我。」

「那不夠。」

「紅心J，凱，」她語氣聽來像是在說一件我已經知道的事。

當她驚覺我一點也不了解她說的話時，她臉上的表情變得異常驚訝。

「你不知道？」她問。

「紅心J是什麼意思？」

「這些案件的每一個現場，都曾出現過一張撲克牌。」她充滿疑問的眼睛定定的看住我。

我似乎記得我看到過的少數幾個警察偵訊謄本上的一些句子。從格羅斯特來的警探跟第一對失蹤的情侶，布魯斯．菲力普和茱蒂．羅伯茲的朋友的談話紀錄。那個警探問了些什麼？我記得這件事是因爲那個問題在我看來是相當奇特。「紙牌，茱蒂和布魯斯有玩紙牌的習慣嗎？」警方問那個朋友曾在布魯斯車子裡看到過紙牌嗎？

「告訴我有關紙牌的事，艾比。」我說。

「你對黑桃Ａ熟不熟，知不知道它在越南是怎麼個用法？」

我告訴她，我不知道。

「當一個美國特種軍人要在一次殺戮後做出宣示時，他們會把一張黑桃Ａ放在屍體上。事實上，有個製造撲克牌的公司爲了這個理由還特別提供這個單位成箱的紙牌。」

「這跟維吉尼亞州發生的事有什麼關係？」我迷糊地問著。

「這可以連起來。只是我們要討論的不是黑桃Ａ，而是紅心Ｊ。在頭四件案子裡，每一次都在被棄置的車子裡找到一張紅心Ｊ。」

「你是怎麼得到這個消息的？」

「你知道我不能告訴你，凱，但我不只是從單一消息來源得知此事。那就是我爲什麼這麼確定的原因。」

「那麼你消息來源之一有沒有告訴你在黛伯拉．哈韋的吉普車裡也找到一張紅心Ｊ？」

「有找到嗎？」她懶散的搖動她的飲料。

「不要跟我耍嘴皮。」我警告著。

「我沒有。」她看著我的眼睛。「如果在她吉普車裡或者在其他什麼地方眞的找到這麼一張紅心Ｊ，我是一點也不知情的。很顯然那是個很重要的細節，因爲那肯定能把黛伯拉．哈韋和弗瑞德．柴尼的死亡跟先前四對情侶的事件連在一起。相信我，我很努力在找那條線索。我不確定有，即使有，那又代表什麼意思？」

「這跟聯邦調查局有什麼關係？」我有些不情願的問，因爲我不確定我想聽到她的回答。

「他們從一開始就相當關注這些案件，凱，而且那已遠遠超過地區暴力罪犯逮捕計畫能涉入的程度。聯邦調查局早就知道那張紙牌的存在。在第一對情侶的車子裡——儀表板上——找到一張紅心J時，沒有人特別注意它。然後第二對情侶失蹤，發現了另一張紙牌，這回是在駕駛座旁的乘客座椅上。班頓·衛斯禮知道後，立刻開始掌控全局。他回到格羅斯特郡，告訴當地警探不要對任何人透露有關在車裡找到一張紅心J的事。他對第二件案子的調查人員做了同樣的要求。每次一有遭棄置的車子被人發現，衛斯禮就跟負責的幹員通電話。」

她停頓，像是要讀出我的想法似的研究著我。「我猜我不應該對你不知道這事感到驚訝，」她說。「警方想要不讓你知道在車裡發現什麼，並不是難事。」

「對他們來說是不難，」我回答。「但如果紙牌是在屍體上被發現，那就很難說。我不知道他們如何能瞞過我。」

即使我聽到自己說的話，疑惑仍悄悄滑進我腦海。警方等了幾小時才傳喚我到現場，當我到達時，衛斯禮已經在那裡了，而黛伯拉·哈韋和弗瑞德·柴尼的屍體已經被動過，據說是爲搜查私人物品。

「我可以想像聯邦調查局爲什麼要對這個消息密而不宣，」我繼續找理由。「這個細節也許對調查很重要。」

「我對那樣的狗屎藉口已經喪失耐心了，」艾比生氣的說：「凶手留下一張宣示用的紙牌耶。這麼說好了，或許只有在那個傢伙來自首，說他在每一對情侶車中留下一張紙牌時，這個細節才會對搜查很重要，因爲除非他就是那個犯人，否則他不應該會知道。但我不認爲這事會發生。而我也不認爲聯邦調查局在這件事實上表現沉默，是因爲他們不想讓任何事擾亂了搜查。」

「那是爲什麼呢？」我不安的問。

「因爲我們不僅是在討論一個連續殺人犯，也不僅是說有這麼一個恨透了情侶的瘋子，這件事涉及到政治，一定是這樣。」

靜默了一會，她叫來女侍。艾比在第二杯飲料送來我們桌上，接著又啜飲幾口後才開口。

「凱，」她繼續說，已經平靜一些，「當我在里奇蒙時，珮德．哈韋願意跟我談話，有沒有讓你感到驚訝？」

「老實說，是的。」

「你能想像爲什麼她同意接受我的採訪嗎？」

「我想爲了要她女兒回來，她會同意任何事的，」我說。「有時公諸媒體會有用。」

艾比搖頭。「當我跟珮德．哈韋談話時，她告訴我很多絕對不會刊登在報紙上的事情。那也不是我和她第一回見面。」

「我不懂。」我有些震動發抖，而那跟我喝的濃咖啡無關。

「你曉得她在對抗一些非法慈善機構的行動。」

「多多少少，」我回答。

「那些引起她警覺的祕密全都來自於我。」

「你？」

「去年，我開始進行一項有關毒品交易的大型調查。當我一路追蹤下去，我開始發現很多無法查證的疑點，慢慢的，那些假借慈善名義的機構牽涉進來。珮德．哈韋在這裡有個公寓，靠近水門。有天晚上，為了在我的報導裡取得一些引述的話。我到那裡去拜訪她，談話的最後變成我們彼此交換資訊。我告訴她有關我聽到的陳述，看看她是否能證實任何一項說法。我們就是那樣開始熟識的。」

「到底是什麼樣的陳述？」

「譬如說，有關ACTMAD，」艾比說。「有些主張說一些反毒品慈善機構其實只是以其慈善機構作為掩飾門面，實際上卻是販毒組織，或是在中美洲進行一些非法活動。我告訴她從我認為可靠的消息來源處，我知道了每年捐獻進來的幾百萬美元最後都到了像曼紐爾·諾瑞加（譯註：Manuel Noriega，巴拿馬七〇年代情報局局長，八〇年代成為該國的軍事強人；後來他被控從事毒品交易，於一九九二年被審判定罪。）這種人的口袋裡。當然，這是諾瑞加被逮捕前。但是資金現在仍然從ACTMAD和其他所謂的慈善團體裡流出，用來收買美國情報員以使海洛因順利交易，並用於巴拿馬機場、海關辦公室打通關節，還有遠東和美洲其他國家。」

「然而珮德·哈韋在你去她公寓前並不知道這些？」

「她不知道，凱。我認為她一無所知，她相當震驚憤怒，開始進行調查，然後終於帶著一份報告到國會。隨之而來的是召集了一個特別委員會專職調查，她被委任為顧問，你也許聽說了。很顯然，她挖掘出很多事實，而今年四月會針對這個問題舉行聽證會。有些人對這件事很不高興，包括司法部。」

我開始了解這整件事情的來龍去脈。

「這件事牽涉到告密者，」艾比繼續，「緝毒組幹員、聯邦調查員和中央情報員已經對這些告密者追蹤調查了好幾年。國會一涉入，國會就有權力給予這些告密者特赦令，以交換情報。一旦這些告密者在聽證會裡作證，遊戲就宣告結束。因爲接下來，司法部根本無法起訴他們。」

「也就是說珮德．哈韋的努力根本不受司法部的諒解。」

「也就是說如果她的整個調查失敗瓦解，司法部會笑歪了嘴。」

「國家毒品政策執行長，或稱毒品沙皇，」我說，「對司法部長來說是個輔助角色，甚有助益的，而司法部長有權指揮聯邦調查局緝毒組幹員。如果哈韋太太跟司法部發生衝突，爲什麼司法部長不出面？」

「因爲與她有衝突的不是司法部長，凱。她進行的調查會讓部長獲得好名聲，也會爲白宮帶來好處。對他們來說，他們的毒品沙皇正給毒品犯罪一個重擊。一般平民老百姓不知道的是，就聯邦調查局和緝毒組來說，他們不認爲一場公聽會的結果會帶來多大的好處。那僅僅是揭露內幕，揭示這些慈善團體的眞面目，以及他們從事的活動眞相。這樣的公布會讓像ACTMAD那樣的機構消失，但是那些牽涉在裡面的人渣壞蛋所遭受的處罰只不過像是在手背上輕輕拍打一下。那些幹員辛勤努力的成果會付之一炬，因爲到最後沒有人會被起訴，接受審判。就像關掉了一家非法酒店，兩星期後，它會在另一個角落重起爐灶。」

「我無法把這個跟發生在哈韋太太女兒身上的事情聯想在一起，」我又說一次。

「來想想這個吧，如果你和聯邦調查局進行不同目的的調查，」艾比說：「而且很可能跟他們發生爭戰，那你對聯邦調查局掌控有關你女兒的失蹤案件有什麼感想？」

那絕不會是愉快的感受。「我會感到無助和驚慌，我猜我會很不容易去相信任何人。」

「你只不過略略觸及珮德．哈韋感受的表面而已。我想她眞的認爲發生在她女兒身上的事只是個對付她的手段，也就是黛伯拉不是偶發犯罪的犧牲者，但她不確定聯邦調查局是否牽涉在內

「讓我弄清楚，」我阻止她說下去。「你是在暗示珮德．哈韋懷疑聯邦調查局是她女兒和弗瑞德死亡的幕後指使者？」

「她是眞的想過他們涉案的可能性。」

「你這是在說你心中的想法？」

「我是在說一件我相信的事實。」

「老天爺。」我驚訝的吸了口氣，囁嚅著。

「我知道這聽起來太瘋狂。但如果不是這樣，那最起碼聯邦調查局知道到底發生了什麼事，或甚至知道是誰做的，而那就是爲什麼我會變成他們的負擔。調查局不要我到處刺探，他們擔心我也許不小心翻開一塊石頭，發現在下面蠕動的東西。」

「如果眞是那樣，」我提醒她，「那麼在我看來，《郵報》應該會要提高你的薪水留住你，而不是把你轉去搞專欄。我從來就不覺得《郵報》會輕易屈服於威嚇脅迫。」

「我又不是包伯．伍華得（譯註，Bob Wood ward，《華盛頓郵報》記者，揭發著名的水門案件），」她苦澀的回答。「我在那兒的時間還不夠長，而地方警察報導沒什麼看頭，通常被犧牲掉的都是新手。如果聯邦調查局局長或白宮要員想跟《郵報》的頭頭談法律訴訟案件或對外策略，我是不會被邀請出席或被告知事情進度的。」

她也許是對的，我想著。如果艾比在新聞室的表現態度跟眼前一樣的話，不會有人願意跟她打交道。事實上，我現在對她被解除任務已經不如剛開始時那樣驚訝了。

「我很抱歉，艾比，」我說：「也許我可以了解黛伯拉．哈韋的案件有政治因素，但是其他

——」

的呢？發生在其他情侶身上的事怎麼解釋？第一對情侶在黛伯拉和弗瑞德失蹤兩年半前就發生了。」

「凱，」她激動的說：「我不知道答案。但我可以對老天發誓，有些事情被壓了下來，聯邦調查局和政府不想讓大衆知道。你可以仔細想想我的話，即使這些殺戮停止，但是如果聯邦調查局依然以這種方式行事，這些案件或許會永遠無解。這一點正是我要起而對抗的，也是你應該要對抗的。」喝完了她的飲料，她又說：「也許只要那些殺戮停止就好了。但問題是，他們什麼時候會停止？他們可以現在就叫停嗎？」

「你爲什麼要告訴我這些？」我粗魯的問。

「我們在討論那些無辜死亡的年輕人，而且我信任你。也或許是，我需要一個朋友。」

「你要繼續寫那本書？」

「是的，我只是希望會有最後一章可寫。」

「千萬千萬小心，艾比。」

「相信我，」她說：「我知道。」

當我們離開酒吧時，天色已全黑而且寒冷。我們在侷促擁擠的人行道走著，而我不斷的反芻那讓我震撼的消息。在開車回里奇蒙的路上我並沒有覺得比較安心。我想跟珮德．哈韋談談，但我不敢。我想跟衛斯禮談談，但我知道如果他有祕密，也不會對我洩漏，此刻我比以前更不確定我們之間是否存在著友誼。

我一回到家，就打了通電話給馬里諾。

「希爾達·歐茲媚住在南卡羅萊納的哪裡？」我問。

「怎麼了？你在史密森發現了什麼？」

「請你回答我的問題。」

「一個叫六邁的小鎮。」

「謝謝你。」

「嘿！你掛斷電話之前，介不介意告訴我在華盛頓發生了什麼事？」

「不要今晚，馬里諾。如果明天我找不到你，你來找我。」

7

凌晨五點四十五分，里奇蒙國際機場看來一如杳無人煙的荒涼野地。餐廳門關著，報紙堆在大門深鎖的禮品店前，一個管理員緩緩推著垃圾桶走動，像是夢遊者一般撿起糖果包裝紙和菸蒂。

我在美國航空候機室裡找到馬里諾，他閉著眼睛，隨便捲成一團的雨衣墊在頭下，他正在這個空氣不流通、亮著人工光線的密閉室內打盹。周圍全是空椅子，地上鋪有藍點地毯。我看著他，有那麼一剎那，我覺得自己似乎並不認識他，我的心沒來由的震動了一下。馬里諾老了。

回想我第一次見到他時，我應該才剛上任不到幾天。我在一個停屍間做解剖，一個面無表情的高大男人走進來，站在工作檯的另一邊。我記得他冷冷的觀察目光，讓我隨即升起一種很不舒服的感覺，像是他正把我一層層的剖開來研究，一如我研究我的病人。

「你就是新來的主管。」他聽來像是在挑戰，質疑我竟然膽敢自認能把這個從未有女人做過的職位掌握好。

「我是史卡佩塔醫生，」我當時回答。「我猜你是來自里奇蒙市吧？」

他含糊的報了名，然後為了他經手的謀殺案沉默的等著我把屍體裡的幾顆子彈取出來，開了單據交給他。他轉身就走，沒有說「再見」或「很高興認識你」之類的話，那時起我們開始建立了職業上的關係。我領悟到他只是因為我的性別而拒絕我，因而也同時回封他為呆瓜一個，腦子完全醃浸在男性睪丸素酮裡。事實是，私底下他讓我感覺相當具有威脅。

現在，看著眼前的馬里諾，很難想像他曾讓我覺得害怕。此刻的他看起來既老邁又失意，襯衫在他肥碩的肚腩上拉扯著，一綹綹的灰髮像不受控制似的到處亂竄，深鎖的眉頭看來既不是發怒也不是憂慮，而像是積習難改的緊繃與不悅所沖蝕出來的深深皺褶。

「早安。」我輕碰他的肩。

「袋子裡是什麼？」他喃喃嘀咕著，沒有張開眼睛。

「我以為你睡著了。」我說，很感驚訝。

他坐起來，打著呵欠。

我坐在他旁邊，打開紙袋，拿出我在家弄好的咖啡和奶油起司貝果，在出門之前還放到微波爐裡熱過。

「我猜你還沒吃吧？」我遞給他一張餐巾紙。

「那些看起來像真的貝果。」

「是的。」我說，打開我的那一份。

「我以為你說飛機六點起飛。」

「六點半。我很確定我是那樣告訴你的，我希望你沒有在這兒等很久。」

「哼，我就是。」

「對不起了。」

「機票在你那兒，對不？」

「在手提包裡。」我回答。有時候我和馬里諾的對話聽起來像極了老夫老妻。

「你要問我，我會說我眞不確定你那個主意值得我們這麼做。即使我有那筆錢，我也不會為這種事自掏腰包。但如果說是你喝醉後的胡言亂語，我倒不會太驚訝，醫生。說眞的，你至少試試用事後償還給付的方式，我會比較安心。」

「那不會讓我比較安心。」我們已經為這事爭執過了。「我不會去填寫公差給付憑證，你也不要。你繳進一張憑證，就留下了個可以追查的文件資料。反正，」我說，喝了口咖啡，「我還負擔得起。」

「如果那樣做可以為我省下六百塊，我倒寧願留下可以追我追到月亮上去的文件資料。」

「胡說，我知道你不會做那種傻事。」

「好吧，我承認是胡說，這整件事跟狗屎一樣愚蠢。」他在他咖啡裡丟下幾包糖。「我想是『艾比．敦布狗』把你的腦筋炒成漿糊了。」

「謝謝你。」我簡單的回答。

其他的旅客開始分批湧進。我發覺馬里諾有個令人驚訝的能力，他似乎可以輕輕的、不著痕跡的把世界秩序從原有軌道弄歪拉斜以致出軌。他先是選擇坐在非吸菸區，然後從成排的直立菸灰缸裡拿一個放到他座位旁。這彷彿下意識的邀請了坐在我們附近的吸菸乘客共襄盛舉，有幾人也帶來額外的菸灰缸。到我們該上飛機時，吸菸區幾乎找不到菸灰缸了，而大家似乎都不太確定應該往那裡坐。在難堪中，我下定決心不要參與這個不友善的侵占行動，我努力的把我的菸盒留在皮包裡。

馬里諾比我更不喜歡飛行，一路睡到夏洛特，我們在那兒換乘一架通勤用小型飛機。那架小飛機引發我一個不愉快的聯想，在半空中承載脆弱人體血肉的這個東西看來是多麼不堪一擊。我有過處理空難事件的經驗，知道一架飛機和乘客散布在幾哩的地面上是怎樣一個悲慘畫面。我注意到這架飛機上沒有廁所，也沒有飲料服務，當引擎發動時，飛機像是被侵襲般的震動著。旅程一開始，我就享受著一個罕有的特權，我能看到飛行員們互相聊天、伸懶腰、打呵欠，然後一個空中小姐從通道走向前使勁的把門簾拉上。沒多久，氣流開始變得狂亂，群山在霧氣間隱現。飛機第二次突然失去高度時，我的胃猛然跳到我的喉嚨，馬里諾指節泛白的用力抓緊兩邊扶手。

「耶穌基督啊！」他抱怨著，而我開始後悔爲他準備早餐，他看來像是快要嘔吐了。「如果這個怪物可以完整的回到地面，我要好好喝一杯。我才不管現在幾點。」

「嘿，我請你。」一個坐在我們前面的男子轉過頭來說。

馬里諾目瞪口呆的死盯著座位前機身部分的奇異景象。地毯邊緣的一個金屬條上滾起一重鬼魅似的凝結霧，這是我飛行經驗裡從未有過的經歷，就好像雲朵滲入飛機了。當馬里諾指著這個對女空服員大叫，「那是什麼？」時，她完完全全的漠視他。

「下次我會在你的咖啡裡放顆安眠藥。」我在緊咬的齒縫間吐出警告的字眼。

「下次你想跟某些在柴枝裡生活的狂野吉普賽人說話，我是絕不會跟著來的。」

整整半小時，我們的飛機在史帕坦堡上空盤旋，並不時抖動起伏，拳頭大冰雨急射地面。因爲霧氣籠罩使我們無法降落。眞的，剎那間我覺得我們可能會死掉。我想到我的母親，想到露西，我的外甥女，我實在應該在聖誕節回家，但我當時因某些私事而沮喪萬分，更不想聽人問起馬克的事。

「我很忙，母親，我就是難以分身。」

「可是聖誕節到了呀，凱。」

我不記得母親上一次哭是什麼時候，但我永遠可以辨別她想哭的時候。她的聲音變得很奇怪，一字一字間的停頓拉得老長。「露西會很失望的。」她那時說。我已經寄了份面額很高的支票給露西，還在聖誕節早上打電話給她。她很想念我，但我確定我更想念她。

突然間，雲霧散開，陽光照亮了窗戶，所有的乘客，包括我，跟著大大的鼓起掌來謝謝上帝和飛行員，並慶祝我們的存活，頓時，通道上上下下間熱烈的說起話來，好像我們已經是認識多年的朋友。

「也許是騎著掃帚的希爾達關心著我們，」馬里諾譏嘲的說，他滿臉是汗。

「也許是吧。」我說，當我們著陸時，深深吸了口氣。

「記得幫我跟她道謝。」

「你可以自己跟她道謝的，馬里諾。」

「噢。」他說，打著呵欠，看來已經完全恢復了。

「她聽來人很好。也許就這麼一次，你可以試著抱持開放的心態。」

「噢。」他又說。

當我從查號台得到希爾達．歐茲媚的號碼打電話給她時，我預期會是個精明幹練又多疑的女人來接聽，並且在提供每一個評論之前都用美元打括弧。相反的是，她隨和又溫柔，而且意外的充滿信任，她沒有問問題或要我證明我是誰。她的聲音只有一次聽來有點擔心，那是當她提到她無法到機場來接我們時。

因爲是我出錢負擔這回的開支，而且不想開車，所以我告訴馬里諾可以選擇任何他想租的車，他就像是個第一次開車上路的十六歲孩子，選了一輛全新的雷鳥，黑色、有天窗、錄音帶座、電動車窗、皮製坐墊。他往西開上路後，立即打開天窗，又把暖氣擰開，而我則在車上把我跟艾比的對話細細說給他聽。

「我知道黛伯拉．哈韋和弗瑞德．柴尼的屍體被移動過，」我在解釋。「而現在我猜我知道爲什麼了。」

「我不確定我懂，」他說：「你爲什麼不一點一點的告訴我。」

「在你和我到達休息站前，已經有人搜查過吉普車了，」我開始解釋。「而我們沒有在儀表板上看到一張紅心J，也沒有在座椅上或其他地方看到。」

「那張紙牌不見得會在儀表板旁的儲物箱或其他地方，警察也有可能在狗兒聞嗅之後才找到。」他一邊固定車速，一邊說著，「如果眞有這個紙牌的話，這還是我頭一次聽到這回事。」

「讓我們先假設那是眞的。」

「我在聽。」

「衛斯禮在我們之後到達休息站，所以他也沒有看到紙牌。後來，吉普車被警方搜查過，你可以確定衛斯禮如果不是在現場，就是跟摩瑞連絡而得知找到什麼東西。如果沒有紅心J的跡象，我打賭沒有，這讓衛斯禮的猜測轉了個彎。他也許接著想，黛伯拉和弗瑞德的失蹤跟其他情侶的失蹤死亡無關，或者黛伯拉和弗瑞德已經死了，而這回那張紙牌有可能被留在那個現場，留在屍體旁。」

「這就是爲什麼你認爲在你到達前，他們移動過屍體。因爲警方在找那張紙牌。」

「或者說是班頓在找。沒錯，那正是我的考量，否則那就太沒有道理了。班頓和警方都知道『法醫到達前不可碰觸屍體』的原則，但是班頓同時也不願意冒險讓一張紅心J跟著屍體進入停屍間，他不要我或任何人發現或知道這張牌的存在。」

「但是，比擾亂現場更合理一點的做法是，他可以要我們對此保守祕密，」馬里諾爭辯著。

「不可能只有他一個人在現場的。那兒有很多警察，他們會注意到班頓是否找到一張紙牌。」

「話是沒錯，」我說：「但他同時也了解越少人知道越好。如果是我在黛伯拉或弗瑞德的私人物品間發現一張紙牌，那會寫進我的書面報告裡。州檢察官、我的同事、死者的家人、保險公司——任何會看到解剖報告的人就都會知道這件事。」

「好吧，好吧。」馬里諾變得沒有耐心。「那又如何？我是說，那又說明了什麼？」

「我不知道。如果艾比的暗示是眞的，那些紙牌的出現必定對某些人有很重要的意義。」

「我不是要攻擊你，醫生，但我從來就不喜歡艾比．敦布爾。當她在里奇蒙工作時就我不喜歡，我相當確定我對她在《郵報》的工作也不會有什麼好意見。」

「但她從來就沒有對我說過謊。」我說。

「是哦，你只是從來都不知道而已。」

「我看過格羅斯特的警探在一份筆錄裡提過撲克牌。」

「而那也許就是艾比得到的線索。現在她把那滾成個大雪球，妄作臆想，胡亂假設，她只是想要寫一本書罷了。」

「她現在根本不是她。她是嚇壞了，生氣了，而且我不同意你對她人格的批評。」

「好吧，」他說：「可是她來到里奇蒙，表現的像是你很久不見的朋友，說她並沒有要在你身上挖消息。下一步，你得從《紐約時報》知道她要寫這麼一本有關這些案件該死的鬼書。噢，是喔，她眞是個好朋友，醫生。」

我閉上眼睛，聽著收音機輕輕播送的鄉村音樂。陽光穿過擋風玻璃溫暖的投射在我的大腿上，今天太早起床的疲累開始襲擊我的神經，我淺淺睡著。當我回過神來，我們正緩緩的駛在表層凹凸沒有舖設柏油的路面上，周圍什麼也看不到。

「歡迎來到六邁大鎮。」馬里諾宣布。

「什麼鎮？」

看不到地平線，也沒有便利商店或加油站什麼的。道路旁是密集的樹林，藍脊山脈出現在遠遠的霧氣中，房舍品質低劣，而且相隔甚遠，遠到鄰居發射大砲也可能聽不到。

希爾達．歐茲媚，聯邦調查局的女巫，對情報機關傳授神諭的靈媒，住在一個小小的白色房子裡，前院散放著幾個也塗成白色的橡膠輪胎，應該是爲了春天栽種紫蘿蘭和鬱金香用的。乾枯的玉米稈斜倚在走廊上，車道上停著一輛生銹、輪胎洩了氣的汽車。一隻骯髒生著疥癬的狗兒嚎叫著，牠醜得像鬼，卻又巨大得讓我縮回想踏出車子的腳。接著，牠右前爪有些問題似的用三隻腳小跑著離開，因爲這時眼前的紗門伴隨著刺耳的聲音打了開來。在這明亮寒冷的早晨，門後出現一個斜瞇著眼打量我們的女人。

「安靜，圖提。」她拍了拍狗兒的頸子。「現在到後面去。」那隻狗垂著頭，夾著尾巴，跛行消失在後院。

「早安。」馬里諾說，他的腳重重踏在前門木製台階上。

至少他表現得很有禮貌，在那之前他可沒有那樣保證過。

「這是個美麗的早晨。」希爾達．歐茲媚說。

她至少有六十歲，看來就像玉米麵包一樣具有濃厚的鄉村味道。黑色人造纖維製的褲子在寬大臀部上繃得緊緊的，灰棕色的毛衣釦子一路釦到頸子，腳上穿著雙厚襪，套著拖鞋。她的眼睛呈淡藍，頭髮掩蓋在紅色布巾下，嘴裡少了幾顆牙。我禁不住懷疑，當希爾達．歐茲媚看著鏡中的自己，會不會覺得不舒服，或感到傷心。

我們受邀進入一個小小的客廳，滿滿堆著陳舊發霉的家具和書架，書架上陳列許多叫人意外的書冊，但並沒有依任何方式分類放置。裡頭有宗教書籍，有心理學、自傳、歷史，還有相當齊全的小說，有些是我最喜歡的作者：愛莉絲．沃克、派特．康若伊和凱利．胡門。唯一可以顯示我們女主人那超能力傾向的是一些艾加．愷因斯的作品，加上約半打放在桌上和架上的水晶球。馬里諾和我坐在一個靠近煤油暖氣的沙發上，希爾達坐在對面一張鋪滿軟墊的椅子裡。陽光穿透我們身後的百葉窗縫隙，在她臉上撒下一條條白色線條。

「我希望你們沒有遇到困難，很抱歉我不能到機場接你們。我已經不再開車了。」

「你給的指示相當清楚，」我向她保證。「我們一路上沒有碰上一點困難。」

「能不能請教，」馬里諾說，「你怎麼出門呢？這附近並沒有走路可以到達的商店之類的。」

「很多人前來要求指示或只是過來聊聊，我總有機會得到我需要的東西或請人載我一程。」另一個房間的電話鈴聲響了起來，但立刻就被答錄機接聽。

「我能幫你們什麼忙嗎？」希爾達問。

「我帶了些照片，」馬里諾回答。「醫生說你要看看它們。但我想先說明幾件事。請不要認為我在向你挑釁，歐茲媚小姐，老實說，這種閱讀心靈的東西對我而言相當陌生。也許你可以幫助我多了解一些。」

就我對馬里諾的了解，像他現在這麼直率坦白，卻在語氣中嗅不到一絲好鬥挑戰的氣息是相當不尋常的，我看著他，心下非常訝異。他正以一個小孩兒般虛懷若谷、毫無偏見的態度來研究希爾達，他臉上滿是好奇深思的奇特組合。

「首先，我要先說明我不是讀心的人，」希爾達據實回答。「我甚至對於別人稱我為靈媒、女巫都覺得不舒服，但是在沒有比較好的稱呼下，我只好忍受別人這樣叫，或是這麼自稱。我們每個人都有能力，第六感一直都存在我們腦中，只是大多數人選擇不去使用罷了，我把它解釋為強化的直覺。我從人們身上感受到能量，再單純的把那印象感覺轉到我腦海裡。」

「那就是你和珮德．哈韋見面時所做的嘍。」他說。

她點頭。「她帶我到黛比的臥房，給我看她的照片，然後引我到發現吉普車的休息站。」

「你得到的印象感覺是什麼？」我詢問著。

她眼光看向別處，努力想了很久。「我記不得全部，我在給人們指示時也是這樣。人們事後回到我這兒，對我說我告訴過他們的話，以及那之後發生的事。我沒法完全記得自己曾說過的話，除非有人提醒我。」

「你記得你對哈韋太太說的話嗎？」馬里諾想要知道，不過他語氣裡含著失望。

「當她給我看黛比的照片時，我立刻知道那女孩已經死了。」

「她男朋友呢？」馬里諾問。

「我在報紙上看到他的照片時，知道他也死了。我知道他們倆人都死了。」

「那麼你是從報紙上讀到這些案件的。」馬里諾接著說。

「不是，」希爾達回答。「我不看報紙。但我看到那男孩的照片，哈韋太太把剪報拿給我看。你知道，她沒有他的照片，只有她女兒的。」

「你介不介意告訴我們，你是怎麼知道他們死了的？」

「那是一種感覺。是我觸摸他們照片時的一種印象感覺。」

馬里諾從他後褲袋拿出他的錢包，說，「如果我給你一張某人的照片，你能進行同樣的動作嗎？能告訴我你的感覺嗎？」

「我可以試試。」她說，他把一張照片遞給她。

她閉上眼睛，指尖畫著圈圈緩緩的摩挲著照片。這持續了至少有一分鐘，然後她才開口。「我感覺到罪惡感。現在，我不知道是因爲這個女人在照這張照片時有犯罪感，還是她此刻有這種感覺，但那感覺相當強烈。衝突、罪惡，來來去去。她前一刻下定決心，下一刻又懷疑自己。反反覆覆。」

「她還活著嗎？」馬里諾問，清了清喉嚨。

「我感覺到她還活著，」希爾達回答，繼續撫摸著。「我還感覺到一間醫院，一些藥物。現在，我不知道這是指她生病了，還是有個跟她親近的人生了病。但有些醫藥方面的事牽扯在內，或是一種關心，或者這會在未來什麼時候發生。」

「還有呢？」馬里諾問。

她再次閉上眼睛，用更長的時間摸索著照片。「一堆的衝突，」她重複。「好像是過去的什麼事讓她難以割捨、痛苦，然而她覺得她沒有選擇餘地。那是全部了。」她抬眼看著馬里諾。

當他把照片收回時，臉色發紅，不發一言的把錢包放回褲袋，再把他公事包拉鍊拉開，拿出小型錄音機，一個黃棕色信封，裡面裝有從紐肯特郡圓木小徑開始拍的照片，到黛伯拉·哈韋和弗瑞德·柴尼屍體所在的樹林。希爾達把那些照片攤放在咖啡桌上，開始用手指在每一張上撫摸著。好久好久，她一句話也沒說，眼睛閉著。隔壁房間的電話不停的響著，答錄機接起每一通來電，她似乎一點兒也沒有注意到。我開始認爲，需要求助於她技能的人遠比找醫生的還要來的多。

「我發現恐懼，」她開始快速的說：「我不確定是有人在拍攝這些照片時感到恐懼，或是先前有人在這些地方感到恐懼。但是充滿了恐懼，」她點了點頭，眼睛仍閉著。「我的確在每一張照片裡找到恐懼，所有的照片，非常強烈的恐懼。」

像盲人一樣，希爾達在照片和照片間移動著手指，讀著一些對她而言就跟人臉特徵一樣具體且實在的感覺。

「我在這裡感到死亡，」她繼續，觸摸著三張不同的照片。「那感覺很強烈。」那是發現屍體的林間空地。「但我沒有在這兒感受到。」她的手指移回到圓木小徑的照片，以及走到空地所經過的一片樹林的照片上。

我用餘光看了看馬里諾。他正往前傾斜的坐著，手肘放在膝上，眼睛定在希爾達臉上。到目前為止，她還沒有告訴我們引人注目的消息。馬里諾和我都沒有假設過黛伯拉和弗瑞德是在圓木小徑上被謀殺的，我們都猜測他們是在屍體被發現的那塊空地上被殺。

「我看到一個男人，」希爾達繼續。「淡膚色，不是很高，也不矮，中等高度，細長，但不瘦弱。現在，我不知道是誰，但我沒有其他強烈的感覺，我會假設是遇到這對情侶的人。我感到友善，我聽到笑聲。你知道，就像是他對待那對情侶很和善。也許他們在什麼地方見過他，而我無法解釋我為什麼這麼想，但我感覺他們像是在某個階段跟著他一起笑，信任他。」

馬里諾說話了。「你還能看到他什麼？比如說，他長得怎樣？」

她繼續在照片上摩挲著。「我看到黑暗，很可能他有深色鬍子或臉上有什麼深色的東西，也許他穿著深色的衣服，但我確定發現他跟那對情侶有關係，跟照片拍攝的地方有關係。」

她張開眼睛，舉頭看著天花板。「我感到第一回見面是個友善的相遇，沒有什麼好讓他們擔心的，然後出現恐懼。那感覺在這個地方很強烈，樹林裡。」

「還有呢？」馬里諾是如此緊張，他頸子上的血管明顯的凸出來。如果他再往前傾一吋，肯定會跌落在沙發椅下。

「兩件事，」她說：「也許沒什麼重要，但我感覺有另外一個地方，不在這些照片裡，而我覺得這個地方跟女孩有關。她也許被帶到什麼地方或去了什麼地方。這個地方可能很近。也許不，我不知道，但我覺得擁擠，有東西在拉扯。恐慌，一大堆的聲音和動作。這些感覺都不好。然後有東西遺失了。我看到這東西是個金屬物，跟戰爭有關的物件。我對那沒有其他的感覺，只除了我覺得那東西沒有壞處——我沒有發現那東西本身具有傷害性。」

「是誰遺失了這個什麼金屬物？」馬里諾詢問。

「我有感覺這是一個仍然活著的人。我得不到影像，但我覺得是一個男人。他認為那物件是遺失而不是被丟棄，雖然並不眞正擔心，卻有些關切。好像他遺失了什麼，而他也不時會想到他遺失了什麼。」

她沉默下來，這時電話又響了。

我問，「你去年夏天跟珮德·哈韋談到這個嗎？」

「她要見我時，」希爾達回答，「屍體還沒被人發現，我沒有這些照片。」

「那麼你有沒有感受到跟這些一樣的感覺。」

她認眞的想了想。「我們到休息站時，她直接領我到吉普車所在的地方。我在那兒站了一會。我記得那兒有一把刀。」

「什麼刀？」馬里諾問。

「我看到一把刀。」

「什麼樣的刀？」他問，而我記起吉兒，那指揮狗兒的人，曾借走馬里諾的瑞士刀來開吉普車的門。

「一柄長長的刀，」希爾達說：「像是打獵用的刀，或者是一種軍用刀。刀柄好像有什麼，黑色而且是橡膠類。刀刃讓我聯想到在樹林裡切割硬東西用的那種。」

「我不太懂。」我說，即使我很清楚她指的是什麼，但我不想引導她。

「有齒痕，像鋸子。我猜鋸齒狀是我要用的字。」她回答。

「這是你站在那個休息站時感覺到的？」馬里諾問，難以置信的瞪著她。

「我沒有感覺到任何叫人驚恐的事，」她說：「但我看到刀，而且我知道當那把刀被留在那兒時，在吉普車裡的不是那對情侶。我沒有在那休息站感受到他們的存在。他們從未到過那兒。」她停頓，再次閉上眼睛，眉峰聚攏。「我記得感覺到焦慮不安。我感覺有人焦躁憂慮，而且很匆忙。我看到黑暗，就像是晚上。然後有人很快的走動，我看不到那是誰。」

「你現在可以看到這個人嗎？」我問。

「不能，我看不到他。」

「是男的?!」我說。

她又停了一下。「我的感覺那是一個男人。」

馬里諾接著說：「當你和珮德·哈韋在休息站時，你告訴她這些？」

「其中一些，是的，」希爾達回答。「我不記得所有我說過的話。」

「我需要走走。」馬里諾咕噥著，從沙發椅上站了起來。希爾達對他的離開既不驚訝也不關心，紗門在他身後重重的關上。

「希爾達，」我說：「當你見到珮德．哈韋時，你可曾發現到有關她的什麼事情？你是否感覺到她知道什麼，比如說，她是不是知道大概是怎樣的事發生在她女兒身上？」

「我發現很強烈的罪惡感，就像她覺得自己有責任。但這可以理解。當我跟某些失蹤者或被害者的家屬打交道時，我常常感受到罪惡感。只是，跟平常不太一樣的是她的氣流。」

「她的氣流？」

我知道醫學上講的氣流，是一種生理疾病突發前的一種知覺。但我不認爲這是希爾達所指的。

「氣流對大部分的人來說是看不見的，」她解釋。「但對我來說，氣流是以顏色呈現出來。圍繞著一個人的氣流是一種顏色。珮德．哈韋的氣流是灰色的。」

「那表示什麼呢？」

「灰色既非死亦非活，」她說：「我把它跟疾病聯想在一起。身體上、心靈上或靈魂上的疾病，就像有什麼從她生命中流失了。」

「我想如果你考慮她這時候的情緒狀態，應該不難理解，」我指出。

「也許，但我記得它給我一種不好的感覺。我覺得她也許會陷入某種危險。她的能量不好，不是正面或健康的。我覺得她正在把自己推向險地，或者是經由自己的作爲把傷害帶到身邊。」

「你以前曾見到過灰色氣流嗎？」

「不常。」

我忍不住問，「你在我身上有發現顏色嗎？」

「黃色，裡面帶點棕色。」

「那很有趣，」我驚訝的說。「我從不穿那兩種顏色。事實上，我不相信我家有任何黃色或棕色的東西，但是我愛陽光和巧克力。」

「你的氣流跟你喜歡的顏色或食物沒有關係。」她微笑。「黃色表示精神上正面的意義。棕色我解釋爲好的意念，實際、腳踏實地。我看你的氣流相當具有靈氣，但同時也非常務實。現在，提醒你，那只是我的解釋。對每一個人而言，顏色代表不同的意義。」

「那馬里諾呢？」

「一環狹長的紅。那是我看到環繞在他身上的，」她說：「紅色通常表示憤怒。但我想他需要多一些紅色。」

「你不是當眞吧。」我說，我認爲對馬里諾而言，他最不需要的就是多一些憤怒。

「當某人在能量上低了些，我會告訴他們需要在他們生活上多添些紅色。它能提供能量讓你把事情做好，可以跟你的困境抗爭。如果控制得宜，紅色可以變成眞正的好東西。但我覺得他似乎對他的感覺感到害怕，也正是這個原因讓他虛弱。」

「希爾達，你看到過其他失蹤情侶的照片？」

她點頭。「哈韋太太有他們的照片，從報紙上找來的。」

「你曾觸摸他們、閱讀他們嗎？」

「是的。」

「你知覺到什麼？」

「死亡，」她說：「所有的年輕人都死了。」

「那麼那個淡膚色的、有鬍子或臉上有深色東西的男人呢？」

她停了一會。「我不知道。但我記得曾感覺到我剛提及的友善。他們剛開始的相遇都跟恐懼無關。我感覺到那些年輕人都沒有在剛開始時感到害怕。」

「我現在要問你有關一張紙牌的事，」我說：「你提到過你會讀人們的紙牌，你是指撲克牌嗎？」

「你幾乎可以用任何紙牌。義大利式紙牌、水晶球，那不重要。這些東西只是工具，看那一種能讓你容易集中。不過，是的，我使用一疊撲克牌。」

「那要如何進行？」

「我要人們切牌，然後我開始一次拿起一張牌，述說我感受到的印象。」

「如果你拿到一張紅心J，那會代表什麼特別意思嗎？」我問。

「那要看我交涉的人是誰，還有我從個別對象身上發現什麼樣的能量。但紅心J相當於義大利式紙牌的騎士杯。」

「是好牌還是壞牌？」

「那要看那張牌代表的對象而定，」她說：「在義大利式紙牌中，杯牌代表愛和情感，就像刀劍和五角形是事業和金錢的代表牌。紅心J可以是愛和情感的牌，這通常相當好。但，如果愛變質變酸而轉成復仇怨恨時，它也可以變得很壞。」

「那麼紅心J和，比如說，紅心十和紅心Q有什麼不同呢？」

「紅心J是張臉面牌，」她說：「我會說這是一張代表男人的牌。紅心K也是一張臉面牌，但我會把它聯想成一個有權力的國王，一個客觀上或自認爲自己有掌控力，有指揮權的人，也許是一位父親或上司之類的。一張J，就像騎士，也許代表一個軍人，是捍衛者或挑戰者。他也許是在沙場以征戰爲業的人，也許是運動員、競賽者，有很多可能性。但因爲紅心是情緒、愛的紙牌，那我會說，不管這張紙牌代表了誰，都有情感因素牽扯在內，而不是金錢或工作方面的因素。」

她電話鈴聲又響了起來。

她對我說：「不要一個勁兒相信你聽到的，史卡佩塔醫生。」

「關於什麼？」我問，很有些驚訝。

「一些對你很重要的事使你很不快樂、很憂傷。那跟一個人有關係，一個朋友，有浪漫的因素。有可能是你家庭的一個成員，我不知道。但那絕對是在你生命中占有重要地位的一個人。但你正聽著許多事，或者甚至在想像許多事。要很小心處理你相信的事。」

馬克，我想，或者是班頓．衛斯禮。我忍不住問，「這個人現在在我生活中嗎？一個我現在有接觸的人？」

她停了一會。「因爲我接收到疑惑，那屬未知，我會說那不是你現在很親近的人。我感覺到距離。你知道，那不一定是地理上的，而是情緒上的。一種距離感讓你很難去信任。我的忠告是讓它去，現在不要做出任何行動。解決之道終將到來，而我無法告訴你那會是什麼時候，但你放輕鬆無妨，不要去傾聽那些困惑，隨機行事。」

「還有一件事，」她繼續。「專注你眼前事物的背後本質，我不知道那會是什麼。但是有些事你沒有看到，那跟過去有關，一些發生在過去很重要的事將會回來，引領你走向眞實，但你不會了解它的重要性，除非你先敞開你自己，讓你的信仰引領你。」

因爲擔心著馬里諾，我站了起來，往窗外看去。

在夏洛特機場，馬里諾喝了兩杯摻水的波本，然後在飛機起飛後又喝了一杯。在返回里奇蒙的途中，他幾乎沒說什麼話。一直到停車場，我們走向各自的車子時，我決定先開口。

「我們必須談談。」我說，一邊拿出車鑰匙。

「我累了。」

「現在快五點了，」我說：「你到我家來吃晚餐怎樣？」

他眼光越過停車場，瞇眼看著夕陽。我看不出他是在生氣或者是瀕臨流淚的邊緣，也不確定我以前是不是看過他這個樣子。

「你在生我的氣嗎，馬里諾？」

「沒有，醫生，我只是想要獨處而已。」

他扣緊外套上的鈕子，嘴裡呢喃著，「待會見。」就走開。

我開車回家，感到疲倦萬分，在廚房無精打采的準備晚餐。這時，我的門鈴響了起來。從門上的窺視孔看去，我驚訝的發現門外是馬里諾。

「我在口袋找到這個，」我一打開門，他就開始解釋。他遞給我他的機票，和一份並不重要的租車文件。「我想也許你的稅務資料檔案或什麼的會需要這些。」

「謝謝你，」我說，我知道這不是他來按門鈴的眞正理由。我有刷卡收據，他給我的那些其實無關緊要。「我正在弄晚餐。既然你人在這兒，不如留下來一塊兒吃。」

「就待一會兒吧，」他不肯看我的眼睛。「我還有事要做。」

他跟著我到廚房，坐在餐桌旁，我繼續切紅甜椒，把它們加到橄欖油裡與洋蔥一塊煎炒。

「你知道波本放在哪兒。」我說，邊攪拌著食物。

他起身，走向酒櫃。

「順便，」我向他喊著，「幫我倒杯蘇格蘭威士忌加蘇打水，好嗎？」

他沒有回答，但他回到廚房時，把我的酒放在料理檯上，然後斜倚著檯子。我把洋蔥甜椒放進另一個正煮著番茄的鍋子裡，然後開始煎烤香腸。

「我沒有準備第二道菜，」我一邊工作，一邊道歉。

「在我看來，你並不需要第二道。」

「再有羊肉和白酒、小牛胸肉，或烤豬排之類的就會很完美，」我裝了一鍋水放到爐子上。「我煮羊肉很有一手的，但我現在只能承諾以後再邀請你了。」

「也許你應該放棄切割死屍，另外開餐館維生。」

「我猜那是個稱讚吧。」

「喔，是的。」他表情僵硬，點起了一根菸。「這個叫什麼？」他對著爐子點了點頭。

「我稱為黃綠寬麵加甜椒和香腸，」我回答，把香腸加到湯汁裡。「但是我如果要讓你印象深刻，我會叫它帕拉帝康香菜。」

「放心，我銘感於心。」

「馬里諾。」我看了他一眼。「今早發生了什麼事？」

他丟回一個問題，「你跟任何人提過有關維西告訴你，那傷痕是柄有鋸齒刀刃砍過的嗎？」

「到目前為止，你是唯一一個。」

「實在很難想像希爾達．歐茲媚是怎麼看到的，她聲稱當珮德．哈韋帶她到休息站時，一柄有著鋸齒刀刃的獵刀曾跳進她腦子裡。」

「是很難了解，」我同意，將一把義大利麵放到滾沸的水裡。「生命中的確是有些事無法用理性解釋，馬里諾。」

新鮮的義大利麵只要幾分鐘就煮熟，我把水濾掉，轉盛到一個大碗裡，放進烤箱保溫。接著我放了些奶油到醬料裡，還有新鮮乳酪，然後告訴馬里諾晚餐準備好了。

「我冰箱裡有洋薊心。」我把晚餐端出來。「但沒有沙拉，冰庫裡倒有麵包。」

「這個對我就很足夠了，」他說，嘴裡已塞滿了食物。「很好吃，這才是眞正的食物。」

當他要盛第二盤時，我幾乎還沒有動我盤裡的食物。馬里諾看起來好像是一個星期沒有吃東西了。他沒有好好照顧自己，而且非常明顯。他的領帶需要狠狠洗燙一番，一腳的褲管邊緣有綴褶，襯衫在腋下有圈黃色的污漬。他身上每一個地方都在哭喊著受到忽略，需要照顧。我對此感到厭惡，卻也同時感到不安。再怎麼說，一個有智識的成年男子實在不應該讓自己看來像是間年久失修的房子。然而我知道，此刻他的生活正處於無法控制的失序狀態，他在某種程度下無法自拔，一些很糟糕的事情發生了。

我起身從酒架上拿了瓶紅酒。

「馬里諾，」我說，爲我們各自倒了杯紅酒，「你給希爾達看誰的照片？你妻子嗎？」

他往後靠在椅子上，沒有看我。

「如果你不願意說就不要說。但是這陣子你簡直變了樣，而且相當明顯。」

「她說的話讓我很恐慌。」他回答。

「希爾達說的？」

「她去年十一月回紐澤西去了。」

「對。」

「你想跟我談談嗎？」

「我還沒有告訴任何人。」他停頓，伸手拿他的酒。他臉色嚴峻，眼睛藏著羞辱。「她去年十一月回紐澤西去了。」

「我不確定你告訴過我你妻子的名字。」

「哇，」他苦澀的喃喃說著。「這可不就是個評論麼。」

「是的，但是你把一堆事藏了起來。」

「我一直是那個樣子，但我猜身為警察就只有變得更糟糕。我聽太多男人抱怨謾罵他們的妻子、女友、孩子。他們在你肩頭痛哭，你認為他們是你的弟兄。然後，輪到你有問題了，你對你的把兄弟傾訴，竟變成一項錯誤，因為你發現全警局都謠傳著你的故事。我很早以前就學會閉上嘴。」

他停頓，拿出他的錢包。「她叫桃麗斯。」他把一張照片遞給我，就是今早給希爾達·歐茲媚的那張。

桃麗斯有張很好看的臉，配一副有點圓圓的身材。照片裡的她僵硬的站著，穿著上教堂的好衣服，臉上表情有些羞赧不自然。我有一種已經看過她好幾百遍的感覺，因為這世界充滿了像桃麗斯這樣的女子。她們年輕時甜美嬌柔，仲夏之夜坐在門廊下，看著滿天星星，夢想著浪漫的愛情。她們本身是一面鏡子，反射出她們生命中重要人士的身影。她們從貢獻出的辛勞中追溯自己的重要性，結果在日復一日的枯燥生活中，夢想被一點一滴的折殺，直到有一天醒來發現事實真相而尖叫發狂。

「到今年六月，我們就結婚滿三十週年，」我把照片還給馬里諾，他說：「但是，突然間她不快樂了。說我花太多時間在工作上，常常不在家。她根本不認識我，諸如此類。但我不是昨天才出生的呀。那不是實話。」

「那麼事實是什麼？」

「去年夏天，當她母親心臟病發作的時候，桃麗斯去照顧她。待在北邊幾乎有一個月，她把母親從醫院接出來，送到安養院，處理所有相關事宜。當桃麗斯回到家來，她就變了。變得好像是另一個人似的。」

「你認為發生了什麼事？」

「我知道她在那兒遇到了這個傢伙，他的妻子兩年前過世了，他搞房地產仲介，幫忙賣她母親的房子。桃麗斯輕描淡寫的提過他一、兩次，但有些事在醞釀著。電話鈴聲會在夜間很晚時響起，如果是我接聽，那個人就掛斷。桃麗斯會跑在我之前去取郵件。然後是十一月，她突然間收拾東西離開家，說她母親需要她。」

「從那時起她有回過家嗎？」我問。

他搖搖頭。「嗯，她倒是偶爾來電話，說她要離婚。」

「馬里諾，我很抱歉。」

「呃，她母親在安養院，桃麗斯在照顧著她，我猜，然後她同時跟這個房地產傢伙見面。一刻傷心，一刻開心。像是她一下想要回來，接著又不想。罪惡感，然後又是鐵石心腸。就是希爾達看她的照片時說的那樣，反反覆覆。」

「你一定很難受。」

「嘿。」他把他的餐巾紙丟到餐桌上。「她可以做她想要做的事，隨她去。」

我知道他並不眞的這樣想。他受到打擊，而我的心跟著他痛。同時，我卻也禁不住同情他的妻子。馬里諾不是個容易愛的人。

「你想要她回家嗎？」

「我跟她在一起的時間遠遠超過我們不認識的歲月。但是讓我們面對現實，醫生。」他看著我，眼睛閃著畏懼。「我的生活充滿失望。總是計較著一分、五分錢，在半夜被傳呼到街上去。計畫假期，然後有急事發生，桃麗斯只好解開行李在家裡等著——像勞工節週末，哈韋家的女兒和她男朋友失蹤那時。那是最後一次了。」

「你還愛著桃麗斯嗎？」

「她不相信我是。」

「也許你應該確定她眞的了解你的感覺，」我說。「也許你應該表現出你非常想要她，而不只是需要她。」

「我不懂。」他看來不知所措。

他永遠不會了解，我悲哀的想著。

「只要好好照顧你自己，」我告訴他。「不要期望她來幫你，也許會形成一個轉機。」

「我賺不了更多的錢，而這就是定案了。」

「我敢打賭你妻子並不關心你賺多少錢。她寧願覺得受到尊重、被呵護以及憐愛。」

「他有一棟大房子，一輛克萊斯勒，全新的，皮製座椅，全長九碼。」

我沒有答話。

「去年他到夏威夷度假。」馬里諾漸漸生起氣來。

「桃麗斯幾乎花了一輩子的時間跟你在一起。那是她的選擇，不管是夏威夷或——」

「夏威夷除了是個遊客陷阱外，什麼都不是，」他插嘴，點燃一支香菸。「我呢，寧願到柏格司島去釣魚。」

「你有沒有想過桃麗斯也許對長久以來一直扮演你母親的角色感到疲倦厭煩了？」

「她不是我母親。」他急急反駁。

「那爲什麼自她離開後，你就開始好像非常需要一個母親的樣子呢，馬里諾？」

「因爲我沒有時間去縫釦子、煮飯和做什麼打掃那類該死的家事。」

「我也很忙，但我找時間去做那類該死的家事。」

「是，你同時雇了個幫手。你也許一年賺六位數的薪水。」

「即使我只有五位數的收入，我也會好好照顧自己，」我說：「我會那樣做是因爲我尊重自己，也因爲我不需要任何人來照顧我。我只是單純的想要被關懷，但那絕對是不同的兩件事。」

「如果你有所有問題的答案，醫生，那爲什麼你離婚了？又爲什麼你的朋友馬克在科羅拉多，而你在這裡？聽起來，你的人際關係並不像夠資格寫一本書。」

我頓時覺得一股怒氣爬上我的頸子。「東尼並沒有眞正關心我，當我終於了解到那點後，我選擇離開。而馬克，他對承諾有恐懼感。」

「而你把自己交給他了？」馬里諾幾乎圓睜著雙眼怒視著我。

我沒有回答。

「爲什麼你沒有跟著他到西部去？也許你只對身爲一個工作的頭頭有責任感吧。」

「我們之間存在很多問題，當然一部分是我的錯。馬克很生氣，退到西部去……也許他是想要說明什麼，也許只是他想要遠遠離開我，」我說，驚慌於無法控制我語氣裡翻騰的情緒。「就職業上來說，我根本無法跟著他走，而事實上，那根本從未列入我想要的選擇。」

馬里諾突然間有點慚愧。「對不起，我並不知道事情是這樣的。」

我沉默著。

「看來我們同是天涯淪落人。」他善意的說。

「在某些方面是的，」我說，我不願承認我們在那些方面境遇相同。「但是我好好照顧著自己。如果馬克再次出現，他不會看到我像是活在地獄裡。我是要他，但我並不需要他。也許你也應該試著跟桃麗斯這樣相處，你覺得呢？」

「是。」他看來受到鼓舞。「也許我應該。現在，我想我要喝杯咖啡。」

「你知道怎樣煮吧？」

「你這是在開玩笑？」他說，很驚訝。

「第一課，馬里諾，煮咖啡。往這兒走。」

當我告訴他如何操作那僅需要智商五十就能掌握的濾網咖啡機時，他重新思索著我們今天的探險過程。

「一部分的我不願意認真看待希爾達的話，」他解釋。「但是另外有個聲音叫我要嚴肅以對。我是說，那的確讓我用另一個角度想。」

「哪個角度？」

「黛伯拉·哈韋被一支九釐米口徑手槍射擊。他們卻一直沒有發現彈殼。很難相信那個混蛋能在天黑時，在那種地方找到彈殼。我猜摩瑞和其他的人沒有找對地方。要注意，希爾達懷疑有另外一個地方，她提到有東西遺失了。一種金屬物，跟戰爭有關，有可能是一個用過的彈殼。」

「但她同時也說，那東西不具傷害性。」我提醒他。

「一個用過的彈殼連蒼蠅都傷害不了。是子彈能傷人，而且只有在發射出去時才是。」

「她看到的照片是去年秋天照的，」我繼續。「不管是什麼東西遺失在那兒，現在也許已經不在了。」

「你想那殺手會在白天回去那兒找？」

「希爾達說遺失這個金屬物件的人會關心它的下落。」

「我不認爲他回去過，」馬里諾說：「他應該是相當小心謹愼的人，不會冒那樣的險。那對孩子失蹤之後，那區域立刻布滿了警察和警犬。你可以打賭說那凶手會保持低調。他必定是個相當冷靜的人，否則不可能在做了這些事之後，到現在還沒東窗事發。不過我們談的也有可能是個瘋狂的人，或是一個收錢辦事的人。」

「也許。」我說，咖啡開始從濾網滴下。

「我想我們應該回到那裡翻找一番。你覺得怎樣？」

「老實說，那主意也剛在我腦子裡盤旋。」

8

明亮的午後，使那樹林看來少了些不吉利的兆頭。然而當馬里諾和我越來越靠近那方小空地，一種模模糊糊、忽隱忽現、難聞的人體血肉腐爛氣味，像個隱伏的惡毒提醒者，在我們周圍跳動著。松枝落葉因鏟子的刮削，篩子的過濾而被搬移到一旁，堆成小山。這場謀殺事件殘存的實物見證要從這塊地方消失，還需要一段時間和很多的雨水來幫忙。

馬里諾帶來一台金屬探測器，而我拖著個鐵耙。他拿出他的香菸，開始四處搜尋。

「在這兒進行掃描沒什麼用處，」他說：「這塊地方一定已經搜查過不下六次。」

「我猜步道部分也徹底搜索過了。」我說，回頭看著圓木小徑。

「不一定，因為去年秋天那對情侶被帶來這裡時，那條小徑應該是不存在的。」

我了解他的話。那再度散有落葉的小徑，有著經踐踏過後變硬的地面，而這些都是被警察和其他人等進出現場時所踏出來的。

他估量著樹林說道：「事實是，我們甚至不知道他們在哪裡停的車，醫生。就假設是在我們停車地方附近，然後依照我們走過的路徑來到這裡。可是那更得假設那名殺手的確是蓄意往這裡走來的。」

「我覺得那殺手知道他要去哪裡，」我回答。「沒有道理去假設他是隨意打圓木小徑那邊往這兒彎來，然後很偶然的在黑夜中停在這裡。」

馬里諾聳聳肩，擰開金屬探測器。「試試無傷。」

我們從現場周圍開始掃描，橫過小徑兩旁有幾碼寬的灌木矮樹叢和樹枝，慢慢的順著往圓木小徑方向走。將近兩小時，我們探查所有樹林灌木間有可能是人走出的步道，而探測器第一次響起高頻率的聲音，卻只是一個空啤酒罐，第二次響起則是因爲一個生銹的開瓶器。一直等到我們來到樹林的邊緣，可以看到我們的汽車時，才發出第三次的響聲，這回我們發現一個散彈獵槍的彈殼，紅色塑膠上的顏色因長年暴露在外而褪色。

我靠著鐵耙，沉悶的盯著小徑，思索著。我謹愼回想希爾達說的，有關另外一個地方，也許是那殺手把黛伯拉帶去的地方，我想像著那塊空地和屍體。我第一個想法是，如果黛伯拉曾短暫的從殺手手中逃脫，那有可能是發生在黑夜中，在她和弗瑞德順從的從圓木小徑上穿過樹林到那塊空地的時候。但在我往樹林子看去時，這個理論似乎無法成立。

「讓我們先假設我們面對的只有一名凶手。」我對馬里諾說。

「好吧，我在聽。」他用外套袖子擦擦額頭。

「如果你是那個綁架了兩個人的凶手，然後你也許用了槍強迫他們，來到這裡。這時，你會先殺誰？」

「那男的會是個較大的麻煩，」他毫不猶豫的接腔。「我呢，會先對付他，把小女孩留到最後。」

那仍然不容易去想像。當我試著去設想一個人強迫兩個人質在黑夜中穿過這片樹林，我一直碰到個疑點。這凶手有手電筒嗎？他這麼熟悉這個區域，甚至閉著眼都可以找到那塊空地？我把這些疑問說給馬里諾。

「我也想到同樣的疑點，」他說：「我有兩個解釋。第一，他也許綁住了他們，把他們的手捆在背後。第二，要是我的話，我會抓住女孩，把槍抵住她的肋骨，然後往樹林走去。這會使那個男朋友像綿羊般乖乖聽話。以免一個不小心，他的女朋友就可能被射殺。至於手電筒呢？他必須有些什麼讓他可以清楚的在這兒看到東西。」

「你如何能夠握一支槍、一個手電筒，還同時挾持那女孩呢？」我問。

「很簡單。要我做給你看嗎？」

「不是很想。」他向我走來，我不自禁的往後退。

「那鐵耙。老天，醫生。不要那麼膽小。」

他把金屬探測器遞給我，我把鐵耙交給他。

「假裝這鐵耙是黛伯拉，好嗎？我用右手圈住她的脖子，左手拿著手電筒，像這樣。」他表演著。「我右手握著槍，槍口直指她的肋骨。沒問題。弗瑞德會在我們前方一、兩呎遠，循著手電筒的光線走，而我在他後面像隻禿鷹似的看著他。」停頓一下，馬里諾凝視著小徑。「他們不可能移動的太快。」

「特別是當他們赤著腳走時。」我指出。

「是的，我想他們眞的是赤腳走。他不能把他們的腳綁起來，因爲他要他們走到這裡。但是如果他要他們脫下鞋子，就可以使他們放慢速度，不容易逃跑。也許在他擊倒他們之後，他把鞋子留下當紀念。」

「也許。」我又想到黛伯拉的錢包。

我說，「如果黛伯拉的手是被綁在身後，那她的錢包是怎麼跑到這裡來的呢？那錢包沒有帶子，沒有辦法把圈在她手臂或肩上，那個錢包也不是套在皮帶上，事實上她並沒有繫皮帶。如果有人用槍強迫你走到樹林子裡，你為什麼會帶著你的錢包？」
「不知道，那一點從一開始就困擾我。」
「讓我們試最後一次吧。」我說。
「喔，該死。」
我們回到那方空地時，雲層蓋住了太陽，也開始吹起風來，氣溫似乎一下子就降低了十度。我外套底下的皮膚因費力活動出汗而變得有些溼黏，風一起就讓我開始冷了起來，手臂肌肉也因不停使用鐵耙而顫抖著。我移動到這範圍內離小徑最遠的一邊，研究著一片往後延伸的岩層，那一區看來相當不易走近，我懷疑即使是獵人也未必走過。警察也許往這個方向挖掘篩濾了十呎，就在爬滿葛類蔓藤植物的地方停下。群樹被爬藤層層蓋住，遠遠看來就像是個史前恐龍用後腳直立在一片堅實的綠色海洋中，所有的灌木、松樹和植物都慢慢被纏絞到窒息死亡。
「老天爺，」馬里諾在我掙扎著揮動手上的鐵耙時說。「你不是當眞的吧。」
「我們不會走太遠的。」我答應著。
其實我們不必走太遠。
金屬探測器幾乎立刻就有反應。當馬里諾把探測器定在距離屍體被發現不到十五呎那處布滿葛類藤蔓的地方，高頻警示聲變得越來越大，也越來越高。我發覺用鐵耙弄開藤蔓要比用梳子梳順糾纏混亂的頭髮還要困難，於是我乾脆屈膝跪下，把葉子撥開，用戴著手術用手套的手指在地上摸索。最後，終於摸到一個冷冷硬硬的東西，卻不是我希望找到的。
「留著繳給收費亭吧，」我沮喪的說，把找到的一枚髒兮兮的二十五分硬幣丟給馬里諾。
幾呎之後，金屬探測器又發出訊號，而這回我跪在地上用手努力的摸索換得了期待已久的代價。當我確定摸到一個硬邦邦圓筒狀的東西時，我輕輕的把覆蓋在上面的藤蔓撥開，直到看見不鏽鋼金屬反射出的光芒——一顆彈殼，仍然閃耀得有如剛擦亮的銀器。我小心翼翼的拿起來，盡量不去觸碰表面。馬里諾彎下腰來把一個裝證物的塑膠袋打開。

「九釐米，聯邦用，」他透過塑膠袋辨識出彈殼頭的標識。「老天爺。」

「當他向她射擊時，就站在這裡，」我低語著，想到希爾達提到黛伯拉身處一個「擁擠的」場所，有東西「拉扯」著她，突然一種異樣的感覺流遍我的全身——藤蔓。

「如果她是在近距離遭到射擊，」馬里諾說：「那麼她就會在離這裡不遠處倒下。」

他拿著探測器隨我又走遠一些，我說：「他到底是怎麼看到她，而後開槍射擊的呢，馬里諾？你能想像這個地方晚上的樣子嗎？」

「有月亮的。」

「但不是滿月。」我說。

「夠亮到讓這裡不至於伸手不見五指。」

當時的天氣狀況早在數月前就查過了。八月三十一號星期五晚上，也就是這對情侶失蹤時候，氣溫是華氏六十多度，月亮超過半圓，天空晴朗，沒有雲朵。即使凶手手握武器外加一把強力手電筒，我仍然無法了解他如何能在晚上強迫兩個人質來到這裡，而沒有像他們倆人一樣失去方向又感覺無助。我所能想像出的情景是他們這一路上充斥著迷惘，以及行進間的顛躓歪斜。

爲什麼他不在圓木小徑上殺了他們就好，然後把他們的屍體拖到深入樹林幾碼處，再開車離去？爲什麼他要把他們帶來這裡？

而這個跟發生在其他情侶被殺案的形式相同，他們的屍體也都在這種人跡罕至的樹林子裡被人發現。馬里諾環顧這片藤蔓，臉上出現了不舒服的神情。他說，「幸好現在不是蛇類出沒的季節。」

「這想法還眞是美妙喔。」我說，有些嚇壞了。

「你要繼續往前走嗎？」他問話的語氣告訴我，他可沒有興緻在這個冷颼颼的荒地再往前走一步。

「我想我們今天眞的做夠了。」我盡快的從藤蔓包圍中抽身出來，並忍不住覺得全身發癢。提到蛇的話題讓我渾身不舒服，幾乎瀕臨因焦慮而爆炸的邊緣。

現在已經快五點了。當我們往停放車輛的方向行進時，林子裡因著重重樹影而有些昏暗。每一次馬里諾踏到一根枯枝，我的心就往上提了提。松鼠在樹上急急的跑來跑去，鳥兒從樹梢飛走的聲響攪動著這開始叫人毛骨悚然的靜默。

「我一早就會把這東西交給實驗室。」他說：「然後我得到法院去。那還眞是消磨一天的好方法。」

「什麼案件？」

「一個叫布巴的人被他朋友布巴槍傷的案件，唯一的人證是另一個叫布巴的閒漢。」

「你在說笑吧。」

「嘿，」他說，打開車門，「我就跟一桿獵槍一樣認眞。」開動引擎後，他咕噥道，「我開始討厭這個工作了，醫生。我發誓，我是認眞的。」

「這時候你討厭全世界，馬里諾。」

「不，我沒有，」他說，然後他笑了。「我還滿喜歡你的。」

一月的最後一天，晨間郵差帶來了珮德．哈韋的官方通知，由此揭開了一天工作的序幕。通知簡短而直指重點，說明如果她不在接下來的一個星期內收到她女兒的解剖及毒品分析報告副本，她將申請法院拘票。那封信的副件寄給我的直屬上司——健康與人體委員會委員長，他的祕書在一個小時內以電話傳喚我到他辦公室。

雖說樓下有等著我做的解剖，我仍然只能離開大樓往位於中央街上的辦公處所走去。那棟建物在政府買下之前已空置了好幾年，然後由一個購物商場業者接手，開張後不久，再轉到政府手中。我沿著富蘭克林路走捷徑。從這一面來看，那座具歷史性、有著鐘樓和紅瓦鋪頂的紅色建築物又變成了火車站，成為一些本來在麥迪遜大樓上班的政府官員來來往往的暫時停留地。原來的辦公大樓因要剝除舊石綿重新裝修而暫時關閉。州長在兩年前指定保羅．塞休博士為健康與人體委員會委員長。雖然我跟我新上司面對面會談的機會不多，但前幾次的經驗都相當愉快輕鬆，不過今天我卻覺得情況可能跟往常不太一樣。他祕書在電話中的語氣聽來充滿歉意，好像她知道我是被傳來聽訓的。

委員長辦公室在二樓的套房，想見他得先走上一段大理石階梯。那個階梯多年來經過許多遊客旅人的踩踏，變得光滑平順。委員長辦公室以前曾是體育用品店和專售五顏六色風箏和風筒的小店。現在，牆已經被打掉，磚塊取代了厚玻璃窗，地上鋪著地毯，牆上有木條裝潢，還放有漂亮的家具。塞休博士對政府工程進度的緩慢最熟悉不過，但顯然他已經很安妥的把這個臨時總部當成永久處所而悠然辦公了。

他的祕書用略帶歉意的微笑迎接我，那只使我感到更緊張。她從眼前的鍵盤轉到電話那兒。

她通報我的到來後，對著她桌子的一扇堅實橡木門立刻打了開來，塞休博士出現並邀我入內。

博士是個精神奕奕的男人，有著稀疏的棕色頭髮，一副大框架眼鏡幾乎吞噬了他狹窄的臉龐。他是個活生生的例子，說明馬拉松長跑絕不是設計給人類的運動。他胸部有結核，身體脂肪低到他幾乎從不脫下他的西裝外套，即使在夏天也常常穿長袖，因爲他時時覺得冷。幾個月前，左手臂斷折的地方仍舊套著個夾板，那是發生在一個西海岸舉行的賽跑上，他被一支前面選手成功躲避掉的衣架纏住，跌倒在街上，造成骨折。他也許是唯一一個沒有跑完全程，卻也上報的參賽者。

他坐在辦公桌後，珮德．哈韋的信躺在記事簿的中央，他的面色不尋常的嚴厲。

「我想你已經看到這個了？」他用食指敲了敲那封信。

「是的，」我說：「可以理解，珮德．哈韋很想知道她女兒的檢查結果。」

「黛伯拉．哈韋的屍體在十一天前發現。我是要下結論說，你還不知道她或弗瑞德．柴尼的死因嗎？」

「我知道她怎麼死的，而他的死因仍不確定。」

他看來很困惑。「史卡佩塔醫生，你能不能跟我解釋爲什麼這份資料還沒有向哈韋家以及弗瑞德．柴尼的父親發布？」

「我的解釋很簡單，」我說：「他們的案件還在等進一步的特別檢驗結果，而聯邦調查局要求我拒絕向任何人發布任何消息。」

「是這樣啊？」他凝視著牆面，似乎那兒有窗戶可以看出去。

「如果你向我下達指令要我公布報告，我會很樂意照做，塞休博士。事實上，如果你命令我遵照珮德·哈韋的要求，我會感到比較輕鬆。」

「爲什麼？」他明明知道答案，但他要聽聽我的說法。

「因爲哈韋太太和她的丈夫有權知道發生在他們女兒身上的事，」我說。「布魯司·柴尼有權了解我們對他兒子的事知道些什麼。這樣的拖延對他們造成痛苦。」

「你跟哈韋太太說過話嗎？」

「最近沒有。」

「在她女兒的屍體找到之後，你同她談過話嗎，史卡佩塔醫生？」他煩躁不安的把弄著他的吊帶。

「當屍體確認後我打電話告訴她，但那之後就沒有了。」

「她試著聯絡你嗎？」

「是的。」

「而你拒絕跟她談？」

「我已經解釋過我爲什麼不跟她談的原因，」我說。「而我相信拿起電話告訴她，是聯邦調查局要我別把資料送交給她並不是件有禮貌的舉動。」

「你沒有向任何人提到聯邦調查局的這項指示，是吧。」

「我只在此刻向你提起。」

他交疊著腿。「我很感激。跟任何人提起這件事都是很不明智的，尤其是記者。」

「我已經盡力躲避記者了。」

「《華盛頓郵報》今早打電話給我。」

「是誰？」

他開始搜尋留言條，而我在一旁等得有些不安。我不願相信艾比會在我背後搞鬼還爬上我的頭。

「一個叫克利夫德·林的人。」他抬眼看我。「事實上，那不是他第一次打來，我也不是唯一一個他試著壓榨消息的對象。他也騷擾我的祕書和其他職員，包括我的副主委和人體資源部長。我想他也找過你，那就是爲什麼他最後找上行政人員，因爲他說，『法醫不肯跟我說話。』」

「很多記者打電話來。我大多不記得他們的名字。」

「那位先生似乎認爲有什麼事在暗中進行著，像陰謀什麼的，而且根據他問話的方向，他似乎有支持這想法的資料。」

這很奇怪，我想著。聽起來不像是《郵報》對調查這些案件沒有興趣呀，可是艾比卻又如此強調過。

「他得到個印象，」主任委員繼續說：「你的辦公室試圖阻撓與延宕調查，而這就算是所謂的同謀。」

「我想我們的確是如此。」我很努力的不在語氣中顯露困惑懊惱。「而且那令我夾在中間左右爲難。我不是必須跟珮德·哈韋挑戰，就是要蔑視法務部。老實說，如果容我選擇，我寧願跟哈韋太太配合。因爲不管怎麼樣，我最終一定得回答她，她是黛伯拉的母親。而我本來就不必向聯邦調查局負責。」

「我對跟司法部爲敵沒有興趣。」塞休博士說。

他不必說明為什麼。委員會的預算有很大一筆來自聯邦調查局，其中還有一部分流到我的辦公室，用以補助各種傷害預防和交通安全顧問的資料蒐集。司法部知道怎麼來玩硬的。如果激怒聯邦調查員，即使他們沒有抽乾所需甚殷的財源，最起碼我們的生活會變得相當淒慘。主任委員最不想做的就是必須計算用補助金購買的每一支鉛筆和文具。我知道事情會怎麼進行，我們全體都必須錙銖必較，預備就死。

主任委員伸出他沒受傷的手拿取那封信，研究了一會兒。

他說：「老實說，唯一的解決方法是讓哈韋太太去進行她的威脅。」

「如果她取得法院拘票，那麼我會沒有選擇餘地，必得把她要的東西給她。」

「我了解。但對我們有益處的地方是，這樣一來聯邦調查局就不能歸罪於我們；而不利的地方是，很顯然會有負面報導，」他一面想一面說。「當然，對健康和人體委員會來說，如果公眾知道我們是被法院強迫才遞交珮德．哈韋依法有權得到的資料，會相當難堪的。我猜那會使我們的朋友林先生更加確定他的猜疑。」

一般平民大眾甚至可能不知道法醫辦公室是隸屬於健康與人體委員會。總之，我會是那個背黑鍋的人。主任委員，以一種官場時尚，簡簡單單的讓我去碰一鼻子灰，因為他一點也沒有要激怒司法部的意圖。

「當然，」他考慮，「珮德．哈韋可能是個拙劣的暴君，要弄著她的權力。她有可能是虛張聲勢。」

「我懷疑。」我簡潔的說。

「看看吧。」他從桌後站起來，領著我到門口。「我會寫信給哈韋太太，說你和我談過。」

我就賭你會這樣做，我心裡想著。

「需要我的地方，儘管讓我知道。」他微笑著，避開我的視線。

我才剛讓他知道我需要幫忙。不過看來他就算另一隻手也斷掉，對他工作是一點不會有影響的，因爲他怎樣都不會幫忙，即使是舉起一隻手指頭也不會。

我一回到辦公室，就問辦公職員和蘿絲是不是曾有《郵報》的記者打電話來過。一陣回想和翻閱舊留言簿之後，大家回說沒有人聽過克利夫德．林這個名字。如果他根本沒有試過跟我連絡，實在不能控訴我阻撓延宕，我試著這麼自我安慰。然而，沒什麼用的，到頭來我仍然會是被爲難的那一個。

「附帶一提，」當我要往大廳走下去時，蘿絲說：「琳達在找你，說她必須立刻見你。」

琳達是槍械檢查員。馬里諾應該已經把彈殼帶過來了，我想。很好。

工具和槍械實驗室在三樓，這兒已經夠資格成爲一間二手槍專賣店。左輪手槍、來福槍、散彈獵槍、手槍等幾乎塞滿了櫃檯所有的空間，用棕色紙張包起來當證物的物件，從地面上一直堆到成人胸部的高度。正當我以爲每個人都外出午餐時，一扇關著的門後傳來低沉的槍聲。那是個用來試射武器到一缸充滿電解溶液的不鏽鋼槽的小房間，緊臨著實驗室旁。

試射兩圈之後，琳達出現，一隻手上握有特殊口徑的點三八手槍，另一隻手拿著用過的子彈和彈殼。她修長苗條而且溫柔，有著一頭棕色長髮，骨架勻稱，和一雙分得開開的淡褐色眼睛。一件實驗室白袍罩著一件線條流暢的黑裙，上身是鵝黃色絲質襯衫，頸間別著一枚圓形金徽章。如果我只是碰巧在一架飛機上坐在她旁邊，我會猜她的職業是教授詩詞的老師，或管理一間畫廊。

「壞消息，凱。」她說，把左輪槍和用過的彈藥放在桌上。

「我希望那跟馬里諾帶進來的彈殼無關。」我說。

「恐怕就是與它有關。我正打算把我名字的縮寫和實驗室號碼鐫刻在上面時發現了個小小的驚奇。」她走到一個比對用的顯微鏡前。「這裡。」她拉張椅子給我。「一張圖片勝過千言萬語。」

我坐下，從接目鏡看去。我左眼視線中看到那個不鏽鋼彈殼。

「我不懂。」我呢喃著，調整焦距。

彈殼開口內面刻有縮寫「JM」。

「我以為這是馬里諾交給你的。」我抬頭看她。

「是他沒錯。一小時前拿來的，」琳達說：「我問是不是他刻下這些英文字母縮寫，他說不是。我也不認為是他。馬里諾的英文縮寫是PM，不是JM，而且他在這行已經夠久，知道不應該這麼做。」

雖然有些警探習慣在彈殼上刻下個人名字縮寫，就像有些法醫會在屍體中找到的子彈上刻名字縮寫一樣，槍械檢查員並不鼓勵這樣的行為。因為用一個尖銳物件在金屬上刻畫，會有毀損證物的可能，有時會刮傷了膛栓、射擊準針、排彈器，或其他像凹槽等特徵。馬里諾的確很了解這種狀況。跟我一樣，他總是取出塑膠袋，以盡量不碰觸證物的方法把證物放進袋子裡。

「我是不是可以猜想當馬里諾把彈殼帶來時，這些縮寫就在上面了？」我問。

「很顯然是這樣。」

JM，傑．摩瑞，我想，並且甚為困惑迷惘。為什麼在現場找到的彈殼上有他的縮寫呢？

琳達建議，「我在想，是不是當時有個在現場的警察把放在他口袋裡的子彈，不小心遺失了。比如說他口袋有個破洞？」

「我覺得那很難相信。」我說。

「那麼，我有另一個理論。但是你不會喜歡聽，我也不。這彈殼有可能曾被再次使用過。」

「那爲什麼它會有一個調查人員的縮寫？誰會把一個當作證物的彈殼重新裝填彈藥呢？」

「那種事以前就發生過，凱，你不要說出去是從我這裡聽到的，好嗎？」

我靜靜聽著。

「警察蒐集而來，再呈繳法庭的武器和彈藥彈殼數目是天文數字，而且很值錢。人們變得貪心，甚至法官也是。他們把東西留下來，或轉賣給槍枝販子，還是其他有收藏癖好的人。我猜，有可能這個彈殼曾經被一個警察找到，並呈繳法庭當證物用，最後流傳到某人手上再次裝填使用。有可能不管後來是誰使用過它，該使用者並不知道裡面刻有別人名字的縮寫。」

「我們不能證明這個彈殼屬於那顆我在黛伯拉．哈韋下腹脊椎找到的子彈，除非我們找到那支手槍，」我提醒她。「我們甚至無法確定這是來自海折－沙克彈夾。我們只知道這是九釐米，屬於聯邦產物。」

「沒錯。但是聯邦握有海折－沙克彈藥的專利權，從八〇年代後期到現在都是，以及所有的周邊利益。」

「聯邦曾賣出海折－沙克子彈提供重新填裝用嗎？」我問。

「這就是個問題。沒有，只有彈夾可以在市面上買到。但這並不表示人們無法用其他方式取得子彈。從工廠偷取，或跟自工廠偷取的人有聯繫。像我就有辦法得到，我可以謊稱在研究一個特別方案。誰知道呢？」她從桌上拿起一罐健怡可樂，又說：「沒有什麼事能讓我驚訝了。」

「馬里諾知道你的發現了嗎？」

「我打過電話了。」

「謝謝你，琳達。」我說，站起身來，我在組織著自己的理論，跟她的很不一樣，而且很不幸，我的可能更接近真實。僅用想的，就夠讓我狂怒了。在我的辦公室，我抓起電話，撥著馬里諾的傳呼機號碼。他幾乎是立刻回我電話。

「那個該死的混帳。」他一開口就說。

「誰？琳達嗎？」我問，嚇了一跳。

「摩瑞，就是他。那個婊子養的騙子。我才剛跟他通電話，他說不知道我在說什麼，直到我指控他偷證物——也問他是不是有偷槍枝跟彈藥，說我會讓內務警察調查他，他才吐實。」

「他在那個彈殼上刻名字，然後故意把它留在現場，對不對，馬里諾？」

「唉，沒錯。他們上星期就找到那個該死的彈殼了，眞正的那個。然後那混蛋留下這個該死的圈套，開始哭訴他只是做聯邦調查局要他做的事。」

「眞的彈殼在哪裡？」我提出要求，並感覺脈搏在兩旁太陽穴鼓動。

「在聯邦調查局實驗室。你和你忠實的朋友在樹林裡花了整整一下午的時間，猜猜看還發生了什麼事，醫生？在那該死的下午，我們全程都被監視著，從頭到尾。那個地方受到嚴密的監視。幸好我們沒有到樹叢後小便，對不對？」

「你跟班頓談過了嗎？」

「哼，沒有。對我來說，他去死算了。」馬里諾摔下話筒。

9

「世界與榮譽」洋溢著一種讓我覺得安全的堅實感。這家餐廳座落於維吉尼亞州北部一個名叫特萊安格的狹長地區，位置靠近美國海軍陸戰隊基地。外牆磚石砌成簡單明朗的線條，沒有任何浮誇的氣息。餐廳前面那塊扁狹窄長的草地永遠整整齊齊，黃楊木永遠修剪得乾淨俐落，連停車場也是有條有理，每一輛車都規規矩矩的停放在停車格裡。

森波·費德禮思的字樣刻在門上，我一走進去，就被一排菁英級的「忠實顧客」迎接著：警察局長、四星上將、國防部長，還有聯邦調查局和中央情報局局長，我對這些照片是如此熟悉，恍惚之間，這些堅定微笑著的人們似乎已變成我久違的朋友。吉姆·楊西少校踏過蘇格蘭高地紅色方格花紋地毯走過來截住我，他的越南青銅戰備長靴就放在吧台對面的鋼琴上。

「史卡佩塔醫生，」他露齒微笑並握住我的手。「該不是你不喜歡上回的菜餚，所以隔了這麼久之後才又再來。」

少校此刻雖穿著套頭毛衣外加燈心絨長褲的便裝，卻仍無法掩飾他以前所從事的職業。他看起來一如軍事宣傳照，姿勢驕傲筆挺，全身上下沒有多於一盎司的贅肉，只不過如今他已是滿頭銀髮。少校早過了退休年齡，可仍精力旺盛得似乎隨時可以奉召獻身戰場。我一點也不懷疑他可以跳上一輛軍用吉普車在粗糙崎嶇的岩層上顛簸，或在雨季滂沱大雨的叢林中吃著配給的罐頭食物。

「我從來就沒有在這裡吃得不愉快，你知道的。」我熱切的回答。

「你在找班頓，他也在找你。那老男孩就在那裡——」他指著——「在他的老散兵坑裡。」

「謝謝你，吉姆，我知道怎麼走。真的很高興再見到你。」

他對我眨了眨眼，回到吧台。

是馬克介紹我到楊西少校的餐廳來，那時我每個月有兩個週末開車到匡提科來看他。當我走過布滿警察徽章的天花板，又經過老軍人大事記陳列處，過去的記憶深深揪弄著我的心。我可以輕易的找到當時和馬克坐的餐桌，現在已是陌生人占據著，悄悄的在說他們的貼心話。我心中有不可遏抑的傷懷。我將近一年沒有來「世界與榮譽」餐廳了。

走過主要用餐區，我往後走向較隱密的座位，衛斯禮正坐在他的「散兵坑」裡等著我，那是一張位於角落的桌子，靠近一扇有美麗帳帘的窗子。他正在啜飲著什麼，看到我，臉上沒有微笑，我們像陌生人似的正式寒暄一番。一個穿著正式禮服的男侍過來記下我點的飲料。

衛斯禮抬頭看著我，眼神跟地窖倉庫的嚴實磚牆一樣叫人難以穿透解讀，而我溫和的回視。他打了手勢要第二杯飲料，我們開始進入正題。

「我相當關心我們在溝通上的問題，凱。」他起頭。

「我也有相同的觀點，」我用一種我很擅長的在上證人席似的鐵板冷靜語調說。「我也很關切我們之間的溝通問題。調查局有截聽我的電話，跟蹤我嗎？我希望不管躲在樹林裡的是誰，都有把我和馬里諾的照片拍好。」

衛斯禮平靜的說：「你個人沒有被監視，是你和馬里諾昨天下午去的那片樹林被監視著。」

「如果你事先讓我知道，」我壓抑住我的怒氣，「也許我會先告訴你，我和馬里諾決定再回到那裡。」

「我從沒料到你會再回去那裡。」

「我習慣再回到現場重行檢視。你跟我合作夠久了，應該知道我的這項習慣。」

「我的失誤。現在你知道有監視了，而且我比較希望你不要再回去那邊。」

「我本來就沒有計畫再去，」我暴躁的說：「可是如果有需要再去的話，我會很樂意事先通知你。還是不通知比較好，反正你都會發現。而我顯然也不願意浪費我的時間去撿你的調查員或警察布下的假證物。」

「凱，」他以較柔軟的語調說：「我並不想干擾你的工作。」

「我被騙了，班頓。我聽到的是現場並沒有發現彈殼，事實卻是早在一個多星期以前就被送到調查局的實驗室了。」

「當我們下達監視令時，就是不想要洩漏任何一個字，」他說：「越少人知道我們在做什麼，對我們越有利。」

「很顯然，你們認爲凶手有可能再回到現場。」

「那有可能。」

「你可有把這可能性加諸在先前的四個案件中？」

「這回不同。」

「爲什麼？」

「因爲他留下了證據，而他自己也知道。」

「如果他這麼擔心那個彈殼，去年秋天就有許多機會可以回去找了，」我說。

「他也許不知道我們會查出黛伯拉曾被槍擊過，更沒料到我們會從她屍體裡找到一顆海折—

沙克子彈。」

「我不認爲我們要應付的人是個傻瓜。」我說。

侍應生送來我的蘇格蘭威士忌和蘇打水。

衛斯禮繼續，「你們找到的彈殼是個圈套。我不否認，你和馬里諾走進的區域是在我們的監視範圍，有兩個人藏在樹林子裡，他們看到你們做的每一件事，包括撿起彈殼。而且，就算你沒來找我，我也會去找你。」

「希望你會。」

「我一定會解釋。沒有選擇餘地，眞的，因爲你們已經不小心搗毀一個仔細設計的圈套。但錯不在你。」他伸手拿他的飲料。「我應該事先讓你知道，這事就不會發生，我們就不必被迫中斷計畫，或延後。」

「你到底延後了什麼？」

「如果你和馬里諾沒有破壞我們正在進行的計畫，那麼明天早上新聞界會針對那名凶手作文章。」他停下，「一個反間情報，用來導引他出現，讓他擔心。那樣的文章仍會刊登，只不過要等到星期一了。」

「重點是什麼？」我問。

「我們要他以爲在檢查屍體的過程中出現了一些線索。一個我們相信他不小心留在現場的重要證物。假言聲稱這個或那個，由警方出面否認一堆詢問或不做評論。所有的動作都爲了暗示不管這個證物是什麼，我們還沒有發現。凶手知道他在那兒遺落了一個彈殼。如果他因爲恐慌而回到現場尋找，我們會等著他，看著他撿起我們布置的圈套，並且拍下整個過程，然後抓住他。」

「彈殼本身並沒有什麼價值，除非你還有他和那把槍。爲什麼他會冒險回到現場，特別是警方顯然已經花上不少時間在那裡忙著找這個證物？」我急著想要知道這點。

「他也許擔心很多事，因爲他當時對場面失去了控制。一定是，否則他沒有必要從背後射殺黛伯拉。也許在當時的狀況中，他根本不必開槍。他顯然沒有用槍來謀殺柴尼。他怎麼知道我們到底是在找什麼，凱？也許是彈殼，也許是其他的什麼。他無法確定屍體被發現時的眞實情況。我們不知道他是怎麼對付那對情侶，但他也無法確切知道你在解剖屍體時發現什麼。他也許不會在媒體披露消息後第二天就回到現場，但他也許會在一、兩星期後，等風向平靜了些，才回去試試。」

「我懷疑你的反間情報伎倆會有用。」我說。

「不入虎穴，焉得虎子。凶手留下了證物，我們若不以此爲餌，試試可能性，就太傻了。」

這句話的漏洞大到我無法不追問下去。「你對在此之前另外四個案件中找到的證物做過類似嘗試嗎，班頓？我知道在每輛車裡都發現一張紅心J紙牌。一個顯然是你很努力隱藏的細節。」

「誰告訴你的？」他問，臉上表情沒有變化。他甚至看起來一點也不驚訝。

「是眞的嗎？」

「是。」

「而你在哈韋－柴尼案件裡有找到這麼一張紙牌嗎？」

衛斯禮眼光調向餐室另一邊，跟侍應生點了點頭。「我推薦牛里脊。」他打開菜單，「或小羊排骨。」

我點了餐，心臟緊張的跳動著。我點燃一根香菸，還是無法冷靜下來。我的思緒拼命想要摸索出一條路。

「你還沒有回答我的問題。」

「我看不出這跟你在這個調查程序中扮演的角色有什麼關係。」他說。

「警方等了數小時才通知我到現場。屍體在我到達前被移動過。調查人員對我拖延阻撓，而你要求我無限期延遲發布弗瑞德和黛伯拉的死因。同時，珮德．哈韋正威脅著要申請法院拘票，因爲我沒有公布我的報告。」我停下，他保持靜默。

「最後，」我下結論，我的言辭開始變得激烈。「我在不知道現場被監視的情況下回去採查，以及我找到的證物是個精心設計的圈套。而你卻覺得我在這調查程序扮演的角色並不適合知道那些案件的細節？我甚至開始懷疑我到底是不是這項調查案的成員之一，還是至少你是在想辦法不讓我參與。」

「我沒有這樣做。」

「那麼是有別人在這樣做？」

他沒有回答。

「如果在黛伯拉的吉普車裡或是在他們屍體附近發現一張紅心J，我要知道，那對我很重要。那可以跟其他五對情侶的死亡連在一起。如果在維吉尼亞州有個尚未正法的連續殺人犯，我會相當關心。」

然後他在我毫無準備之下，突然一問：「你向艾比．敦布爾透露多少消息？」

「我沒有告訴她任何事。」我說，我的心跳動得更快了。

「你曾跟她見過面，凱。我相信你不會反駁這一點。」

「馬克告訴了你，而我相信你也不會反駁這一點。」

「馬克不可能知道你在里奇蒙或華盛頓跟艾比見過面，除非你告訴他。但不管怎樣，他都沒有理由把這消息傳遞給我。」

我瞪著他。衛斯禮怎麼會知道我曾在華盛頓跟艾比見過面，除非她眞的被監視？

「當艾比來里奇蒙看我時，」我說：「馬克打電話給我，而我提到她的來訪。你是在告訴我他沒跟你提起？」

「他沒有。」

「那你怎麼知道的？」

「有些事我不方便告訴你，你只能相信我。」

侍應生送來我們的沙拉，我們靜靜的用餐。衛斯禮一直沒有再開口說話，直到主菜送上來。

「我面對很多壓力。」他用一個平靜的語調說。

「看得出來。你看起來筋疲力竭，疲累不堪。」

「謝謝你，醫生。」他嘲諷的說。

「你在另一方面也變了。」我緊追不放。

「我相信那只是你的猜測想像。」

「你把我關在門外，班頓。」

「我想我之所以保持距離是因爲你問很多我不能回答的問題；馬里諾也是。然後我只覺得壓力更大。你懂嗎？」

「我在試著了解。」我說。

「我無法告訴你所有的事。難道你不能就此打住嗎？」

「還不能，因爲那就是我們相互誤解的地方。我有你要的資訊，你有我要的，而我不想把我的給你，除非你給我你的。」

令我非常驚訝的是，他突然笑了起來。

「你想我們可以在這樣的前提下達成協議嗎？」我堅持強調。

「看起來我沒有多少選擇。」

「你是沒有。」我說。

「是的，我們在哈韋－柴尼案件裡找到一張紅心J。是的，我的確在你到達現場之前移動過他們的屍體，我知道那很糟糕，但你不曉得那張紙牌有多重要，或是如果有一個字洩漏出去，問題會有多大。舉個例來說，萬一被媒體報導出來等等。我現在不打算就這點再多說什麼。」

「紙牌在哪裡？」我問。

「我們在黛伯拉．哈韋的錢包裡找到。當一、兩個警察幫我把她翻過來時，我們在她屍體下發現到錢包。」

「你是說，那名凶手把她的錢包帶到樹林裡？」

「是的，想成是黛伯拉帶著錢包到那裡並不太具有說服力。」

「在其他案件裡，」我指出，「紙牌只留在汽車內一眼就可看到的地方。」

「沒錯，爲什麼他這次不單純留在吉普車裡？不過，發現紙牌的地方只是前後矛盾疑點的其中一項。另一個矛盾處是，其他案件發現的紙牌是腳踏車撲克牌，留在黛伯拉身旁的那張屬於不同廠牌。然後還有纖維的事。」

「什麼纖維？」我問。

雖然我蒐集了所有腐爛屍體上的纖維，但它們大都跟被害人本身的衣物或他們汽車內的椅套椅墊一致。無法辨識的纖維——我找到的很少——至少在案件之間無法連結，而且到目前爲止沒有證明什麼。

「黛伯拉和弗瑞德謀殺案之前的四件案子，」衛斯禮說，「在每一個被棄置汽車的駕駛座位上都發現了白色的棉布纖維。」

「那倒是個新聞。」我說，再次被激怒。

「纖維分析是在我們實驗室做的，」他解釋。

「那你的假設是什麼？」我問。

「發現到的纖維模型有些意義。因爲被害人在他們死亡時都不是穿著白棉衣飾，我得假設那纖維是攻擊者留下來的，而順著這點可以推測出他在犯罪之後駕駛過被害人的汽車。我們本就一直那樣設想，罪犯必須考慮到衣著。一個可能性是當他碰見那些情侶時，他穿著某一種制服，白色棉質長褲。我不知道。但在黛伯拉．哈韋吉普車的駕駛座上沒有找到這樣的白色棉布纖維。」

「你在她吉普車裡找到什麼？」我問。

「到目前爲止沒有可以提供的進一步訊息。事實上，車子內部相當乾淨。」他停頓，轉而切割他的牛排。「這件案子的運作手法跟其他案件不同，讓我很憂慮，這裡頭牽涉了其他因素。」

「因爲被害人之一是毒品沙皇的女兒，而你仍然沒有放棄發生在黛伯拉身上的事件可能摻雜著某種政治考量，跟她母親爲反毒品所作的努力有關。」我說。

他點頭，「我們還不能排除黛伯拉和她男朋友的謀殺案是故意魚目混珠，可能有人蓄意要我們把它跟其他案件聯想在一起。」

「如果他們的死跟其他案件沒有關係，單純是一次有計畫的攻擊，」我懷疑的問，「那你怎麼解釋殺他們的凶手知道那張紙牌的事呢，班頓？即使我也是直到最近才發現紅心J。它當然也沒有出現在報紙上。」

「珮德．哈韋知道。」他的答案讓我很驚訝。

艾比，我想。我敢打賭是艾比向哈韋太太洩漏這個細節，衛斯禮也知道。

「哈韋太太知道那張紙牌多久了？」我問。

「當她女兒的吉普車被發現時，她問我，我們是不是有找到一張紙牌。屍體出現後，她又打電話給我問同樣的問題。」

「我不懂，」我說：「她爲什麼去年秋天就知道了？聽起來她在黛伯拉和弗瑞德失蹤之前就已經知道其他案件的細節了。」

「她是知道一些細節。珮德．哈韋遠在她有私人因素牽扯進來之前就對這些案件有興趣了。」

「爲什麼？」

「你聽過一些理論的，」他說：「毒品過量。街上出現一些新型的怪異毒品，孩子們跑到樹林裡聚會，接著發生事故死亡。或有毒品販子在偏遠地帶蓄意販賣致命毒品，然後從觀看那些情侶死亡中獲得樂趣。」

「我聽過理論，但沒有證據支持這個說法。前面八個死者的毒物檢驗結果都是陰性。」

「我記得報告是這樣寫，」他深思的說：「但我同時假設這並不能證明那些孩子沒有涉及毒品。他們的屍體幾乎已成骸骨，沒有多少東西留下來供做測試用。」

「有紅血球，還有肌肉。那足夠用來檢測古柯鹼或海洛因等。我們至少可以在他們新陳代謝物質中找到嗎啡類的東西。至於新型毒品，我們進行過類似天使塵、安非他命等測試。」

「那中國白呢？」他是指一種在加州很流行的強力化學合成鎮靜劑。「就我的了解，那不需要服用多少就有可能過量，而且不容易被測出來。」

「是沒錯。不到一毫克就有可能致命，又因爲藥量太低而無法檢測，除非使用特殊的類比程序，如RLA。」我注意到他臉上迷惘的神情，便進一步解釋，「放射免疫測定法，一項以體內抗體對特種藥物反應爲基礎的測定法。跟傳統掃描程序不同，RLA可以檢測出微量的藥物反應，那是我們找像中國白、LSD和THC等毒品時用的。」

「而你仍然什麼也沒找到。」

「沒錯。」

「酒精呢？」

「酒精在屍體嚴重腐朽的狀況下是個問題。有些測驗呈現陰性，其他的則低於〇．五，也許是腐爛所造成。換句話說，不確定。」

「哈韋和柴尼的案子也是這樣？」

「到目前爲止沒有毒品的痕跡，」我告訴他，「爲什麼珮德．哈韋對早先案件有興趣？」

「不要誤會我的意思，」他回答，「我不是說她認爲那是一個重要事件。但她應該是從她任職聯邦檢察官時，就經由內部資料管道之類的看到相關消息，然後她問了些問題。政治，凱，我相信如果最後證明在維吉尼亞州這些情侶死亡案件跟毒品有關——不管事出偶然，或涉及毒品謀殺——她都會以這資料來支持她的反毒品行動。」

那解釋了為什麼哈韋太太去年秋天邀請我到她家吃午餐時，就已經對那些案件如此熟悉。毫無疑問的，她很早就關注那些案件，並在她辦公室裡存有檔案資料。

「當時她對所獲得的答案，不是很滿意，」衛斯禮繼續，「但她沒有再進一步留意，直到她女兒和弗瑞德失蹤。現在她又回過來探詢，你可以想像箇中情由。」

「是的，的確可以。而我同時也可以想像如果最後眞是毒品害死毒品沙皇的女兒，那可眞是相當辛辣的諷刺。」

「不要認為那個可能沒在哈韋太太的心中閃現過，」衛斯禮冷酷的說。

這個提醒讓我再次感到心煩。「她有權利知道，班頓。我不能讓那些案件一直懸而未決。」

他向侍應生點點頭，表示我們準備喝咖啡了。

「我需要你幫我拖延一下，凱。」

「因為你反間情報的策略？」

「我們必須試試，在沒有干擾的情況下讓故事曝光。一旦哈韋太太從你那得到消息，整個計畫就會報銷。相信我，在這節骨眼上，我比你更清楚她會有什麼樣的反應。她會舉行記者會，然後在那過程中破壞我們引誘凶手所做的全部設計和努力。」

「她拿到法院拘票時怎麼辦？」

「那要些時間。不會明天就發生。你可以找藉口拖延時間嗎，凱？」

「你還沒有解釋完紅心J的事，」我提醒他，「一個有預謀的凶手怎麼會知道那張紙牌呢？」

衛斯禮有點不情願的回答，「珮德．哈韋不是只靠自己蒐集資料和調查情況的。她有助手。她跟其他政客談，還有些選民也在幫著她。不過，那全要看她向誰透露什麼消息，以及有誰想要打擊她。我是假設了一個可能性，但不代表事實眞是這樣。」

「一個預謀的買凶殺人案，模仿舊案子的手法，」我思索著，「只是這個凶手犯了一項錯誤。他不知道應該把紅心J放在汽車裡，而把它留在黛伯拉的屍體旁，放在她的錢包裡。也許是珮德．哈韋要作證對抗的那些欺詐慈善團體裡的人？」

「我們要想的是一些從事其他犯罪的壞蛋，像是毒品販子、組織犯罪等等。」他緩緩攪動他的咖啡。「哈韋太太以往經手的一些案件不是處理得很好。而且現在她相當困擾猶疑，我想這個聽證會應該不是此刻她最關切的事。」

「我懂，而且我懷疑她跟司法部目前關係有些緊張的原因，就是爲了這個聽證會。」

衛斯禮小心的把茶匙放到杯碟上。「是不融洽，」他抬頭看著我說，「她屆時要提出來的東西，對我們是一點幫助也沒有。把像ACTMAD那樣的垃圾消除掉是件好事，但那不夠。我們要的是起訴。她過去和毒品查緝人員、聯邦調查局，以及中央情報局都有過衝突。」

「現在呢？」我繼續探究。

「更糟，因爲有私人情緒的涉入，又必須仰賴調查局來幫助解決她女兒的謀殺案。她不合作，而且恐慌。她試著在我們周邊遊走，想辦法用她自己的方式處理。」嘆了一口氣，他接著說，「她是個問題，凱。」

「她也許對調查局有相同的評價。」

他苦笑著說，「我相信她是的。」

我繼續這場心智的遊戲，試圖想確定衛斯禮是不是還有事瞞著我，我接著放出更長的釣線。「我發現黛伯拉左手食指上有個防衛性傷痕，不是割痕，而是砍痕，被一柄鋸齒形刀刃砍傷。」

「在她食指什麼地方？」他問，上身往前傾斜一些。

「手背上。」我伸出我的手來說明。「在上面，靠近她的第一指節。」

「有趣，很不正常。」

「沒錯。很難推想她是怎麼受傷的。」

「所以我們知道他曾持有刀器，」他不自覺的說著，「那更讓我懷疑這其中有什麼地方出錯了。有些他沒有預料到的事發生了。他也許是用槍制服那對情侶，但計畫用刀殺他們，也許割斷他們的喉嚨。但是什麼事情擾亂了計畫。黛伯拉不知怎麼的逃脫了，而他從她背後開槍，也許後來還割斷她的喉嚨。」

「然後把他們的屍體安排得跟其他的一樣？」我問：「衣服穿得好好，手疊手，面朝下？」

他瞪著我頭上的牆。

我想到在現場留下的菸蒂，想到其中的相似處。這次撲克牌屬於不同商標以及留在不同的地方，但這證明不了什麼。凶手不是機器。他們的儀式和習慣不是完全依循科學技術，也不是像刻在石頭上那般不可改變。甚至這次衛斯禮透露給我的，他們沒有在黛伯拉吉普車裡找到白色棉質纖維，這些都不足以推翻弗瑞德和黛伯拉的謀殺案跟其他案件有關聯的假設。我再次感到迷惑，就像我過去每次來匡提科的感覺一樣。我總是不確定耳畔聽聞的槍聲到底是來自於實彈抑或空包彈，直升機是運載著負有實際任務的陸戰隊員或只是聯邦調查局的演習，學院的胡根巷中偽裝成城鎮裡的建築物是有實質用途或只是好萊塢似的布景。

我無法從衛斯禮那兒挖掘更多資料，他不會再告訴我什麼了。

「很晚了，」他說。「你還得長途開車。」

我最後還有一件事要說。

「我不想我們之間的友誼跟這個扯上關係，班頓。」

「那當然。」

「發生在馬克和我之間的事——」

「那不影響，」他打斷，聲音相當堅定，卻不是不友善。

「他曾是你最好的朋友。」

「我寧願相信他仍舊是。」

「對他離開匡提科，去科羅拉多的事，你怪我嗎？」

「我知道他為什麼離開，」他說：「我很遺憾他離開。他對學院很有幫助。」

聯邦調查局意圖以反間情報引出凶手的策略沒有在星期一落實。如果不是調查局改變了主意，就是因為珮德．哈韋捷足先登。她在那天舉行了一個記者招待會。

中午時分，她在她華盛頓的辦公室裡面對攝影機、照相機。她身旁還有布魯司．柴尼，弗瑞德的父親，因此更增強了哀愁悲憫的氛圍。通常會使人看來圓胖幾分的攝影機並沒能掩藏她近來的消瘦，臉上的濃妝也沒能掩蓋她的黑眼圈。

「這些恐嚇從什麼時候開始的，哈韋太太，還有它們的目的是什麼？」一名記者問。

「第一次的恐嚇在我開始調查那些慈善團體之後不久。我想大約是一年多以前，」她面無表情的說：「一封寄到我里奇蒙市住家的信。我不想洩漏信上太多的內容，但該威脅直接指涉我的家庭。」

「而你相信這跟你針對一些像ACTMAD的不實慈善團體所進行的追查有關？」

「絕對是。而最後一次的威脅在我女兒和弗瑞德．柴尼失蹤前兩個月出現。」

布魯斯．柴尼的臉孔在螢幕上一閃而過。他臉色蒼白，在電視強烈燈光下眨著眼。

「哈韋太太……」

「哈韋太太……」

記者互相打斷對方，而珮德．哈韋開口打斷他們，攝影機轉回對著她。

「聯邦調查局了解這個情況，他們的觀點是這些威脅、信件，都是從一個地方來的，」她說。

「哈韋太太……」

「哈韋太太——」一個記者在紛亂中提高她的聲音——「你和司法部的意見衝突，是源於調查這些慈善團體所引發的利益衝突，而且這點早已不是個祕密。所以，你是在暗示聯邦調查局知道你家人的安全受到威脅卻沒有進行任何保護措施嗎？」

「那不僅僅是個暗示。」她說明。

「你在控訴司法部不適任，沒有辦案能力嗎？」

「我控訴的是司法部的密謀。」珮德．哈韋說。

我悶哼著，伸手拿香菸，那相互交纏的喧鬧嘈雜漸漸推到最高點。你輸了，我想著，並繼續不可置信的瞪著我辦公大樓醫事圖書館角落一台小型電視機裡的畫面。

那只會使事情變得更糟。我的心充滿著憂慮恐怖，哈韋太太冷冷的瞪視，揮舞利劍砍向所有牽涉其中的人，當然也包括我。她對誰都不留情，對什麼都不保留，包括紅心J的細節。

事實上，衛斯禮說她不合作而且是個問題還嫌太過輕描淡寫。在她理論邏輯的盔甲下，掩藏的是一個女人因憤怒悲傷而引發的瘋狂面貌。我麻木的聽著她明明白白、毫無保留的指控警察、聯邦調查局、法醫都是這一場掩藏眞相的共犯。

「他們蓄意掩埋這些案件的眞相，」她做著結論，「在這樣一個行爲底下遂行他們自身的利益，然而犧牲的是人們的生命。」

「胡言亂語。」費爾丁嘀咕著，那是我的副手，他正坐在旁邊。

「什麼案件？」一名記者大聲的要求。「你女兒和她男朋友的死亡，或者你是指在此之前的其他四對情侶？」

「他們全部，」哈韋太太回答。「我是指所有的年輕男女像動物一樣被追蹤獵殺。」

「那他們到底是要掩護什麼呢？」

「那些應負起責任的人，」她的語氣聽來彷彿她已經知道似的。「司法部根本就沒有阻止這些凶殺案繼續發生，因爲政治性理由，或是某個聯邦組織在保護自己。」

「你能夠解釋得更詳細一點嗎？」一個聲音從後面發出。

「當我的調查有結果時，我會完整發布。」

「在聽證會上嗎？」她被問及，「你是在影射黛伯拉和她男朋友的謀殺……」

「他的名字是弗瑞德。」

那是出自布魯司．柴尼之口，突然間他青灰色的面龐充滿了電視螢幕。

整個房間靜默著。

「弗瑞德。他的名字是弗德瑞克．威爾森．柴尼。」那父親的聲音因爲激動而有些顫抖。「他不只是黛比的男朋友。他死了，也是被謀殺的，我的兒子！」那些字句哽在他喉嚨裡，他垂下頭隱藏他的淚。

我把電視機關掉，難過得坐也不是，站也不是。

蘿絲一直站在門口看著。她凝視我，然後緩緩的搖了搖頭。

費爾丁站了起來，伸展肢體，繫緊他身上綠色手術衣的細繩。

「她剛剛在全世界面前毀了她自己，」他宣稱，大步走出圖書館。

直到我爲自己倒咖啡時，我才開始了解珮德．哈韋所說的話。直到此刻那些話在我腦海裡重複時，我才眞正聽到。

「像動物一樣被追蹤獵殺……」

她的話聽來像是事先有腳本草稿。在我聽來不像是詭辯輕浮，隨口而出或是一種演說。一個聯邦機構在保護自己？

獵殺。

一張紅心J就像是一張騎士。某人被認爲或自認爲是個競賽者，一個防衛者。一個善於戰鬥的人，希爾達．歐茲媚曾這樣告訴我。

一個騎士，一名士兵。

獵殺。

他們的謀殺是經過小心嚴密計算的，並且很有組織的計畫過。布魯斯．菲力普和茱蒂．羅伯茲在六月份失蹤。他們的屍體在八月中被人發現，是在打獵季節開始時。

吉姆·弗利曼和波妮·司密在七月失蹤，他們的屍體在獵鵪鶉野雞季節時發現。

班·安德遜和卡洛琳·班納特在三月失蹤，發現屍體的時間在十一月，那是獵鹿季節。

蘇珊·威克司和麥克·馬汀在二月底失蹤，屍體在五月中發現，春天獵火雞季。

黛伯拉·哈韋和弗瑞德·柴尼在勞工節週末消失，數個月之後，當樹林裡滿是追蹤野兔、松鼠、狐狸和浣熊的獵人時，才被人發現。

我並不假設這個模式代表任何意義，因爲那些出現在我辦公室內嚴重腐朽，幾乎成骸骨的屍體是獵人偶然間發現的。當有人在樹林裡突然死亡或遭棄置，獵人本就是最有可能被那些遺骸絆倒的人。但是，那些情侶屍體被發現的時間和地點卻是可以事先計畫的。

凶手刻意讓他的被害人經過一段時間後才被人發現，所以他在非狩獵季節殺害他們，並清楚知道他的被害人要一直等獵人再次到樹林打獵時才有可能被發現。到了那個時候，那些屍體就會腐爛掉。他造成的傷痕會隨著軟組織的腐敗而消失。如果有強暴，到時也不會有留下任何精液，大部分的證物線索會被風吹走或被雨洗刷。更有可能的是，屍體被獵人發現這點，對他而言相當重要，因爲在他自己的想像中，他也是一名獵人，最偉大的獵人。

當天下午我坐在我市中心的辦公桌前想著，獵人捕獵動物。游擊隊、軍事特務，和爲財富而戰的士兵獵殺的對象，就是人類。

那些情侶消失的方圓五十英哩範圍內，有央帝斯堡壘、朗雷演習場和一些其他的軍事設施，包括中央情報局的西點，皆在一個名爲培力營的軍事基地掩護下進行著演習活動。培力營在間諜小說及情報調查非小說類書籍裡被稱作「畜牧場」，是專門訓練幹員的地方，進行類似軍隊性質的活動，如滲透戰術、祕密撤退、破壞、夜間傘兵降落和其他保密行動。

艾比．敦布爾只不過轉錯了彎，來到培力營的入口，幾天後聯邦調查員就找上她。

調查局是相當多疑而且偏執的機關，而我覺得我可能知道爲什麼。在讀了珮德．哈韋記者會的報導後，我更加確信了。

有些報紙，包括《郵報》，就放在我桌上，我已讀過那些敘述兼及評論的新聞好幾遍了。《郵報》的記者是克利夫德．林，就是那個騷擾健康與人體委員會委員長和其他行政人員的記者。林先生提及我的部分僅在說到珮德．哈韋利用她公務職權，威脅恐嚇要求公布她女兒死因時輕輕帶過。那已足夠讓我懷疑林先生是衛斯禮的媒體來源，是聯邦調查局發布圈套的管道，而那倒還不算太壞，眞的。眞正讓我深感苦惱不安的是故事的要點。

我早知道那會是這個月聳動渲染的重點，但全沒料到報導喧囂翻騰的重心是在一名女性的墮落上，一個在數週前還被視爲可能是美國副總統人選的女性。珮德．哈韋在記者會上抨擊怒罵的表現，我會毫不猶豫說她是太過輕率鹵莽，最好聽的說法也會是時機不成熟。但奇怪的是，報導裡沒有一絲一毫嚴肅查證她所作的控訴，連轉述官僚推諉的「沒有意見」或是轉移話題的藉口逃避都付之闕如，而那應該是懷有追蹤熱情的記者們最擅長的伎倆。

媒體聚焦的對象似乎只在哈韋太太身上，她沒有獲得一絲一毫的同情。在一篇標題爲「屠殺隘口？」的社論中她不僅被矮化、譏諷與戲謔，還配上政治漫畫加強「笑」果。國家最受尊敬的官員之一，就這樣被媒體免職，甚至被貶成一名歇斯底里的女性，其「消息來源」包括南卡羅萊納州的女巫，甚至她自己忠實的盟友都紛紛後退，搖著他們的頭，她的敵人則狡猾的以包裹著假意憐憫的糖衣來終結她。

「從她受到的可怕傷害來看，她的反應是可以理解的，」一個民主黨員惡意批評道，「我想，忽略她的鹵莽草率是明智之舉。她的控訴應該看作是一個充滿扭曲，甚受困惑的心智所發出的投石和箭簇。」另一個則說，「發生在珮德·哈韋身上的事，是一樁因私人問題嚴重到難以忍受而造成自我毀滅的典型悲劇。」

我取出黛伯拉·哈韋的解剖報告，旋上我的打字機器，我把死亡原因上的「待查」刪除，打進「謀殺」和「後腰部槍傷及刀割傷口引起流血過多」。修正完她的死亡證明書和檢驗報告後，我到前面辦公室影印資料。然後把這些資料放到信封裡，再附加一張紙解釋我的發現以及為遲緩提供報告而道歉，理由我歸諸於長時間等待毒物檢驗報告，並強調結論仍屬暫時性。我能幫班頓·衛斯禮的就那麼多。珮德·哈韋不會從我這兒知道我是應他要求無限期延遲交出她女兒的驗屍報告。

哈韋家會拿到所有的資料——我鉅細靡遺的發現：第一回毒物檢驗報告呈陰性的事實、黛伯拉腰部的子彈、她手上的防衛性傷口和她淒慘僅存服飾的細節。警方已經找到她的耳環、手錶，以及弗瑞德給她作為生日禮物、象徵友誼的戒指。

我也郵寄了一份弗瑞德·柴尼的報告副本給他父親，雖然我除了陳述他兒子是被謀殺，死因是「無法確認的暴力」之外，什麼也無法告訴他。

我伸手拿電話筒，撥了班頓·衛斯禮的號碼，但他不在。接下來，我打到他家。

「我把資料郵寄出去了，」當他來接電話時，我說：「我要你知道。」

沉默。

然後他很平靜的說：「凱，你看了她的記者會？」

「你也讀了今天的報紙？」

「是的。」

「我看了她的記者會，也讀了報紙。我很清楚她搬磚頭砸了自己的腳。」

「我怕的是她還往自己頭上開了槍。」他說。

「如果不是有幫助，她不會這麼做的。」

停頓了一下，之後衛斯禮問，「你是什麼意思？」

「我很樂意把所有細節都說出來。今天晚上，面對面。」

「在這裡？」他聽來有些恐慌。

「是的。」

「喔，那不是個好主意，不要今天晚上。」

「很抱歉，我不能等。」

「凱，你不懂。相信我——」

我打斷他。「不，班頓，這次不要。」

10

寒冷狂猛的北風搖晃著群樹黑影，襯著黯淡微弱的月光，眼前地勢看來既陌生又充滿令人不安的敵意。這時我卻還要駕著車，前往班頓．衛斯禮的家。路上只有零零星星幾盞街燈，鄉間道路指標又模糊不清，難以辨識。終於，我在一家有個加油幫浦的鄉村店舖前停下。打開車頂小燈，重行研讀我草草寫下的方向指示。總之，我迷路了。

小店已經打烊，但我發現近旁有一個公用電話。我把車駛近，下車，讓車頭燈亮著，引擎發動著。我撥了衛斯禮家的號碼，是他的妻子康妮，接起電話。

「你眞的走錯了。」我盡力描繪我所在地點之後，她說。

「喔，老天。」我呻吟著。

「嗯，眞的不太遠了。問題是從你現在的地方到這裡還滿複雜的。」她停頓，然後決定，「我想最明智的做法是你在那兒等著，凱。把車門鎖上，坐到車裡不要動，我們出來找你。大約等十五分鐘，好嗎？」

回到車裡，我把車子開到馬路旁，打開收音機等著。十幾分鐘的時間長得像幾小時。這段時間，沒有一輛車經過。我的車頭燈照亮眼前一排白色藩籬，圈住馬路對面蒙上一層霜雪的牧野，細片似的月亮蒼茫茫的浮游在朦朧暗夜裡。我抽了幾根菸，雙眼忙著四處梭巡瀏覽。

我想著那些被謀殺的情侶，在他們失蹤的那一夜是不是就像這樣？被迫光著腳在樹林裡走的心情又是如何？他們一定已經知道自己就要死了，而且必定對將要發生的磨難感到萬分驚恐。我想到我外甥女，露西。我想到我母親、姊姊、朋友。想像你所愛的人可能遭到痛苦傷害和死亡，遠比害怕會發生在自己身上更叫人難以忍受。我盯著前方，黑暗中窄小的道路上慢慢出現了越來越亮的車頭燈。一輛我不認識的車子轉過來，停在離我不遠處。當我瞥了一眼車駕駛的側面時，腎上腺素猛然在我的血液裡奔竄，像電流一般。

馬克．詹姆斯從一輛我猜是租來的車子裡走下來。我把車窗搖下，緊緊盯著他，訝異得一句話也說不出來。

「嗨，凱。」

衛斯禮說過今晚不是個好時機，還試著打消我的念頭，現在我知道原因了。馬克在這兒。也許是康妮要馬克出來接我，或是他自願來。我實在無法想像走進衛斯禮家的大門，赫然發現馬克坐在客廳時，我會有怎樣的反應。

「從這裡到班頓家像走迷宮，」馬克說：「我建議你把車子留在這裡，很安全的。我隨後再把你送回來這裡，那樣你就不會為找路而傷腦筋了。」

我一句話也沒有說，把車重新停靠在近商店的一邊，然後坐進他的車子。

「你好嗎？」他平靜的問。

「很好。」

「你的家人呢？露西怎樣？」

露西仍然不時問起他，而我從來就不知道該怎麼回答。

「很好。」我又說。

我看著他的臉，他放在方向盤上堅實的手，他每一個輪廓、線條、血管，皆如往昔般美好熟悉，我的心因著情緒的翻覆激動而隱隱作痛。我在同一時刻恨著他又愛著他。

「工作怎樣？」

「停止這種裝模作樣的禮貌，馬克。」

「難道你寧願我像你一樣粗魯？」

「我不是粗魯。」

「那你到底要我說什麼？」

我回以沉默。

他擰開收音機，把車子開進幽深的夜裡。

「我知道這很尷尬，凱。」他瞪著前方。「我很抱歉，但班頓建議我來接你。」

「他眞是體貼。」我譏誚的說。

「我不是那個意思。如果他沒有提，我也會堅持。你根本不可能知道我會在這裡。」

我們繞過一個急轉彎，轉向屬於衛斯禮家的小路。

當我們駛上門前的車道時，馬克說：「我想我最好先告訴你，班頓心情不是很好。」

「我也不好。」我冷冷的回答。

客廳升著爐火，衛斯禮坐在靠近壁爐的地方，一個公事包打開著，放在椅子旁的地板上，身畔小桌上有杯飲料。當我走進時，他沒有起身，只微微點了點頭，康妮請我坐到沙發上。我坐一邊，馬克坐在另一邊。

康妮離開準備咖啡，而我開始說起此行的目的。「馬克，我對你就這樁事件的涉入程度一點兒也不清楚。」

「沒有多少可說的。我到匡提科幾天，今晚跟班頓和康妮消磨一個晚上，然後明天回丹佛。我沒有涉入這樁調查案，也沒有接獲指派參與這個案件。」

「好吧！但你知道這些案子。」我想知道我不在場時衛斯禮和馬克都談了些什麼，我想知道衛斯禮是怎麼跟馬克談到我的。

「他都知道。」衛斯禮回答。

「那麼我要問你們兩人，」我說：「調查局是不是對珮德．哈韋設了圈套？或那是中央情報局做的？」

衛斯禮文風不動，臉上表情亦毫無變化。「什麼事讓你認爲她被設計了？」

「很顯然，調查局反間情報伎倆不僅僅是要誘引凶手，還有人意圖摧毀珮德．哈韋的名聲，而報界也很成功的完成這個任務。」

「即使總統也無法對媒體產生這麼大的影響力，那種事不會發生在這個國家。」

「不要侮辱我的智慧，班頓。」我說。

「她所做的事是可以預料得到的，這麼說可以吧。」衛斯禮再次翹起二郎腿，並伸手拿他的飲料。

「而你把坑挖好等她跳。」我說。

「沒有人在她的記者招待會裡替她發言。」

「那無關緊要，因爲沒有人需要這麼做。有人已經事先確定她的控訴發言會在媒體報導上變成一個瘋婆子的瘋言瘋語。是誰提供消息給記者、政客，還有她以前的同盟者，班頓？是誰把她曾諮詢過一個女巫靈媒的消息洩漏出去？是你嗎？」

「不是。」

「珮德．哈韋去年九月見希爾達．歐茲媚，」我繼續。「消息從未披露出去，直到現在。那實在很低級，班頓。你自己告訴我聯邦調查局和祕密情報部在一些情況下也都會諮詢希爾達．歐茲媚。看在老天的份上，那很可能就是哈韋太太何以知道她的原因呀。」

康妮帶著我的咖啡回來，然後以跟她出現一樣快的速度離去。

我可以感覺到馬克看著我的那雙眼睛帶著張力，衛斯禮仍然盯著爐火瞧。

「我想我知道眞相。」我完全不想隱藏我的怒氣。「我現在要把它全部攤開來講。如果你無法容忍如此的我，那麼我想我也無法繼續容忍你。」

「你在暗示什麼，凱？」衛斯禮調轉眼光看著我。

「如果那再發生，如果有另一對情侶死亡，我無法保證記者會不會知道到底發生了什麼事——」

「凱，」是馬克插了話，但我拒絕看他，我努力把他排除在外。「你不會希望犯跟哈韋太太一樣的錯誤。」

「至少她並不是孤單一人犯那些錯誤，」我說：「我想她沒有錯，有什麼事被掩藏住了。」

「你把你的報告寄給她了，我想。」衛斯禮說。

「是的，我不願再在這場操控遊戲中扮演任何壓迫角色了。」

「那是一項錯誤舉動。」

「我的錯誤是沒有早點寄給她。」

「報告中有你從黛伯拉身上找到的子彈資料嗎？有說明那是一顆九釐米的海折－沙克？」

「口徑和種類是武器報告裡的項目，」我說：「我不會把武器報告的副本寄出去，就像我不會把警察報告的副本寄出去一樣，那兩者都不是我辦公室調查出來的。但是我很想知道，爲什麼你對這些細節這麼關心？」

衛斯禮沒有回答，馬克居間調停。「班頓，我們必須把這件事平撫下來。」

衛斯禮仍然保持沉默。

「我想她應該知道。」馬克又說。

「我想我已經知道，」我說：「我認爲聯邦調查局有理由擔心那名凶手是一個變節的聯邦人員，而且很可能就是培力營訓練出來的。」

風在屋簷下呼嘯，衛斯禮起身翻弄爐火。他放上一根木頭，用火鉗安置好，再把壁爐的灰燼掃除，慢慢拖延著。他又重坐回椅子上，伸手拿取飲料，說：「你是怎麼得到這個結論的？」

「那不重要。」我說。

「有人直接跟你這樣說嗎？」

「沒有，沒有直接。」我拿出我的菸盒。「你這麼懷疑有多久了，班頓？」

遲疑中，他回答說，「你不知道細節會比較好，我眞的這麼認爲。那只會成爲一項負擔，一個非常沉重的負擔。」

「我已經擔負了非常沉重的一個，同時我對於不時被指控破壞你們的反間情報感到相當厭煩。」

「我需要你保證今晚的討論不會洩漏出去。」

「你認識我夠多，也夠久了，應該知道無須擔心這點。」

「培力營在那些案件發生不久後就被列入嫌疑場所了。」

「因爲距離夠近?」

他看著馬克，「你來解釋。」衛斯禮對他說。

我轉過身來質問這個曾一度跟我同床共枕，主宰著我的夢的男人。他穿著海軍藍燈心絨長褲，一件紅白條紋的牛津棉布襯衫，我曾看過他這麼搭配。他有雙長腿，全身看來整齊清雅；滿頭黑髮，只在太陽穴邊緣露出幾縷銀白；眼眸泛綠，下巴強健，體格優雅。他說話時，仍舊微微的伴隨著手勢，上身稍稍前傾。

「就某方面來說，中央情報局想要涉入，」馬克解釋著，「因爲這些案件發生的地點太靠近培力營。你當然知道中央情報局對於他們的訓練活動相當保密。他們知道很多事情，遠超乎任何人的想像，事實上，地方環境和平民百姓常常被納入他們的演習計畫裡面。」

「什麼樣的演習計畫?」我問。

「比方說，監視。培力營的受訓人員在監視活動的演練中，常以地方百姓作爲——實驗材料，我一時找不到更好的字眼。人員在公共場所，餐廳、酒吧、商場設下監視作業系統，當然從來沒有任何平民百姓留意過。我猜，也應該沒有造成什麼傷害，除了地方居民會不高興他們成了被跟蹤、觀察或拍攝的對象。」

「肯定不會。」我不舒服的說。

「這些演習，」他繼續，「包括了實際操練。一名幹員可能會假裝汽車拋錨，攔下一輛汽車尋求幫助，試試對方會信任他到什麼程度。他也可能會打扮成一名交通警察或拖吊司機，任何職業都有可能，那全是爲了將來海外作業必須的練習，受訓人員將學習如何偵察與反偵察。」

「而那種運作方式，可以跟發生在這些情侶身上的事情聯想在一起？」我插嘴。

「那就是重點，」衛斯禮突然加入。「培力營有人開始擔心，而我們奉命監督考量這個狀況。然後發現了第二對情侶的屍體，手法跟第一樁案件相同，那模式就建立了。中央情報局開始緊張。他們一向都很多疑的，凱，他們最不想發現的就是培力營的人員在實際演練殺人行動。」

「中央情報局一直都不承認培力營是它主要的訓練場所。」我指出。

「那已是普遍的認知了，」馬克說，看著我的眼睛。「但你是對的，中央情報局從來就沒有公開承認過，他們也不想。」

「那更會加強他們不希望這些謀殺案跟培力營聯想在一起的理由，」我說，心中暗自熱切的想要知道他此刻的心情。但是，也許他根本就沒有任何特別感覺。

「是的，外加一大串其他理由，」衛斯禮接口。「公布出去會有毀滅性的殺傷力。你讀過或看過任何對中央情報局的正面報導嗎？菲律賓馬可仕被控竊國和詐欺，而他在答辯時宣稱馬可仕家族進行的所有交易，中央情報局全都知道得一清二楚，還給予支持和鼓勵……」

如果他沒有什麼感覺的話，他不會看來那樣緊張，那樣不敢看我。

「……然後諾瑞加被人揭發是中央情報局薪資名冊上的人員，」衛斯禮繼續陳述他想到的案子。「不久前揭露出來的消息是中央情報局保護一名敘利亞毒品走私犯，進而導致恐怖分子順利將炸藥帶入泛美七四七客機中，後來客機在蘇格蘭上空爆炸，造成兩百七十人死亡。更遑論最近有關中央情報局擬對亞洲的一些毒品戰爭提供經費，企圖顛覆當地政府的說法。」

「如果事實眞的指明，」馬克說，視線從我身上轉移開去，「那些年輕情侶是被培力營裡的中央情報局人員所謀殺的話，你可以想像公眾的反應會怎樣。」

「眞叫人吃驚，」我說，努力讓自己專注在討論議題裡。「但是爲什麼中央情報局會如此確定是他們其中一員犯下這些謀殺案的呢？他們有什麼實質證據嗎？」

「大部分只是旁證，」馬克解釋。「好比象徵黷武主義而留下一張紙牌，或是案件之間作案模式的相似性，以及手法跟『畜牧場』裡面與鄰近城鎭街頭的演練活動上的一致性。還有，屍體被發現的那些樹林地帶，在培力營裡稱之爲『殺戮區』，是人員練習投擲手榴彈、使用自動武器的地方，他們也在那裡練習使用各種科技產品，比如讓他們可以在夜間樹林裡清楚視物的夜視裝備。他們也學習如何自衛，如何解除敵人武裝，使之殘廢或徒手殺人。」

「那些情侶都沒有明顯的致死原因，」衛斯禮說：「我們必須設想他們是在沒有使用任何武器的情況下被殺的。例如，絞死或者割斷喉嚨，這類似游擊野戰技巧，屬快速敏捷又安靜的手法。割斷敵人的氣管，他就無法弄出任何聲響。」

「但黛伯拉．哈韋是被槍射殺。」我說。

「被一把自動或半自動武器，」衛斯禮回答。「不是手槍就是烏茲類的槍枝。彈藥不尋常，跟執法人員、外籍傭兵，還有以人類爲射擊目標的其他政府人員所使用的武器相關。你不會把有爆破功能的子彈或海折－沙克子彈跟獵鹿用的武器相提並論。」停頓一下，他追加說道，「我想這會讓你比較了解我們爲什麼不讓珮德．哈韋知道射殺她女兒的武器彈藥種類是什麼了。」

「至於哈韋太太在她記者招待會裡提到的恐嚇威脅又是什麼呢？」我問。

「那的確不假，」衛斯禮說：「她接任國家毒品政策執行長後不久，就有人揚言要對付她和她的家人。但是指控調查局沒有嚴肅看待處理這件事，卻不是眞的。她以前就被威脅恐嚇過，我們一直都很謹愼的處理。我們大約知道誰是最近幾次威脅的主使者，但不認爲那些跟黛伯拉的謀殺牽扯得上關係。」

「哈韋太太同時提到一名『聯邦幹員』，」我說：「她是指中央情報局嗎？她知道你剛剛告訴我的事嗎？」

「就是那一點讓我擔心，」衛斯禮承認。「她的陳述似乎暗示她有所知，而她在記者會上所說的一切，只讓我更焦慮，她有可能就是指中央情報局。但是話說回來，也許不是。她擁有叫人難以輕忽的消息網。其他不管，單就權力來說，她是可以查察中央情報局跟毒品交易有關的任何資料。更麻煩的是，她與駐聯合國前任大使走得很近，而前任大使現在是總統外交情報諮詢會議的一員，那會議的成員有權在任何時候取得最高機密的任何資料。那會議獲知的任何事，哈韋太太都很有可能知道。」

「所以就要設計她？」我問。「以確保她變得非理性，不可信賴，這樣就不會有人把她的話當眞，等到她眞的揭開隱藏眞相的鍋蓋，也就不會有人相信她？」

衛斯禮用拇指在他玻璃杯的邊緣撫摸繞轉著。「那很不幸。她不願受到控制，更不肯合作。諷刺的是，我們比她還想抓到殺她女兒的凶手，而且我們已經竭盡所能的全力調查，動員我們所能想到的所有人員試圖找到這個人——或這群人。」

「你現在告訴我的，跟你稍早提及黛伯拉．哈韋和弗瑞德．柴尼的案件有可能是職業殺手幹的，很顯然是前後不一致，班頓，」我生氣的說：「或者那只是你放出的衆多煙幕彈之一，企圖掩飾調查局眞正的擔憂？」

「我不知道那是不是職業殺手幹的，」他冷酷的說：「老實說，我們知道的實在微乎其微。他們被殺可能含有政治因素，像我先前解釋的那樣。但如果我們要面對的是一名變得瘋狂的中央情報員，那麼這五對情侶的案件就可能有關聯，屬連續殺人犯所爲。」

「那也可能是逐步發展成形的事例，」馬克表示。「珮德．哈韋曝光率很高，尤其在過去一年。如果我們要找的人是一名演練殺人行動的中央情報員，他也許選了一個總統任命官員的女兒下手。」

「如此一來，就會增加刺激、風險，」衛斯禮解釋。「使那些殺戮變得像是人們印象中發生在中美洲、中東等地的密祕任務。另一種說法是暗殺。」

「我知道的是中央情報局根本就不應該介入暗殺事件，自福特主政之後就沒有了，」我說：「事實上，中央情報局根本就不應該介入危及外國首領生命的政變。」

「那沒有錯，」馬克回答，「中央情報局不應該介入那種事件。越戰中的美國軍人不應該殺害平民百姓，警察不應該在嫌疑犯和囚犯身上過度使用武力。可是當這些交由個人掌控時，事情有時候會失去控制，規則也就蕩然無存。」

我無法不想到艾比．敦布爾。她對這事知道多少？哈韋太太向她洩漏什麼？這是艾比寫書的眞正內容？這就難怪她懷疑電話遭到竊聽，而且被跟蹤。中央情報局、聯邦調查局，甚至有後門直通橢圓辦公室（譯註：指美國總統位於白宮裡的辦公室）的總統外事情報諮詢顧問，都很有理由擔心艾比要寫的書，她當然也有理由恐慌。她也許正步入眞正的險境裡。

風安靜下來，當衛斯禮在我們身後把門關上時，一襲輕紗般的霧氣迴旋在樹梢。我跟著馬克進到他車裡。剛才的討論讓我有得到答案並獲得證實的感覺，然而我比以前更加不安。

我一直等到車子離開了小路才開口。「發生在珮德．哈韋身上的事眞是凶殘粗暴得叫人難以忍受。她失去了女兒，現在她的事業和名聲也毀於一旦。」

「班頓跟把消息透露給媒體的事情一點關係也沒有，也沒有像你說的所謂『計畫圈套』。」

馬克眼盯著前面黑暗窄小的道路。

「那跟我如何用詞無關，馬克。」

「我只是重複你的話。」他回答。

「你早知道發生了什麼事，不要在我面前裝無辜。」

「班頓已經盡他所能來幫助她，只是她跟司法部一直都像有著深仇大恨似的。對她而言，班頓只是另一名跟她作對的聯邦幹員。」

「如果我是她，我也可能這樣想。」

「就我知道的你，是很可能。」

「那是什麼意思？」我問，我那份比珮德·哈韋埋藏更深的怒氣，翻飛飄移到表面上來。

「沒什麼特別意思。」

接著，我們之間有數分鐘的沉寂，而緊張的壓力在增長膨脹。我並不認識我們行駛過的道路，但我知道我們在一起的時間正漸漸縮短。然後他轉到那家商店的停車場，在我車子旁停下。

「我很抱歉我們是在這樣的情況下見面，」他安靜的說。

我沒有回答，他又說：「但我並不遺憾看到你，也不遺憾它發生。」

「晚安，馬克。」我轉身準備下車。

「不要，凱。」他把他的手放到我的手臂上。

我坐回不動。「你要什麼？」

「跟你談談。」

「如果你眞的很想跟我談話，爲什麼你在此之前什麼也沒做？」我激動的反問著，抽開我的手。

「有好幾個月了，你根本沒有試著跟我說任何話。」

「彼此彼此。我去年秋天打過電話給你，可是你根本沒有回我電話。」

「我知道你要說什麼，我並不想聽。」我回答，我可以感覺到他的怒氣也在升高。

「對不起！我忘了你一直都有看穿我心思的神奇能力。」他把雙手放到方向盤上，直直盯著前面。

「你要說我們之間沒有復合的可能，說我們之間的一切都已經結束。我沒有興趣聽你說出我已經猜得到的事。」

「隨便你怎麼想。」

「那跟我要怎麼想一點關係也沒有！」我恨極了他那種能讓我失去理智的力量。

「聽著。」他深深吸了口氣。「你覺得我們之間有沒有辦法休戰？忘記過去？」

「一點機會也沒有。」

「很好。謝謝你如此講理，至少我努力過了。」

「努力過？有多久？自你離開到現在，已經有八、九個月了吧？你到底見鬼的努力了什麼，馬克？我不知道你到底要問什麼，但是要忘掉過去根本不可能。在這麼個偶然相遇下，卻要假裝我們之間什麼也沒有發生過，根本不可能。我拒絕那樣做。」

「我不是要求那樣，凱。我是在問我們能不能忘了我們之間的爭執、憤怒，還有當時說的氣話。」

我實在不記得我們當時到底都說了什麼，或者有沒有試圖找出什麼地方出錯了。我們在不確定到底爭執什麼的情況下交戰著，直到無數個爭執變成切割我們感情的裂痕，而焦點不再是我們之間的不同。

「當我去年九月打電話給你時，」他帶著感情繼續說：「我不是要告訴你我們之間沒有復合的希望。事實上，當我撥你的號碼時，我知道自己是在冒著聽你那樣說的危險，然後你一直沒有回我電話。而我才是應該做那種假設的人。」

「你在開玩笑。」

「鬼才是。」

「那麼，也許你做那種假設是明智的。尤其在你這些作爲之後。」

「我的作爲？」他問，存著疑惑。「那麼你的作爲呢？」

「我所作的唯一一件事是我生病了，而且對讓步感到厭煩。你從來就沒有試過要遷居到里奇蒙。你不知道你要什麼，卻要求我在你清楚時扮演順從、退讓、連根拔起、說走就走的角色。不管我有多愛你，我都不能放棄我自己，而我也永遠不會要求你放棄做自己。」

「是的，你是那樣。即使我有機會可以轉調到里奇蒙辦公室，那也不是我要的。」

「很好，很高興你追求著你要的東西。」

「凱，咱們半斤八兩，你也應該負起些責任。」

「我並不是離開的那個人。」眼淚盈滿了我的雙眼，我低語著，「喔，混帳。」

他拿出一條手帕，溫柔的放在我的腿上。

我按壓著雙眼，把頭傾靠在車窗玻璃上，我不要哭。

「我很抱歉。」他說。

「你的道歉不能改變什麼。」

「請不要哭。」

「我想哭的時候，我就要哭。」我任性的回答。

「我很抱歉。」他又說，這回幾乎耳語般的說著，我以爲他要過來碰碰我，但是他沒有。他往後靠到椅背上，抬頭盯著車頂。

「唉，」他開口，「如果你要知道眞相，我希望你是那個離開的人。然後你就會是那個把事情搞砸的人，而不是我。」

我什麼也沒有說，我不敢。

「你聽到了嗎？」

「我不確定。」我對著車窗說。

他轉過身來。我可以感覺到他的眼睛正往我這兒看。

「凱，看著我。」

我遲疑的照做。

「你想我爲什麼一直跑回這裡？」他低沉的問。「我在試著回到匡提科，但那不容易。時機不對，聯邦預算被刪減等經濟因素使調查局受到很大的打擊，有太多原因了。」

「你是在告訴我，你因爲職業問題而不快樂？」

「我在告訴你我做錯了一件事。」

「我同情你在職業選擇上所犯的任何錯誤。」我說。

「我不單單指那個，你知道的。」

「那麼你還指什麼呢？」我一定要他說出來。

「你知道我還指什麼。我們，什麼都不對了。」

他的眼睛在黑夜裡閃閃發光，看起來幾近瘋狂。

「你呢？」他逼問著我。

「我想我們兩人都做了許多錯事。」

「我想設法糾正那些錯誤，凱。我不希望我們之間就這樣不明不白的結束。我很早以前就那樣想了，但是……唉，我眞不知道要怎樣告訴你。我不知道你是不是願意跟我連絡，不知道你是不是有了別人。」

我沒有承認，事實上我也對他存有相同的疑惑，而且害怕知道答案。

他向我伸出手來，握住我的手。這回我沒有抽開。

「我一直想釐清我們之間發生的問題，」他說：「到最後我只知道，我很固執，你很固執，我要我的方式，而你要你的，所以我們就這個樣子了。我無法得知自從我離開後，你的生活怎樣，但我敢打賭說並不怎麼好。」

「你居然做這麼傲慢自大的假設。」

他微笑。「我只是努力變成你想像中的我。在我離開之前，你對我的最後幾項稱呼之一就是傲慢自大的混帳。」

「那是在我罵你狗娘養的之前還是之後？」

「之前，我想。」

「我記得你也用了一些美好稱謂來喊我。而且我記得你剛才建議我們忘掉當時說的話。」

「而你剛剛說了『不管我有多愛你』。」
「什麼?」
「『愛』,你用現在式。不要想收回,我聽到了。」
他把我的手舉向他的臉頰,嘴唇在我手指間遊走。
「我曾試過停止想你,我失敗了。」他停下,臉朝我靠近。「我不要求你說同樣的話。」
在他那樣的問法下,我回答了他。
我觸摸他的臉頰,他撫弄著我的,我們相互親吻著手指所到之處,直到我們找到彼此的唇。我們沒有再說什麼,完全停止了思考。直到擋風玻璃前突然間亮了起來,夜晚在那光幕之後顯得異樣赤紅。我們急急的重新坐好,一輛巡邏車駛近,一個副警長走下車,手上提著手電筒和手提無線電。
馬克已經打開了他的車門。
「一切都好嗎?」副警長問,彎下腰來往車裡看。他那讓人慌亂不安的眼神巡視著我們的激情現場,他的臉相當嚴峻,右頰有個奇怪的突起。
「一切都好,」我說,一邊驚慌的用我穿著絲襪的腳在車坐墊下笨拙的探索著,不知怎麼的我掉了一隻鞋。
他後退,吐出可以形成一條小溪的菸草渣。
「我們正在談話。」馬克表示,他很鎮靜,沒有亮出他的徽章。那副警長完全知道在他停車前我們做了很多事,而談話並不是其中的一項。
「喔,現在,如果你想繼續你們的談話,」他說:「我會很感激你們到別處去。你知道,晚上還坐在車裡逗留在這一帶並不安全，有出過一些問題。假如你們不是這地方的人，也許還沒聽過那些失蹤的情侶吧。」

他繼續著他的訓話，我的血液漸漸轉冷。

「你是對的，謝謝你，」馬克最後說：「我們現在就離開。」

那副警長點點頭，隨口又吐了些渣漬，然後我們看著他走回到他的車子。他將車轉向馬路，慢慢駛遠。

「老天，」馬克屏氣呢喃著。

「不要說，」我回應。「甚至不要討論我們有多蠢。喔，上帝。」

「你看到那有多容易了嗎？」他終究說了。「兩個人晚上在外面，有人過來。老天，我那該死的手槍還在儀表板旁的儲物箱裡呢。我甚至沒有想到它，直到他就在我眼前。然後一切就會太遲了——」

「停止，馬克，拜託！」

他卻讓我驚訝的笑了起來。

「那不好笑！」

「你襯衫釦子沒有扣對。」他喘息著。

該死！

「你最好拼命禱告他沒有認出你來，首席法醫，史卡佩塔。」

「謝謝你那叫人安心的念頭，聯邦探員先生。現在我要回家了。」我打開車門。「你這一晚上給我找的麻煩已經夠多了。」

「嘿，是你先開始的。」

「我非常確定不是我。」

「凱？」他收起玩笑，「我們現在怎麼辦？我是說，我明天就要回丹佛。我不知道會發生什麼，還有我能讓什麼發生，或者我是不是應該試圖讓什麼發生。」

這些都沒有簡單的答案，我們之間從來就不存在簡單的答案。

「如果你不試著讓什麼發生，那就什麼也不會有。」

「那你呢？」他問。

「我們需要好好談一談，馬克。」

他擰亮車頭燈，繫好安全帶。「你呢？」他再問一次。「這要兩個人一塊做。」

「聽到你這樣說實在很好笑。」

「凱，不要，請你不要再開戰。」

「我需要想想。」我拿出我的鑰匙，突然間覺得累極了。

「不要拉著我兜圈子。」

「我沒有拉著你轉，馬克。」我說，撫摸著他的面頰。

我們親吻再見。我想要這麼長長久久的親著他，然而我又同時想走開，我們的激情一直都透著股不顧一切的放縱任性。我們總是只爲當下而活，而那無數次的當下，似乎並沒能爲我們建構起任何形式的將來。

「我會打電話給你。」他說。

我打開我汽車的門。

「聽班頓的話，」他說：「你可以信任他，你扯進的是一件很糟糕的事。」

我發動引擎。

「我希望你能從那案件中抽身而出。」

「你總是那樣希望。」我說。

馬克的確在隔天夜深時分打電話來，兩天後的晚上亦同。他第三次打來的那天，是二月十號，他電話中說的話讓我立即起而搜尋最近一期的《新聞週刊》。

珮德·哈韋毫無光彩的眼睛在雜誌封面上瞪視著美國。一個粗體黑字標題寫著「毒品沙皇女兒的謀殺案」、「獨家消息」；內容刊載她記者會舊調新唱的內容，重彈她提出的共謀指控，以及其他青少年先失蹤後來在維吉尼亞樹林裡發現腐爛屍體的案件。雖然我拒絕了寫這篇報導的記者採訪我的邀約，但雜誌社仍然找到了一張我站在里奇蒙約翰·馬歇爾法庭大廈外的檔案照片，說明文字註明，「首席法醫在法院拘票威脅下公布資料。」

「那只是篇隨波逐流牆頭草似的報導，我沒事，」當我回馬克電話時，我向他保證。

即使我母親稍後在同一個晚上打電話給我時，我也保持平靜，直到她說：「這裡有人想跟你說話想死了，凱。」

我外甥女，露西，總是有種特殊能力讓我中計。

「你怎麼蹚上這趟渾水了？」她問。

「我沒有遇上麻煩。」

「那篇報導說你有，說有人威脅你。」

「解釋起來很複雜的，露西。」

「那實在很可怕，」她說，語氣卻不含擔憂。「我明天要把雜誌帶去學校，秀給大家看。」

好極了，我心裡想著。

「芭羅思太太，」她繼續說，提到她的指導老師，「還在問你是不是能在四月的時候出席我們的生涯規畫日……？」

我已經有快一年沒有見到露西了。很難想像她已經是高中二年級的學生，雖然我知道她戴上隱形眼鏡，而且有了駕駛執照，但是在我腦海裡，她依然是那個肥肥短短，需要寵愛，晚上要人抱上床的難纏嬰兒。不知爲什麼，她在學會爬行前就向著我。我永遠不會忘記她出生那年的聖誕節，我飛回邁阿密，在我姊姊家待了一個星期。露西醒著的每一分鐘，好像都花在觀察我上，兩顆圓滾滾、發著光彩的眼睛跟著我的每一個動作轉。當我幫她換尿布時，她微笑，我一旦離開房間，她就開始號啕大哭。

「這個夏天你願不願意來這兒過一個星期？」我問。

露西遲疑著，然後失望的說：「我猜那是說你不能來參加我們的生涯規畫日了。」

「我們再看看，好嗎？」

「我不知道這個夏天我是不是能來。」她的聲音變得帶些任性。「我要工作，可能走不開。」

「你有工作眞是個好消息。」

「是呀，在一家電腦店。我要存錢買車。我要一輛跑車，敞篷的，你可以很便宜的找到一些二手貨。」

「那些是死亡陷阱，」我衝口而出。「求求你不要買那種車，露西。你爲什麼不到里奇蒙來看我呢？我們可以一起到賣車場，找那種又好又安全的。」

她掘了一個洞，就像往常一樣，我又不自覺的掉了進去。她是個操控能手，這一點完全無須精神病醫師來解釋原因，露西是個被她母親，我姊姊長期忽略的受害者。

「你是一個很聰明又肯思考的年輕女孩，」我說，改變策略。「我知道你會小心處理你的時間和金錢，露西。但是如果你願意這個夏天來看我，也許我們可以一起到什麼地方，海灘或山上，隨便你。你還沒有去過英格蘭，對不對？」

「沒有。」

「那好，那是個建議。」

「眞的？」她滿是懷疑的問。

「眞的，我自己也好幾年沒去了，」我說，開始鼓動自己。「我想該是帶你去看看牛津、劍橋的時候了，還有倫敦的博物館。如果你喜歡，我可以安排到蘇格蘭警場逛逛。倘若我們能在六月成行，我們還有機會到溫布頓看網球賽呢。」

沉默。

然後她愉快的說：「我只是在開玩笑。我並不眞的想要一輛跑車，凱阿姨。」

第二天早上沒有解剖要做，於是我坐到辦公桌前跟堆積如山的文件奮戰。我有其他的死因需要調查，有課要教，還要爲一些法庭審判出庭作證，但是我無法集中精神。每一次我轉向別的東西，我的注意力不由自主就會回到那些情侶上。有某項很重要的事情是我忽略了，一件就在我眼前的事。

我覺得那跟黛伯拉．哈韋的謀殺有關。

她是個體操選手，一個對身體機能有著優秀操控力的運動員。她看來也許不像弗瑞德一般強壯，但是她的速度可能比較快，也比較敏捷。我相信凶手低估了她身爲體育健將的潛力，這就是爲什麼有片刻的時間凶手在樹林裡對她失去了控制。我茫然的瞪著我應該要檢視的文件，耳邊卻響起馬克的話。他提到「殺戮區」，培力營的人員練習使用自動武器、手榴彈和夜視鏡，在田野樹林間彼此追捕。我試著想像這個情景，開始架構一場令人毛骨悚然的情節。

也許當凶手綁架黛伯拉和弗瑞德，脅迫他們走上圓木小徑時，他早設計好一套恐怖的遊戲等著他們。他要他們脫掉鞋子和襪子，把他們的雙手捆綁在身後。他也許戴著夜視鏡，以便能清楚看見被迫走進樹林裡的人質，然後在那兒把他們一個一個解決掉。

我相信馬里諾沒有猜錯。凶手可能先除掉弗瑞德，或許是叫他開跑，給他機會逃。但是，當弗瑞德倉皇的在樹林灌木叢裡頻頻絆倒時，那凶手一直在旁觀看，他可以很輕鬆愜意的看清周圍，毫無阻礙的移動著，手上並握有一把刀。在適當時機，他更可以輕易的突襲他的獵物，用手臂圈住對方頸脖，將他的頭往後拉曳，然後割裂他的氣管和頸動脈。這個突擊隊員的狙擊手段安靜又快速。如果屍體在一段時間後才被人發現，法醫將無法判定死因，因爲軟骨、軟組織早已腐化消失了。

我把情節再往前推。有虐待狂傾向的凶手也許強迫黛伯拉親眼目睹她男友在黑夜中遭追獵和殘殺的情景。我推斷當他們抵達樹林時，那名凶手就把她的雙腳綁起來，強迫她當觀衆，但是他沒有料到她的柔軟度。很可能當他獵殺弗瑞德時，她已將綁在背後的雙手移到臀部之下，雙腳穿過雙手圍成的圈圈，讓被綁著的雙手繞到身前來。這樣一來，她就有辦法解開捆綁雙腳的繩子，設法逃脫或是防衛自己。

我把我的雙手舉到身前，假裝手腕被綁縛著。如果黛伯拉雙手握拳甩動，凶手的立即反應是舉起雙手防衛，其中一隻手裡持有剛用來謀殺弗瑞德的刀，那麼黛伯拉左手食指上的砍痕就解釋得通了。黛伯拉拼命逃跑，而凶手在慌亂中，從背後射傷她。

是不是這樣呢？我不知道。但這情節在我腦海中毫無滯礙的運轉著，只是仍有幾項先決條件沒有辦法解釋。如果黛伯拉的死亡是職業殺手幹的，或是一名精神異常的聯邦幹員以珮德．哈韋的女兒為謀殺對象，那麼這個人知不知道黛伯拉是位具奧林匹克運動水準的體操選手？難道他不會想到她比常人更敏捷迅速，然後把這項因素納入事先策畫的計謀嗎？

那麼他還會需要從她背後射擊嗎？

她被殘殺的情狀跟一名冷酷、小心盤算的職業殺手形象符合嗎？

從背後。

當希爾達．歐茲媚研讀那些死去青少年的照片時，她持續抓到恐懼的感覺。很顯然，那些被害人曾經感覺到恐懼。而在此刻之前，我從來沒有想過那凶手也可能會感到害怕。從別人身後射擊是懦夫的行徑。當黛伯拉反抗她的攻擊者時，他嚇壞了，也失去了控制。我越想到這裡，就越肯定衛斯禮，或者所有的人在這個凶手人格習性上的猜測都錯了。夜黑之際在樹林裡尋獵赤足的青少年，手中持有武器，本身熟悉周遭地形，甚至或許備有夜視鏡，那樣的追獵簡單容易得像是獵捕桶子裡的魚。那是一種作弊的行為，容易得要命。跟我預想中一名以冒險犯難為職業的殺手行為模式並不相符。

再說，還有他的武器。

如果我是中央情報局幹員，我會用什麼追蹤人們？烏茲？也許。最可能是拿一支九釐米手槍，那種實用的武器，不多不少。我會用普通的彈夾，那種不特別引人注意的。我最不會使用的就是那種不尋常的彈藥，像是爆破子彈或是海折－沙克。

那彈藥。快，努力想，凱！我想不起來上一次從屍體裡找到海折－沙克子彈是什麼時候。

那彈藥原先是設計給執法人員用的，該子彈具有比尋常連發子彈更強大的破壞力。這種特殊設計的彈丸一旦進入人體，因流體靜壓的緣故而使子彈外緣像花瓣開放般的爆裂，而且不會造成太大的反彈力，持槍的人可以很容易的連續射擊。那種子彈很少衝出人體，但對軟組織和器官的傷害相當可觀。

這名凶手對特製彈藥有特殊偏好。毫無疑問的，他以對彈藥的選擇來評價他的槍。選定最具殺傷力的一種彈藥很可能給了他信心，讓他覺得威風凜凜，也許他對它還相當迷信。

我拿起電話筒，告訴琳達我要什麼。

「上來，」她說。

我走進槍械實驗室，她正坐在電腦終端機前。

「今年到目前爲止還沒有出現那種案件，當然除了黛伯拉．哈韋案子以外，」她說，往下移動著螢幕上的游標。「去年有一件，前年有一件，聯邦沒有。但我發現兩樁案件都涉及毒蠍。」

「毒蠍？」我有些困惑，身體往她肩上傾靠。

她解釋，「早期的版本。聯邦買下專利的十年前，海折－沙克公司基本上是製造相同的彈藥。說得詳細一點是毒蠍三－八以及銅頭三－五十七。」她按下一些鍵，把她找到的列印出來。

「八年前，我們收到一個牽扯有毒蠍三一八的案件。但不是在人體裡。」

「你說什麼？」我問，相當迷惘。

「事實上這名被害者是個犬科動物。一隻狗。被射擊，讓我們看看……三次。」

「這隻狗被槍擊跟什麼案件相關嗎？自殺、謀殺或盜竊？」

「就我手邊資料看不到那些，」琳達語含歉意的說：「我只知道從那隻死狗身上取出的三枚毒蠍子彈，跟其他案件沒什麼關係。我猜這個案件一直沒有解決。」

她把印表機列印出來的資料遞給我。

法醫的確會在特殊情況下爲動物做解剖。有時在禁獵季節中遭到射殺的鹿也會送來我們這裡，或者是寵物在一樁犯罪案件中遭到射殺時，我們都會作些檢查，把子彈取出或進行毒品測試。但我們不會針對動物提出死亡證書或解剖報告，因此我實在不太可能找到這隻在八年前被射殺的狗的任何相關資料。

我打電話給馬里諾，告訴他我的發現。

「你在開玩笑吧，」他說。

「你能不能在不引起騷動的情況下找到一些資料？我不希望引起任何騷動。也許這根本沒什麼，但確實屬於西點管轄區域，這點很有意思。而且第二對情侶的屍體就是在西點找到的。」

「也許，我來看看我能做什麼，」他說，卻沒有一點興奮的感覺。

第二天早上馬里諾來到我辦公室，我正忙著檢查前一天下午從一輛小貨車上被甩出去的十四歲男孩的屍體。

「那不是你噴在身上的東西吧！」馬里諾移近桌檯，努力嗅著。

「他褲袋裡有一瓶刮鬍後用的香水。他摔到人行步道上時摔破了，那就是你現在聞到的味道。」我對近旁的衣服點點頭。

「是Brut嗎？」他又聞了聞。

「我想是，」我心不在焉的回答。

「桃麗斯過去常幫我買這種品牌。有一年她甚至買了瓶Obsession，你相不相信！」

「你發現了什麼？」我繼續工作著。

「那隻狗的名字叫混帳，我發誓那是眞的，」馬里諾說：「是屬於西點的一個奇怪老人家，喬伊思先生。」

「你知道那隻狗爲什麼被送到這裡來嗎？」

「跟其他案件沒有關聯。可能做個人情，我想。」

「或是州立獸醫師度假去了，」我說，因爲這個以前曾發生過。

這棟辦公大樓的另一部分是動物衛生部，也有個停屍間，進行動物的檢查手續。通常動物殘骸會送到州立獸醫處，但是會有些例外。如果有需要，法庭病理學者會在獸醫師不方便時達成警方的要求。我的職業生涯中，就曾解剖過飽受痛苦折磨的狗、殘廢的貓、被性虐待的母鹿，和一隻被人塞在法官信箱裡遭下毒的雞。人們對待動物就像對待彼此一樣殘忍。

「喬伊思先生沒有電話，但我的消息來源之一說他仍住在同一間木屋裡，」馬里諾說：「我最好先過去那裡，弄淸楚他的故事。你要一塊去嗎？」

我拿出一把新的解剖刀，看著我堆積如小丘的辦公桌、等著我批閱的案件，以及我尙未回的電話和我應該要打的電話。

「好吧！」我無望的說。

他遲疑了一下，好像等著什麼。

我抬頭看他，注意到了。馬里諾剪了頭髮，穿著卡其布長褲，還用肩帶吊著，上身是一件全新的條紋夾克。領帶很乾淨，淡黃色的襯衫也是，甚至連鞋子也閃閃發亮。

「你看來簡直英俊得不得了，」我口氣像一個驕傲的母親。

「是哦。」他露齒笑著，面色漸漸泛紅。「我進到電梯時，蘿絲還對向我吹口哨呢。那眞是有趣。好多年沒有女人對著我吹口哨了，除了秀格，但是嚴格說來，秀格實在算不上是女人。」

「秀格？」

「只要到『亞當和教堂』角落繞一圈，肯定會找到秀格，綽號瘋狗媽媽，就在隨便一個小巷子裡，爛醉如泥，出盡洋相。有次錯把她揪到局裡，像隻見鬼的貓一樣一路跟我纏鬥，又咒罵個不停。每一次我經過她所在的區域，她就大聲叫喊，吹口哨並掀裙子。」

「你是擔心你對女人不再具有吸引力了吧。」我說。

11

「混帳」的身世來源已無可考，但是很顯然牠遺傳到的基因全是最差的那種。

「我們從牠是小狗時就開始養，」喬伊思先生說，當時我正把那隻狗兒的一張照片遞還給他。「牠迷路了。你知道嗎？有一天早上牠就那樣出現在後門，我眞的是可憐牠，丟了些雜糧麵包給牠。從此，就甩不掉牠了。」

我們坐在喬伊思先生家的廚房餐桌旁。陽光懶洋洋的穿過一扇滿是灰塵的窗子照射進來，下邊是一個遍布斑點的陶瓷水槽，水龍頭還滴滴答答漏著水。在我們來到的十五分鐘之內，喬伊思先生對他那隻遭殺害的狗就沒說一句好話，然而我可以在他那雙摩挲咖啡杯的粗糙雙手與蒼老的眼神之間，看到不經意閃動的溫暖。他看起來眞是充滿著慈愛和熱情。

「牠怎麼取那個名字？」馬里諾實在想知道。

「其實我並沒給牠取名字，但我總是對牠發牢騷。『混帳，閉嘴！過來，混帳！混帳，如果你再不停止鬼叫，我就把你的嘴綁起來。』」他羞怯的笑了笑。「牠也許就這樣以爲這是牠的名字。我也就一路這樣喊牠了。」

喬伊思先生是從一家水泥公司退休下來的搬運工，他的小房子立在一塊農地中間，道道地地是郊區貧窮戶的模樣。我猜這個木屋先前的主人是個佃農，因爲木屋兩旁有著廣袤寬闊的休耕田野。喬伊思先生說夏天時會被濃密的玉米田覆蓋住。

就在有一年的夏天時分，一個悶熱的七月晚上，波妮·司密和吉姆·弗利曼被迫開車行駛在這塊人煙稀少的泥土路上。然後該年十一月，我走上同一條路，經過喬伊思先生的木屋，我公務車後裝著折疊好的被單、擔架和屍袋。距離喬伊思先生住所東邊不到兩哩處有座茂密的樹林，那就是兩年前發現那對情侶屍體的所在。眞是一個叫人毛骨悚然的巧合？萬一不是巧合呢？

「告訴我們，混帳發生了什麼事？」馬里諾說著，邊點上一根香菸。

「那是個週末，」喬伊思先生開始。「好像是八月中。我打開所有的窗戶，坐在客廳看電視影集《朱門恩怨》。奇怪我竟然還記得。可能因爲那天剛好是星期五，那節目在九點鐘播出。」

「然後在九點到十點之間，你的狗被射殺，」馬里諾說。

「那是我猜想的。不可能在那之前太久，要不然牠就回不了家。我正在看電視，接著聽到牠在抓門、嗚咽。我知道牠受傷了，但只當牠是被一隻貓或什麼的纏上了，直到我打開門，好好的檢查牠時才發現。」

他拿出一包菸草開始熟練的用手捲起菸來。

馬里諾鼓勵著他。「那之後你做了什麼？」

「把牠放到我貨車裡，載牠到懷特賽醫生家去，大約西北五哩的地方。」

「獸醫師？」我問。

他緩緩的搖了搖頭。「不是，小姐，我不認識任何獸醫。懷特賽醫生照顧我老婆，直到她去世，他是個非常好的傢伙。說實話，我不知道還能到哪裡去。當然，太遲了。當我把狗帶到那裡時，醫生什麼也沒辦法做了。他說我應該通知警察。八月中旬只有烏鴉出沒，任何人都不應該在這種季節、那麼晚的時候還在外面射殺烏鴉或其他任何東西。我照他的話做了，通知警察。」

「你知不知道有誰可能會槍殺你的狗？」我問。

「混帳在追趕人的時候總是很恐怖，追汽車的樣子就像是要把輪胎咬掉一樣。你要問我個人意見，我總是猜想，多多少少，有可能是一個警察。」

「為什麼？」馬里諾問。

「那狗經過檢查後，有人告訴我子彈是來自一把左輪槍，也許混帳追逐一輛警車，然後發生那事。」

「那天晚上，你在這條路上有看到警車嗎？」馬里諾問。

「沒有，但那並不表示就沒有，而且我不知道混帳是在哪裡被射傷的。我知道不在這附近，因為我會聽到。」

「也許因為你的電視聲音太大，所以你沒有聽到。」馬里諾說。

「我一定會聽到的，這周圍沒有多少聲音，特別是晚上很晚的時候。你在這裡住上一陣子，即使是小小的聲音，只要有點不尋常，你都有辦法聽見。即使你的電視開著，窗戶都緊緊關上也一樣。」

「那個晚上你曾聽到任何車子打這兒開過嗎？」馬里諾問。

他想了一下。「我知道有一輛車駛過去，就在混帳開始抓門之前不久。警察問過我那件事。我有感覺不管是誰在那輛車裡，都應該是開槍射狗的人，那個警察也這樣想。至少，他是那樣說的。」他停頓一會，瞪著窗外。「也許只是一個小孩子。」

客廳傳來變了調的座鐘報時聲，然後安靜下來，只剩水槽上不斷滴著水的水龍頭計算著逝去的分分秒秒。喬伊思先生沒有電話。他幾乎沒什麼鄰居，沒有人住在附近，我懷疑他可能沒有孩子，看來他也不像找到另一隻狗或貓來作伴。除了他自己，我看不出有其他人或動物住在這裡。

「老混帳沒什麼價値，但牠一點一滴的在你心裡變大。牠曾給郵差一個運動的機會，我就站在客廳裡往窗外看，笑得眼睛冒出淚水。一個軟弱的小傢伙四處看著，怕得要死，不敢離開他那輛小小的郵車。老混帳繞著圈圈對著空氣狂叫。我會等上一、兩分鐘，才開始喊，然後到院子裡去。我只要伸出手指，混帳就會走掉，尾巴夾在後腿間。」他深深吸了口氣，捲菸被遺忘在菸灰缸上。「外面有太多卑鄙的人。」

「是的，先生，」馬里諾同意，往後靠到椅背上。「到處都是卑鄙的人，即使這麼一個良善安靜的地方。上回我到這裡來應該是兩年前左右，感恩節前幾週，當時那對情侶在樹林裡被發現。你記得那件事嗎？」

「當然嘍。」喬伊思先生用力的點著頭。「從來沒見過那樣的場面。我在外面撿木柴，突然間這些警車大呼小叫的經過，閃著警示燈。絕對有上打的警車，還有兩輛救護車。」他停下，若有所思的看著馬里諾。「我不記得是否在那裡看到你。」轉過視線看向我，說，「我猜你也在那裡，對不對？」

「是的。」

「我就知道。」他看來很滿足。「你看起來很眼熟，從我們一開始說話，我就一直在花腦筋，想要弄清楚我以前到底是在什麼地方看過你。」

「你到過那個發現屍體的樹林嗎？」馬里諾貌似尋常的問。

「有那麼多警車經過我家門，我怎麼可能還會安安靜靜坐在這裡，我無法想像到底發生了什麼事。那個方向沒有鄰居，只有樹林。然後我想，嗯，可能是一個獵人被射傷了？但是那又沒什麼道理，警察太多了。所以我爬上我的貨車，開向那條路。看到一位警察站在他的汽車旁，我問他怎麼了。他告訴我一些獵人在那裡找到一對屍體。然後他想要知道我是不是住在附近。我說是，接下來就有一位警探出現在我家門口問問題。」

「你記不記得那名警探的名字？」馬里諾問。

「不記得嘍。」

「他問了些什麼問題？」

「最主要是問我有沒有在這個區域看到什麼人，特別是這對情侶可能失蹤的那段時間。有沒有陌生的車子、奇怪的事情等等。」

「你有嗎？」

「嗯，他離開後我認眞的想了想，而有件事從那時候開始，就不時進入我腦子裡，」喬伊思先生說。「我對警察說這對情侶在這附近被謀殺的那個晚上，我沒有聽到什麼特別的事情，有可能我在睡覺，有時我很早就上床了。但是一、兩個月前，我突然記起來一件事，也就是在今年初另一對死掉的情侶被人發現之後。」

「黛伯拉．哈韋和弗瑞德．柴尼？」我問。

「媽媽很重要的那個女孩。」

馬里諾點頭。

喬伊思先生繼續，「那個謀殺案讓我又想起這附近發現的那對屍體，那件事就跳到我腦子裡。你們開車過來時應該有注意到，前面那邊有我的信箱。嗯，幾年前，就是他們認爲那女孩和男孩在這裡被謀殺的差不多兩個星期以前，我得了重感冒。」

「吉姆．弗利曼和波妮．司密？」馬里諾說。

「對！我感冒了，嘔吐得很嚴重，感覺像是我從頭到腳都痠痛得不得了。在床上差不多待了兩天的時間，甚至沒有力氣起來到外面去拿郵件。我講的這天晚上，我終於起來走動，煮了些湯，感覺好過一點，所以準備到外面拿信，那時應該已經是晚上九點、十點了。而就在我往家大門的方向走時，我聽到這輛車。外頭像瀝青一樣黑，而這個人開著沒有亮車頭燈的車靜悄悄的滑行。」

「那輛車往什麼方向走？」馬里諾問。

「那邊。」喬伊思先生指著西邊。「換句話說，他正駛離那片樹林，往公路方向行駛。也許沒什麼，但我記得當時我覺得很奇怪，因爲那邊除了農田和樹林外，什麼也沒有。我只是想，那也許是孩子們喝醉玩耍或什麼的。」

「你有仔細看那輛車嗎？」我詢問。

「好像是中型車，深顏色，黑色、深藍，或者是深紅。」

「新或舊？」馬里諾問。

「不知道是不是全新，但不會是舊的，也不是那種外國車。」

「你怎麼知道？」馬里諾問。

「聽聲音，」喬伊思先生輕鬆的回答。「那些外國車跟美國車的聲音聽起來不一樣。引擎較吵雜，有軋軋聲，不知道該怎樣詳細描述，但我可以辨別。就像你們開車來時，我知道你開的是輛美國車，也許是福特或雪佛蘭。那輛沒有開車前燈，聽來非常安靜、平滑。車子的外型讓我想起那些新型雷鳥，但我不確定，有可能是捷豹。」

「那麼是時髦的那種嘍，」馬里諾說。

「看你從什麼角度看。對我來說，Corvette這款車是時髦。而雷鳥和捷豹是特別昂貴的那種。」

「你可以看到車裡有多少人嗎？」我問。

他搖頭。「我對那個一點印象也沒有。當時外頭非常暗，我也沒有站在那兒瞪著它看。」

馬里諾從口袋裡拿出一本筆記簿，開始翻閱。

「喬伊思先生，」他說，「吉姆．弗利曼和波妮．司密是在七月二十九日星期六晚上失蹤。你確定你看到這輛車的時間是在那天之前？不是在那天之後？」

「就跟我坐在這裡一樣確定。我知道的原因是因爲我生病了，像我告訴你的。我在七月的第二個星期的不知什麼時候開始感冒。我能夠記得是因爲我老婆的生日是七月十三日，我總是在她生日的時候到墓地去，在她墳旁放些鮮花。那次我才剛回到家，就開始覺得不舒服，第二天就下不了床了。」他眼光飄到別處一會。「應該是十五或十六日時，我到外面去拿信，然後看到那輛車。」

馬里諾拿出他的太陽眼鏡，準備離開。

喬伊思先生顯然也不是無知的小娃兒，趕緊問他，「你在想那些死掉的情侶跟我的狗被槍殺有關係，對不對？」

「我們從各種角度來考慮探查這些案件。我們很希望你不要對任何人透露我們今天的談話。」

「不會透露一個字的，不會，先生。」

「謝謝你。」

他送我們到門口。

「如果有時間再過來吧，」他說。「七月來，那時會有番茄。後面那邊有庭園，有維吉尼亞州最好的番茄。但你們不必等到那時才來玩玩，任何時候，我都在這裡。」

他在玄關看著我們開車離去。

馬里諾在我們循著泥土路回到公路上時告訴我他的看法。

「我懷疑他看到的那輛車，正是波妮．司密和吉姆．弗利曼在這裡遇害前兩個星期出現的車子。」

「我也是。」

「至於那隻狗，我也在懷疑。如果那隻狗是在吉姆和波妮失蹤前幾星期，甚至幾個月前被射殺的話，我會認爲我們掌握了些線索。但是，見鬼的，混帳早在這些情侶遇害的五年前就被射擊了。」

殺戮區，我想著。也許不管怎樣，我們都掌握了些什麼。

「馬里諾，你有沒有想過，我們面對的是一個把死亡地點看得比選擇被害者還要重要的人？」

他瞥了我一眼，傾聽著。

「這個人也許花了很長的時間就爲了能找到一個恰當的場所，」我繼續。「當一切準備好，他就開始追獵，把他的獵物帶到這個他精心選擇的地方。地點是最重要的因素，還有一年裡特定的時節。喬伊思先生的狗在八月中旬被殺，一年中最熱的時候，但不是狩獵季節，除了獵烏鴉。每一對情侶都在非狩獵季節被殺死，在每一個案件中，罹難者都是在幾星期或幾個月之後，等狩獵季節來臨才有機會被獵人發現。那是一個模式。」

「你是說這個凶手當時在那片樹林裡找尋適合進行謀殺的地點，而那隻狗飛奔過來，破壞了他的計畫？」他看了看我，雙眉緊皺著。

「我只是丟出一堆假設。」

「不要誤會，我想你也許可以把那假設丟到窗外。除非這個壞蛋想要襲擊情侶，並策畫了好幾年，然後才終於付諸行動。」

「我是猜測這個人富有非常旺盛的幻想力。」

「也許你應該從事人格分析的工作，」他說。「你的話聽起來就跟班頓同一個調調。」

「而你開始聽起來像是想把班頓排除在外。」

「沒有，只是現在沒有跟他打交道的心情。」

「他仍舊是你地區暴力罪犯逮捕計畫的伙伴，馬里諾，不是只有你和我處在壓力下。不要對他太過苛求。」

「你最近倒是很喜歡免費致贈忠言哦，」他說。

「要慶幸那些是免費的，因爲你需要所有你可以得到的忠告。」

「要一起吃晚餐嗎？」

現在已經快接近傍晚六點了。

「我今晚要運動。」我悶悶的回答。

「老天，看來那會是你要我做的下一件事。」

僅僅是想到那，就讓我們兩人不約而同的拿出自己的香菸。

我今天的網球課遲到了，一路上盡力搶黃燈的努力，最後還是宣告失敗。我一隻球鞋鞋帶鬆掉，我握拍的手溼滑，而樓上正進行著墨西哥自助餐會，那表示觀衆台上充滿著除了吃墨西哥袋餅、喝瑪格麗特外無事可做的人們，當然也表示有人可以閒著看我出糗。連續五個反手拍，都把球擊飛到底線之外，我開始微微蹲膝，放慢揮灑動作；接下去三個球卻都掛在網上。截擊淒慘，高飛球不值得一提。我越努力嘗試，就變得越笨拙。

「你放開的太早，又擊球擊得太晚。」泰德來到我旁邊。「後揮的幅度太大，沒有足夠的揮拍時間。發生了什麼事？」

「我想換打橋牌。」我說，我的挫敗轉成怒氣。

「你的拍面太開。試試把拍子早點往後拉，肩膀轉動，踏一步，在身前擊球。盡量把球停在你的拍面上，越久越好。」

他跟著我到底線，示範著，擊出幾個球過網，看得我十分嫉妒。泰德有米開朗基羅定義下的人體肌肉線條，有流暢的協調力，而且他可以毫不費力的旋轉著球，使球在你頭上飛躍，或直直落在你腳旁。我在想，這些傑出運動員知不知道他們讓像我這樣的普通人有怎樣的感想。

「你的問題多半在你腦子裡，史卡佩塔醫生，」他說：「你來到這裡，想要變成網球高手，事實上，你最好先回歸現實。」

「哼，我倒是很確定我絕對當不成網球高手。」我嘟噥著。

「不要只專注在贏分，倘若你專心在不要輸掉任何一分上，也許會比較好。打智慧球、布局，打回每一顆擊來的球，直到你的對手失分或給你一個明顯的機會。那邊打的是眞正的球賽。俱樂部水準的比賽不是在贏球，而是讓對方輸球。有人打敗你不是因爲他們比你多贏了幾分，而是因爲你比他們輸了更多分。」他若有所思的看了看我之後，點點頭說，「我打賭你在工作時不是這樣沒有耐心。打個比方說，我打賭你把每一顆來球都擊回去，而且可以一整天都那樣做。」

我並不確定，但泰德的教法卻收到反效果，我的心思完全離開網球。哼，打智慧球。稍後，當我在浴缸裡泡澡，我一頭栽進這個想法裡，很久很久。

我們是無法擊敗這個凶手的。子彈的圈套和報紙刊載攻擊性的故事，一點用也沒有，小小的防衛計策可能反而有效。能逃過逮捕的罪犯並不表示他們的計畫完美無瑕，只能說是運氣。他們會犯錯，這一點毫無疑問，問題是要認出那些錯誤，了解那些錯誤的重要性，判定什麼是蓄意留下，什麼不是。

我想到那些我們在屍體旁找到的菸蒂。凶手故意是留在現場的嗎？也許。那會是一個錯誤嗎？不是，因爲就證物而言，它們並沒有價值，而我們無法斷定那些菸蒂的品牌。將紅心J留在汽車裡是蓄意的，但這也不是一項錯誤，因爲上面沒有指紋。就算有什麼，那些紙牌的目的也許只是在引導我們去想那個留下紙牌的人希望我們去想的事。

用槍射擊黛伯拉．哈韋，我確定是一項錯誤。

然後是凶手的過去，我更用力思考著。他不是突然從一個守法的好公民，一夕之間變成個經驗豐富的殺手。在這之前他犯過什麼罪，幹過什麼樣的惡事？

就另一方面來說，他很可能在八年前槍殺了一位老人的狗。如果我是對的，那麼他犯下的另一個錯誤是，那個事件指出了他是這一區的人，對這裡不陌生。而且我懷疑他以前就殺過人。

隔天早上，工作會議一結束，我就要我的電腦分析師瑪格麗特，給我培力營周圍五十哩以內，過去十年來所有謀殺案件的副本。雖然我的目的不是尋找一雙被害人的謀殺案，但我找到了。

檔案號碼是C0104233和C0104234。我從沒有聽說過這個案件，那發生在我搬到維吉尼亞州之前的幾年。我回到辦公室關上門，帶著漸增的亢奮翻閱研讀著檔案。吉兒．哈靈頓和伊莉莎白．摩特在八年前的九月被謀殺，是喬伊思先生的狗被射殺後的一個月。

這兩名女子在八年前的九月十四日星期五晚上失蹤時，都只二十出頭，第二天在教堂的墓園發現她們的屍體。一直到隔天，伊莉莎白的德國福斯車，才在萊特弗六十號公路旁一家汽車旅館的停車場被發現，該處離威廉斯堡不遠。

我開始研究解剖報告和人體資料表。伊莉莎白．摩特頸邊被射了一槍，經研判她隨後胸部被刺一刀，喉嚨被割破。她衣衫完好，沒有遭性侵的跡象，體內沒有子彈，手腕上有繩索捆綁的痕跡，沒有防衛性傷口。然而，吉兒的報告上揭諸的卻是另一種情形。她雙手前臂以及手上都有著防衛性傷痕，臉上、頭皮上有著想來是以手槍揮擊所造成的挫傷和割傷，她身上的襯衫被撕破。很顯然，她的奮力掙扎造成她最後被戳刺十一刀。

根據檔案裡的剪報，詹姆士市警局說這兩名女子最後被人們看到是在威廉斯堡的安佳酒吧，她們在那兒待到晚上大約十點鐘。假設的理論是，她們在那裡遇見那個攻擊者，一個「酒吧裡的好好先生」型的男人，那兩名女子於是跟他一塊兒離開，隨著他到最後發現伊莉莎白車子的那個汽車旅館。接著他綁架她們，也許就在停車場上，強迫她們開車載他到案發的教堂墓地再謀殺她們。

對我而言，有太多的情節不合邏輯。警察在那輛德國福斯車的後座找到無法解釋的血跡。血型跟兩名女子不符合。如果說血是凶手留下的，那是怎麼發生的呢？他跟其中一名女子在後座纏鬥？如果是這樣，為什麼沒有找到她流下的血？如果兩名女子都坐在前座，他在後座，那麼他是怎麼受傷的？如果他是在墓園跟吉兒纏鬥時受傷，這也沒有道理。倘若謀殺後，他必須開她們的車從墓園回到汽車旅館，他的血就應該在駕駛座上，而不應該在後座。最後，如果這名男子蓄意要在跟那兩位女子發生性關係後謀殺她們，為什麼不在汽車旅館的房間殺她們就好？為什麼這兩位女子在做精子檢驗時呈陰性反應？難道說她們在跟這個男人發生性行為後，清洗過身體？兩個女人和一個男人？三人性行為？哦，也許吧，這個工作做久了，沒有什麼是我沒見過的。

我撥內線電話到電腦分析師辦公室找到瑪格麗特。

「我需要你幫我找一些其他資料，」我說。「詹姆士市警局，R.P.蒙塔納警探經手的所有謀殺案件，而且屍體呈毒品陽性反應的細目資料。我想立刻就拿到，你可以幫忙嗎？」

「沒問題。」我可以聽到她手指在鍵盤上敲擊的聲音。

我拿到案件一覽表時發現，由蒙塔納警探調查有毒品陽性反應的謀殺案共有六件。伊莉莎白．摩特和吉兒．哈靈頓的名字赫然出現在其中，因為她們死後的血液對酒精呈陽性反應。不過，每一項報告都無關緊要，其濃度都少於○．○五。另外，吉兒對利眠寧（Chlordiazepoxide）和Clidinium的測試呈陽性反應，那是存在於Librax成藥裡的活性藥物。

我伸手拿起電話筒，撥詹姆士市警局凶殺組的號碼，要求跟蒙塔納說話。接電話的人告訴我他現在是內部事務組組長，然後把我的電話轉到他辦公室。

我盡量小心應對。因為如果我聽起來像是覺得那兩名女子的謀殺案跟其他五對情侶的死亡有牽扯的話，我擔心蒙塔納會退縮，不願意繼續交談。

「蒙塔納，」一個低沉的聲音回答。

「我是史卡佩塔醫生。」我說。

「你好嗎，醫生？就我看，住在里奇蒙的人，還在射殺彼此哪。」

「是沒有好多少，」我表示同意。「我正在做毒品陽性反應謀殺案的研究，」我解釋。「我在想，是不是可以就電腦紀錄中你偵辦的幾件案子問些問題。」

「說吧，但那已經是好久以前的事了，我可能在細節上會有些模糊。」

「基本上，我只對某些事有興趣，一些有關死者的細節。你偵辦的案子，大多數都發生在我來到里奇蒙之前。」

「喔，是的，那時是凱戈尼醫生的時代。跟他一塊工作眞有意思。」蒙塔納笑著。「永遠不會忘記他有時會用沒有帶手套的雙手在屍體附近摸索。沒有什麼能讓他難受的，除了孩子。他不喜歡解剖孩子。」

我開始回顧電腦調閱出來的資料，而蒙塔納對於每個案件回想到的細節都沒有讓我感到太驚訝。酗酒和家務問題造成丈夫槍擊妻子，或反過來——這個案件發生在警察局謔稱爲史密斯和韋森離婚案；一個在溪流發現的男屍，是因撲克牌遊戲糾紛導致喝醉的傢伙把伙伴毆打致死；一個血液裡酒精濃度有〇·三的父親，被他的兒子槍擊死亡等等。我把吉兒和伊莉莎白的案件留到最後。

「我非常記得她們，」蒙塔納說。「發生在那兩個女孩身上的事，我只能用怪異一詞來解釋。我不認爲她們是那種會跟在酒吧初識的男子一起到汽車旅館去的放蕩女人。她們兩人都有大學學歷、很好的工作，聰明且迷人。就我而言，我會說那個她們遇到的男人絕對非常、非常狡猾，不是那種臉紅脖子粗的鄉下佬。我總忍不住猜，那是一個偶然路過的傢伙，不是這裡人。」

「爲什麼？」

「因爲如果是本地人，我想我們也許會有那麼一點點運氣去描繪出嫌疑犯，我說那是一個連續殺人犯。在酒吧跟女人搭訕，然後謀殺她們。也許是那種老愛在路上奔馳的人，抵達一個市鎮，再繼續往前走，造訪另一個地方。」

「有牽涉搶劫嗎？」我問。

「沒有跡象。當我初次接手，我的第一個想法是，也許這兩個女孩對娛樂性的藥物有興趣，跟某人離開進行買賣交易，也許同意跟他在汽車旅館見面參加聚會，或是交錢交貨。但沒有什麼金錢或珠寶遺失，而且我根本沒發現任何證據證明那些女孩過去有使用毒品。」

「我注意到在毒品檢驗報告上說吉兒．哈靈頓在Librax藥物檢測上呈陽性反應，另外還有酒精，」我說：「你對那點知道些什麼嗎？」

他想了一陣子。「Librax？沒有，想不起來。」

我又問了他一些別的事，然後謝謝他。

Librax是一種多功能的治療用藥物，用來鬆弛肌肉，以及減輕焦慮和緊張。吉兒可能有因運動傷害造成背部酸痛的現象，或因心理問題造成腸胃絞痛的毛病。我的下一步是找出她的醫師。我首先打電話給我在威廉斯堡的法醫同事，請他傳眞當地刊載在電話分類簿上的所有藥房資料。然後我撥馬里諾的傳呼機號碼。

「你在華盛頓有什麼警察朋友嗎？有你可以信任的嗎？」當我接到馬里諾回我的電話時問。

「我知道一、兩個人。怎麼了？」

「我急需跟艾比．敦布爾談談，很重要，而我不認為由我打電話給她是個好主意。」

「你是不想讓任何人知道？」

「沒錯。」

「若是問我的意見，」他又說：「你要跟她談話根本就不算是個好主意。」

「我了解，但是那不會讓我改變主意，馬里諾。你能不能連絡你那邊的朋友，請他到她公寓去一趟，看看他是不是能找到她，好嗎？」

「我想你在犯一個錯誤。但是，好吧，我照做。」

「只要傳達說我需要跟她談談，要她立刻跟我連絡。」我把她的住址給馬里諾。

這時，我要的那份電話分類簿上的資料已從傳眞機上傳過來了，蘿絲把資料放到我桌上。下午的空閒時間，我打電話到威廉斯堡，試著找出吉兒．哈靈頓可能光顧的每一家藥房。終於，我找到一家，他們的紀錄中出現她的名字。

「她定期來嗎？」我問那個藥劑師。

「是呀！伊莉莎白．摩特也是。她們兩人都住在離這裡不遠，靠近路底的那棟公寓大廈裡。很和善的年輕女子，我永遠不會忘記我當時有多震驚。」

「她們住在一塊兒嗎？」

「讓我想想。」停頓。「不像是。有不同的住址和電話號碼，但是在同一棟大樓，叫『老城』，離我這兒大約兩哩遠。那是個好地方，住了很多年輕人，威廉和瑪麗學院的學生大多住在那裡。」

他繼續告訴我有關吉兒的醫療紀錄。有三年的時間，吉兒根據處方購買不同的抗生素、咳嗽藥，和其他日常感冒及一般大衆容易罹患的呼吸道、泌尿道方面等發炎感染有關的藥物。最近一次是她被謀殺前一個月，曾進來依處方買了Septra（譯註：一種抗菌藥），那顯然在她死去之前就沒有服用了，因爲，在她的血液中並未檢驗出三甲氧苄氨嘧啶（trimethoprim）和磺胺甲異噚唑（sulflamethoxazole）。

「你有賣Librax給她的紀錄嗎？」我問。

我等著他翻閱紀錄。

「沒有，沒有那樣的紀錄。」

也許處方是開給伊莉莎白的，我考慮著。

「她朋友伊莉莎白．摩特呢？」我問那藥劑師。「她可持處方來買過Librax呢？」

「沒有。」

「你知不知道這兩個女孩還到過哪家藥房買藥？」

「這點我恐怕無法幫上什麼忙了，我不知道。」

他給我附近其他幾家藥房的名字，大多數藥房我都已經問過了，剩下的幾家也證實她們沒有到那裡買過依處方才能購買的Librax或其他藥物。我知道Librax本身其實並不重要，但那是誰的處方，以及是什麼原因，則相當困擾我。

12

艾比·敦布爾在伊莉莎白·摩特和吉兒·哈靈頓被謀殺時，是里奇蒙的社會組記者。我敢打賭艾比不只記得那個案件，甚至知道的比蒙塔納組長要多。

第二天早上，她從一個公共電話亭打電話來，留了一個電話號碼給蘿絲，說她會在那兒等上十五分鐘。艾比堅持我必須從一個「安全地點」回電話給她。

「一切都還好嗎？」蘿絲悄悄問著，而我正剝去外科用手套。

「天知道。」我邊說邊解開我的手術袍。

我能想到最近的「安全地點」是這棟建築物自助餐廳外的一具公用電話。我擔心錯過艾比給的時限，上氣不接下氣的跑到電話前撥著祕書交給我的號碼。

「怎麼了？」艾比立刻問。「有個市警局的警察到我公寓來，說是你要他來傳話。」

「沒錯，」我向她保證。「基於你告訴我的事，我想從家裡打電話給你不是個好主意。你好嗎？」

「那是你要我打電話來的原因嗎？」她聽來頗為失望。

「另一個原因是，我們必須談談。」

電話線的那端出現了長長的靜默。

「我星期六會在威廉斯堡，」接著她說：「晚餐，七點鐘在『翠麗絲』餐廳見？」

我沒有問她為什麼要到威廉斯堡，我不確定我眞想要知道。但是在星期六晚上當我把車停進商人廣場時，我發現隨著每一個我跨出的腳步，我的憂心掛慮就一步步降低。處身於這個我心目中全美國最美好的去處，再加上周圍的寒冬氣氛，搭配著熱呼呼的蘋果酒，倘若還得同時考慮那些謀殺案和犯罪行爲實在不是件容易的事。

雖說現在是旅遊淡季，周遭仍有許多人或散步或在商店裡閒晃，還有一些人則是坐在穿及膝短褲戴三角帽的車夫駕駛的馬車裡招搖過市。馬克和我很早以前就說要到威廉斯堡度個週末，要在歷史區裡租一間十九世紀的廂房，在煤氣街燈下踩著圓石子路，到一家酒館用餐，然後在火爐前飲酒，直到我們在彼此懷裡沉沉睡去。

當然，沒有一件幻想落實，我們之間的過往，一直都是希望比記憶來得多，但這一點會不會因爲這次事件而有所改變呢？最近，他在電話中給予了肯定的承諾。但他以前也承諾過，我也是，而他仍舊在丹佛，我也還在這裡。

在一個銀飾店裡，我買了一件手工製的純銀鳳梨護符和一條漂亮的鍊子。露西會從她疏忽的阿姨處收到一件遲來的情人節禮物。另外，在逛一家藥房時，我也爲我的客房買了幾塊香皂，還爲費爾丁和馬里諾買了香草刮鬍水，以及爲柏莎和蘿絲買了乾燥香花。差五分七點時，我來到「翠麗絲」找艾比。她半小時後才到達，我正不耐煩的坐在一個角落桌邊。

「對不起，」她眞誠的說，脫下外套。「有事耽擱，我已經盡快趕來了。」

她看來又激動又疲倦，雙眼緊張的四處觀看。「翠麗絲」生意相當興隆，客人們在吊燈織就的光影下低聲談話。我懷疑艾比是否覺得她被跟蹤了。

「你在威廉斯堡待了一整天嗎？」我問。

她點頭。

「我不太敢問你在做什麼。」

「研究。」是她透露出來的唯一訊息。

「我希望不是太靠近培力營。」我直視她的眼睛。

她當然了解我的意思。「你知道的。」她說。

女服務生過來，然後又離開到吧台去準備艾比要的血腥瑪麗。

「你是怎麼知道的？」艾比問，點了一根菸。

「比較好的問題是，你又是怎麼知道的？」

「我不能告訴你，凱。」

當然她不能，但我知道，是珮德・哈韋。

「你有消息來源，」我小心的說。「我只要問你，爲什麼這個消息提供人要你知道？他不會平白給你消息資料，提供人也有其目的。」

「我很清楚。」

「那麼是爲什麼？」

「事實才是重要的部分。」艾比移調開眼光。「我同時也是消息提供者。」

「我懂了。交換訊息，你把你挖掘到的回饋給對方。」

她沒有回答。

「這有包括我嗎？」我問。

「我不會欺瞞你的，凱，我有過嗎？」她用力的看著我。

「沒有，」我誠摯的回答。「到目前爲止，你從來沒有。」

侍者將血腥瑪麗端到艾比跟前，她心不在焉的用芹菜梗攪動著。

「我能告訴你的是，」我繼續，「你在走鋼索。我不需要詳加解釋，你自己應該比任何人都了解。那個壓力值得嗎？你的書眞值得那些代價嗎，艾比？」

她沒有回以任何評論，我則深深嘆了一口氣，「我猜我無法改變你的想法，是不是？」

「你有過把自己無端陷入某種情狀而無法自拔的經驗？」

「我總是這樣。」我苦笑。「那就是我爲什麼會在這裡的原因。」

「那也是我會在這裡的原因。」

「我懂，但是如果最後證明你錯了，怎麼辦，艾比？」

「我不是那個會做錯的人，」她回答。「不管到底是誰犯下了那些謀殺案，聯邦調查局和其他有關係的聯邦機構都確實根據某種事實做了決定並採取行動，那事實本身就具有報導價值。如果聯邦人員、警察都錯了，那也只是增加另一篇文章罷了。」

「這說法聽起來好冷酷。」我不安的說。

「我只是純以專業眼光來看，凱。當你用專業口吻談話時，也相當冷酷。」

我曾在艾比的妹妹遭到謀殺，屍體被人發現後，立刻同艾比談話。在那個可怕的情況下，即使我的話聽來還不到鐵石心腸的程度，但也肯定是一副所謂專業醫療人員的口吻。

「我需要你的幫忙，」我說：「八年前，有兩個女人在相當靠近這裡的地方被謀殺。伊莉莎白．摩特和吉兒．哈靈頓。」

她好奇的看著我。「你該不是認爲——」

「我不確定我在想什麼，」我打斷。「但是我需要知道那件案子的細節，我辦公室裡的報告裡沒多少資料。當時我還不在維吉尼亞州，但是檔案裡有些新聞剪報，是你寫的報導。」

「我很難想像發生在吉兒和伊莉莎白身上的事跟那些案件有任何關聯。」

「所以你記得。」我說，鬆了一口氣。

「我永遠不會忘記她們。那是我工作經驗裡，少數讓我做惡夢的幾個案例。」

「爲什麼你很難去想像這之間有關聯？」

「一些理由。那案子裡沒有找到紅心J；汽車不是棄置在路旁，而是在汽車旅館的停車場；屍體不是在數星期甚或數個月後被發現在樹林子裡腐爛著；她們是在二十四小時之內被發現，還有兩個受害人都是女性，她們死時是二十多歲，不是青少年。而且爲什麼凶手之後等了五年才又犯下罪行？」

「我同意，」我說：「就時間而言，跟連續殺人犯的典型特徵不符合，而且犯罪的模式跟其他案件也不一致，受害人的挑選似乎也並不相同。」

「那麼你爲什麼想要一探究竟？」她喝了口她的飲料。

「我只是在黑暗裡盲目摸索，而她們的案子困擾著我，那件案子沒有偵破，」我承認。「兩個人被綁架隨即遇害不是件尋常的事。那案件裡沒有性侵害的證據，她們在這附近被殺害，跟其他幾件謀殺案發生地點屬相同區域。」

「而且使用一支槍和一把刀。」艾比沉靜思考著。

看來，她的確知道有關黛伯拉·哈韋的事。

「是有些相似處。」我推諉的說。

艾比看來沒有被說服，但是開始有了興致。

「你要知道什麼，凱？」

「任何你可以記得的事，任何細節。」

她想了好一陣子，耍弄著她的飲料。

「伊莉莎白是當地一家電腦公司的業務人員，而且做得相當成功，」她說：「吉兒剛在威廉和瑪麗學院完成法律學位，到威廉斯堡的一家小型法律事務所工作。我從來就不相信她們跟一個在酒吧認識的無聊傢伙一塊到汽車旅館發生性關係的那種說法，那兩名女子沒有一點特徵會讓我產生那樣的印象，而且他們兩人跟一個男人？我一直就認爲那很奇怪。同時，她們汽車後座發現的血跡，跟吉兒或伊莉莎白的血型一點也不符合。」

艾比的消息靈通打一開始就讓我驚訝不已，眞不知她是怎麼辦到的，竟然可以得到血清化驗的結果。

「我假設血跡是那名凶手所留下的。流很多血，凱。我看過那輛車，像是有人在後座被刺戳或割傷，很可能是凶手流下的血跡，但是你實在很難解釋到底發生了什麼事。警察的看法是，那兩名女子在安佳酒吧跟那個邪惡的男人見面。但是如果他坐進她們的車裡離開，而且計畫謀殺她們，那他事後怎麼回到自己的車子呢？」

「要看汽車旅館到酒吧有多遠，他可能在殺人後走回到他的汽車。」

「汽車旅館距離安佳酒吧足足有四、五哩遠，並不是在附近，那兩名女子最後在酒吧裡被看到的時間大約是晚上十點左右，如果凶手把車留在那裡，很有可能他回去時，停車場只剩他那輛車，那不是明智之舉。因爲警察也許會注意到，至少酒吧夜間管理人在鎖門回家時會看到。」

「然而這並不排除另一個可能性，就是那凶手把他的車停在汽車旅館，然後在伊莉莎白的汽車裡綁架她們，稍後再返回，開走自己的車子。」我指出。

「是沒錯。但是如果他駕著自己的車到汽車旅館，那麼他什麼時候進入她的車呢？他們三人一塊到一間汽車旅館開房間，辦完事後，他迫使她們開車載他到墓園的假設，也完全無法說服我。爲什麼要那麼麻煩和冒險？她們在停車場有可能尖叫驚呼，可能抵抗，爲什麼不在房間裡面謀殺她們就好？」

「有沒有確認過他們三人到底是不是眞的在其中一個房間待過？」

「那是另一件事，」她說：「汽車旅館叫棕櫚葉，一個位於萊特弗六十號公路旁的低級汽車旅館。我詢問過那晚工作的職員，但那職員不記得見過他們其中任何一個，也不記得見過有人進來承租靠近發現那輛福斯汽車的房間。事實上，當時汽車旅館那一帶的房間大部分是空的；更重要的是，沒有人在到櫃檯登記後，不歸還房間鑰匙就離開的。很難想像這個人會有機會或興致退房。而且，肯定是不會在犯罪後，那時他應該全身沾滿了血跡。」

「你在追蹤這事件時，自己歸納出來的理論是什麼呢？」我問。

「跟現在一樣。我不認爲她們跟殺她們的人在酒吧裡見面，我想伊莉莎白和吉兒離開酒吧不久後有什麼事發生了。」

「比如說？」

皺著眉，艾比再次攪動著她的飲料。「我不知道。她們絕對不是那種會隨便讓別人搭便車的人，尤其是在那樣晚的時間，而我也不相信有毒品涉入其間，吉兒和伊莉莎白都沒有用過古柯鹼、海洛因，或其他類似的東西，也沒有在她們公寓裡發現那類用品。她們不抽菸，酒也喝得不多，而且兩人都慢跑，屬健康型的人。」

「你知道她們離開酒吧後往什麼地方去了？是直接回家嗎？也許她們在什麼地方停下了？」

「沒有證據如此顯示。」

「沒有人跟她們一塊離開酒吧？」

「所有跟我談過的人，沒有一個看到她們跟誰混在一起。人們的印象都是，她們當晚坐在角落的一張桌子談話，點了兩杯啤酒。而且沒有人看到她們跟什麼人一塊離開。」

「她們也許是離開時在停車場遇見什麼人，」我說：「這個人也許就等在伊莉莎白的車子裡。」

「我不覺得她們會沒鎖上車子就離開，但我想那有可能。」

「那兩個女孩常光顧這家酒吧嗎？」

「我記得的是，她們雖不常去，但確曾到過那裡幾次。」

「那是個混亂嘈雜的地方嗎？」

「那本是我的設想，因為那是軍中的傢伙最愛去的補給站之一，」她回答。「但事實上，那家店讓我聯想起英國的酒吧，很文明，人們談著話，玩著飛鏢。那是一個我會跟朋友偶爾去坐坐，覺得非常舒服和私密的地方。理論上，我猜那名凶手有可能是經過這個城鎮的陌生人，或是暫時駐紮在這個區域的軍人，不是她們知道或認識的。」

也許不是，我想。但那必須是一個她們覺得可以信任的人，至少一開始時如此，然後我記起希爾達·歐茲媚曾說過，見面開頭的情緒是「友善」。我想像著當我把伊莉莎白和吉兒的照片拿給她看時，她會怎麼說。

「你知道吉兒有任何健康方面的問題嗎？」我問。

她對這問題想了想，面露困惑。「我不記得。」

「她從哪裡來？」

「印象中是肯德基。」

「她常回家嗎？」

「我沒有這樣的印象，我想在假期裡她是有回家，就這樣。」

這麼一來，就不像是她會在家鄉肯德基那兒買處方藥Librax了，我心中想著。

「你提到她才開始在法律事務所實習，」我繼續，「她常旅行嗎？有理由常離開這個鎮嗎？」

她等著我們的主廚沙拉放好，然後說：「她在法學院有個要好的朋友。我不記得他的名字，但我跟他談過，問了些有關她的習慣、活動等，他說他懷疑吉兒另有戀情。」

「他為什麼這麼說？」

「他們大三時，她幾乎每星期都開車到里奇蒙，也許因為她喜歡里奇蒙而到那兒找工作，想從那裡的律師事務所開始她的職業生涯。他告訴我，她甚至常需要跟他借筆記，因為她出鎮的活動讓她曠了一些課。他覺得那很奇怪，特別是最後，她一畢業就到威廉斯堡的一家事務所工作。他一直就這話題說個不停，因為他認為她的旅程可能跟她被謀殺有關，比如說，她是到里奇蒙跟一個已婚男人見面，也許威脅要把戀情向他的妻子揭發。或許她是跟一個很有來頭的人交往，一個成名律師或法官什麼的，那些人不能背負任何醜聞，所以把吉兒殺掉滅口，或雇別人去進行，而伊莉莎白只是碰巧不幸也在現場。」

「你認為呢？」

「這個線索純屬猜測，跟我聽聞的大部分消息一樣不確實。」
「吉兒跟這名你談過話的學生有過戀情嗎？」
「我想是他希望有，」她說：「但實際上沒有，他們從來就沒有發展過戀情。我的印象是，這是他懷疑的部分理由。他對自己很有自信，覺得吉兒從未屈服在他魅力下的唯一原因就是，她在沒人知曉的狀況下跟別人熱戀，一個祕密情人。」
「他被懷疑過是嫌疑犯嗎？這個學生？」我問。
「沒有，謀殺發生時他不在鎮裡，而且是經過證實的。」
「你跟吉兒工作的那個事務所裡的律師談過嗎？」
「我沒有在那裡得到多少資料，」艾比回答，「你知道律師是什麼樣子的。不管怎樣，她被謀殺前，也只在那裡待上幾個月而已。我不認爲她的同事有多認識她。」
「聽來吉兒不像是個活潑外向的人。」我評論道。
「人們對她的描述是有氣質、有魅力，聰慧但是拘謹。」
「伊莉莎白呢？」我問。
「比較外向，我想，」她說：「那應該也是她何以在銷售上有極佳成績的原因。」
煤氣街燈散射的光芒把籠罩在圓石子人行步道上的黑暗推得遠遠的，我們沿著街道往商人廣場的停車場走。一重厚厚的雲層遮掩著月亮，微微溼潤的冷涼空氣襲擊著黑夜。
「我在想那些情侶現在會做些什麼，他們是不是仍然會在一起，他們會有什麼不同。」艾比說，下巴縮到大衣領子裡，手藏在衣袋裡。
「你想韓娜會做什麼？」我溫柔的問起她妹妹。

「她也許仍會住在里奇蒙，我猜我們兩人都還會住在那兒。」

「你後悔搬家嗎？」

「有時我對所有的事都懷著悔恨。自從韓娜死後，我就好像失去了自由，沒有了選擇。就好像我被我無法控制的事推動著往前走。」

「我不覺得。你選擇接受《郵報》的工作，搬到華盛頓，然後你現在還決定寫一本書。」

「這就像珮德．哈韋選擇召開那個記者會，做那些會把自己燒得體無完膚的事情。」她說。

「是的，她做了那樣的選擇。」

「當你身陷那種經驗時，你根本不知道自己在做什麼，即使你以為你知道，」她繼續。「也沒有人可以眞正了解，除非他們經歷過相同的傷痛。你覺得孤立無援，你到一些地方去，人們躲避著你，害怕跟你眼神交會，也不敢跟你交談，因為他們不知道要說些什麼。所以他們彼此竊竊私語。『看到她沒有？她的妹妹被絞死。』或是『那是珮德．哈韋，就是她女兒。』你感覺好像活在一個洞穴裡；你害怕孤單，卻又害怕跟別人在一起；害怕醒來，又害怕入睡，因為當早晨來臨時，那感覺十分難以忍受。你像逃離地獄般的拼命奔跑，直到筋疲力竭。我回想過去，可以看到在韓娜死後，我的所作所為全都瀕臨瘋狂邊緣。」

「我倒認為你適應的情況好得令人驚訝。」我眞摯的說。

「你不知道我做過什麼，還有我犯下的錯誤。」

「不要這樣。來，我順路載你到你的車子那兒。」我說，我們已經來到了商人廣場。

我一拿出鑰匙，就聽到停車場暗處有汽車引擎發動聲。我們坐進我的賓士車，鎖上門、繫緊安全帶，就看到一輛新林肯車停在我們旁邊，駕駛座邊的窗戶緩緩打開。

我只把我的車窗微微打開，足以聽到那個男人說的話爲止。他看來年輕，髮型簡單，正和一張打開的地圖奮戰著。

「對不起。」他無助的笑了笑。「可不可以請你告訴我怎樣從這裡回到六十四號往東的公路？」

我給了他簡單的指示，同時感覺到艾比突然升起的緊張。

「記下他的車牌號碼。」他駛離後，她趕緊說，並從她的皮包裡搜尋紙和筆。

「E－N－T－八－九－九。」我急速的說。

她把它寫下來。

「怎麼了？」我問，有些嚇到了。

我發動車離開停車場，艾比左右探看搜尋著那輛車子的蹤跡。

「我們到達停車場時，你有注意到他的車嗎？」她問。

我必須想想。當我們到達停車場時，那裡幾乎沒有停什麼車子。我也許有個粗略印象看到那輛林肯車停在昏暗的角落。

我告訴艾比這個，然後說：「但我以爲那車裡沒有人。」

「沒錯，因爲那輛車裡的內部照明燈沒有打開。」

「我想沒有。」

「在黑暗中看地圖，凱？」

「好問題。」我驚駭的說。

「還有，如果他是外地來的，那麼你怎麼解釋他車後保險桿上的停車場貼紙？」

「停車場貼紙？」我重複。

「那上面有威廉斯堡的印章，跟我多年以前拿到的貼紙一模一樣，當時這裡進行著考古活動，並且掘到一具骷髏遺骸，『瑪丁一百』。我當時在做一系列的報導，常常到這裡來，那張貼紙可以讓我的車停在歷史區和卡特園。」

「那傢伙在這裡工作，卻還要問怎麼到六十四號公路？」我喃喃說著。

「你看清楚他了嗎？」她問。

「很清楚，你想他是那個晚上在華盛頓跟蹤你的人嗎？」

「我不知道，但是也許……該死的混帳，凱！這一切快要把我逼瘋了！」

「哼，夠了就是夠了，」我堅定的說。「把那號碼給我，我要做一些事。」

第二天早上，馬里諾打電話給我，帶來一個神秘兮兮的訊息，「如果你還沒有讀《郵報》，最好趕快去買一份來看。」

「從什麼時候你開始讀起《郵報》來了？」

「如果照我的意思，我希望永遠不讀。班頓大約一小時前通報給我的。你稍後再打電話給我，我在市中心。」

我穿上暖和的衣服，套上滑雪夾克，在傾盆大雨中開車到最近的雜貨店。接著，足足有半小時的時間我坐在車子裡，開著暖氣，任由擋風玻璃上的雨刷以單調的拍子掃動、對抗寒冷的滂沱大雨。報紙內容讓我十分驚駭，有好幾次我在腦海中盤算，就算哈韋家不追究克利夫德·林，我也會去追究。

頭版首頁分成三個系列報導，頭一篇是有關黛伯拉．哈韋、弗瑞德．柴尼和其他幾對已經死去的情侶。全篇沒有一絲憐憫隱瞞，林的報導是那樣的詳細，甚至包含了連我也不知道的細節。

黛伯拉．哈韋在遭謀殺前不久，曾向她的一位朋友傾吐她懷疑父親不忠，說他酗酒還跟一個只有他一半年紀的空中小姐發生婚外情。很顯然，黛伯拉有幾次偷聽了她父親的電話。那位空服員住在夏洛特，而根據報載，黛伯拉和弗瑞德．柴尼失蹤的那天晚上哈韋先生就是和她在一起，那也就是為什麼警察和哈韋太太無法連絡上他的原因。諷刺的是，黛伯拉的這份懷疑並未使她怪罪父親，反而是讓她對母親產生滿腹的怨言。她抱怨母親完全被自己的事業給吞沒，從不在家。從黛伯拉的角度看，那是造成她父親不忠和酗酒的原因。

一欄又一欄尖酸刻薄的文字把一個有權勢的女人擺弄成可憐的形象，說她如何拯救全世界，卻因輕忽怠慢家人而面臨家庭瓦解。說珮德．哈韋是為了金錢而結婚，她在里奇蒙的家像宮殿般宏偉，她在水門的住家塞滿了古董和價值不菲的藝術品，包括一幅畢卡索和一幅雷明頓的作品。她衣著合宜，出席該參與的宴會，禮儀完美高尚，並對政策和世界局勢有高明的見解。

然而，隱藏在這個富豪，沒有瑕疵的門面下，林做出結論，「是一位出生在巴爾的摩藍領家庭，具有狂熱野心的女人；同事們描繪她是被不安全感折磨，以致於驅使她更努力證明自我的一個人。」他說珮德．哈韋是個狂妄自大的人。她會變得相當沒有理性——如果不用狂熱來形容的話——尤其在受到威脅或在關鍵時刻。

他以同樣殘忍無情的筆調來敘述過去三年發生在維吉尼亞州的謀殺案。他揭露中央情報局和聯邦調查局擔心殺手有可能來自培力營，然後筆鋒一轉以此為基點深入報導，讓每一個涉及的人都狼狽到極點。

中央情報局和司法部涉嫌掩蓋事實，他們恐慌多疑到鼓勵維吉尼亞州的調查人員不要談論彼此得到的資料訊息。他們將僞造證物放在犯罪現場，洩漏反間情報給記者，甚至有記者可能遭到跟蹤監視。同時，在這篇報導的揣想中，珮德．哈韋是這案件裡的利害關係人，她的憤慨不被當成是正義的呼聲，而她在那場著名的記者會上的行爲可以印證這個揣想。在跟司法部的爭戰中，哈韋太太自己開拓挖掘出的敏感資料已經使那些聯邦幹員受到牽累和困擾，因爲她對有欺詐嫌疑的慈善團體，如ACTMAD所作的對抗，使她和聯邦人員的不和爭執達到沸點。

這鍋毒湯的最後一道材料是我。我因爲聯邦調查局的要求而拖延案件的相關資料，直到面臨法院傳票的威脅，才將報告交給受害家屬。我拒絕跟媒體接觸，雖然依法我對聯邦調查局沒有配合的義務，但克利夫德．林暗示說我的職業行爲可能受到私人生活的影響。「根據一個接近維吉尼亞州首席法醫的消息來源說，」那篇報導提到，「史卡佩塔醫生在過去兩年跟一位聯邦調查局特別幹員有親密戀情。她時常造訪匡提科，跟學院裡的人有良好關係，包括班頓．衛斯禮，他也是這些案件的主事者。」

我不知道有多少讀者會下結論說我和衛斯禮有戀情。

對我廉潔和道德上的另一個誣陷是懷疑我法醫的專業能力。報導細數過去備受爭論的十個案件裡，我無法判定任何一件的死因，除了其中一樁，可是當我發現黛伯拉．哈韋骨頭上有刀痕時，我非常擔心那是我自己不小心用手術刀畫出來的。林如此寫著，我「在下雪的天候下，帶著哈韋和柴尼的遺骸開車前往華盛頓，請史密森國家自然歷史博物館的人類學專家提供幫助。」

像珮德．哈韋一樣，我曾「請教一個女巫。」我控訴調查人員移動弗瑞德．柴尼和黛伯拉．哈韋在現場的遺骸，然後自己又回到樹林去搜尋彈殼，因爲我不相信警方會找到它。我還自己向證人問問題，包括在7－11工作的職員，那是弗瑞德和黛伯拉生前最後被看到的地方。我抽菸、喝酒、有槍枝執照，祕密攜帶點三八手槍，曾有幾次「幾乎被殺」、離婚、「來自邁阿密」。最後那一項描述似乎是以上各項毛病不言自明的根源。

在克利夫德．林的報導中，我被描繪成一個目中無人，搖晃著槍枝的瘋女人，而在事關刑事醫學時，卻根本沒有一點概念。

我高速行駛在因下雨而溼滑的街道上時，我想到艾比。難道這就是她昨晚說自己犯過的錯誤？是她把這些消息餵給她同事克利夫德．林的嗎？

「那說不通，」稍後馬里諾和我在我的廚房喝咖啡時，他說：「不是我對她的觀感改變了。我還是認為她是那種會為了報導而出賣她祖母的人。但是她不是在寫這本鉅著嗎？把消息分享給同業競爭者，沒什麼道理，特別是她對《郵報》那麼感冒。」

「有些資料一定得來自於她。」我實在不願意承認，「比如說，有關7－11職員的部分。艾比和我那天晚上在一起，而她知道馬克的事。」

「怎麼知道的？」馬里諾好奇的看著我。

「我告訴她的。」

他只是猛搖著頭。

我喝了口咖啡，瞪著外頭的雨，想著艾比的來電。打我從雜貨店回到家來，艾比就已經打了兩次電話給我。我站在機器旁聽著她緊繃的語聲，但我還沒有準備好跟她說話，我害怕自己會衝口說出不該說的話。

「馬克會怎樣看？」馬里諾問。

「幸運的是，報紙上沒有提到他的名字。」

我心中另有一波焦慮。典型的聯邦調查局幹員，特別是那些花了長時間從事祕密活動的人，都對個人的私生活保密至極，甚至到了一種多疑恐慌的地步，我真的擔心這篇報導裡對我們關係的引述暗喻會使他非常煩惱。我必須打電話給他，但也許不應該打。我實在不知道該怎麼做。

「我猜，有些訊息來自摩瑞。」我繼續想，不覺說了出來。

馬里諾沉默著。

「維西也說了什麼，或至少史密森的誰說了什麼，」我說：「而我不知道那個林是怎麼發現我們去看希爾達．歐茲媚的。」

放下他的杯子和杯墊，馬里諾傾身過來，看著我的眼睛。

「換我給你些忠告。」

我覺得像是個小孩快要被申誡責罵了。

「這就像是一輛運送水泥的貨車從山頂上往下滑，煞車又失靈了，你無法阻止它，醫生，你所能做的就是走開。」

「可以請你講白話文嗎？」我不耐煩的說。

「專心做你的工作，忘記這回事。如果有人詢問，我相信你一定會遇到，就說你從沒有跟克利夫德．林說過話，什麼也不知道。換句話說，撇清它。如果你和媒體開戰，你最後的下場就跟珮德．哈韋一樣，像一個白癡。」

他是對的。

「如果你還有些理智，這些日子最好不要跟艾比說話。」

我點點頭。

他站起來。「同時，我有一些事要辦。如果有結果，我會讓你知道。」

那提醒了我。我伸手拿出我的手提包，並拿出一張紙，上面是艾比寫下來的牌照號碼。

「你可否幫我查查聯邦調查局全國犯罪情報中心。一輛林肯車，深灰色。看看有什麼結果。」

「有人跟蹤你嗎？」他把那張紙放到他口袋裡。

「我不知道。那個司機停下車來問路，但我不認爲他眞的迷路了。」

「在哪裡碰上的？」我陪著他走到大門時他問道。

「威廉斯堡。他坐的車停在幾乎是空蕩蕩的停車場裡，時間大約是昨晚十點半、十一點左右，地點是商人廣場。我才進到車子裡，他的車頭燈就突然亮了起來，然後開過來問我怎麼到六十四號公路。」

「喔，」馬里諾簡短的說。「也許是執行祕密任務的笨警探無聊耍寶，或是等著有人闖紅燈、違規迴轉的警察，想開個罰單也不一定。也可能他看你一個正派女子晚上獨自一個人，進入一輛賓士車裡，而心生好奇。」

我沒有自動供出艾比那時跟我在一起，我不想聽另一場訓話。

「我不知道有警探開新的林肯車。」我說。

「你看看這場雨，眞是狗屎，」他抱怨著跑向他的車。

我的副手費爾丁，向來就不曾太過專注於什麼事，或忙到沒機會在他所經過的每一個能反射影像的物體前停一停，看自己一眼。所謂反射物體包括窗玻璃、電腦螢幕，和隔開內部辦公室及大廳的防彈安全隔板。當我從電梯進入一樓時，我看到他正站在停屍間不鏽鋼冰箱門前，梳弄他的頭髮。

「有點長，要蓋過你的耳朵了。」我說。

「而你的開始變白。」他露齒一笑。

「灰色，金髮轉成灰，從來就不是白。」

「好吧。」他心不在焉的拉了拉他綠色手術衣的細繩，二頭肌鼓脹如葡萄柚。如果不是為了有機會炫耀他傲人的體格，費爾丁是連眨眼的動作也不願意做的。每一次我看到他弓著身體就顯微鏡看東西時，我總聯想到羅丹「沉思者」雕像的添加類固醇版本。

「傑克森二十分鐘前被釋放，」他說，指今早案件中的一名嫌犯。「就這樣了，但我們明天會有一個案子，就是那個在週末槍擊事件後靠機器延續生命的人。」

「你今天下午有什麼事要做？」我問。「喔，我想起來了，你要出席彼得司堡的法院。」

「被告上訴。」他看了看手錶。「大約一小時前。」

「他一定是聽說你要去。」

「該做的檢驗幾乎要堆到天花板了，那是我今天下午預計要做的事，或至少是原本要做的事。」他投機似的看著我。

「我在想，你是不是可以幫我個忙。我需要追蹤一份處方，可能是八年前在里奇蒙的藥房使用過。」

「哪家藥房？」

「如果我知道，」我們進到電梯往二樓去時，我回答：「那就不會有問題了。我們要做的就是把電話簿做個分類整理，打電話給里奇蒙的每一家藥房，越多人參與越好。」

費爾丁有點抗拒。「老天，凱，那至少有上百家呀。」

「一百三十三家。我數過了。我們六個人可以各自分擔三十二到三十三家，這數字還可以忍受，你能幫我嗎？」

「當然。」他看來有點抑鬱。

除了費爾丁，我還找來我的行政人員、蘿絲、另一個祕書，以及電腦分析師。我們在會議室集合，分派藥房名單。我的指示很簡單明瞭，對我們要做的事得十分小心，不能吐露給家人、朋友或警察知道。另外，因爲這處方至少有八年之久，而且吉兒已經死了，那份紀錄很有可能已經不在現存的檔案中，必須請藥劑師查尋舊檔案。如果他不合作或不願提供消息，就把電話轉給我。

然後我們就消失在各自的辦公室裡。兩小時後蘿絲出現在我辦公桌旁，輕輕按摩著她的右耳。

她遞給我一張紙，臉上卻無法擠壓出勝利的微笑。「大道藥房，吉兒．哈靈頓在那兒用兩張處方買 Librax。」她給我日期。

「她的醫生呢？」

「安娜．澤納醫生，」她回答。

老天爺。

我把我的驚訝隱藏起來，首先恭喜她。「太棒了，蘿絲，今天就休息去吧，不用上班了。」

「我通常是四點半下班的，現在已經遲了。」

「那麼明天給你三個小時用午餐。」我真想狠狠抱住她，「順便告訴其他人任務已經完成了，他們可以放下電話了。」

「澤納醫生不是不久前還在當里奇蒙醫學學會的主席嗎？」蘿絲若有所思的在我門口停了一停，說，「我好像還讀過她的一些介紹。啊！她是個音樂家。」

「她前年以前是學會的主席。而且，沒錯，她在里奇蒙的交響樂團裡拉小提琴。」

「那麼你認識她嘍。」我祕書看來有些敬服。

太認識她了，我心中想著，舉手向電話伸去。

那天晚上，我回到家，就接到安娜·澤納回我的電話。

「我在報紙上讀到你最近非常忙碌，凱，」她說：「你還支持得住嗎？」

我在想不知她讀到《郵報》的報導沒有。今天的報導有希爾達·歐茲媚的訪談和一張她的照片，搭配的說明是：「女巫早知道他們全都死了」，另外也引述了遇害情侶親朋好友的談話。報導中還附了一張占有半個版面的彩色圖表，上面標示出情侶的汽車和屍體是在何處尋獲。培力營的位置在圖表中央，活像是海盜地圖上的骷髏頭標記。

「我還好，」我告訴她，「如果你能幫我一個忙，那就更好了。」我解釋我的需要給她聽，然後說：「明天我會發張傳眞給你，是授權我聽取吉兒·哈靈頓紀錄的法律條文。」

那是形式上的要求，而且向她引述我的法律權力的說法聽來相當笨拙。

「你可以把文件親自帶來。星期三晚上七點鐘，一塊晚餐？」

「眞的不想如此麻煩你——」

「不麻煩，凱，」她溫柔的打斷我，「我很想念你。」

13

城鎮住宅區的妝點讓我想起邁阿密的海灘。觸目皆是粉紅、艷黃和藍色的建築物，搭配著上蠟打光的銅製門環，以及入口處飄揚翻飛的美麗手工旗幟。然而這番視覺饗宴卻跟天氣極不調和，此刻飄下的雨已經轉為大片白雪。

交通一如尖峰時刻般擁擠，我呢，整整繞了兩圈才找到一個停車位，而那距離我最喜歡的酒舖還得走一段路，幸虧不是太遠。我選了四瓶好酒，兩瓶紅葡萄，兩瓶白葡萄。

我沿著紀念碑大道開著車，一排騎著馬的同盟國將軍雕像，朦朦朧朧的俯瞰著交通中心，在棉絮般翻飛的雪花中看來有如鬼魅。去年夏天，我每週固定走一次這條路去拜訪安娜，造訪次數從秋天起開始減少，到今年冬天完全降至零。

她的辦公室就是她的家，一幢可愛的白屋。屋前街道是鋪有瀝青的圓石路，天黑之後燃燒煤氣的街燈就會放出光芒。我像一般病人一樣按了門鈴告知我的來到，然後自己走進通向等候室的玄關。皮製家具圍繞著一張堆滿雜誌的咖啡桌，一張古老的東方地毯蓋住硬木地板。角落上有個裝滿玩具的盒子，那是她為小病患準備的，另外還有一張接待員的桌子，一個咖啡壺和壁爐。一條長長的門廊通向廚房，那兒煮食物的香味讓我連午餐都沒吃的肚子咕嚕嚕叫。

「凱？是你嗎？」

再熟悉不過的聲音，夾著濃重的德國腔調，伴著活躍的腳步聲，安娜出現了。她一面走一面用身上的圍裙擦拭著雙手，然後給我一個擁抱。

「你進來後把門鎖上了嗎？」

「有，你知道你應該在最後一個病人離開後鎖門的，安娜。」我過去常常這樣提醒她。

「你是我最後一個病人。」

我跟著她走到廚房。「你的病人都會給你帶酒來嗎？」

「我不允許，而且我不會爲他們準備晚餐或跟他們有社交上的往來。爲了你，我打破了所有的規則。」

「是。」我嘆著氣。「我要怎樣回報你呢？」

「絕對不是以你的專業來回報，我希望。」她把購物袋放到料理檯上。

「我答應我會非常溫柔小心的。」

「那時我大概是完全赤裸並且死透了，我才不會在意你有多溫柔呢。你是打算把我灌醉，還是你正好遇到大拍賣了？」

「我忘了問你準備什麼晚餐，」我解釋，「我不知道是要帶紅酒還是白酒，爲了安全起見，我每種都買兩瓶。」

「那麼，下次我再邀請你來晚餐的話，可得提醒我千萬不要告訴你我煮了什麼。老天爺，凱！」她把酒放在台子上。「這瓶棒極了。你要不要現在喝一杯，或者要烈一點的？」

「當然是烈一些的嘍。」

「跟平常一樣？」

「麻煩你。」看著爐火上正悶煮著什麼的大鍋子，我說，「我希望是我想的那個。」安娜調理的辣醬味道棒極了。

「應該可以讓我們暖暖身。我丟進一整罐的綠辣椒和你上回從邁阿密帶回來的番茄，我把它們藏了好久。烤箱裡有酸奶麵包，另外還有涼拌捲心菜。來，先告訴我，你的家人都好嗎？」

「露西突然對男孩和車子產生興趣，但我不會太擔心，除非有一天她對他們的興趣高過她的電腦，」我說：「我姊姊的另一本童書下個月出版，而她還是對她應該扶養的孩子一點也不了解。至於我母親，除了對邁阿密的現狀有些抱怨和不安，比如說沒人說英語之類的。除此之外，一切都好。」

「聖誕節你有回去嗎？」

「沒有。」

「你母親原諒你了嗎？」

「還沒有。」我說。

「我不怪她，家人是應該在聖誕節團聚的。」

我沒有回答。

「但這也不壞，」她讓我驚訝的說：「你不想回邁阿密，所以你不去。我告訴你好多次，女人應該要學著爲自己著想，自私一點。所以，也許你正在學習這麼做？」

「我想自私對我而言一直都是很簡單、很容易的，安娜。」

「等你不再爲那感到罪惡時，我就知道你痊癒了。」

「我仍然覺得有罪惡感，所以我猜那是說我還沒有痊癒。你對了。」

「是的，我知道。」

我看著她打開一瓶酒，讓它接觸一會兒空氣。她上身穿的白棉襯衫，袖子捲到手肘上，露出來的前臂跟比她年輕一半的女子一樣強壯堅實。我不知道安娜年輕時是什麼樣子，但她已經將近七十歲了，仍然是個迷人的女子，有著一副條頓人的強壯體格，短短灰髮和淡藍色眼睛。她打開一個櫥櫃，伸手拿出幾個瓶子，遞給我一瓶蘇格蘭威士忌和蘇打水，然後給自己調了杯曼哈頓。

「自從我們上回見面到現在，發生了哪些事，凱？」我們帶著飲料到廚房餐桌上。「那是感恩節之前？當然，我們曾在電話上連絡。你說到對那本書的憂慮？」

「是的，你知道有關艾比的書，至少知道的跟我一樣多，而你也知道這些案件，有關珮德．哈韋等等。」我拿出我的香菸。

「我看過新聞，你看起來還好，但有一點疲倦，也許是太瘦了？」

「沒有人會太瘦的。」我說。

「我看過你更糟的樣子，那是我的重點，所以你能夠調適你工作上的壓力了？」

「有些時候的確是比較好。」

安娜啜飲著她的曼哈頓，若有所思的看著烤爐。「馬克呢？」

「我見過他，」我說：「而我們一直有通電話。他仍然感覺疑惑、不確定，我猜我也是，所以這一塊沒有什麼新發展。」

「你見過他，那就是新發展。」

「我仍然愛著他。」

「那倒不是新聞。」

「但是卻這麼的不容易，安娜，一直都是，我不知道我為什麼不能鬆手。」

「因為你們之間的情緒很緊張，你們兩人都害怕承諾，都想要以自己的方式得到快樂。我注意到報紙上有暗示到他。」

「我知道。」

「那麼……？」

「我還沒有告訴他。」

「我不認爲你需要這麼做。即使他沒有看到報紙，調查局裡也一定會有人告訴他。如果他爲此煩惱，你會知道的，不是嗎？」

「你是對的，」我說，鬆了一口氣。「我會知道。」

「你們至少有連絡過，你有比較快樂嗎？」

我是。

「你懷有希望嗎？」

「我願意繼續下去，看看會發生什麼，」我回答，「但是我並不確定那會成功。」

「沒有人可以確定任何事。」

「那實在是個叫人非常傷心失望的眞理，」我說：「我無法確定任何事，我只知道自己的感覺。」

「那已經比大多數人好多了。」

「不管大多數人是誰，如果我領先了，那會是另一個叫人傷心的事實。」我承認。

她起身把麵包從爐子裡拿出來。我看著她把辣醬塡滿陶碗，舀出涼拌捲心菜，並倒了酒。我突然記起我帶來的文件，於是從手提包裡拿出來，把它放到餐桌上。

安娜對文件視而不見，逕自把食物放到桌上，然後坐下來。

她說：「你要看她的醫療紀錄表嗎？」

我認識安娜很久了，知道她不會把她諮商過程的細節記錄下來。像我這類職業的人，依法有權看醫療紀錄，而這些文件必要時也得呈繳法院。像安娜這樣精明幹練的人，是不會把祕密寫在紙上的。

「你何不簡要說明就好。」我建議。

「我對她的診斷是有適應不良症。」她說。

這種回答就像是我說吉兒死於呼吸或心臟停止一樣。不管你是被槍擊或遭火車碾過，你最後都會因爲呼吸停止和心臟不再跳動而死，適應不良的診斷結果只是一個籠統的解釋，可以供病人用來塡寫保險單之用，但是對該病患的病史和狀態卻沒有提供任何一丁點實質上的資訊。

「整個人類群體都有適應不良症。」我對安娜說。

她微笑。

「我尊敬你的職業道德，」我說：「而我並不想把你認爲該保密的部分拿來加在我的報告上。但是對我而言，知道有關吉兒的任何事情，都可能幫助我找到一些她遇害眞相的線索。能否讓我知道任何可能讓她陷於險境的細節，比如說生活方式等等。」

「我也很尊敬你的職業道德。」

「謝謝。現在我們已經完成了互相恭維對方公正廉潔的開場白，可以把那些公式化的繁文縟節推到一旁，好好說說話了嗎？」

「當然，凱，」她溫和的說：「我很記得吉兒。要忘記一名特殊病人並不容易，特別是那個被謀殺的。」

「她為什麼特別？」

「特別？」她略帶憂容的笑了，「一個非常聰明而且勤奮的年輕女子。占盡了所有的優勢。我曾很期待跟她會面的時間，如果她不是我的病人，我會很希望以朋友的方式來認識她。」

「她來看你的時間有多長？」

「一個星期三次到四次，持續超過一年的時間。」

「為什麼找你，安娜？」我問。「為什麼不是在威廉斯堡的人，比較靠近她的住所？」

「我常有一些病人來自鎮外，有人甚至遠從費城來。」

「因為他們不想讓別人知道他們在看精神科醫師？」

她點頭，「很不幸的，許多人都害怕讓別人知道。你會驚訝於有多少到這裡來的人，是由後門匆匆離去。」

我從沒跟人說我在看精神科醫生，如果不是安娜拒收我的費用，我會以現金的方式付費。我最不樂見的就是，員工福利部的某人不知為何拿到我的保險申請，然後將流言謠傳散布到健康與人體委員會裡。

「那麼很顯然的，吉兒不想讓任何人知道她在看精神科醫師，」我說：「這也同時解釋了為什麼她要在里奇蒙的藥房買 Librax。」

「在你跟我連絡之前，我不知道她在里奇蒙買藥，但我並不意外。」她伸手拿酒。

辣醬很夠勁，辣得我眼淚直流，但那真是美味，而且是最成功的一次。我如實告訴她，然後我向她解釋她可能已經猜測到的事。

「吉兒和她的朋友伊莉莎白．摩特，有可能是被情侶殺手所殘害，」我說：「或至少我很關心發生在她們身上的事，那可能會是跟其他案件裡的某些狀況有同質性。」

「我對你現在牽扯進的那些案件沒有興趣，除非你覺得有必要告訴我。我呢，只是讓你問問題，並且盡量回想我所知道的吉兒。」

「為什麼她會這麼擔心別人知道她在看一名精神科醫師？她在隱藏什麼嗎？」我問。

「吉兒來自肯德基一個顯赫的家族，他們的贊同和接納對她很重要。她在不錯的學校就讀，成績很好，又邁向成功律師之途。她的家人很以她為榮。他們不知道……」

「知道什麼？她在看一個精神科醫師？」

「他們不知道這件事，」安娜說：「但更重要的，他們不知道她陷入一個同性戀的關係裡。」

「伊莉莎白？」遠在我發問之前我就已經知道了答案，那可能性曾閃過我腦海。

「是的。吉兒和伊莉莎白變成朋友始自吉兒在法律系就讀的第一年，然後她們變成戀人。那關係是相當緊張激烈的，也非常困難，充滿著衝突。她們都是第一次，至少吉兒是這樣告訴我的。你要記得我從來沒有見過伊莉莎白，從來沒聽過她那一邊的說法。吉兒主動來看我，因為她想要改變。她不要繼續同性的戀情，冀望透過治療讓她回到異性戀狀態。」

「你在她身上看到那種可能性嗎？」我問。

「我不知道最後會發生怎樣的事，」安娜說：「我所能告訴你的只是根據吉兒對我說的話，她和伊莉莎白的關係相當深厚。我的感覺是伊莉莎白在這場關係裡比吉兒來得輕鬆，吉兒在理智上無法接受，但情感上卻丟不開。」

「她必定非常痛苦。」

「最後幾次和吉兒的諮商中，情形變得更尖銳激烈。她剛完成了法學院的課業。她的將來正在開展，是該做決定的時候了。她開始在精神和身體上的雙重困境中煎熬，痙攣性腸炎，於是我開了Librax給她。」

「吉兒是否跟你提到任何事讓你能聯想到是誰對她們行凶？」

「我曾努力回想，並在事情發生後，做過深入的研究。當我在報紙上讀到那則消息時，簡直不能相信，不過三天前我才見過吉兒的！我無法形容我有多專注於她說的所有事。我希望我能想到什麼，任何能幫得上忙的細節。但是，我從來就沒有想到什麼。」

「她們兩人都隱瞞她們的關係？」

「是的。」

「有沒有男朋友呢，一個偶爾約會的男伴？外在的掩護？」

「我知道的是，她們沒有那樣的約會，所以並沒有嫉妒的情形，除非有什麼我不知道的。」

她看了一眼我面前空了的碗。「還要一些嗎？」

「吃不下了。」

她起身把碗碟堆放在洗碗機裡。有一陣子我們都沒有說話。安娜解下圍裙，掛在儲藏間的鉤子上，然後我們拿著酒杯和酒瓶到她的小窩裡。

那是我最喜歡的房間。放滿書的書架占了兩面牆，第三面牆的中央有向外突出的大型窗戶，她可以坐在堆積如山的書桌前，看向窗外含苞待放的花朵或是望著小院子裡繽紛飛舞的雪花。透過那扇窗我看過泛著檸檬黃色澤的木蘭花漫天飄舞的美景，也憑弔過緩緩淡出的秋天最後一抹清麗。我們曾縱情談著我的家人、我的離婚，以及馬克。我們曾討論著痛苦，曾分享對死亡的看法。我曾經坐在那張披覆著磨損皮革的椅子上，笨拙的讓安娜穿梭在我的生活中，就像吉兒·哈靈頓曾經經歷過的。

她們倆是戀人。這使她們的事件跟其他的謀殺案連在一起，也使「酒吧裡的好先生」理論更加難以置信。我也把這點向安娜提出。

「我同意。」她說。

「她們最後出現的地點是安佳酒吧，吉兒跟你提過這個地方嗎？」

「沒說過那個名字，但她倒是提起一個她偶爾會去的酒吧，一個她們倆人談話的地方。有時她們會到偏遠的餐廳，人們都不認識她們的地方；有時她們會開車兜風。通常她們關係出現激烈爭執時，就會安排這樣的出遊。」

「如果那個星期五晚上，她們在安佳酒吧是為了彼此衝突而談話，她們也許會變得很煩惱，或是感到遭拒而憤怒生氣，」我說：「有沒有可能吉兒或伊莉莎白在這樣的情緒影響下，跟一個男人搭訕、調情，只為引起對方的反應？」

「這很難說，」安娜說：「但是那會讓我感到驚訝，因為我從來就不覺得吉兒或伊莉莎白會玩那種把戲。我倒是傾向於猜測當她們在那個晚上圍桌而談時，彼此的交談太過激烈緊張，使她們無暇注意到周遭環境，只專注於彼此。」

「任何觀察著她們的人，都很可能聽到她們的交談內容。」

「那是在公共場所談論私事的潛在危險，我曾這樣提醒過吉兒。」

「如果她那樣害怕別人猜疑，為什麼她還要冒那種險？」

「她的決心不夠堅強，凱。」安娜伸手拿她的酒，「當她和伊莉莎白單獨在一起時，情形很容易就變成親密行爲。擁抱、愛撫、哭泣，根本無法下任何決定。」

那聽起來很熟悉。當馬克和我在他的地方或我的住處談話時，無可避免的，到最後我們一定會上床。然後，我們之中的一個離開，問題卻懸在那裡沒有解決。

「安娜，你曾想過她們的關係可能跟發生在她們身上的事有關？」我問。

「如果眞是這樣，情況就顯得更不尋常。我總是認爲一個孤單的女人獨自坐在酒吧裡，等著別人來搭訕的危險性大過兩個女人在一起。想下手的人是不會想引起別人的注意的。」

「讓我們回到她們的日常生活和習慣。」我說。

「她們住在同一棟大樓裡，但是不住在一起。這雖然不過是個外在掩護，但也很方便。她們可以擁有各自的生活。等到夜深，再到吉兒的公寓裡見面。吉兒比較喜歡待在她的屋裡。我記得她告訴我，如果她的家人或其他人一直試著在晚上打電話給她，而她卻老是不在家，一定會引發很多問題。」她停頓，思索著。「吉兒和伊莉莎白也有運動習慣，體力相當好。喜歡慢跑，但不見得都是一塊兒跑。」

「她們在哪裡慢跑？」

「靠近她們住的地方有個公園。」

「還有什麼嗎？劇院、店舖、商場等，她們常去的地方？」

「沒有印象。」

「你的直覺是什麼？當時那直覺告訴你什麼？」

「我覺得吉兒和伊莉莎白在那家酒吧裡的談話是很緊張、有壓力的。她們也許不希望受到打擾，卻招致一個闖入者的憤怒怨恨。」

「然後呢？」

「很顯然她們是在那個晚上遇到那名凶手。」

「你能想像那是怎麼發生的嗎？」

「我一直覺得那是她們認識的一個人，或至少很熟悉，所以她們沒有理由不去信任他。除非她們是被一個或更多人持槍強迫，不是在酒吧的停車場就是她們去的其他地方。」

「如果是一個陌生人在酒吧停車場走向她們，要求搭便車到某處，說他的車子拋錨……」她已經搖著頭了。「那跟我對她們的印象不符，一定是一個她們熟悉的人。」

「如果那凶手裝扮成警察，也許要她們停下車來作例行檢查？」

「那是另外一回事。我想即使是你和我也會對那種情形束手無策。」

安娜看來累了，所以我謝謝她準備的晚餐和時間，我知道我們的談話對她而言並不容易。我思忖著，如果我們角色互換，我會怎樣。

在我走進我家大門的數分鐘後，電話鈴響了起來。

「我記得的最後一件事，也許沒什麼意義，」安娜說：「吉兒提到她們倆都對填字遊戲有興趣，尤其她們想待在家裡時，就她們倆，像是星期天早上。也許是細微末節，但那是一個習慣，她們一塊兒做的事。」

「書上的填字遊戲？或是刊在報紙上的？」

「我不知道。但吉兒有閱讀不同報紙的習慣，凱。她通常都會帶著點東西在等待諮商的時間裡閱讀，《華爾街日報》或《華盛頓郵報》。」

我再次謝謝她，說下次換我準備晚餐。然後我打電話給馬里諾。

「八年前有兩個女人在詹姆士市被謀殺，」我直接說到重點，「那裡面可能有關聯。你認識那邊的蒙塔納警探嗎？」

「我看過他。」

「我們必須跟他見面，重讀那些案件。他能封得住自己的嘴巴嗎？」

「鬼才知道。」馬里諾說。

蒙塔納看起來就跟他的名字一樣，高大、瘦削、濛濛的藍眼珠鑲在一張粗獷、老實的臉面，上面覆蓋著灰色濃髮。他有維吉尼亞本地人的腔調，說話時習慣撒上「是的，小姐」等句子來調味。第二天下午，他，馬里諾和我在我家聚會，因為這樣一來，我們才可以保證會談隱密且不受外界打擾。

蒙塔納肯定是把他一整年度的照相預算全花在吉兒和伊莉莎白的案件上了，因為我廚房餐桌上堆滿了照片，有兩具屍體在現場的照片、被棄置在棕櫚葉汽車旅館的德國福斯汽車、安佳酒吧，以及叫人訝異的，兩間公寓每一個角落的照片，包括食品室和櫥櫃。他有一個公事包，鼓鼓的裝滿著筆記、地圖、訪談紀錄、圖表、證據細目、電話日誌等。這很典型的反應出在其轄區內幾乎沒有謀殺案件發生。像這樣的案件在他們職業生涯裡，頂多碰上一、兩件，於是他們小心的，幾乎是拘泥於細節的處理。

「墓園就在教堂旁。」他把一張照片移近我。

「看來相當古老。」我說，讚嘆著經年累月暴露在風雨陽光中的磚牆和石板。

「它是，也不是。原先建築於十八世紀，一直沒有問題，直到大約二十年前，因為裝置在裡面的電線走火造成損毀。我記得那次的煙霧沖天。當時我正值勤巡邏，還以爲是我鄰居的穀倉失火。一些史蹟團體對它發生了興趣，復建的要件是從裡到外都跟以前一樣。

「你從這第二條路過去──」他敲著另一張照片，「從六十號公路轉向西邊不到兩哩，距安佳酒吧西邊大約四哩，就是那兩個女孩最後被發現的地方。」

「誰發現屍體的？」馬里諾問，眼睛徘徊在散開的照片上。

「一個在教堂工作的管理員。他星期六早上過去打掃，爲星期天做準備。他說一到教堂就看見草叢裡有兩個看來像是睡著的人，躺在距墓園鐵門大約二十呎處，從教堂的停車場可以看到屍體，看起來，那個下手的人一點都不關心是不是有人會發現屍體。」

「那是不是說星期五晚上教堂沒有活動？」我問。

「沒有，小姐，教堂鎖得嚴嚴密密的，沒有進行什麼活動。」

「那間教堂是不是曾在星期五辦活動呢？」

「偶爾會。有時青年團體在星期五晚上聚會，有時唱詩班會來練習，類似那樣的事。重點是，如果你事先選擇這個墓園作爲謀殺的場所，實在說不通，因爲根本沒有辦法確定教堂那天會不會有人，一星期中的任何一天都有可能出現人。因此我猜測這樁謀殺案是隨機的，是女孩們遇到了某人，也許就在酒吧裡。我看不出這裡面有什麼足以證明這樁謀殺有經過事前小心的策畫。」

「凶手持有武器，」我提醒蒙塔納。「他有一支刀和一把手槍。」

「這世界上有很多人攜帶刀子、槍枝，放在車裡或者隨身攜帶，」他平鋪直敘的說。

我拾起現場拍攝的屍體照片，開始小心仔細的研究著。

兩名女子距離彼此不到一碼，躺在兩塊傾斜的花崗石墓碑間的草叢裡。伊莉莎白的臉朝下，雙腿微微張開，左手在她肚子下，右手在身側直直放著，體格瘦削，短棕髮，穿著牛仔褲和一件白色的套頭毛衣，在脖子處有深紅血跡。另一張照片，她的屍體被轉過來，毛衣前面像是浸泡在血液裡，眼睛呈現死人空洞的瞪視。她喉嚨上的刀痕不深，頸部的槍傷並未立即使她失去行動力，我記得她的解剖報告說，她是死於胸前的刺戳傷口。

吉兒的創傷更支離破碎。她仰躺著，臉上滿是乾漬成條的血痕，我根本無法看出她生前的樣子，只注意到她有短黑髮和挺直漂亮的鼻子。跟她同伴一樣，她也是瘦長型的，穿著牛仔褲，一件淡黃色棉質襯衫，滿是血跡，沒有紮進褲腰內，腰間有比她同伴多出數倍的刺戳傷口，有一些刺穿了她的胸罩。她前臂和雙手間有很深的刀痕。她喉嚨上的刀痕很淺，也許是在她已經死去或幾乎死去時割的。

這些照片因爲一項關鍵性的因素而變得價值非凡。它們揭露了一件事，一件我無法從報紙剪報或調查報告資料中看出來的事。

我看了馬里諾一眼，我們的眼光相遇。

我轉向蒙塔納。「她們的鞋子呢？」

14

「你知道，你提到的那點實在很叫人納悶，」蒙塔納回答。「我一直沒辦法解釋這些女孩爲什麼要把鞋子脫掉。莫非她們穿上衣服離開汽車旅館時，因爲時間緊迫而沒有理會。我們後來在福斯汽車裡找到她們的鞋子和襪子。」

「那天晚上天氣暖和嗎？」馬里諾問。

「是的。不過，都一樣的，我想她們穿上衣服時，應該也會把鞋子穿上。」

「我們並不確定她們是不是眞的曾經在汽車旅館的房間裡待過。」我提醒蒙塔納。

「這點倒是沒有錯。」他同意。

我不知道蒙塔納是不是看了《郵報》上連載的系列報導，裡面提到其他謀殺案件裡遺失的鞋子和襪子。即使他看過，也不像是已經把這些細節連結在一起的樣子。

「當時你可曾跟一位名叫艾比·敦布爾的記者接觸過？她是那位報導吉兒和伊莉莎白謀殺案的記者。」我問他。

「那個女人就像個狗尾巴上綁著的錫罐一樣，到處跟著我。我每到一個地方，她就在那兒。」

「你記不記得曾告訴她有關吉兒和伊莉莎白赤足的事？你有把這些現場照片給艾比看嗎？」我問，因爲艾比如此機靈聰慧，絕不會忘記像那樣的細節，特別是這個細節現在變得如此重要。

蒙塔納毫不遲疑的說，「我是跟她談過話，但是我從來就沒有把這些照片拿給她看過。也對我說的話很小心。你看過那時的報導，對不？」

「我是看到了一些文章。」

「那裡面並沒有提到罹難女孩們的衣著，吉兒襯衫被撕破，以及她們沒有穿上鞋子和襪子等細節。」

那麼艾比不知道，我心中想著，鬆了一口氣。

「我在解剖報告上看到兩名女子的手腕上都有著繩索的痕跡，」我說。「你有找到用來綁縛她們的東西嗎？」

「沒有，小姐。」

「那麼很顯然的他在殺了她們之後把繩索解開了。」我說。

「他相當小心。我們沒有找到彈殼、武器，或可能用來綑綁她們的東西。沒有精液，所以看來不像發生了強暴，但也許有只是無法確定。兩個人的衣服都穿得好好的。看看這個，就這個女孩的襯衫被撕破——」他伸手拿一張吉兒的照片，「那可能是他跟她打鬥時造成的。」

「你在現場可有找到釦子之類的東西？」

「一些，靠近她屍體的草地上。」

「菸蒂呢？」

蒙塔納開始安靜的翻閱他的文件。「沒有菸頭。」他停頓，抽出一份報告。「你猜我們找到什麼，一個打火機，品質相當不錯的銀製品。」

「在哪裡？」馬里諾問。

「距屍體大約十五呎的地方。你可以看到，墓園周圍有鐵欄杆。你從這個鐵門進去。」他展示另一張照片。「打火機在草地上，距鐵門五、六呎。很貴的那種，像墨水筆一樣的削長，是那種點燃菸斗用的。」

「壞了嗎？」馬里諾問。

「功能正常，也上光打蠟得很漂亮，」蒙塔納回憶著。「我很確定那不屬於兩個女孩所有。她們都不抽菸，我訪談過的人沒有一個見過她們帶著那樣一個打火機。它也許是從凶手的口袋掉出來的，無法得知。也有可能是別人遺失的，像是一、兩天前到那裡閒逛的人。你知道，有些人就喜歡到墓園走走，看看墓地。」

「這個打火機做過指紋鑑定嗎？」馬里諾問。

「無法在表面採到指紋。銀器表面刻有這些十字號，就像你平常可以看到的那種有花紋的鋼筆。」他若有所思的把眼光調開。「這玩意兒大概值個一百美金。」

「你是不是還留著那個打火機和在那裡找到的釦子？」我問。

「我留有這個案子的所有證物，總是希望有一天能把這案子了結。」

蒙塔納的這份希望沒有我來的強烈。馬里諾和我在他離開了好一陣子後，才開始討論盤旋在我們腦海的點滴。

「是同一個該死的雜種，」馬里諾說，面露不可置信的表情。「那個該死的壞胚要她們脫掉鞋子，就像他對其他情侶所做的一樣，讓她們在走向預定的殺戮地點時，因走不快而放緩速度。」

「那個地方不會是墓園，」我說：「我不相信那是他選定的地方。」

「是嘍，我想他在迫使那兩個女孩就範時發生了意外，她們不肯合作——或者跟福斯汽車後座的血跡有關，所以他叫她們在中途看到的第一個可能地點停下車子，那剛巧是一個黑暗、無人煙，而且有墓園的教堂。你有維吉尼亞州的地圖嗎？」

我回到書房找到一份，馬里諾把它攤開在廚房餐桌上，研究了好長一段時間。

「看看這個，」他說，面色凝重。「轉上教堂的叉路就在六十號公路的這裡，若過了叉路再往前走大約兩哩就可以轉向通往一片樹林的另一條叉路，那個地方就是五、六年後發現吉姆·弗利曼和波妮·司密屍體的所在。我要說的是，那天我們開車去找喬伊思先生的時候，就開車經過這條該死的叉路。」

「我的老天，」我驚呼著。「我在想——」

「沒錯，我也在想，」馬里諾打岔。「也許那個混球眞是在那裡查看樹林，選擇地點，而混帳跑來嚇了他一跳。他於是槍傷了那條狗。一個月之後，他綁架了他的第一對犧牲者，吉兒和伊莉莎白。他想要強迫她們載他到這片樹林區，但事情失去控制，他把車程縮短，或者他慌亂了，要吉兒或伊莉莎白轉向錯誤的叉路。接著，他看到這間教堂，然後他眞的嚇壞了，因爲他們沒有拐向應該要轉的路，也許他甚至不知道他們到底在那裡。」

我試著想像。其中一個女子開著車，另一個坐在前座司機旁，兇手在後座拿著槍指著她們，但到底發生了什麼事使他流下那麼多的血呢？他不小心射傷了自己嗎？那不太可能。他用自己的刀割傷了自己？也許，但同樣的，那也很難讓人相信。從蒙塔納的照片上可看到汽車裡的血跡似乎是從駕駛座旁的乘客座位上靠頭部分的後面開始滴落，座椅後面也有血跡，車內底座上也有一灘血。這可以想成兇手就坐在乘客座位後面，上身往前傾斜。是他的頭還是臉流著血嗎？或是流鼻血？

我把這假設向馬里諾提出。

「果眞那樣的話，一定相當嚴重，才會流那麼多的血。」他想了一下，「所以也許是其中一個女子用手肘往後頂了一下，擊中他的鼻子。」

「如果其中一個女子那樣對你，你會怎樣？」我說：「假設你是凶手。」

「她不會有機會再做一次。我也許不會在汽車裡槍殺她，但我可能會握拳揮打，或者用槍托敲她腦袋。」

「前座沒有血跡，」我提醒他，「完全沒有證據顯示任何一個女孩在車子裡受過傷。」

「嗯……」

「很複雜困惑，對不？」

「是。」他皺著眉，「他坐在後座，往前傾靠，突然間開始流血？像狗屎一樣複雜。」

我重新煮一壺咖啡，繼續拋出更多假設。打一開始，就持續出現一個人怎麼降服兩個人的問題。

「車子是伊莉莎白的，」我說：「讓我假設是她在開車。很顯然，在這時她的手沒有被捆綁。」

「但吉兒的手一定被綁上了。他也許在行駛中把她的雙手綁起來，譬如要她把手舉起來高過頭頂，他從後座綁上。」

「或者他可以強迫她轉身過來，把手臂伸過座椅靠頭的部分，」我提議，「這可能是她擊打他臉的時候，如果那眞的發生過。」

「也許。」

「不管怎樣，」我繼續，「我們都假設當他們終於停下車時，吉兒已經被綁起來，而且赤腳。接下來，他命令伊莉莎白脫掉她的鞋子，再綑綁她，然後用槍強迫她們走進墓園。」

「吉兒雙手和前臂上有很多刀痕，」馬里諾說：「那些傷痕跟她用被綁的雙手擋開刀子的狀況可有吻合？」

「只要她的雙手是綁在她身前，不是身後。」

「把她們的雙手綁在身後會比較明智點。」

「他也許在那次不順的行動後了解到那點，也因此改善了他的技巧，」我說。

「伊莉莎白沒有任何防衛性傷口？」

「沒有。」

「那壞胚先殺了伊莉莎白，」馬里諾做出決定。

「你會怎樣做呢？要記得，你有兩個人質要處理。」

「我會要她們兩人臉朝下躺在草地上。我會把槍抵住伊莉莎白的頭後面，要她聽命於我，然後我準備要在她身上動刀。如果她意外的掙扎反抗，也許我會扣下扳機射殺她，即使我原本不打算那樣做。」

「那也許可以解釋爲什麼槍傷是在頸子上，」我說：「如果他是把槍抵住她後腦勺，而她反抗，槍口可能會滑開。這情節讓人回想到發生在黛伯拉·哈韋身上的事，除了我相當懷疑她被槍擊時，是躺倒在地的。」

「這傢伙喜歡用刀，」馬里諾回應，「他是在事情出乎他計畫之外時才用到槍。而到目前爲止，就我們所知，那只發生過兩次，伊莉莎白和黛伯拉。」

「伊莉莎白被槍傷，然後呢，馬里諾？」

「他殺死了她，然後對付吉兒。」

「他跟吉兒有打鬥。」我提醒他。

「肯定有。她的朋友才剛被殺，吉兒知道她不會有活命的機會，不如全力掙扎反抗。」

「或者她早已開始跟他搏鬥了。」我大膽提出。

馬里諾眼睛瞇了起來，露出滿腹懷疑的表情。

吉兒是一名律師，我不認爲她對惡行重大罪犯的性格特徵毫無認知。當她和她的朋友被強迫在深夜走向墓園時，我懷疑吉兒早已知道她們兩人都要死了，其中一個或她們兩個在他打開鐵門時可能就已經開始反抗。如果那個銀製打火機眞是屬於那凶手的，很有可能就是在這時從他的口袋裡掉出來。然後，也許馬里諾是對的，凶手迫使兩個女孩臉面朝地的躺下，但當他開始向伊莉莎白下手時，吉兒恐慌了，意圖保護她的朋友。槍枝開火，射中伊莉莎白的頸子。

「吉兒身上的傷痕，顯示一個狂亂的訊息，某個人生氣、恐懼了，因爲他無法掌控情況，」我說：「他也許用槍打她的頭，爬上她的身體，撕開她的襯衫，開始猛刺猛戳。最後，做了個告別姿態，切割她們的喉嚨。然後他開著那輛福斯汽車離開，把它棄置在汽車旅館，走路離開，也許回到他車子的所在。」

「他身上應該會有血，」馬里諾考慮著。「但是駕駛座上沒有發現血跡，只在後座有。」

「從來就沒有在任何一對情侶的汽車駕駛座旁發現過血跡，」我說：「這個凶手非常小心。行凶前也許準備了換穿的衣服、毛巾，天知道還有什麼。」

馬里諾在他口袋摸索一陣，拿出一把瑞士軍用小刀。開始在一張餐巾紙上修剪他的指甲。天知道桃麗斯是如何忍受那些歲月的，我心中想著。馬里諾也許從來就不清理菸灰缸、不把碗碟放到洗碗槽裡，或把他自己的髒衣服從地板上撿起來等等家務瑣事。我不願想像他離開浴室之後，浴室會變成什麼樣子。

「『艾比．敦布狗』仍試著跟你連絡嗎？」他問著，沒有抬起頭來。

「我希望你不要那樣喊她。」

他沒有回答。

「過去幾天沒有，至少我沒有接到。」

「我想你也許有興趣知道她和克利夫德．林之間不僅僅只是同事關係，醫生。」

「什麼意思？」我不安的問。

「我是說這個艾比著手努力蒐集有關那些情侶的故事，跟她被迫從刑事報導案件中調離開來一點關係也沒有。」他在修剪他左手拇指，剪下的指甲落在餐巾紙上。「很顯然，她變得非常古怪，以致新聞室裡再也沒有人可以跟她共事。事情在去年秋天達到頂點，就是她來里奇蒙看你之前。」

「發生了什麼事？」我問，惡狠狠地瞪著他。

「我聽到的是她在新聞室裡大大出了一場糗。她把一杯咖啡潑到林的腿上，然後颶風般掃出去，沒有告訴她的編輯她要去哪兒，也沒有說什麼時候回來。接著她就被調到專欄組。」

「誰告訴你的？」

「班頓。」

「班頓怎麼會知道發生在《郵報》新聞室的事情？」

「我沒有問。」馬里諾把小刀收回去，放到他口袋裡。他站起身，把餐巾紙捲起來，丟到垃圾桶。

「最後一件事，」他說，站在我廚房中間。「那輛你想找到的林肯車？」

「怎樣？」

「是一九九〇年出廠的，車主登記是巴瑞．阿藍諾夫，三十八歲，來自羅諾克，白人男子。在一家醫藥供應公司工作，是個銷售員。外出旅行的機會很多。」

「這麼說你跟他談過了。」我說。

「跟他老婆談過。他去出差了，從過去兩星期到現在。」

「當我看到那輛車出現在威廉斯堡時，他原來應該在哪裡？」

「他老婆說她不確定他的行程。好像有些時候他會每天換不同的城市，到所有的地方轉轉，包括外州。他的責任區最北到波士頓。就她記憶所及，你說的那個時間，他是在潮水鎮，準備要搭飛機離開新港紐茲，前往麻州。」

我沉默下來，馬里諾把這個視爲尷尬，事實上不是的，我在思索。

「嘿，你做了很有水準的偵探工作。把一個車牌號碼寫下來，進而追蹤，沒什麼錯。你應該要高興，證明了你沒有被什麼鬼跟蹤。」

我沒有回答。

他又說：「你唯一弄錯的是顏色。你說那輛林肯是深灰色，阿藍諾夫的是棕色。」

那天晚上稍後，被狂風吹得劇烈搖晃的樹木上空，傳來不斷交擊映現著的閃電，夏日風暴正猛烈的釋放出它所蘊藏的巨大能量。我坐在床上閒閒的翻閱幾份期刊，等著撥打蒙塔納組長家的電話。

他的電話不是壞了，就是有人在過去兩小時中持續使用著電話。他和馬里諾離去後，我記起在那些照片中看到的一個細節，讓我想到安娜最後告訴我的一件事。吉兒公寓裡，客廳一張椅子旁的地毯上，有一疊法律文件，幾本非當地的報紙，和一份《紐約時報》周日專刊。我自己從來不費神玩塡字遊戲，我現實生活中就有太多事等著我去釐清，但是我知道《時報》的塡字遊戲就像製造商的折價券一樣廣受歡迎。

我伸手拿起話筒，再次試撥蒙塔納家的號碼。這回終於通了。

「你有沒有想過要申請插撥服務？」我盡量耐心的問道。

「我是想過要另外申請一條線給我那十來歲的女兒。」他說。

「我有個問題。」

「請說。」

「當你搜索吉兒和伊莉莎白的公寓時，應該會翻閱她們的郵件。」

「是的，小姐。我們持續好一段時間檢查她們的郵件，看看有什麼東西寄過來，是誰寫信給她們，還察看她們的刷卡帳單等等。」

「你能告訴我吉兒郵購訂閱的報紙嗎？」

他停頓了一下。

我腦中閃過了一件事。「我很抱歉，她們的案件資料很可能放在你辦公室裡……」

「沒有，小姐。我直接回到家來，資料就在這裡。我只是需要回想一下，今天事情太多了。

你能等一下嗎？」

我接著聽到翻閱紙張的聲音。

「嗯，有兩張帳單、垃圾郵件，但沒有報紙。」

我很驚訝，解釋著吉兒在她公寓裡放有幾份外地的報紙。「她一定是從什麼地方得到的。」

「也許是從販賣機買來，」他提供。「大學附近有很多。那是我的猜測。」

如果是《華盛頓郵報》或《華爾街日報》，那還有可能，我心中想著。但不會是周日版的《紐約時報》。最有可能的解釋是，吉兒和伊莉莎白在每星期天早晨外出用早餐時，順路從慣常光顧的雜貨店或書報店裡買來。我謝謝他，然後掛斷電話。

我把床頭燈熄滅，躺了下來，聽著雨點以一種粗暴的旋律打在屋頂上。我把身上的棉被拉得更緊。思緒和影像交替在我腦中閃動，我看到黛伯拉．哈韋的紅色錢包，溼答答的埋在泥土中。指紋實驗室的范德剛完成檢查工作，我正在翻閱著報告。

「你要怎麼做？」蘿絲問著我。

怪的是，那錢包竟然已經放在蘿絲桌上的塑膠文件盤裡。「你不能就那樣送回去給她家人。」

「當然不能。」

「也許我們可以把信用卡等東西拿出來，把它們清洗乾淨送回去？」蘿絲的臉因憤怒而扭曲著。她把文件盤掃過她的桌面，然後喊叫著，「把這東西拿走！我無法忍受它！」

突然間，我在我的廚房裡，透過窗戶看到馬克開車過來，只是那輛車看來很陌生；但是又不知怎麼的，我似乎對那輛車有些熟悉。我在手提包裡翻尋一陣，找到一把梳子，胡亂的梳理頭髮。然後開始衝向浴室刷牙，但沒有時間了。門鈴響了，只響了一次。

他把我圈進他懷裡，低語著我的名字，像是痛苦的小聲哭喊。我奇怪著他爲什麼在這裡，而不在丹佛。

他親吻著我，一面用腳把門踢上。門竟轟隆一響，重重的關上。

我的眼睛也在這時突然張開。外面雷聲隆隆。閃電又一次照亮我的臥室，然後再一次的，我的心激烈起伏著。

第二天早上我作了兩項解剖，然後到樓上去看尼爾斯·范德，指紋檢驗室的區域組長。我找到他時，他正坐在電腦螢幕前，瞪視著指紋自動辨識系統陷入深沉的思索。我手上握著黛伯拉·哈韋錢包的細節檢查報告副本，我把那份報告放在他鍵盤上。

「我有一些事情需要問你。」我提高聲音企圖蓋過電腦具滲透力的嗡嗡響聲。

他眼光往下看了看報告，仍是神思不屬，一小縷不聽話的灰髮蓋住他的耳朵。

「那錢包暴露於樹林裡那麼久之後，你怎能發現到裡面的東西？我很好奇。」

他把眼光轉回終端機。「那錢包是尼龍製的，防水，信用卡放在裡面的塑膠套中，那是裡面有拉鍊拉起的小暗袋。當我把那些卡放到強力膠槽時，出現很多污跡和不完整的東西，甚至不需要用到雷射。」

「眞叫人印象深刻。」

他微微笑著。

「但是沒有可以確認的東西。」我指出。

「很抱歉。」

「讓我感到好奇的是那張駕駛執照，上面什麼東西也沒有。」

「甚至連污點也沒有。」他說。

「清潔乾淨？」

「就跟獵犬的牙齒一樣。」

「謝謝你，尼爾斯。」

他又沉浸到他世界裡，一個由圓圈螺紋組成的世界。

我回到樓下翻找艾比和我去年秋天曾拜訪過的那家7－11的電話號碼。電話另一端的人告訴我，那位曾跟我們談過話的職員艾琳．卓丹，要到晚上九點鐘才會在。我接著縮皺起眉頭埋首工作，連午餐也沒有停下來，壓根沒有注意到時間飛逝。甚至在我回到家的時候，我也一點都不覺得累。

門鈴在八點鐘響起來，我正把碗碟裝進洗碗機裡，拿一條毛巾擦著手，我不安的走到大門。艾比．敦布爾站在門廊上，外套領子翻上來圍繞在她耳旁，臉色蒼白沒有血色，眼神悲慘痛苦。一陣冷風從我院子裡吹襲而來，搖擺著樹枝，也吹得她髮絲飛揚舞動。

「你沒有回我的電話，我希望你不會拒絕我走進你的房子裡。」她說。

「當然不會，艾比，請進。」我把大門完全打開，退後幾步。

她沒有把外套脫下，直到我請她這麼做時才脫掉；而當我要把她的外套吊起來時，她卻搖搖頭，只把它橫放在椅背上，就好像在向我宣示她沒有久留的意思。她穿著褪色的丹寧布牛仔褲，和綴有栗色絨布斑點的粗線毛衣。我走向廚房，想把餐桌上的文件和報紙清開，閃過她身旁時，我聞到她身上殘留的香菸味道，以及微微的汗酸味。

「要喝什麼嗎？」我問，因爲一些說不出的微妙理由，我無法對她生氣。

「隨便什麼吧。」她拿出香菸，我準備喝的。

「不知道要怎麼開始，」我坐下來時她說：「那報導對你很不公平，那還是最輕微的說法。而我知道你是怎麼想的。」

「我怎麼想無關緊要。我寧願聽聽你要說什麼。」

「我告訴過你我做了錯事。」她的語聲有止不住的顫抖，「克利夫德．林是其中之一。」

我靜靜的坐著。

「他是一名調查記者，是我搬到華盛頓之後最早認識的人之一。事業非常成功、有趣、聰明，而且對自己很有自信。我當時很脆弱，才剛遷到一個新的城市，經過……唉，發生在韓娜身上的事。」她眼光從我身上轉開。

「剛開始時，我們只是朋友，然後一切進展的太快。我沒有看清他是怎樣一個人，因爲我不願意去探究、去釐清。」她的話哽在喉嚨裡，我默默的等著她穩住自己。

「我以我的生命去信任他，凱。」

「從這個，我可以下結論說他故事裡的細節來自於你的提供，」我說。

「不是，它們來自於我的報導。」

「那是什麼意思？」

「我沒有告訴任何人我在寫什麼，」艾比說：「克利夫德知道我涉入這些案件的程度，但我從來就沒有提到那些案件的細節，他也從來沒有表現出有興趣的樣子。」她開始變得很生氣。

「但其實他有興趣，而且還不只一點。那是他玩的把戲。」

「如果你沒有告訴他細節，」我說：「那麼他是怎麼從你這裡得到資料的呢？」

「我曾給他我公寓大廈的鑰匙，我外出時他可以幫我爲植物澆澆水，拿郵件。他可以在那時另外打造備用鑰匙。」

我們在五月花的談話內容回到我腦子裡。艾比提到過有人擅自進到她電腦裡，而她控訴聯邦調查局或中央情報局的說法，我當時就有些懷疑。一名有經驗的幹員會打開一個文書處理程式，而沒有警覺時間和日期會更新？不像。

「克利夫德．林進到你的電腦裡了？」

「我無法證實，但我知道是他，」艾比說：「我無法證明他截看過我的郵件，但我知道他有。用蒸汽打開一封信，再封起來，放回信箱裡，並不是一件很難的事。如果你有一把開啓信箱的鑰匙。」

「你知道他在寫這篇報導嗎？」

「當然不知道。我根本連這篇報導的鬼影子都沒見過，直到我打開星期天的報紙！他趁我不在時進到我的公寓裡。他看過我的電腦檔案，以及任何他可以找到的東西。然後他打電話給所有關係人，取得引述和資訊。這些動作很簡單，因爲他完全知道要去什麼地方去找，問什麼問題。」

「再加上你已經被調離調查組了，所以程序變得更簡單。當你認爲《郵報》對這個故事失去興趣時，你的編輯群眞正失去興趣的對象是你。」

艾比忿恨的點了點頭。「他們將那則新聞分派給他們認爲比較可以信賴的人——克利夫德．林。」她說。

我了解何以克利夫德・林根本沒有嘗試跟我連絡。他應該知道艾比和我是朋友。如果他問我這些案件的細節，我也許會對艾比提起，而他隱瞞艾比這件事越久越好。所以林繞過我，避開我。

「我確定他……」艾比清了清喉嚨，伸手拿她的飲料，她的手抖動著。「他可以表現得非常叫人信服。他有可能因此得個什麼獎，因爲這篇系列報導。」

「我很抱歉，艾比。」

「除了我自己之外，不是任何人的錯。我太傻了。」

「當我們決定去愛時，就在冒著險的——」

「我再也不會冒那種險了，」她打斷我，「跟他在一起一直就存在著問題，一個接著另一個。我總是那個委屈退讓的人，給他第二個機會，然後第三個，第四個。」

「你工作場所的人知道你和克利夫德的事嗎？」

「我們很小心。」她有些迴避。

「爲什麼？」

「新聞室是個非常混亂、蜚短流長的所在。」

「你的同事肯定曾經看過你們兩人在一起。」

「我們非常小心。」她重複説著。

「別人必定從你們之間感覺到什麼的，至少像緊張這樣的情緒。」

「競爭，護衛自我地盤，那是他被人問起時的答案。」

還有嫉妒，我心中想著。艾比從來就不善於隱藏她的情緒。我可以想像她嫉妒起來的狂熱。

我可以想像那些在新聞室觀察她的人會有的曲解誤會，推測她是因爲野心以及嫉妒克利夫德．林，而事實上根本不是那麼一回事。她是因爲他有著其他承諾而嫉妒。

「他已婚，是不是，艾比？」

她這次無法忍住盈睫的淚水。

我起身再爲我們準備喝的東西。她會告訴我他跟他的妻子間並不愉快，考慮著離婚，艾比相信他會因爲她而那樣做。這樣的故事就像電視、電影、通俗小說裡老掉牙的情節，是那種完全可以預料到的劇情，我以前就聽過上百回。艾比被利用了。

我把她的飲料放在桌上，溫柔的拍了拍她的肩，然後坐回我的椅子。

她告訴我我已經猜到的事，而我只是悲哀的看著她。

「我不值得你來同情我。」她哭喊著。

「你受的傷害比我還深。」

「所有的人都受到傷害。珮德．哈韋，那些孩子的父母、朋友。如果這些案件沒有發生，我會繼續跑社會新聞。至少那樣，我會是非常專業的。沒有人有權造成這種傷害。」

我知道她這時已經不再想著克利夫德．林了，她指的是那名凶手。

「你說得沒錯，沒有人該有那種權力。如果我們設法阻止，就不會發生。」

「黛伯拉和弗瑞德不希望它發生。吉兒、伊莉莎白、吉姆、波妮，所有的人。」她看起來完全被擊敗了。「他們都不想被殺。」

「克利夫德下一步會做什麼？」我問。

「不管是什麼，都跟我無關了。我已經換裝所有的鎖。」

「而你害怕你的電話被竊聽，你被跟蹤？」

「克利夫不是唯一一個知道我在做什麼的人。我再也不能相信任何人了！」她眼中滿是閃著怒火的淚光。「你是我最不願意傷害的人，凱。」

「停止，艾比。你可以整年整月的哭，但那對我一點用也沒有。」

「我眞的很抱歉……」

「不要再道歉。」我很堅定但溫柔的說。

她輕輕咬住下唇，瞪著她的飲料。

「你現在準備好幫我了嗎？」

她抬眼看我。

「首先，上星期我們在威廉斯堡看到的那輛林肯車是什麼顏色？」

「深灰色，車內皮飾是深色的，也許黑色。」她回答，眼光逐漸閃現神采。

「謝謝你，那正是我想的。」

「怎麼了？」

「我不確定，但還有更多。」

「更多什麼？」

「我有一項任務要派給你，」我說，微笑著，「但先要確定，你什麼時候回華盛頓？今天晚上？」

「我不知道，凱。」她看向別處。「我現在不能在那兒出現。」

艾比覺得自己是個逃亡者，而就某種角度來說，她是的。克利夫德·林已經把她從華盛頓趕出來。也許讓她消失一陣子不是個壞主意。

她解釋，「在北尼克有個家庭旅館，而且——」

「我有間客房，」我打岔。「你可以跟我住一陣子。」

她看來猶疑，然後自首道，「凱，你知不知道那會造成怎樣的謠言？」

「老實說，我現在對那一點也不關心。」

「爲什麼不？」她細細的研究著我。

「你的那家報社已經把我丟進一鍋熱油裡煎炸了。我要孤注一擲。事情只會變得更糟或更好，但絕不會在原地停滯。」

「至少你還沒有被炒魷魚。」

「你也沒有，艾比。你有了戀情，在同事面前行爲不當，像是把咖啡倒在你愛人的腿上。」

「他活該。」

「我相當確定他活該有那樣的待遇，但我不會建議你跟《郵報》作戰。你的書是你獲得救贖的機會。」

「那你呢？」

「我關心的是這些案件。你可以幫忙，因爲你可以做一些我無法做到的事。」

「比如說？」

「我不能撒謊、欺瞞、詐騙、作弊、鬼祟潛行、伏擊、刺探，和假裝有什麼事或僞裝成什麼人，因爲我是聯邦政府的成員。但你的活動空間就很大，你是一名記者。」

「非常感謝，」她抗議著，然後走出廚房。「我去車子裡拿東西。」

我並不常有訪客，樓下的客房通常是爲露西準備的。鋪在硬木地板上的是一張伊朗地毯，有著亮麗顏色織就的花草圖樣，把整個房間轉化成一個花園，我外甥女在這園裡可能是一朵含苞的玫瑰或是一株發臭的草，其間的轉變完全視她的行爲而定。

「我猜你喜歡花朵，」艾比心不在焉的說，把旅行箱放在床上。

「這條毯子鋪在這個房間是有些喧賓奪主，」我道著歉。「但是當我看到它時，忍不住就買了下來，而這屋子裡沒有其他地方可以放。更甭提那毯子有多堅固耐用的，既然這個地方通常是露西來住，那變成了一項很重要的裝飾。」

「或說曾經是。」艾比走到櫥櫃前，把門打開。「露西已經不再是十歲小孩了。」

「那裡應該有足夠的衣架。」我移近檢查道。「如果你需要更多……」

「已經夠多了。」

「浴室裡有浴巾、牙膏和香皀。」我開始領著她介紹。

她已經開始打開箱子，沒有注意我在說什麼。

我在床邊坐下。

艾比把套裝和襯衫放到衣櫥裡，衣架在金屬架上發出移動的尖銳聲。我安靜的看著她，沒什麼耐心的等著。

這進行了有幾分鐘，抽屜拉開，更多衣架摩擦聲，浴室藥櫃門吱嘎的打開又咔啦關上。她把行李箱塞到衣櫥裡，然後回顧四周，似乎在想下一步應該做什麼。她打開她的公事包，拿出一本小說和一本筆記簿，放到床邊的小桌子上。我不安的看著她把一支點三八手槍和一盒子彈放到抽屜裡。

我回到樓上時，已是午夜。上床之前，我再撥那家7－11的電話號碼。

「艾琳．卓丹嗎？」

「咦？我是。你是誰？」

我告訴她，並且解釋，「去年秋天你對我說過，弗瑞德．柴尼和黛伯拉．哈韋進到店裡時，黛伯拉本想要買啤酒，而你要求看她的證件。」

「是的，沒錯。」

「你能不能詳細告訴我當你要求看她的證件時，做了什麼？」

「我只是說我需要看她的駕駛執照，」艾琳很困惑的說，「你知道的，我得要求看看。」

「她從她的錢包裡掏出來嗎？」

「是呀，她必須要把它拿出來我才能看得到。」

「那麼她把駕照遞給你嘍。」我說。

「嗯。」

「它本來是放在錢包裡的什麼地方嗎？像是一個塑膠套裡？」

「它沒有在什麼裡面，」她說：「她只是把它遞來給我，然後我看了一看，接著我還給她。」停頓了一會，「怎麼了？」

「我只是要確定你是不是有觸碰到黛伯拉．哈韋的駕駛執照。」

「我當然有，我必須拿到它才能檢查呀。」她聽來有些驚恐，「我有麻煩了，是嗎？」

「沒有，艾琳，」我保證，「你一點麻煩也沒惹上。」

15

艾比的任務是去試試她能找到什麼關於巴瑞．阿藍諾夫的事。她在早晨前往羅諾克。當天傍晚，她才回來不到幾分鐘，馬里諾就出現在我家前門。我邀請他來晚餐。他在廚房看到艾比時，瞳孔倏忽睜得老大，然後臉色轉成潮紅。

「黑色傑克？」我問。

我從酒櫃拿了他的飲料回來，發現艾比在餐桌旁抽菸，而馬里諾站在窗前。他已經把百葉窗拉起，神情陰沉的往外看著電纜。

「你在這個時刻是看不到什麼鳥的，除非你對蝙蝠有興趣。」我說。

他沒有回答，也沒有轉身。

我開始盛放沙拉。一直到我開始傾倒義大利紅酒，馬里諾才終於坐到爲他安排的椅子上。

「你沒有告訴我你有同伴。」他說。

「如果我事先告訴你，你就不會來了。」我同樣直率的回答。

「她也沒有告訴我，」艾比說，透著暴躁易怒的語氣。「所以現在證明了我們都很高興能聚在一起，讓我們享用晚餐吧。」

如果說我從跟東尼那場失敗婚姻裡學到什麼教訓的話，那就是絕不要在晚上很晚的時候或吃飯的時候，提起不愉快的話題，我用盡全力以輕鬆話題來填補充塞晚餐時刻不自然的靜默。一直等到開始喝咖啡時，才開始說我要說的話。

「艾比要跟我住一陣子。」我對馬里諾說。

「那是你家的事。」他伸手拿糖罐。

「那也是你的事，我們在這案件裡都屬同一邊。」

「也許你應該解釋什麼叫我們都在同一邊，醫生。但首先……」他看著艾比，「我要知道這個小小的晚餐會在你書裡的什麼地方出現，那樣我就不必讀完那見鬼的書，可以直接翻到正確的頁數去。」

「你知道，馬里諾，你眞的是頭蠢豬。」艾比說。

「我也可以是個混蛋，只是你還沒有那個榮幸罷了。」

「謝謝你給我一些可以期待的東西。」

他從他上衣口袋裡抓出一支筆，把它丟過桌面。「最好馬上記下。你可不要把我的話給引述錯了。」

艾比憤怒的瞪視著他。

「停止！」我生氣的說。

他們倆人都看著我。

「你們比其他人的行爲好不了多少。」我說。

「誰？」馬里諾的面孔單調空虛。

「所有的人，」我說：「我對謊言、嫉妒、權力遊戲厭惡到了極點。我對我的朋友期待很深，我以爲你們兩個都是我的朋友。」

我推開我的椅子。

「如果你們兩人都想要繼續短兵相搏，請繼續，但我受夠了。」

我沒有再看他們兩人一眼，端起我的咖啡逕自走到客廳，打開音響閉上眼睛。音樂是我的治療師，此刻音響上放著上一回聆聽的巴哈，他的第二號交響曲，清唱劇二十九號，鬆弛了我的情緒。自馬克離開後，有好幾個星期的失眠夜晚，我都走到樓下來，戴上耳機把自己包圍在貝多芬、莫札特、帕海貝爾（譯註：十七世紀德國風琴家）的音樂裡。

十五分鐘之後，艾比和馬里諾來到客廳，像剛剛口角過才又復合情侶般的羞怯表情。

「喔，我們談過了，」艾比在我關上音響時說：「我盡可能的解釋原由，我們開始達成共識。」

我實在很高興聽到這個。

「還是讓我們三人好好合作，」馬里諾說：「反正，艾比現在並不眞的是記者。」

這評語讓她有被刺了一下的感覺，我看得出來。但是最起碼他們願意合作，這已經是奇蹟中的奇蹟。

「當她的書出版時，或許這些也都會變得無關緊要。所有要緊的事都會隨時間過去的。到現在幾乎已經有三年了，十個孩子。如果包括吉兒和伊莉莎白，我們講的就變是一樁十二條人命的案件。」他搖著頭，眼神轉成凝重。「不管是誰殺了這些孩子，他都不會退休的，醫生，他會一直做下去，直到被抓到爲止。像我們目前如此深入、廣泛的調查，還依然找不到線索，那只能說是有人運氣很好。」

「運氣可能開始靠向我們這邊了，」艾比對他說：「阿藍諾夫不是開著那輛林肯車的人。」

「你確定？」馬里諾問。

「太確定了。阿藍諾夫頭髮是灰色的，而且稀薄光禿。他也許有五呎八吋高，體重應該有兩百磅。」

「你是說你見到他了？」

「沒有，」她說：「他仍然在外頭跑。我敲了他家的門，他的妻子讓我進去。我穿著工作服、靴子，告訴她我在電力公司工作，要來檢查他們的電表，我們就此聊了起來，她請我喝可樂。我進屋子後到處東張西望，看到一張全家福，便問她照片裡的人是誰。那就是我看到阿藍諾夫長相的情形。我們那天看到的男人不是他，也不是在華盛頓跟蹤過我的那個。」

「會不會是你把牌照號碼看錯了？」馬里諾問我。

「不會。而且如果我弄錯了，」我說：「那巧合也未免太神奇了。兩輛車都是一九九〇年林肯出廠的同款車？阿藍諾夫碰巧在我誤抄一個車牌號碼時，剛好也在威廉斯堡和潮水鎮地區旅行，而且剛好就是我抄錄車牌的主人？」

「看來阿藍諾夫和我得要好好談一談了。」馬里諾說。

馬里諾在那星期中打電話到我辦公室來，開宗明義的說：「你坐著嗎？」

「你跟阿藍諾夫談過了？」

「答對了。他星期一離開羅諾克，那是二月十號，然後到丹圍、彼得斯堡，以及里奇蒙。十二號星期三，他在潮水鎮，然後開始變得很不尋常。他必須在十三號星期四抵達波士頓，就是你和艾比在威廉斯堡的那個晚上。所以十二號星期三，阿藍諾夫把他的車子停放在新港紐茲機場的停車場。他從那裡飛到波士頓，在那裡待了一個星期，租了一輛車到處跑。一直到昨天早上才回到新港紐茲，取回他的車回家去。」

「你是說他把車子停在長期停車區時，有人偷了他的汽車牌照，然後又送回去？」我問。

「除非阿藍諾夫說謊，但我找不到支持的證據。沒有其他的解釋了，醫生。」

「當他回到他的車子上時，他可有注意到什麼不對的地方，讓他懷疑有人對他的車動了手腳？」

「沒有。我們到他的車庫看過。前後兩個車牌都在，螺絲旋得很緊、很牢。車牌跟車子其他部分一樣骯髒，而且有污點，也許那不代表什麼。我沒採到任何指紋，但不管是誰借用過那牌照，他應該是戴著手套，那可能是造成污點的原因。沒有任何工具撬動的痕跡。」

「在停車場上，那輛車停放在顯著的地方嗎？」

「阿藍諾夫說他停在大約中間的地方，當時停車場幾乎是滿的。」

「如果他的車子停放在那裡好幾天，沒有掛上牌照，安全人員或什麼人應該會注意到的，」我說。

「不一定。人們觀察力通常沒有那麼好。當人們把他們的交通工具停放在機場，或是旅遊回來取車時，盤據在他們腦海中的可能只有搬運行李、趕上班機，或急著回家。即使有人注意到了，也不太可能會向警衛報告。警衛反正也不能做什麼，除非失主回來，然後會由失主決定，看是不是要報案。至於眞正偷牌照的小偷，你可以在午夜後到機場去，那時間一個人也沒有。如果是我，我會若無其事的走進停車場，就像是要去取我的車，五分鐘後，我就可以大搖大擺往外面走，而公事包裡已經裝有一組牌照。」

「你認爲情形就是那樣？」

「我的理論是這樣，」他說：「那個問你方向的傢伙不是什麼警探、聯邦調查局幹員，或刺探別人的壞蛋，他是一個存心不良的傢伙，可能是一個毒品販子，或任何幹壞事的傢伙。我想那輛深灰色林肯車是他自己的車子，只是爲了安全起見，他想外出做什麼壞事時，就把牌照換下，那是爲了避免有人看見他的車在那個區域活動，像是巡邏警察等等。」

「但是仍然有危險，比如說他闖了紅燈，」我指出，「那組牌照號碼會追蹤到別人。」

「是沒錯。但是我可不認爲那是他計畫的重點。我想他更擔心他的車被撞見，因爲他要進行什麼違法的事，如果出了什麼錯，他可不想冒著自己的車牌號碼被人記下來的險。」

「他爲什麼不租輛車就好了呢？」

「那跟有他的牌照號碼一樣糟。任何警察都有辦法辨認出租車。在維吉尼亞州所有出租車的牌照都以R開頭。如果你循線追蹤，終會追到租車的人身上。他夠聰明找出另一條安全的途徑，換牌照號碼的確是個比較完美的主意。要是我的話，就會那樣做，也會找一個長時間停放車輛的停車場。我會用別人的牌照，然後再把那牌照從我車上拿下，把我自己的裝回去。接著我會開車到機場，在天黑後輕鬆的回到停車場，等確定沒有人看見，再把我偷來的牌照放回去。」

「如果原車主已經回來，發現他的牌照不見了呢？」

「如果那輛車已經不在了，我會就近丟棄。不管那種情況發生，都於我無損。」

「老天爺，那個晚上我和艾比看到的男人有可能就是凶手，馬里諾。」

「你們看到的那個壞胚，不是迷路的人或什麼尾隨你們的瘋子，」他說：「他正在從事不法行爲，可那並不表示他就是凶手。」

「那停車貼紙……」

「我會查查看。看威廉斯堡能不能提供申請那種停車貼紙的名單。」

「喬伊思先生看到的那輛經過他木屋、沒有開車頭燈的車，有可能就是一輛林肯汽車。」我說。

「有可能。那車型是一九九〇年出廠。吉姆和波妮是一九九〇年夏天遭到謀殺。在晚上，一輛林肯跟一輛雷鳥沒有多大的區別，雷鳥是喬伊思先生說他看到的那種車型。」

「衛斯禮會為這個花些腦筋的。」我低沉的說，仍然不可置信。

「是呀，」馬里諾說：「我這就打電話給他。」

三月就像一陣輕聲的承諾，低訴著冬天不會永久停留。我清洗著賓士車的擋風玻璃，陽光暖暖的照在我的背上，艾比則幫我加油。微風輕柔，雨天後的灌木叢抽著新芽。人們都來到戶外洗車或騎著腳踏車，大地在蠕動，但還沒有完全醒來。

這些天來，很多的休息站，都像我常來的這家一樣，湧進雙倍以上的顧客，簡直變成了便利商店。我進去付錢，順便買了兩杯咖啡。然後艾比和我開車往威廉斯堡去，窗戶開著，布魯斯·宏思比在收音機裡唱著〈海埠燈光〉。

「出發前我打電話聽我答錄機的留言。」艾比說。

「然後呢？」

「五通機器一接起來就掛斷的電話。」

「克利夫德？」

「我敢打賭，」她說：「他不是要跟我說話。我猜想他只是要確定我在不在家，更可能已經巡過我的停車庫幾次，想找我的車。」

「如果說他並不想跟你說話，他爲什麼要那樣做？」

「也許他不知道我已經換了門鎖。」

「那他必定是個傻瓜。一個普通的正常人都會知道，一旦你看到他的報導，就會把兩件事聯想在一起的。」

「他不傻。」艾比說，看著窗外。

我把天窗打開。

「他知道我已經知道，但他不是傻瓜，」她又說：「克利夫德把所有的人都要得團團轉，他們不知道他很瘋狂。」

「如果他很瘋狂，很難想像還能做到這種程度。」我說。

「那就是華盛頓美麗的地方，」她譏誚的說：「世界上最成功、最有勢力的人都在那裡，而他們中有半數是瘋子，另一半是神經病。他們多數猥褻，沒有道德。權力使人腐化，我不知道尼克森水門案爲什麼會讓人吃驚訝異。」

「權力對你做了什麼呢？」我問。

「我知道它的滋味，但是我浸淫其中的時間還沒久到可以上癮。」

「也許你很幸運。」

她沉默著。

我想到珮德．哈韋。她最近怎樣了？她腦海中盤旋的是什麼？

「你跟珮德．哈韋談過嗎？」我問艾比。

「有。」

「在《郵報》那篇報導之後？」

她點點頭。

「她好嗎？」

「我曾經讀過一篇到剛果的傳教士寫的文章。他提到遇見一個叢林部落成員，他看起來一點也沒什麼不對，直到他開口笑，他的牙齒全都銼成尖形。他是食人族。」

她的語調平緩但充滿了怨忿，她的情緒突然間變得深沉，而我完全不了解她到底在說什麼。

「那就是珮德．哈韋，」她繼續，「那天我到羅諾克之前先去看了看她。我們簡短的提到了《郵報》的故事，我以爲她已經能夠平淡的處理這件事，直到她開口笑。她的笑容讓我的血液頓時都涼掉了。」

我不知道該說什麼。

「那時我才知道克利夫德的報導已經把她逼到不能忍受的地步。黛伯拉的謀殺案已經讓珮德瀕臨崩潰的邊緣。這篇報導又把她再往前推了幾步。我記得跟她談話時，我感覺到她身上什麼東西不見了。很久以後，我才了解不見的就是珮德．哈韋。」

「她以前知道她先生有外遇嗎？」

「她現在知道了。」

「如果眞有那麼一回事。」我說。

「克利夫德不會寫出他無法舉證的事情，那要歸功於無可責難的消息來源。」

我不禁暗忖什麼樣的事會讓我沮喪到瀕臨崩潰。露西、馬克？還是我自己發生了事故，不能再移動雙手或眼睛失明？我實在無法想像會是什麼讓我永遠封鎖自己，也許那就像失去了生命。一旦你失去了，你根本就感覺不到不同。

我們在剛過午後時分來到老城。吉兒和伊莉莎白住的那棟公寓大廈並不醒目，蜂窩狀的建築看來看去都一個樣子。紅色布篷覆蓋的磚牆上，靠近主要入口旁有著樓層號碼，庭園景致是由枯黃的草地和窄窄一條花床補綴湊合而成。中間有個戶外烹調聚餐的區域，散置著鞦韆組、野餐桌和煎烤架。

我們將車停在停車場，坐在車裡抬頭仰望曾屬於吉兒的陽台。透過欄杆間寬闊的空隙，可以看到兩張藍白相間的椅子立在微風中。天花板垂下一條鏈子，孤單單的吊著一盆植物。伊莉莎白住在停車場的另一邊。從她們各自的住所看來，這兩位朋友可以觀望得到彼此。她們可以看著彼此的燈亮或熄滅，知道對方什麼時候上床睡覺，或起床了，什麼時候在家或外出。

有好一陣子，艾比和我就靜靜的任由抑鬱氛圍籠罩著我們。

然後她說，「她們不僅僅是普通朋友，對不對，凱？」

「回答這個問題會像是道聽途說。」

她輕輕笑了，「老實告訴你，當年我追這則新聞時，就曾經那樣猜測過。不管怎樣，那個念頭閃過我腦海，但從來沒有人提起，甚至暗示過。」她停下，望向遠處。「我想我知道她們的感覺。」

我看著她。

「那一定跟我與克利夫德在一起時一樣。綁手綁腳，隱藏欺瞞，用一半的精力來擔心別人會怎麼想，害怕他們猜疑。」

「諷刺的是，」我說，駛動車子，「人們並不眞的在意，他們爲自己的事都已忙得分身乏術了。」

「我懷疑吉兒和伊莉莎白是不是能把那點想通。」

「如果她們之間的愛較她們的恐懼來得強烈，她們終會想通的。」

「順便問一聲，我們要去哪裡？」她看著窗外急速飛逝的景觀。

「遊遊車河，兜兜風，」我說：「大致方向是市區。」

我一直沒有給她確定地點。我從頭到尾都只說我要「開車轉轉」。

「你在找那輛該死的車子，對不對？」

「試試無傷。」

「凱，即使你找到它，你又能怎樣？」

「把汽車牌照寫下，看這次會追到誰。」

「哼，」然後她開始笑起來，「如果你能找到一輛灰色的一九九〇年的林肯車，在後保險桿上有張威廉斯堡的停車貼紙，我給你一百美金。」

「最好現在就把你的支票簿準備好。如果那輛車在這附近，我就一定會找到它。」

我眞的找到了，在不到半小時之後，依循的是如何找到你遺失物品的古老法則。我簡單的重溯以前的路徑。當我回到商人廣場時，那輛車就安靜的躺在停車場一角，跟第一次我們見到它，其主人停下來問我們方向時的停放處相距不遠。

「天啊！」艾比輕呼著，「我無法相信。」

車裡沒有人，車窗玻璃在陽光照耀下閃閃發光。看來才剛清洗過，還上了蠟。車後保險桿的左側有一張停車貼紙，車牌號碼是ITU－144。艾比抄了下來。

「這太簡單太容易了，凱。一定有什麼地方不對。」

「我們不知道是不是就是那輛車。」我開始變得很科學，很邏輯化，「看起來一樣，但我們並不確定。」

我停在約二十輛車子遠的地方，把我的賓士夾在一輛公務車和一輛龐帝克中間，坐在方向盤後，掃描著眼前的商店。一家禮品店、裱畫裝框店、餐廳，菸草店和麵包店之間是一家書局，小小的，不引人注意的，一些書本陳列在窗前。一張木製招牌橫在門上，用書寫體印著「莊家房」的字樣。

「填字遊戲。」我悄聲低語著，一陣寒意爬上我的背脊。

「什麼？」艾比仍然望著那輛林肯車。

「吉兒和伊莉莎白喜歡玩填字遊戲。她們常在星期天早上外出吃早餐時，順路買《紐約時報》。」我說著打開車門。

艾比伸手放在我手臂上，抓住我。「不，凱，等一等，我們要先想想。」

我坐回椅子上。

「你不能就那樣走進去。」她說，那聽起來像是一道命令。

「我要買報紙。」

「如果他真在裡面怎麼辦？你要怎麼做？」

「我只是要看看是不是他，那個開著車的人。我想我認得出他來。」

「而他也可能把你認出來。」

「莊家的名稱可能就跟紙牌有關。」我衝口而出，眼前一個黑色短卷髮的年輕女郎正走向那家書店，打開門，隨之消失在裡頭。

「發紙牌的人，會發到紅心J。」我又說，聲音因著慌亂而逐漸減弱到細不可聞。

「他問路時，是你跟他說話，你的照片曾刊在報紙上。」艾比掌控著局面。「你不可以進到那裡面，我去。」

「我們兩個都去。」

「那太瘋狂了！」

「沒錯。」我下了決定，「你坐在這裡。我去。」

她出聲阻止之前，我已經下了車。她也下車來，但就站在那裡，看來有些迷惘，而我懷抱著某種使命般的大步往前。她沒有跟上來，她有足夠的理智知道最好不要引起任何騷動。

當我把手放在門上那冷冷的銅製把手時，我的心跳如錘。當我終於跨步進去，我發現我的膝蓋開始發軟。

他就站在櫃檯後面，微笑著，填寫一份信用卡收據，一個穿著小羊皮套裝的中年婦人絮絮不休的說著話，「……那就是生日的目的。你幫丈夫買一本你想讀的書……」

「只要你們兩人都喜歡同一本書，那就沒有關係。」他的聲音非常柔軟，使人寬心，那是一種可以讓你信任的聲音。

現在我在店裡面了，我卻拼命的想離開，想奪門而出。櫃檯旁邊有一落報刊雜誌，包括《紐約時報》。我可以拿起一份，火速付錢然後離開，但是我不想面對面看著他的眼睛。

是他。

我轉身，走出去，沒有回頭。

艾比坐在車裡抽著菸。

「他不可能在這裡工作，卻不知道怎麼到六十四號公路。」我說，發動引擎。她完全了解我話裡的意思。「你要現在就打電話給馬里諾，還是等到我們回到里奇蒙？」

「我們現在就打電話給他。」我找到一個公共電話，但接電話的人說馬里諾在街上巡邏。我留話給他，「ITU－144，回電話給我。」

艾比問了我一堆問題，我盡最大努力回答。然後我們之間陷入一陣長長的沉默，我靜靜的開著車。我的胃開始翻騰著酸液，我考慮著是不是要在什麼地方暫停一下，我想我大概要吐了。

她正看著我。我可以感覺到她的關注。

「我的天，凱，你臉色蒼白得像張紙。」

「我還好。」

「你要我開車嗎？」

「我沒事。眞的。」

當我們回到家，我一步併兩步逕直走上二樓來到臥室。在我的手不可遏止的抖動中，勉力撥著一個電話號碼。電話鈴聲響了兩次，馬克的答錄機接了起來，我想把電話掛上，卻發現我貪婪的聽著答錄機裡他的聲音，像是被催眠般。

「對不起，現在無法接聽你的電話……」

到嗶嗶聲時，我猶豫了一下，然後默默的把話筒放回去。我抬起頭，發現艾比站在我房門口。我可以從她臉上的表情了解她知道我剛剛做了什麼。

我看著她，眼中逐漸盈滿了淚水，然後她來到床邊，坐在我身旁。

「你爲什麼不留話？」她低語著。

「你怎麼可能知道我打給誰？」我努力維持我聲音裡的平靜。

「因爲當我自己異常沮喪時，席捲而來的是相同的情緒，我特別想要拿起電話。即使現在，所有的事情發生後，我仍然想打電話給克利夫德。」

「你打了嗎？」

她緩緩的搖了搖頭。

「不要，永遠不要，艾比。」

她緊緊的研究著我。「是因爲走進那間書店，看到了他？」

「我不確定。」

「我想你知道。」

我把眼光從她身上移開。「當我走得太靠近，我會知道。我以前就靠得太近，我問我自己那爲什麼會發生。」

「凡人如你我，是無助的。有一種機制掌控著我們。那就是爲什麼會發生的原因，」她說。

我無法向她承認我的恐懼。如果馬克接起了電話，我也不知道我是不是能向他表白。

艾比看向別處，她的聲音似乎從遠遠的地方發出，問道，「你看過那麼多的死亡，你可曾想像過你自己的？」

我從床上站起來。「馬里諾到底在哪裡？」我拿起電話，試著再一次跟他連絡。

16

我焦慮不安的等待著，時間從一天又一天變成以星期爲計算單位快速飛去。自從我把莊家房的消息轉給馬里諾之後，他就一直沒有跟我連絡，我也沒有從任何人處得到任何消息。隨著時間的流逝，那種靜默變得越來越巨大，也越來越不吉利。

入春的第一天，我從已經待了三個小時的會議室抽身，我在那裡遭兩名律師連番詢問，蘿絲告訴我有電話找我。

「凱？是我，班頓。」

「午安，」我說，腎上腺素翻湧著。

「你明天可不可以來匡提科？」

我伸手拿我的日誌，蘿絲已經寫進一個會議時間，但那可以改期。

「什麼時間？」

「十點，如果方便。我已經跟馬里諾談過了。」

我還來不及問任何問題，他就宣稱無法多談，說見面時會告訴我所有細節。我離開辦公室時已是六點鐘。夕陽隱沒，天氣轉涼。當我轉上屋前車道時，注意到屋裡的燈亮著。艾比在家。

我們最近很少見面，兩人都忙進忙出，幾乎沒說上什麼話。她從不到商店買東西，但偶爾會在冰箱的磁鐵下留張五十元美金，跟她所吃不成比例，她吃的非常少。當葡萄酒或蘇格蘭威士忌變少時，我會在瓶子底下找到一張二十美元。幾天前，我在一盒用光了的洗衣粉上發現一張五元美金。繞著屋裡的房間走一遭，就像是一場奇異的尋寶之旅。

我打開前門，艾比突然站在門口，瞪著我。

「對不起，」她說：「我聽到你車子的聲音，不是要嚇你。」

我覺得自己像個傻瓜。打從她住進來開始，我就逐漸變得神經兮兮。我想我對於失去的隱私還沒有能夠調整適應過來。

「要喝點什麼嗎？」她問，看起來相當疲累。

「謝謝。」我說，解開我大衣的釦子，眼睛搜尋著客廳。咖啡桌上一個塞滿菸蒂的菸灰缸旁，有一個酒杯和幾份記者用的筆記簿。

我脫下大衣和手套，逕直上樓，把大衣、手套丟在床上，迴帶聽取答錄機上的留言。我的母親來電話，如果我在晚上八點鐘以前撥一個特定號碼，有機會得什麼獎；馬里諾告訴機器說明天早上幾點來接我；馬克和我繼續錯失對方，只彼此在對方答錄機裡留言。

「我明天要到匡提科。」我回到客廳，告訴艾比。

她指了指放在咖啡桌上要給我的飲料。

「馬里諾和我要去看班頓。」我說。

她伸手拿她的香菸。

「我不知道事情發展得怎樣了，」我繼續，「也許你知道。」

「我為什麼會知道？」

「你在這裡的時間不多，我不知道你在做什麼。」

「當你在辦公室時，我也不知道你都做了些什麼。」

「我沒有處理什麼醒目顯著的東西，你想知道什麼？」我微微提議著，試圖驅散緊張氣氛。

「我不問是因為我知道你對你的工作非常保密，我不願意去窺探。」我假設她是在暗示，如果我問她最近在做些什麼，我就是在窺探。

「艾比，你近來似乎很陌生、很冷淡。」

「心事太多，請不要覺得是因為你的緣故。」

當然她有很多事要想，像是她要寫的書，像是她要怎麼處理她的生活，但是我從未見過艾比如此孤獨退縮。

「我只是關心，如此而已。」我說。

「你不了解我的個性，凱。當我專心投入某些事情時，整個人就會被完全吞噬，根本無暇顧及其他，也無法將之驅諸腦後。」她停頓，「你說這本書是一個救贖的機會，對的，它是。」

「很高興聽你這樣說，艾比。我知道你的能力，這本書肯定會暢銷。」

「也許。但我不是唯一一個有興趣寫這些案件的人。我的代理人已經聽到外頭有些傳聞。我已經開始了好久，如果我動作快一點，應該不會有問題。」

「我關心的不是你的書，而是你。」

「我也關心你，凱，」她說：「我很感激你為我做的事，像讓我住在這裡。但我答應，不會太久的。」

「你可以隨你意思想待多久就多久。」

她拾起筆記簿和她的飲料。「我必須趕快動手寫，但是在我有我自己的空間以及我的電腦之前，我無法開始。」

「那麼你這些天只是在蒐集資料嘍。」

「是的。我找到很多我不知道我正在找的東西。」她說完像謎語一樣的話之後，起身走向她的臥室。

第二天早上，當往匡提科的公路出口出現在視線範圍之內時，交通突然完全停頓下來。很顯然，我們所在的這條九十五號州際公路的北邊不遠處，有事故發生，使車陣無法移動。馬里諾猛然打開他車上的警示燈轉向路肩，接著我們就一路顛簸搖晃的往前開了大約有百碼遠，路面上的小石子熱鬧的在底盤下彈跳。

過去兩小時，他不斷的對我細數他最近在家務處理上的成就，我則分心想著衛斯禮到底要跟我們說什麼，還擔憂著艾比。

「從來不知道活動百葉窗是那樣難纏的玩意兒，」當我們正加速經過海軍陸戰隊兵營和靶場時，馬里諾抱怨著。「我用清潔劑噴灑，對吧？」他瞥了我一眼。「而每一板條都花上我一分鐘時間來清理，紙巾碎片見鬼的堆滿了整個地方。最後我有了主意，把那整個鬼東西從窗架上拿下來，丟到浴缸裡。裝滿熱水和肥皂。嘿，就那樣輕輕鬆鬆完成了。」

「那很好。」我咕噥著。

「我同時在撕下廚房的壁紙。住進那房子時，壁紙就在那裡了。桃麗斯從來就不喜歡它。」

「問題是你喜不喜歡它，是你住在那裡面的。」

他聳聳肩。「告訴你實話，我從來就沒有怎麼注意過。但是我想如果桃麗斯說那很醜，那應該就是。我們曾討論過把露營車賣掉，裝一個高於地面的游泳池。所以我最後也會做那個。必須要在夏天前弄好。」

「馬里諾，要小心，」我溫柔的說：「要確定你是爲自己而做。」

他沒有回答我。

「不要把你的將來建築在一份可能無法實現的希望上。」

「那無傷，」他終於說：「即使她永遠不會回來，讓家裡變得比較美好不是壞事。」

「嗯，哪一天你一定得邀請我到你家去看看。」我說。

「是呀，都是我到你家去，你還沒有到過我家呢。」

他停妥後我們下車。聯邦調查局學院持續擴張遷移到美國海軍陸戰隊基地的外環邊緣。主要建築及其噴泉和旗幟已經變成行政大樓，活動中心遷移到隔壁新磚牆大廈。一個看來像是宿舍的建物，自我上次拜訪以來，又往上加高了些。遠處的槍擊聲，聽來有如炮竹響動。

馬里諾依規定把他的點三八手槍留在警衛室。我們簽了名，別上一張訪客通行證，然後他帶著我走一連串所謂的捷徑，避開磚石玻璃建成的大廈與大廈間的密閉通道，或沙鼠甬道。我跟著他穿過一扇門來到建築物外，走過一個裝貨碼頭，經過廚房。最後我們從一間禮品店的後面現身，馬里諾在那裡毫無顧忌的直接往前大步走，看也沒有看一旁一個手上拿著一疊毛衣的年輕女職員。她的嘴張著，對我們走非正統的途徑做著無聲的抗議。跨出商店，繞過一位迎面而來的人，我們進到一間叫「交易所」的酒吧，衛斯禮正坐在角落一張桌子旁等著我們。

他沒有浪費任何時間寒暄社交，直接切入正題。

莊家房的主人叫史帝芬．史浦勒。衛斯禮這樣形容他，「三十四歲，白人，黑髮，棕眼。五英呎十一，一百六十磅重。」史浦勒尚未被逮捕或訊問，但被嚴密監視著，到目前爲止，監視結論是不完全正常。

他有幾次在很深的夜晚離開他兩層樓的磚石房屋，開車到兩家酒館和一家休息站。他似乎從不在同一個地方待上太久。他總是一個人。一個星期前，他主動跟一對初次在「湯姆－湯姆司」酒吧出現的情侶攀談，後來又找人問路，沒有其他事情發生。那對情侶坐上他們自己的車離開，史浦勒進到他的林肯車繼續漫遊，最後回家。沒有調換汽車牌照。

「我們有蒐證方面的問題，」衛斯禮報告道，透過玻璃杯看著我，臉色嚴峻。「我們實驗室裡有一個彈殼。你在里奇蒙則有從黛伯拉．哈章身上起出的子彈。」

「我沒有那顆子彈，」我回答，「子彈在刑事科學館。我猜你們已經開始對自伊莉莎白．摩特汽車裡發現到的血跡進行DNA分析了吧。」

「那還要等一到兩個星期。」

我點頭。聯邦調查局的DNA實驗室用五種多形態的探測器。每一個探測器都需要在X射線顯影劑中放上大約一個星期，那也就是爲什麼我很久前就寫信給衛斯禮，建議他向蒙塔納拿血液樣品，立刻開始做分析。

「如果沒有嫌疑犯的血液，DNA根本一點鬼用也沒有。」馬里諾提醒我們。

「我們正在計畫著。」衛斯禮很有毅力的說。

「嗯，看來我們可以用汽車牌照的事實來爆炒史浦勒一番。問問這個混蛋，要他解釋幾星期前爲什麼要用阿藍諾夫的牌照到處開車遊逛。」

「我們無法證明他調換牌照，只有凱和艾比的證詞對他不利而已。」

「我們只要法官簽發一張搜索票，然後我們就可以開始搜查。也許我們會找到十雙鞋子，」

馬里諾說：「或者一支烏茲、一些海折－沙克彈藥，誰知道我們會找到什麼？」

「我們是計畫那樣做，」衛斯禮繼續說著。「但得一件一件來。」

他起身再去倒些咖啡，馬里諾拿起我的杯子和他自己的，跟著他走。「交易所」在這個早上沒什麼人。我環顧四周沒有顧客的桌子，電視在另一邊角落上，我試著想像這裡晚上的樣子。訓練中的幹員生活得像教士。異性、酒精和香菸在宿舍內是禁止的，同時房間也不能上鎖。「交易所」提供啤酒和葡萄酒。如果要有爭執，對抗打鬥，或鹵莽的言行，應該都是在這裡發生。我記得馬克告訴過我，有一個晚上他拉開一場以一對多的打鬥場面，那是一個新進的聯邦調查局幹員，太過投入他的家庭作業，決定要進行「逮捕」一桌子的毒品執行人員老將。桌子被掀翻，啤酒和爆玉米花灑了遍地都是。

衛斯禮和馬里諾回到桌畔放下咖啡，衛斯禮脫下他珍珠灰西裝外套，整齊的架在椅背上。我注意到，他裡面穿著的白色襯衫幾乎沒有什麼縐褶，絲質領帶上有孔雀藍配白色小鳶尾花的圖飾，還穿著孔雀藍吊帶。馬里諾跟他這位高貴伙伴配在一起，是道道地地的陪襯物。他即使穿上最典雅的西裝，也因著他那偉大的肚腩，而無法「凸顯」出來，但是我仍然要爲他喝彩。這些日子以來他的確很努力試著改變。

「對史浦勒的背景你知道多少？」我問。衛斯禮正在寫筆記，馬里諾則在讀一份檔案，兩個男人似乎都忘了這張桌子上還存在著第三個人。

「他沒有什麼記錄，」衛斯禮回答，抬起頭來，「從來沒有被逮捕過，過去十年內，甚至沒有收到超速罰單。他於一九九〇年二月，跟維吉尼亞海灘的交易商買下那輛林肯車，用一輛八六年的老車來交換，然後以現金補足剩餘的差額。」

「那他應該很有些錢嘍，」馬里諾評論著，「開昂貴的車子，住在一棟好房子裡，很難相信他那間書店會賺到這麼多錢。」

「他沒有賺那麼多，」衛斯禮說：「根據他去年的稅單，他的收入少於三萬美元，但是他有超過五十萬的資產，包括一個融資帳戶，濱水地區的房地產和股票等。」

「嘖嘖。」馬里諾搖著頭。

「有任何需要他扶養的人嗎？」我問。

「沒有，」衛斯禮說：「沒結過婚，雙親都已過世。他的父親在北尼克是個非常成功的房地產商，在史帝芬二十出頭時過世。我懷疑這就是他的金錢來源。」

「他母親呢？」我問。

「她在他父親死後一年過世，癌症。史帝芬出生得很晚，他母親懷他時是四十二歲。唯一的手足是一個哥哥，叫高登。他住在德州，大史帝芬十五歲，已婚，有四個孩子。」

衛斯禮再次瀏覽他的筆記，接著提供更多訊息。史浦勒在格羅斯特出生，就讀維吉尼亞大學，獲得英語文學學士學位。隨後加入海軍，但在那裡待不到四個月。之後，在一家印刷工廠工作了十一個月，主要任務是維修機器。

「我想要多知道他在海軍服役那段時間的情形。」馬里諾說。

「沒有多少可講的，」衛斯禮回答，「訓練期滿後，他被送到大湖區的營地。他選擇記者作爲他的專長，被分派到印第安納波里（譯註：印第安納州首府）的福特．班哲明．哈里森地區的國防情報學校去。接著分發到他的派任地點，在諾福克大西洋艦隊的指揮官麾下工作。」他讀著筆記裡的資料。「約一個月後他父親過世，史帝芬接到退役令，得以回到格羅斯特去照顧他的母親，他母親當時已經因爲癌症而病重。」

「他哥哥呢？」馬里諾問。

「很顯然他無法從他工作和在德州的家庭責任中抽身。」他停頓，看了我們一眼。「也許另有一些原因或理由。史帝芬和他家人的關係確實引起我的注意，但是我短期內沒法知道更多。」

「爲什麼？」我問。

「在這個階段跟他哥哥對質，對我而言太冒險。我不希望他跟史帝芬連絡，透露我們這裡的消息，而高登也不太可能會跟我們合作。家庭成員之間在遇到這樣的情形時，通常會比較傾向於護衛彼此，即使他們平常不能和睦相處。」

「嗯，你已經跟一些人談過了，」馬里諾說。

「海軍裡的幾個人、他以前工作印刷廠的老闆。」

「他們對這個壞胚說了什麼？」

「性格孤僻，」衛斯禮說：「不是做記者的好材料。對閱讀比訪談別人或寫故事要有興趣。很明顯的，印刷廠的工作非常適合他。他待在後面，當事情沒那麼忙時，就把鼻子埋在書堆裡。他的老闆說史帝芬樂於修理印刷機，以及其他不同的機器，還將它們保持的清潔無塵。有時他會幾天不跟任何一個人說話。他的老闆用孤僻異常來描述史帝芬。」

「他老闆提供了什麼例子嗎？」

「有幾件，」衛斯禮說：「一名印刷廠雇用的女工有天早上被一台紙張切割機切斷了指尖。史帝芬非常生氣，因爲她流的血把他才清理乾淨的機器弄得滿是血跡。他對他母親死亡的反應也很奇怪。史帝芬當時正在利用午餐時間看書，醫院打電話來通知。他沒有任何情緒反應，只是坐回椅子上，繼續讀他的書。」

「一個充滿溫情的傢伙。」馬里諾說。

「沒有人以溫情描述過他。」

「他母親過世後發生了什麼事？」我問。

「那之後，我假設，史帝芬得到他的遺產。搬到威廉斯堡，承租了商人廣場的店面，開始莊家房的營業。這是九年前的事。」

「吉兒．哈靈頓和伊莉莎白．摩特被謀殺的前一年。」我說。

衛斯禮點頭，「當時他已經在這個區域裡了，而這些謀殺案發生的期間，他也都沒有離開過。自其書店開張以來，他就一直在那裡工作，除了有五個月的時間不在，嗯，七年以前。店面關了一陣子。我們不知道史浦勒去了哪裡，也不知道他爲什麼不在。」

「他一個人經營那家書店？」馬里諾問。

「那只是個小小營業單位，沒有其他僱員。星期一休息。我們注意到當店裡沒什麼生意時，他就坐在櫃檯後讀書，如果他在關門時間以前有事離開，他不是乾脆早些關門，就是留張標示說他會在什麼時候回來。他同時裝有答錄機，如果你在找特定的書，或要他幫忙搜尋一些絕版書，你可以在他機器上留下訊息。」

「奇怪的是，這麼一個不喜歡社交的人，會開這樣一個需要跟顧客有很多接觸的店，即使那種接觸非常短暫。」我說。

「事實上相當合適，」衛斯禮說：「那書店其實對一個有窺淫癖的人來說是個極佳巢穴，這可以滿足他觀察人們的強烈慾望，又同時無須親身跟人們有任何實質交誼。我們注意到威廉和瑪麗學院的學生常常光顧他的店，特別是因爲史浦勒有不尋常的絕版書，還有一般流行的通俗小說和書籍，同時還有大量的間諜小說和軍事雜誌，那些對附近的軍事基地人員有很大的吸引力。如果他是兇手，那麼觀察年輕、有吸引力的情侶，和到他店裡來的軍事人員會對他的窺淫癖產生更大的蠱惑力，同時攪動起他自身不合格、挫敗、憤怒的情緒。他會開始怨恨他嫉妒羨慕的對象，也嫉妒羨慕他痛恨的對象。」

「我懷疑他在海軍服務時期是否曾被訕笑戲弄過。」我臆想推測著。

「就我知道的資料，他的確有，至少在某個程度上來說，他有那種經驗。史浦勒的同儕視他爲膽怯柔弱、失敗的人，同時，雖說他在紀律上沒有什麼問題，他的長官仍然認爲他目中無人又冷漠疏遠。史浦勒從來就沒有女伴，一直獨來獨往，一半是出於自我選擇，也因爲其他的人覺得他的性格特別無趣。」

「也許加入海軍是他曾經最接近成爲一個眞正男人的時候，」馬里諾說：「成爲他最想成爲的人。父親過世，又必須照顧生病的母親。在心裡上，他必定認爲他被毀了。」

「那很可能，」衛斯禮同意，「不管怎麼說，我們面對的這個兇手相信他遭遇到的困難都是別人的過錯，他無需負責。他會覺得自己的生命被別人控制著，因此，控制別人以及自身處境變成他唯一的目標。」

「聽來像是他在向世界復仇。」馬里諾說。

「這個兇手在展示他的權力，」衛斯禮說：「如果他自我創造的世界裡有軍事層面的話，我相信是有的，那麼他會認爲自己是終極戰將。殺人卻依然逍遙法外，比敵人更聰明，跟他們玩著遊戲，最後勝利者總是他。他也許刻意安排，讓那些調查謀殺案的人員懷疑行兇者是一名職業軍人，甚至是來自於培力營的人員。」

「他自己的反間情報伎倆。」我思索著。

「他無法毀滅軍方，」衛斯禮又說：「但他可以試著破壞軍方的名聲，惡意中傷使它蒙羞。」

「是哦，同時他正在笑破肚皮。」馬里諾說。

「我想重點是，這個凶手的行爲是暴力與色情幻想的產物，源自於他早期自社會中孤立隔絕的生活形態。他認爲自己活在一個不公平、沒有正義的世界裡，而幻想提供了一個很重要的逃避空間。在他幻想的世界中，他可以表達自己的情緒，可以控制其他的人，可以是任何他想要變成的人，也可以得到任何想要得到的東西。他可以控制生命和死亡。他有權力決定是否要傷害人，或進行殺戮。」

「只可惜史浦勒不是只空泛的幻想襲擊情侶，」馬里諾說：「那樣的話，我們三人就不需要坐在這裡進行這些談話了。」

「世事難以如願，」衛斯禮說：「如果暴力、激進的行爲主宰著你的思路和幻想，你終將會付諸實際行動，因爲只有那樣你才會更浸淫於這些情緒。暴力會滋養培育更多暴力的思想，而暴力的思想則導致更多的暴力。不久之後，暴力和殺戮就變成你日常作息的一部分，你根本不覺得那樣有什麼不對。我曾遇到幾個連續殺人犯很強烈的告訴我，當他們殺人時，他們只是在做一般人想做的事罷了。」

「沉浸在惡魔思想下的人，終會被惡魔吞噬。」我說。

就在這個時候，我提出我對黛伯拉．哈韋錢包的猜測理論。

「我想那凶手很可能知道黛伯拉是誰，」我說：「也許不是那對情侶剛被綁架時，但他在下手殺他們的時候，他很可能已經知道了。」

「請解釋。」衛斯禮說，饒有興致的研究著我。

「你們誰有看過指紋報告？」

「是的，我看過。」馬里諾回答。

「你知道，當范德檢查黛伯拉的錢包時，他在她的信用卡上找到不完整痕跡，卻有污點，他也沒有在她的駕駛執照上找到任何東西。」

「怎樣呢？」馬里諾看來很困惑。

「她錢包裡的東西保存狀況良好，因爲尼龍製的包包是防水的。她的信用卡和駕駛執照放在裡面的塑膠套，也就是用拉鍊拉起的夾層，因此防護得更好，沒有遭屍體腐爛的污水沾染。如果范德什麼都沒有找到的話，我沒話說。但奇怪的是，他在信用卡上找到了些什麼，卻沒有在駕駛執照上找到任何東西，而我們知道黛伯拉在7－11買啤酒時，店員曾要求她出示駕照，所以當時她拿過那張證件，店員艾琳·卓丹也碰過。我想要說的是，那凶手是不是也觸摸過黛伯拉的駕駛執照，然後在事後擦乾淨。」

「他爲什麼要這麼做？」馬里諾問。

「也許他跟那對情侶在車子裡以槍脅迫他們時，黛伯拉曾經告訴他她的身分。」我回答。

「很有趣。」衛斯禮說。

「黛伯拉也許是個非常謙虛的女孩，但她肯定知道自己家庭的影響力，知道她母親的權勢，」我繼續，「她也許那樣告知凶手，希望他會改變主意，因爲傷害他們會得到重懲。這也許震懾到凶手，進而可能要求她提出文件證明，那時他也許就拿到她的錢包，看到她駕駛執照上的名字。」

「然後那錢包是怎麼跑到樹林裡去的呢，而爲什麼他把紅心J留在裡面？」馬里諾問。

「也許爲了多給自己一些時間，」我說：「他知道吉普車很快會被人發現，而如果他了解黛伯拉的身分，當然也會知道全國幾乎會有一半以上的警力全力搜索他。也許他決定不讓紅心J太早出現會是比較安全的做法，所以他把它留在屍體旁，而不是吉普車裡。他也把紙牌放進錢包，再把錢包放到黛伯拉屍體底下。他確定紙牌會被人發現，但大概要一段很長的時間以後。他稍微改變了遊戲規則，但仍然是贏家。」

「這推論不壞。你認爲怎樣？」馬里諾看著衛斯禮。

「我認爲我們也許永遠無法眞正知道發生了什麼事，」他說：「但黛伯拉眞的完全像凱說的那樣做了，我也不會訝異。有一件事是確定的——不管黛伯拉說了什麼或威脅了什麼，都讓凶手覺得放走她和弗瑞德太危險，因爲他們也許有辦法指證他。所以他繼續執行其計畫，但發生了他沒有料想到的失控事件，那可能讓他很慌張。是的，」他對著我說：「這也許是他改變儀式的原因，而在黛伯拉的錢包裡留下紙牌也許是他對她和她身分的一種藐視侮辱。」

「一種『去你的』的意思。」馬里諾說。

「也許。」衛斯禮回答。

史帝芬．史浦勒在隔週的星期五被逮捕，兩個聯邦調查局幹員和一個地方警探花了一整天的時間監視跟蹤他，來到新港紐茲機場的長期停車區。

馬里諾的電話在天亮之前吵醒我，我第一個想法是又有情侶失蹤了。我花了一些時間才了解他在電話裡說什麼。

「當他在偷取另一組車牌時，他們跳出來逮捕他，」他說：「以竊盜罪名義逮捕。他們只能做到這樣，但至少我們得到適當的藉口去搜查他。」

「另一輛林肯？」我問。

「這回是一輛一九九一年，銀灰色的。他在拘留所等著見法官，他們沒有辦法以這樣微不足道的不軌行爲留置他。他們現在只能藉辭延長，盡量拖時間，然後他就會被放走了。」

「有搜索狀嗎？」

「他的房子現在爬滿了警察和聯邦幹員，從雜誌到玩具，找盡所有的東西。」

「我猜你就要往那裡出發了。」我說。

「是嘍，我會通知你。」

我不可能再回床上睡覺了，隨手拿了件袍子披在肩上，然後走到樓下，擰亮艾比房間的燈。

「是我。」我說著，她直直的從床上坐起來。呻吟悶哼著，蓋住眼睛。

我告訴她發生的事。然後我們一塊兒來到廚房，燒了壺咖啡。

「我非常願意付錢到現場去看他們搜查他的房子。」她一副躍躍欲試的模樣，我很懷疑她會隨時奪門而出。

但她整天都待在家裡，突然間變得很勤奮。她打掃了她的房間，幫我清理廚房，甚至打掃院子。她很想知道警察找到什麼，也很聰明的了解現在開車到威廉斯堡不會有任何好處，因爲她不可能獲准進入史浦勒的住處或是書店的。

那天，剛過傍晚不久，我和艾比正在把碗盤排放在洗碗機裡時，馬里諾來了。我從他臉上的神情立刻就知道沒有好消息。

「首先我要告訴你們，我們沒有找到什麼，」他開始，「我們沒有找到任何該死的證據可以說服陪審團史浦勒曾經殺過一隻蒼蠅。除了廚房以外，到處都找不到其他刀子，沒有槍枝或彈藥，沒有可能屬於被害人的任何紀念物，像鞋子、珠寶、頭髮等等。」

「也有搜查他的書店嗎？」我問。

「喔，是的。」

「當然也包括他的車子嘍。」

「什麼也沒有。」

「那麼告訴我們你們找到什麼。」我問，很沮喪。

「夠多稀奇古怪的玩意，讓我眞的相信就是他，醫生，」馬里諾說：「我是說，這傢伙不是什麼好東西。他有黃色雜誌、暴力色情錄影帶。還有，他有關於軍方的書籍，特別是中央情報局，和報紙上剪下來有關中央情報局的檔案。全都分類，編好目錄，比圖書館的資料還整潔齊全。」

「你們有找到關於這些案件的報紙剪報嗎？」艾比問。

「有，包括吉兒．哈靈頓和伊莉莎白．摩特的舊報導。我們還找到一些型錄，是那些我稱之爲間諜窺探商店的，這些地方專賣安全逃生裝備，相當齊備，從防彈汽車到炸彈檢測器、夜視鏡等。聯邦調查局要去追查，看他在過去幾年裡訂過什麼。史浦勒的衣飾也很奇怪。他臥室裡有半打尼龍製的保暖套裝，全部都是黑色或海軍藍，而且都還沒穿過，標籤已經剪掉了，像是計畫著要將它們處理掉似的。看來是用來穿在他普通衣服的外層，事後丟擲在任何適當地方。」

「尼龍布料不容易脫落，」我說：「可以防風，尼龍保暖套裝更不會留下什麼纖維。」

「沒錯。讓我想想，還有什麼？」馬里諾停頓，喝完他的飲料，「喔，對了。兩盒外科用手套，還有一整盒用完即丟的護鞋套，像你樓下穿的那種。」

「護靴？」

「沒錯。就像是你在停屍間穿的那種，所以你工作時竄流的血跡就不會弄髒你的鞋子。再猜猜看？他們找到紙牌，整整四疊，沒打開過仍包在玻璃紙裡。」

「你該不會找到一副已經打開過，但少了一張紅心J的紙牌吧？」我問，滿懷希望。

「沒有，但那不讓我驚訝。他也許拿走一張紅心J，然後把剩下的紙牌丟棄。」

「全是同一種牌子？」

「不是，兩種不同的品牌。」

艾比安靜的坐在椅子上，手指緊緊疊在大腿上。

「你們沒有找到任何武器，很沒道理。」我說。

「這傢伙很狡猾，醫生，他很小心。」

「還不夠小心。他留著有關那些謀殺的剪報、保暖套裝、手套，而且他在偷汽車牌照時被當場捉到，讓我懷疑他是不是還沒有準備好要再次行動。」

「他已經用過偷來的汽車牌照了，就是他停車問路的那回，」馬里諾指出，「那週末就我們所知，並沒有情侶失蹤。」

「那倒是眞的，」我沉靜思考著，「而他也不是穿著保暖套裝。」

「也許他到最後階段才會穿上，也許是放在他後車廂的運動袋裡，我猜他應該有一個工具箱。」

「你們有找到運動袋嗎？」艾比突然問道。

「沒有，」馬里諾說：「沒有謀殺工具箱。」

「嗯，如果能找到運動袋，或是謀殺工具箱，」艾比又說：「那麼你們也許會找到他的刀子、槍、夜視鏡，和其他所有的東西。」

「我們會持續進行，一直到找到爲止。」

「他現在在哪裡？」我問。

「我離開時，他就坐在他的廚房喝咖啡，」馬里諾回答，「眞是混帳加三級的叫人不敢相信。我們在那邊把他的房子從頭搜到尾，他卻連一滴汗也沒流下。我們問他保暖套裝、手套、成疊的紙牌等等問題時，他說在他律師來之前，不會跟我們說話。然後他拿起他的咖啡喝了一口，還點上一根香菸，就好像我們不在場似的。噢，差點忘了。那個壞胚抽菸。」

「什麼牌子的？」我問。

「登喜路，也許是從他書店隔壁那個時髦菸草店買的。他用的也是一個時髦的打火機，很貴的那種。」

「那無疑可以解釋他爲什麼把菸蒂的紙張撕下，才丟在現場，如果那正是他做的話，」我說：「登喜路很醒目。」

「我知道，」馬里諾說：「那種牌子在濾嘴上有一環金色圈圈。」

「你拿到嫌疑犯的血跡樣本了？」

「喔，沒錯。」他微笑著，「那是我們的小小王牌，可以把他手上的紅心J壓倒。如果我們不能把他跟其他案子連在一起，最起碼我們可以用吉兒．哈靈頓和伊莉莎白．摩特的謀殺案來整治他。DNA會定他的罪，只希望那鬼測驗不要拖那麼長的時間。」

馬里諾離開後，艾比冷漠的瞪著我。

「你認為怎樣？」我問。

「全是有充分細節卻都無法證實的旁證。」

「現在是這樣。」

「史浦勒有錢，」她說：「他可以用錢請到最好的辯護人，我可以告訴你會發生什麼事。那律師會說他的客戶是警方隨便抓人交差的犧牲品，因為警察和聯邦幹員對解決這些謀殺案有太大的壓力。最後就變成一堆人一心一意只想找個代罪羔羊，特別是在珮德．哈韋做了那樣的控訴之後。」

「艾比……」

「也許凶手真是來自培力營的人。」

「你該不會真的那樣相信的吧。」我抗議道。

她看了看她的手錶，「也許聯邦幹員早已知道是誰，而且已經在處理那個問題了。私底下，那也許可以解釋為什麼在弗瑞德和黛伯拉失蹤後就沒有其他情侶發生同樣的狀況。有人必須負責把漫天疑雲移開，讓公眾輿論得到滿足……」

我往後靠著椅背，把臉朝向天花板，閉上我的眼睛，她繼續滔滔不絕。

「毫無疑問的，史浦勒是在從事什麼不法行為，否則他不必去偷汽車牌照。但是他有可能只是販賣毒品，也許是偷車賊，或只是想借用別人的車牌遊晃一天，以滿足自己，這些都有可能的，不是嗎？他是相當怪異，那符合凶手側寫，但這世界本來就充滿了奇怪的人，他們並沒有去殺人呀。誰敢說那些在他房子裡的東西不是有人故意放置的圈套？」

「停止。」我靜靜的說。

但她不肯停止，「只是那麼見鬼的符合。保暖套裝、手套、成疊的紙牌、色情錄影帶和報紙剪報，但沒有道理找不到武器和彈藥。史浦勒是在措手不及的情況下被逮捕，根本不知道他被監視。事實上，那不僅沒有道理，還太方便了。聯邦幹員無法布置的是那把射擊黛伯拉．哈韋的手槍。」

「沒錯，他們無法布置那點。」我從餐桌上起來，開始擦拭流理台，因爲我無法坐定。

「奇怪的是，他們無法放置的那一個證物沒有在搜查時出現。」

長久以來就一直有著傳聞，警察、聯邦幹員，故意放置證物來入人於罪，也許這樣的控訴到現在已經可以堆積成一個檔案室。

「你沒在聽。」艾比說。

「我要去泡澡。」我疲倦的說。

我在擰扭抹布時，她走到洗碗槽這邊來。

「凱？」

我停下我在做的事，看著她。

「你想要這件事輕易解決。」她語帶規勸。

「我一直就希望事情能夠輕易解決，只是從來都不會如願。」

「你要輕易解決，」她重複著說：「就不要去想你信任的人會送一個無辜的人到電椅上，只為了掩護他們的過錯。」

「的確如此，我連想也不要這樣想。我拒絕那樣想，除非有證據，而馬里諾在史浦勒的房子裡，他永遠不會讓這種事發生。」

「他是在那裡。」她走離我，「但他不是第一個到達那裡的人。等到他抵達時，他會看到他們要他看到的。」

17

星期一早上我到辦公室，第一個見到的人是費爾丁。

我才走進來，他就已經穿著檢驗服，等著進電梯了。我注意到他穿的慢跑鞋上裹著一雙可塑形的藍色紙製護靴，不禁聯想到警察在史帝芬．史浦勒房子裡找到的東西。這裡，醫事上所需材料乃依州政府的契約定時供應，但任何城市裡都有從事販賣護靴和外科用手套的廠商，人們不一定得成爲醫師才買得到這種配備，就像不一定得是一名警察才買得到制服、徽章或槍枝。

「希望你昨晚睡得好。」費爾丁警告著，電梯門這時打了開來。

我們一塊走進去。

「告訴我那個壞消息吧，我們今天早上有什麼？」我說。

「六份郵件，每一件都是謀殺。」

「老天。」我暴躁的說。

「是呀，刀支與槍枝俱樂部這個週末肯定要忙得團團轉。四個槍擊，兩個刀刺，春天已經來了。」

來到二樓，我一面脫掉套裝上衣捲起袖子，一面走向我的辦公室。一張椅子裡坐著馬里諾，腿上放著公事包，點著一根香菸。我猜想，今早這些案件裡其中一件或許是他處理的，然後他遞給我一份實驗室報告。

「我猜你會想親自看看這份東西，」他說。

其中一份報告頂端寫著史帝芬．史浦勒。血清實驗室已經完成他血液的架構分析。另一份報告是八年前的，屬於伊莉莎白．摩特汽車裡找到的血液架構分析。

「當然，DNA的結果還要等一段時間，」馬里諾開始解釋，「但到目前爲止，一切看好。」

我坐到辦公桌後，花了些時間研究報告。從那輛福斯汽車裡採到的血液血型是O型，酵素檢驗結果PGM是1，EAP是B，ADA是1，還有ESD也是1，這個特殊組合可以在全國約百分之八的人口中找到，這結果跟在史浦勒取到的血跡樣本的測試相符合。他也是O型，其他血液特徵也相同，而且因爲做了更進一步的酵素檢測，該血液特徵的組合已經使可能性從原來的百分之八縮減到大約百分之一的人口比例了。

「這並不足以讓謀殺罪成立，」我對馬里諾說：「你必須有更多的實質證據，來佐證這個包括他在內有上千人的群體實驗數據。」

「實在是很可惜，那份舊的血液報告不能更詳盡些。」

「依慣例，他們在當時是不會做太多酵素檢定的。」我回答。

「也許他們現在可以進行了？」他提議，「如果我們能把數據再縮減，會有很大的幫助。那個對史浦勒血液進行的DNA檢查，花上的時間實在見鬼的長，數星期。」

「他們現在沒有辦法做了，」我告訴他，「從伊莉莎白汽車裡採到的血液太過陳舊。經過這麼多年後，酵素必定早已分解，所以現在再做，結果會比這份八年老的報告還要不詳盡。你現在做的話只能得到O型的答案，而幾乎有一半人口是O型血。我們除了等DNA的報告外，無法可做。同時，」我又說：「即使這時候你把他關起來，你很清楚他會被保釋出去。我希望他仍然受到監視。」

「像禿鷹一樣的監視著，你可以打賭他知道。好消息是他不太可能在這種情況下再去砍殺誰；壞消息是他有機會去把我們沒有找到的證據銷毀掉，像是謀殺用的武器等。」

「那所謂的消失的運動袋。」

「不要怪我們找不到它，我們幾乎拆了他的樓板。」

「也許你們就應該拆了他的樓板。」

「沒錯，也許。」

我試著想史浦勒還可能在什麼地方藏那個運動袋，然後突然心中一動。我不知道爲什麼沒有早點想到。

「史浦勒體格如何？」我問。

「他不特別高大，但看起來相當強壯，沒有一盎司贅肉。」

「那麼他也許有健身，做運動。」

「也許，怎麼了？」

「如果他是什麼地方的會員，青年會、健身俱樂部，也許會有一個儲物櫃。我在維斯伍中心就有。如果我要藏什麼，那會是個好地方。如果他手上帶著一個運動袋，走進俱樂部，或把袋子送回儲物櫃時，沒有人會有其他想法或念頭。」

「好主意，」馬里諾思索著，「我會問一問，看看能找到什麼。」

他點起另一支香菸，並拉開公事包的拉鍊。「如果你有興趣看看，我有他屋子的照片。」

我瞥了瞥時鐘，「我樓下有滿屋子的事要做，必須趕快。」

他給我一個尺寸八乘十厚厚的牛皮紙袋。裡頭整齊有序的堆放著大疊照片。我一張張翻閱過去，像是借用馬里諾的眼睛，走進史浦勒的房子。一開始是殖民時期的磚石牆面，排列著盆栽，一條磚石小徑通向一扇黑色大門。後院有一條車道通往跟房子連在一起的車庫。

我把幾張照片攤開看著他的客廳。光禿的硬木地板上有一張灰色皮製沙發，旁邊一張玻璃咖啡矮桌。矮桌中央是一件鋸齒狀的黃銅植物塑像固定在一塊珊瑚上。最新一期的《史密森雜誌》整齊的沿著桌邊放好。雜誌中間放了一個遙控器，我猜是用來遙控那個懸吊在雪白天花板上，像是太空船似的電視放映機。位在書架上方的八十吋電視螢幕可縮捲成一根不太顯眼的垂直桿，而書架上的錄影帶整齊的排放著，上面貼著劃一的標籤，此外還有許多精裝書，但我無法看清書名。書架旁是成堆的複雜電子設備。

「這混球有他自己的電影院，」馬里諾說：「有環繞音響，每個房間都有喇叭。整個裝備很可能比你的賓士汽車還貴，而他並不是到了晚上就坐在沙發上欣賞《眞善美》一類的電影。書架裡的那些片子——」他橫過我的辦公桌指給我看。「它們是《致命武器》那一類的狗屎，關於越戰的啦，保安委員會啦等等。現在看看架上右上方，那些是好東西。那些帶子看起來像是你每天都會在錄影帶店普通架上看到的，但如果你拿出一卷，放到錄影機裡，你會小小的驚訝一下。像這個標籤上寫著《金池塘》的，實在應該改名叫《化糞池》，暴力色情錄影帶。班頓和我昨天一整天就花在這些爛東西上，眞是叫人無法想像，幾乎每一分鐘，我都想好好洗個澡。」

「你有找到什麼家庭影片嗎？」

「沒有，也沒有找到任何錄影設備。」

我繼續看著其他照片。餐廳有另一張玻璃桌，周圍繞著壓克力透明椅子。我注意到厚木地板光禿禿的，什麼也沒有，我還沒有在任何一個房間看到地毯類的東西。

廚房看起來一塵不染，而且很摩登，很現代。窗戶覆蓋著灰色小型百葉窗，沒有窗簾，我看到的任何房間裡也都沒有什麼帳帘類的東西，甚至樓上這傢伙睡覺的地方也沒有。黃銅製的床是大型雙人床，相當乾淨整齊，白色床單，沒有床罩。打開的衣櫃展現出馬里諾告訴過我的保暖套裝，櫃子底板上有盒裝的外科用手套和護靴。

「沒有一件東西是紡織品，」我很驚訝，把照片放回信封裡。「我還沒有見過像這樣的一間房子，裡面連一張地毯也沒有。」

「也沒有窗簾，甚至淋浴室裡也沒有浴簾，」馬里諾說：「淋浴室裡裝的是玻璃門。倒是有毛巾、床單、衣服等。」

「那些東西很可能經常洗滌。」

「他林肯車裡的椅套是皮製的，」馬里諾說：「地毯用塑膠墊覆蓋住。」

「他沒有什麼寵物？」

「沒有。」

「他裝潢室內的方式，可能不僅僅跟他的人格特性有關。」

馬里諾看著我的眼睛，「是哦，我正在想那個。」

「纖維、寵物毛髮，」我說：「他不必擔心在任何地方留下那些東西。」

「你有沒有想過，所有被棄置的汽車裡面都異常的乾淨？」

我曾想過。

「也許他在犯罪後，用吸塵器清理過。」他說。

「在洗車的地方？」

「汽車加油站附設的洗車處，或是大廈提供的附屬建物等，任何有投幣式吸塵器服務的地方。那些謀殺案件是在晚上很晚的時候發生。到他把車停在什麼地方清潔車子內部的時候，不會有什麼人看到他的。」

「也許。誰知道他做了什麼？」我說：「我們從這裡得到的訊息是，這個人有潔癖而且很小心；也相當熟悉什麼是刑事鑑識的重要證據，而且非常多疑。」

馬里諾往後靠向椅背說：「那家7－11，就是黛伯拉和弗瑞德失蹤那天晚上去的那個，我週末到那邊轉了一趟，跟那個職員談話。」

「艾琳．卓丹？」

他點頭，「我拿一疊照片給她看，問她那天晚上當弗瑞德和黛伯拉在那裡的時候，那名進入7－11買咖啡的男子可有在照片裡，她把史浦勒指了出來。」

「她確定嗎？」

「確定。她說那時他穿著一種深色夾克，記得最清楚的是那傢伙穿著深色衣服，而我想史浦勒進到7－11時就已經換上保暖套裝。我在腦子裡模擬了很多的狀況。我們可以就我們已經知道的兩件事實開始：被棄置的汽車裡面非常乾淨，而在黛伯拉和弗瑞德之前發生的四個案子中，駕駛座位上都發現有白色棉布纖維，對不？」

「沒錯。」我同意。

「好。我想這個壞胚在外徘徊，尋找受害人，然後在路上看到弗瑞德和黛伯拉，也許看到他們彼此坐得很近，她的頭枕在弗瑞德的肩膀上等等，那讓他光火。他追蹤他們，在他們之後來到那家7－11。也許這時他在車裡換上保暖套裝，或者他早已經穿上。不管怎樣，他最後走進商店裡，假裝在雜誌區裡瀏覽，買咖啡，一邊聽他們跟店員說些什麼。他偷聽到店員指點弗瑞德和黛伯拉到距離最近，有盥洗室的休息站。然後他離開，加速前往六十四號向東的公路上，轉到休息站停車。他拿出他的袋子，裡面裝有武器、繩索、手套等等，然後藏起來，直到黛伯拉和弗瑞德開著車過來。他也許等她進了女盥洗室後，才往弗瑞德那邊走去，編造些車子拋錨等說詞，也許史浦勒說他剛從健身房出來，正在回家的路上，那可以解釋他的穿著。」

「弗瑞德沒有認出他就是那個在7－11的人？」

「我懷疑他會認得出來，」馬里諾說：「那其實無關緊要。史浦勒也許大膽得提到那點，說他才到同一家7－11買咖啡，而他的車子在他離開不久後就突然故障了。他可能說他才打了緊急電話請人拖吊，不知道弗瑞德可不可以載他回到車子那邊等拖吊人員，並保證他的車就停在不遠處等等。弗瑞德同意，然後黛伯拉回到車邊。一旦史浦勒進到車子裡，弗瑞德和黛伯拉就變成了他的囊中物。」

我記得弗瑞德的親友都描述他是個熱心大方的人，他很可能會對一個陷進困境中的人伸出援手，特別是像史帝芬．史浦勒這樣外觀平順，乾淨整齊的人。

「當吉普車駛回州界，史浦勒往椅背傾靠，拉開他袋子的拉鍊，拿出手套、護靴，並且取出他的槍，指著黛伯拉的後腦勺……」

我想到那隻獵犬的反應，牠在聞了應該是黛伯拉坐的座位後，探覺出她的恐懼。

「……他命令弗瑞德把車開到史浦勒事先早已看妥的地點。這時他們可能停在那條圓木小徑的道路上，黛伯拉的手或許已經被綁在身後，鞋襪已經脫下。史浦勒命令弗瑞德也脫掉他的鞋襪，然後綁緊他的雙手。接著命令他們下車，要他們走進樹林裡。也許他這時戴著夜視鏡，所以他能看得很清楚。他也許在袋子裡放有那種東西。」

「接下來，他就開始在他們身上玩著他設計好的遊戲，」馬里諾用平淡的語氣繼續說：「他先解決了弗瑞德，然後轉向黛伯拉。她反抗並遭砍傷，而且惹得他向她開槍。他把他們的屍體拖到空地，把他們並排放著，她的手臂在他的下面，像手牽著手緊靠著彼此的樣子。史浦勒抽了幾根香菸，也許就坐在那裡傍著屍體，在黑暗中享受著成事後的快樂。然後，他回到那輛吉普車，脫下保暖套裝、手套、護靴，把它們放進他運動袋裡的一個塑膠袋中。也許把那兩個孩子的鞋襪也放進去。他把車開走，找到一個沒有人在場的洗車處，用附設的投幣式吸塵器清理吉普車內部，特別是他坐過的駕駛座附近。全部結束後他把垃圾袋處理掉，也許丟在附近的垃圾桶。我猜這時他鋪了什麼東西蓋住駕駛座。也許是折疊的白色床單，或一條白色浴巾，就像是前面四個案件裡——」

「大部分的運動俱樂部，」我打岔，「會在儲物櫃供應白色浴巾。如果史浦勒把他的謀殺工具留在某個地方的儲物櫃裡——」

馬里諾打斷我，「是，我有聽到你的話，很大聲，而且很清楚。拜託，也許我最好立刻開始進行那件事。」

「一條白色浴巾可以解釋找到的白色棉質纖維。」我又說。

「除了他可能在黛伯拉和弗瑞德案件中用了不同的東西。該死，誰會知道？也許這次他坐在一個塑膠垃圾袋上。重點是，我在想他是坐在什麼東西上面，以致他不會在座位留下他身上服裝的纖維。要記得，他這時已經不再穿保暖套裝了，絕對不可能，因爲那上面應該已經沾滿了血跡。他開車離開，把吉普車丟棄在我們找到的那個地方，然後走路越過州界，到往東方向的休息站，他的林肯車可能就停在那裡。他走了。任務結束。」

「那天晚上也許有很多車子進出休息站，」我說：「沒有人會去注意到他的林肯車停在那裡。而即使有人注意到，從汽車牌照也追蹤不到他，因爲它們是從別人車上『借來』的。」

「沒錯，那是他最後要做的事，把牌照送回到他偷取的汽車上，或者，如果沒法送回去，就把它們隨處丟棄。」他停了停，雙手摩挲著臉頰，「我覺得史浦勒很早以前就選擇了一種作案方式，在所有案件中使用同一模式。他徘徊遊蕩，偵察他的受害人，跟蹤尾隨他們，了解如果他們在某些地方停車，像是酒吧、休息站，他會有時間把事情布置好。然後他跟他們交涉，假裝什麼讓他們相信他。也許他在五十次的徘徊遊蕩中，只出襲一次。而他仍然繼續著。」

「這個情節套在最近五樁案件中相當合理可靠，」我說：「但是我不認爲那符合發生在吉兒和伊莉莎白身上的情形。如果說他把他的車子留在棕櫚葉汽車旅館的話，從那裡到安佳酒吧有五英哩的距離。」

「我們不知道史浦勒是不是在安佳釣上她們的。」

「我覺得是。」

馬里諾看起來很驚訝。「爲什麼？」

「因爲那兩個女子曾出入過他的書店，」我解釋，「她們對史浦勒很熟悉，但我不認爲她們有多了解他。我猜他在她們到他店裡買報紙雜誌什麼的時候，觀察著她們。我猜他立刻察覺到那兩名女子的關係不僅是朋友，而這引起了他的興趣，他對情侶有不可遏抑的情結。也許他當時已經在挑選他的第一對殺戮對象，而他認爲兩個女人會比一個男人加一個女人要來得容易。他早早就把細節計畫好，他的幻想隨著每一次見到吉兒和伊莉莎白進到他書店不斷加強，而且升高。他也許曾經跟蹤過她們，在書店休息時尾隨她們，觀察了許多次，也練習模擬著。他已經選擇好了那片靠近喬伊司先生住處的樹林，而且很可能就是射傷那隻狗的人。然後，有一天晚上，他跟著吉兒和伊莉莎白到安佳，那就是他決定下手的時候。他把他的車留在什麼地方，走路到酒吧，手上握著運動袋。」

「而你認爲他進到酒吧，看著她們喝啤酒？」

「不，」我說：「我想他太小心，不會那樣做。我認爲他暗中等著，直到她們從酒吧出來，進到福斯汽車裡。然後我想史浦勒到她們跟前，演起同一套戲碼，說他的車子拋錨了。他是她們常光顧那家書店的老闆，她們沒有理由去怕他。他坐進車裡，很快露出猙獰的面目。他們沒有到預定的樹林區域，卻是到達了墓園。那兩名女子，尤其是吉兒，並沒有合作。」

「而他在福斯汽車裡流血，」馬里諾說：「也許是流鼻血。沒有一種吸塵器可以把座椅或地板上的血跡清理乾淨。」

「我懷疑他還有心思去想到吸塵器。史浦勒當時可能非常慌張，也許想盡快把車子處理掉，棄置在最方便的地點，而那恰恰是間汽車旅館。至於他的車子到底停在那裡，誰知道？但我敢打賭他當時搭過短程的順風車。」

「也許那次襲擊兩個女人的情況把他給嚇壞了，所以接下來的五年一直沒有再試。」

「我不那樣想，」我說：「我們忽略掉什麼了。」

幾星期後，我在家工作時，電話鈴聲響了起來。我答錄機的錄音訊息還沒有開始轉動，來電者就把電話掛斷。半小時後，電話又響了起來，這回我在答錄機接起來之前拿起話筒。我才說聲「喂」，線路又斷了。

也許是有人要跟艾比連絡，卻又不想跟我說話？也許克利夫德．林已經發現她住在哪裡了？我的心思就這樣被打了岔，於是起身到冰箱拿出幾片奶酪。

當我回到我的帳單表格上時，聽到有車子開過來，砂礫在車輪輾壓下嘎扎嘎扎作響，我以爲是艾比，然後門鈴聲響了起來。

我從門洞窺視孔看出去，是穿著紅色風衣，拉鍊拉到頸邊的珮德．哈韋。那些掛斷的電話，我心中想著。她要確定我在家，因爲她要跟我面對面的說話。

她先對我寒暄著什麼「很抱歉打擾你」之類的話，但我知道她並不眞的如此想。

「請進。」我不情不願的說。

她跟著我來到廚房，我倒了杯咖啡給她。她呆板的坐在餐桌旁，盛著咖啡的馬克杯圈在她合握的掌心裡。

「我打算直接了當面對你，」她開始，「有消息傳來，他們在威廉斯堡逮捕的這個人，史帝芬．史浦勒，可能在八年前謀殺兩名女子。」

「你從什麼地方聽到的？」

「那並不重要。那個案件一直沒偵破，現在已經跟其他五對情侶的謀殺案連在一起了。那兩個女人是史帝芬．史浦勒的第一對受害人。」

我注意到她左眼下眼瞼不自覺的抽動痙攣著。自我上回看到珮德．哈韋到現在，她生理上的退化實在叫人吃驚。她金棕色的頭髮沒有生氣，眼神遲鈍，皮膚蒼白有皺褶，甚至看來比她在記者會裡還要瘦弱。

「我不確定我知道你在說什麼。」我緊張的說。

「他先讓他們信任他，他們使自己陷入脆弱無助的境地。那是他對其他人所做的事，還有我的女兒和弗瑞德。」

她不停歇的說著，好像那些已經成爲事實。珮德．哈韋已經在她腦裡定了史浦勒的罪。

「但他永遠不會因謀殺黛比而受懲罰，」她說：「我現在知道了。」

「現在說這些實在還嫌太早。」我平靜的說。

「他們沒有證據，在他屋裡找到的東西不夠判他的罪。那無法在任何一個法院成案，即使那樣，也還得假設這個案子符合遞送法院的成立要件。你無法只因爲在他的屋子裡找到報紙剪報和外科用手套，就定某人犯了謀殺罪，特別是如果被告辯護人宣稱證物是栽贓的。」

她跟艾比談過了，我想著，胃裡泛起一陣噁心的浪潮。

「唯一的證據，」她冷冷的繼續，「是在那女子汽車裡找到的血跡。那要仰賴DNA的測試，而那可能會有問題，因爲那案件已經發生太久了。即使檢查結果相符，法院接受其爲證據，仍無法確定陪審團會接受，特別是警方還沒有找到凶器。」

「他們仍在努力。」

「到現在，他已經有太多機會可以把那些東西處理掉了。」她回答，而她在這點上倒是一點也沒錯。

馬里諾發現史浦勒的確在離他家不遠的一個健身房做運動。警察已經搜索過他在那裡租用的儲物櫃，上面不僅有一般的鎖，還外加一把掛鎖。然而儲物櫃裡是空的。史浦勒曾攜帶藍色體育用品袋出入健身房，但警方沒有找到，而且永遠找不到了，我很確定的想著。

「你想從我這裡要什麼，哈韋太太？」

「我要你回答我的問題。」

「什麼問題？」

「如果有什麼我不知道的證據存在著，我想你會很明智的告訴我。」

「調查程序還沒有結束。警方、聯邦調查局都很辛苦、很勤奮的在偵辦你女兒的案件。」

她眼光空洞的穿過廚房。「他們有跟你說話嗎？」

突然間，我明白了。直接承辦這起調查的人員，沒有一個願意撥出時間跟珮德．哈韋談。她已經變成被遺棄者、被放逐者，更也許是一場笑話。她不會向我承認這點，但是那是她出現在我門口的唯一原因。

「你相信史帝芬．史浦勒謀殺了我的女兒嗎？」

「我的意見有什麼關係嗎？」我問。

「很重要。」

「為什麼？」我再問。

「你不輕易形成任何意見。我不認為你會盲目跳入結論，或僅因為你希望某事如何就毫無道理的去相信。你對證據很熟悉——」她的聲音顫抖——「而且你照料了黛比。」

我不知道該說些什麼。

「所以我要再問你一次。你相信是史帝芬．史浦勒謀殺了他們，謀殺了她嗎？」

我遲疑了一下，就那麼一下下，但是已經足夠了。雖然緊接著我告訴她我不可能有能力回答這樣一個問題，我並不知道答案是什麼，但她根本就沒有在聽。

她從餐桌旁站起來。

我看著她融入夜色中，側面輪廓被她捷豹的車內燈簡短勾畫出線條，然後她進入車裡，揚長而去。

艾比一直沒有回家，我最後放棄等門，上床睡覺。但我無法好好入睡，斷斷續續的時而清醒，時而昏睡，然後我聽到樓下有流水聲傳來。我瞇眼看了看時鐘。已經快午夜了。我起身，套上我的睡袍。

她一定是聽到我在走道的聲響，因為當我到她房間時，她站在門口，身上穿著當睡衣用的襯衫，光著腳丫。

「這麼晚了還起來。」她說。

「你也是。」

「嗯，我……」她沒有說完她要說得話，我逕直走進她的臥房，坐在床沿上。

「怎麼了？」她不安的問。

「珮德．哈韋今天晚上稍早時來這裡看我，就是這麼回事。你跟她談過？」

「我跟很多人談過。」

「我知道你想幫助她，」我說：「我知道你對她女兒的死被用來作為打擊她的工具非常憤怒不平。哈韋太太是個好女人，而我真的認為你是誠心想要伸出援手，但她必須要遠離這個調查，艾比。」

她看著我，沒有說話。

「爲她著想，也爲她自己好。」我強調的補充。

艾比在席墊上坐下，像印度人做瑜珈那樣的盤著腿，往後仰頭靠著牆。

「她跟你說了什麼？」她問。

「她確信史浦勒謀殺了她的女兒，而且會永遠逍遙法外。」

「我跟她獲得這樣的結論一點關係也沒有，」她說：「珮德有她自己的意見。」

「史浦勒的審判排在星期五。她計畫到那裡去嗎？」

「那將只是個無足輕重的竊盜罪名。但是如果你問我是不是擔心珮德會出現大鬧一場……」她搖搖頭，「不會的，她的出現不會有任何好處。她不是傻瓜，凱。」

「你呢？」

「什麼？我是一個傻瓜？」她又一次閃避我的問題。

「你會出現在那場提審中嗎？」

「當然，而且我現在就可以完完全全的告訴你到底會發生什麼事。他會進去又出來，承認犯了微不足道的竊盜罪，然後被施以一千五百美元的罰鍰。接著他會到監獄裡蹲上一段短短的時間，也許一個月，那是最高上限。警方想要把他放到鐵窗之後一陣子，讓他緊張害怕，然後他也許會開口。」

「你怎麼知道那些的？」

「他不會開口的，」她繼續，「他們會在所有人面前，把他從法院領出來，再把他推進一輛巡邏車的後座。全是爲了威嚇他、羞辱他，但是那不會成功。他知道他們沒有足夠的證據。他會忍受在監牢的時日，然後他就會出來。一個月不是永遠。」

「你聽起來像是在爲他叫屈。」

「我對他沒有任何感覺，」她說：「史浦勒染有消遣性的古柯鹼癮頭，那是根據他律師提供的資料，那個晚上警察捉到他在偷汽車牌照時，他只是在計畫購買毒品。史浦勒怕有些毒品販是告發者，也許會記下他的牌照號碼交給警察。那就是偷牌照行爲的解釋。」

「你不會相信那個說詞的。」我激烈的說。

艾比伸長她的腿，縮了一下。接著沒有說一句話，就站起身來跨步走向房外。我跟著她進到廚房，我的挫折感在加深。她開始在一個玻璃杯裡裝冰塊，我走過去把雙手放到她肩上，強把她轉過來跟我面對面。

「你聽到我的話了嗎？」

她的眼光柔和下來。「請不要跟我生氣。我在做的事跟你一點關係也沒有，跟我們的友誼也無關。」

「什麼友誼？我覺得我甚至不認識你了。你在我房子裡到處放錢，好像我什麼也不是，只是個見鬼的女僕。我不記得我們上回一塊用餐是什麼時候，你從不跟我說話，你那樣沉迷於那本見鬼的書。你看到發生在珮德．哈韋身上的事了。你難道沒有想到同一件事正往你身邊靠攏嗎？」

艾比只是直勾勾的看著我。

「你好像已經決定了什麼，」我繼續懇求著她，「爲什麼不告訴我呢？」

「沒有什麼要我決定的，」她靜靜的說，從我手下脫身，「所有的事早已經決定了。」

星期六費爾丁很早就打電話來，說沒有解剖要做，他的聲音聽來非常疲倦，而我回到床上繼續睡覺。起來時已近中午。在沖了個長長的、熱呼呼的澡後，我準備跟艾比好好談談，看看能不能修補我們之間似乎有了裂痕的友誼。

但是當我來到樓下敲她的房門，卻沒有聽到任何回答。我到屋外拿報紙，又發現她的車子不在。我心裡有點生氣，她再一次成功的避開了我。我無奈的煮著咖啡。當繼續啜飲第二杯咖啡時，報紙上一行小小的標題吸引了我：

威廉斯堡男子被判緩刑

史帝芬．史浦勒沒有受到懲處，更遠離了坐牢的可能，事情在他提審訊問那日發生，就像艾比預言的一模一樣。我看著報紙心中滿是驚駭。他承認犯了微不足道竊盜罪，因爲在此之前他沒有任何犯罪紀錄，也一直以威廉斯堡良善公民形象出現，所以被處以一千美元的罰鍰，然後大步離開法院，恢復自由。

所有的事早已經決定了，艾比曾這麼說過。

難道這就是她所指的嗎？如果她早知道史浦勒會易科罰金，爲什麼還要那樣誤導我？

我離開廚房，打開她臥室的門。房間窗簾是拉上的，床也整理得好好的。在浴室裡，我注意到水槽裡留有水珠和香水的淡淡餘味。她出門沒有多久。我尋找她的公事包和錄音機，但到處都找不到，她的點三八口徑手槍也不在抽屜裡。我繼續翻尋她的櫥櫃，最後發現了她的記事簿，就藏在衣服底下。

我坐在床緣，緊張快速翻過她每天的記錄，其中彰顯出來的意義也越來越清晰。

這場以挖掘那些情侶謀殺案件眞相爲開端的聖戰，變成了艾比野心的沉迷，她似乎被史浦勒蠱惑了。如果他有罪，她將執意把他的故事當成書本的重心，去探究他錯亂的心靈。如果他是無辜的，那麼這將是「另一個甘斯維爾」，她這樣寫著。那是指發生在一所大學學生狂歡痛飲時出現的謀殺案件，一個嫌疑犯的名字被喧騰到舉國皆知，卻在稍後證明其人無罪。「只是那會比甘斯維爾的狀況還糟，」她補充著，「因爲出現紙牌的暗示。」

一開始，史浦勒持續拒絕艾比訪談的要求。上個星期末她又試了一次，而這次他回了電話。他提議在提訊之後見面，並告訴她他的律師已經「達成協議」。

「他說他讀過我在《郵報》上發表的報導有好些年了，」艾比寫著，「而且從我的名字上記起我曾在里奇蒙工作過。他也記得我對於吉兒和伊莉莎白所作的報導，而且評論她們是『好女孩』，他一直就希望警察能找到這個『精神病患者』。他同時還知道我妹妹的事，說讀過有關她的謀殺，那是他最後終於同意跟我談話的理由。他說能夠『體會』我的感覺，知道我能了解『一個受害者』的感受，因爲發生在我妹妹身上的事讓我也變成了受害人。

「『我是一個受害者』他說：『我們可以談談那個。也許你可以幫助我了解那到底是什麼東西。』

「『他提議星期六早上十一點鐘到他家去，我同意了，條件是整個訪談是獨家的。他說那沒有問題，只要我能寫出他的故事，他就不會跟其他人談。『事實』，是他的用語。謝謝你，上帝！去你的，克利夫德，還有你的書，你輸了。」

克利夫德．林也在著手進行寫關於這些案件的書。老天爺，難怪艾比近來的表現那樣古怪。她在告訴我有關史浦勒審判結果的事上撒了謊。她不希望我猜到她可能會到他家，並且希望這樣一個想法永遠不會出現在我腦海中，因爲我會假設他已經入獄。她不願意別人知道，即使是我。

我看了看手錶，現在是十一點十五分。

馬里諾不在，我在他傳呼機上留了言。然後打電話到威廉斯堡警察局，電話鈴聲響了幾百聲後，才有一個祕書姍姍接起。我告訴她我需要立刻跟一名警探說話。

「他們現在全外出了。」

「那麼讓我跟任何一個在局裡的人說話。」

她把我轉給一名警官。

道出我的身分後，我說：「你知道史帝芬．史浦勒吧。」

「在這裡工作不可能不知道他。」

「一名記者在他家做訪問。我是來通報，那樣你就可以確定你們的監視人員知道她在那裡，確定所有的事都安全無慮。」

接著是長長的停頓，間或雜著紙張沙沙的翻閱聲，還有聽起來像是這個警官正在吃著東西的聲音。然後，他說：「我們不再繼續監視史浦勒了。」

「你說什麼？」

「我說我們的人員已經撤離了。」

「爲什麼？」我問道。

「我對那點並不清楚，醫生，我剛度假回來——」

「聽著，我只要求你派一輛車到他房子那邊去，確定所有的事都安全。」我盡量壓抑不對他尖叫。

「一點都不要擔心。」他的聲音跟靜水池子一樣平靜。「我會通知下去。」

我放下電話，接著聽到屋外有車子駛進。

艾比，感謝老天。

但當我往窗外望去時，卻看到馬里諾。

我在他按門鈴之前打開大門。

「我收到你的留言時恰好就在這附近，所以我——」

「史浦勒的房子！」我抓住他的手臂。「艾比在那裡！她還拿了她的槍！」

天色轉暗，而且開始下雨，馬里諾和我在六十四號公路上往東奔馳著。我身體裡的每一條肌肉都繃緊著，我的心跳就是不肯慢下來。

「嘿，放輕鬆，」馬里諾說著，我們這時已經轉向通往威廉斯堡的路上。「不管警察有沒有盯著他，他都不會傻到去動她。真的，你自己也知道，他不可能會那樣做。」

當我們轉向史浦勒所在那條僻靜的街道上時，眼前只有一輛汽車。

「混帳。」馬里諾低聲抱怨著。

在史浦勒房子前面的街道上停著的是一輛黑色捷豹。

「珮德．哈韋，」我說：「喔，老天爺。」

他狠狠搬弄煞車桿。

「留在這裡。」他像是從座位上彈出去似的下了車，在滂沱大雨中奔向車道。我的心劇烈跳動著，圓睜著雙眼看他用腳踢開前門，左輪槍拿在手裡，繼而消失在裡面。門口剎那間空無一物，突然間他又出現。他朝我這邊的方向大聲叫喊，我卻聽不清楚。

我下了車，往他跑去，大雨把我淋的溼透。

我一踏進門廊，就聞到彈藥點燃過後的煙味。

「我已經請求支援，」馬里諾說，眼睛四處巡視，「他們兩個在裡面。」客廳的門敞開著。

然後他迅速的循著樓梯往二樓跑，我腦子裡閃現史浦勒房子的照片。我認識那張玻璃咖啡桌，看到那上面擺著一把左輪槍。紅殷殷的血從史浦勒身體底下汩汩流出，灘流在光亮的地板上，另有一把左輪槍在數呎遠的地方。他臉面朝下，距離那張灰色皮製沙發有數吋，沙發上則側躺著艾比。她睜著遲鈍的眼睛，昏昏欲睡似的，瞪著她臉頰下的坐墊，淡藍色的襯衫前面染滿了鮮紅的血。

有那麼一刻的時間，我完全不知道該做什麼，我腦子裡轟隆如暴風般咆哮喧鬧著。我在史浦勒身旁蹲下，把他翻過身來，潑灑的血液瀰漫在我鞋子周圍。他死了，下腹部和胸部中槍。

我衝到沙發旁，伸手摸艾比的頸子，我摸不到脈搏。再急速的幫她翻了個身，讓她變成仰躺，開始施行人工急救，但是她的心臟和肺臟已經停止工作太久，早忘記了怎樣恢復正常。我用雙手捧起她的臉，仍然能夠感覺到她的體溫，聞得到她的香味，眼淚湧入我的眼睛，眼前景象無可遏抑的打擊著我。

我聽到腳步聲踏在硬木地板上，但是我沒有心思理會，直到我忽然了解那腳步聲太過輕微，不會是馬里諾。我抬起頭來，珮德．哈韋把咖啡桌上的左輪槍拾起。

我睜大眼睛看著她，我的嘴唇不自覺的張開著。

「我很抱歉。」她持著左輪槍指向我這裡，左輪槍顫抖搖晃著。

「哈韋太太。」我的聲音凍結在喉嚨裡，雙手僵硬的放在身前，上面沾滿了艾比的血。「求求……」

「待在那裡不要動。」她往後退了幾步，把槍口微微往下指。此時，我奇怪的想到她身上穿著的紅色風衣，正是她穿到我家來的那件。

「艾比死了。」我說。

珮德．哈韋沒有反應，她臉色死白，眼睛是如此深沉，看來像是黑色。「我試著找電話，他沒有任何電話。」

「請你把槍放下。」

「是他做的。他殺了我的黛比，還殺了艾比。」

馬里諾，我心中喊著。喔，老天，快點！

「哈韋太太，一切都結束了。他們都死了。請把槍放下，不要把事情弄得更糟。」

「不會更糟了。」

「那不是眞的，聽我說。」

「我無法再待在這裡了。」她以同樣平靜的語調說。

「我可以幫助你，把槍放下，求求你。」我說，從沙發上起身，她又把槍舉起。

「不要。」我乞求著，了解她想要做什麼。

她把槍口對準她的胸口，我對她大聲喊叫著。

「哈韋太太！不要！」

那巨大的衝擊力把她往後推，她蹣跚晃動著，左輪槍從手中滑落。我一腳把它踢開，它緩緩的轉動著，笨重的穿過平滑的地板，這時她的雙腿不聽使喚的彎曲了起來。她伸手想要握住什麼來支撐，但是她周圍什麼也沒有。馬里諾突然出現在房間，大聲驚叫「我的天！」他用雙手握著他的左輪槍，槍口指著天花板。我耳朵轟轟的響著聲音，全身顫抖著跪在珮德．哈韋身旁。她側身躺著，膝蓋縮攏，緊緊抓握著胸部。

「拿毛巾來！」我把她雙手移開，笨拙的處理她的衣服。拉開她的襯衫，推開她的胸罩，我用一堆布緊緊壓住她左胸下的傷口。我可以聽到馬里諾衝出室外時，口裡喃喃詛咒著。

「支持住。」我低語著，壓住那個小洞，讓空氣不被吸吮進去使肺臟崩潰。她蠕動扭曲著，並且開始呻吟。

「支持住。」我重複說著，這時警笛聲在街上響起。

閃動的紅光穿過百葉窗，映照客廳的整扇窗戶，好像史帝芬．史浦勒房子外面的世界整個著火了。

18

馬里諾開車載我回家，並留下來陪我。我坐在廚房，愣愣的瞪著外面的雨。門鈴聲響起，我聽到腳步聲和男性說話聲。

接著，馬里諾回到廚房，拉開我對面的椅子。坐在椅子上的一角，像是他並不打算久坐。

「除了艾比的臥室之外，還有沒有什麼其他可能放有她東西的地方？」他問。

「應該沒有了。」我喃喃說著。

「嗯，我們必須看一看。我很抱歉，醫生。」

「我了解。」

他跟隨我的視線看向窗外。

「我來煮咖啡。」他起身，「你會看出我是不是還記得你教過我的方法，我的第一個隨堂測驗，哈？」

他在廚房來來去去，櫥櫃門打開又關上，水聲嘩嘩，他在裝壺。咖啡在濾網上往下滴落時，他走出廚房，一段時間後又回來，後頭跟著一名警探。

「這不會花太多時間的，史卡佩塔醫生，」那名警探說：「謝謝你的合作。」

他對馬里諾低語著什麼，然後離開，馬里諾坐回餐桌，把一杯咖啡推到我前面。

「他們要找什麼？」我試著集中精神。

「我們在翻閱你告訴過我的那本筆記簿，還有錄音帶等等，任何可以讓我們了解哈韋太太為何槍殺史浦勒的東西。」

「你確定是她。」

「是的，哈韋太太下的手。她還活著眞是見鬼的奇蹟，她沒有擊中心臟，那實在很幸運，但是她也許不那樣想。」

「我通知威廉斯堡警察局，我告訴過他們——」

「我知道。」他溫和的打斷我，「你做了正確的事。你已經做了所有你能做的事。」

「他們根本不理。」我閉上眼睛，努力嚥回眼淚。

「不是那樣的。」他停頓，「聽我說，醫生。」

我深深吸了口氣。

馬里諾清了清喉嚨，點上一支菸。「當我從你的辦公室離開後，跟班頓連絡過。聯邦調查局已經完成了史浦勒血液DNA的分析檢驗，跟在伊莉莎白·摩特車裡發現的血液做過比較，兩個DNA並不符合。」

「什麼？」

「DNA並不符合，」他再說了一次，「昨天通知了威廉斯堡負責監視史浦勒的警探。班頓試著連絡我，但是我們一直彼此錯過，所以我不知道。你了解我在說什麼嗎？」

我痲木的看著他。

「依法來說，史浦勒不再是嫌疑犯。一個變態者？是的，我們的確遇到一個瘋子。但是他沒有謀殺伊莉莎白和吉兒。他沒有在那輛車裡流血，不可能。即使眞是他殺了那些情侶，我們也沒有找到足夠的證據。繼續跟蹤他所到之處，監視他的房子，或者因爲看到他有訪客而去敲他大門就會變成騷擾。這到最後一定會發生警力不足的問題，而史浦勒可以提出控告。聯邦調查局只能退開，就是這樣。」

「他殺了艾比。」

馬里諾看向別處。「是的，看來是這樣。她的錄音機仍然在轉動，我們在錄音帶上聽到了全部過程，但那並不能證明是他殺了那些情侶，醫生。看來是哈韋太太把一個無辜的男人射死了。」

「我要聽聽那捲錄音帶。」

「你不會想聽的，相信我。」

「如果史浦勒是無辜的，他爲什麼要射殺艾比？」

「根據我在錄音帶裡聽到的是，」他說：「艾比和史浦勒在客廳裡談話。艾比就坐在我們後來發現她的那張沙發上。史浦勒聽到有人敲門，起身去應門。我不知道他爲什麼讓珮德．哈韋進去。他應該認得出她，也許他沒有。她穿著一件有帽的風衣和牛仔褲，也許那種裝扮不容易讓人認出。不知道她如何介紹自己，也不知道她是怎麼跟他說的。我們要一直等到可以跟她說話時，才有可能了解，即使到那時永遠成謎的機會也很大。」

「但是他讓她進去。」

「他開了門，」馬里諾說：「然後她拿出她的左輪槍，就是那把她後來用來自殺的槍。哈韋太太脅迫他退回房子裡，進入客廳。艾比仍然坐在那裡，錄音機仍然在轉動。艾比的紳寶車停在後面的車道上，把車停在前院的哈韋太太不可能會看到它。她完全不知道艾比在那裡，而這讓她的注意力分散開來，使史浦勒有機會衝向艾比，也許是要用她作爲掩護。很難猜測眞正發生了什麼事，但是我們知道艾比帶著她的左輪槍，也許放在皮包裡，而皮包可能就放在她身旁的沙發上。她試圖要把她的槍拿出來，同時跟史浦勒纏鬥，然後她被槍擊中。接著，在他來得及取槍射擊哈韋太太時，她先下了手，兩次。我們檢查了她的左輪槍，發射過三發子彈，還剩兩發。」

「她提到什麼找電話的事。」我口齒不清的說著。

「史浦勒只有兩具電話機。一具在他樓上臥室裡，一具在廚房，跟牆面同一顏色，還藏在兩個櫥櫃之間，不容易發現，我就幾乎錯過了。看來我們到達房子的時間，剛好是槍擊發生後的幾分鐘，醫生。我想哈韋太太把她的槍放到咖啡桌上，跑向艾比看她傷得多重，然後找電話求援。哈韋太太在我走進去時，可能正在其他房間，或者聽到我而逃開。反正我一進去，把眼前看得到的區域快速掃描一番，只看到客廳的兩個人。我立刻檢查他們的頸動脈，以為艾比還有輕微的脈搏跳動，但我不確定。我沒有其他選擇，必須當下做出決定。我可以馬上開始搜索史浦勒的房子尋找哈韋太太，或先把你叫來後再看。我是說，我一進去時並沒有看到她。我以為她可能從後門跑到外頭去或上了樓。」他很顯然因為把我放入危險境地中感到沮喪。

「我要聽聽她的錄音。」我再說。

馬里諾雙手搓揉著臉頰，他的眼睛變得模糊、血紅，緊緊回視著我。「不需要再經歷一回。」

「我必須。」

他滿心不情願的起身離去，回來時他打開一個裝證物的塑膠袋，裡面有一個小型錄音機。他把它正放在餐桌上，稍微迴轉帶子，按下播放鈕。

艾比的聲音開始充斥整個廚房。

「……我只是想從你的角度來看，但是那實在不足以解釋你爲什麼晚上到處開車遊蕩，停車問別人一些你根本不需要知道的事情，像是方向等等。」

「聽著，我已經告訴過你有關古柯鹼的事了。你有試過古柯鹼嗎？」

「沒有。」

「試一試。當你感覺飄飄欲仙時，你會做很多瘋狂、不可解釋的事。你會迷惑糊塗，以爲知道自己在做什麼。然後突然間你迷路了，需要問路。」

「你說你沒有再使用古柯鹼。」

「沒有了，也不會了。那是我最大的錯誤，再也不會了。」

「那麼有關警方在你房子裡找到的東西呢？嗯……」這裡有微弱的門鈴聲響。

「喔，稍等。」史浦勒聽來緊張。

腳步聲遠去。無法聽清的交談聲在遠處響起。我可以聽到艾比在沙發上變換坐姿。然後史浦勒驚訝的語氣：「等等，你不知道你在做——」

「我很清楚我在做什麼，你這個雜種。」是珮德．哈韋的聲音，越來越大聲。「你帶到樹林裡去的是我的女兒。」

「我不知道你在——」

「珮德，不要！」

停頓。

「艾比？喔，我的天。」

「珮德，不要這麼做，珮德。」艾比因恐懼而急促的呼吸。有什麼東西擊向沙發，她猛然喘著氣。「滾開！」一陣騷動，急速的喘息聲，艾比尖叫著，「停止！停止！」接著，像是玩具手槍般的槍聲響起。

再一次，又一次。

靜默。

腳步聲在地板上咔嗒咔嗒響起，越來越大聲。停止。

「艾比？」

停頓。

「求求你不要死，艾比……」珮德·哈韋的聲音抖動得那樣厲害，我無法聽清楚。

馬里諾對著錄音機伸出手來，關掉了它，塞回塑膠袋裡，而我直愣愣的瞪著他看。

星期六早上，爲艾比在墓園舉行的喪葬儀式結束後，我等著哀悼群衆漸次離開，然後走上木蘭樹和橡樹陰影下的散步小徑，紫紅和純白山茱萸在春日溫柔的陽光下閃爍著。

出席艾比喪禮的人不多。我遇到幾個她在里奇蒙工作時的老同事，我還試著安慰她的雙親。馬里諾來了，馬克也來了，他緊緊的抱著我，然後離開，答應我那天稍後會到我家裡來。我需要跟班頓·衛斯禮談談，但是我首先要一個人靜一靜。

好萊塢墓園是里奇蒙裡最龐大，最令人畏懼的死亡之城，約占地四十英畝，有緩緩起伏的山丘、小溪，以及沿著詹姆士河北岸成排的闊葉林木。彎彎曲曲的小徑鋪設著石磚，小徑各有其名，減速標誌到處可見。微微傾斜的草地，延伸在大多已有一世紀久的花崗石方尖塔、墓碑和哭泣天使雕像間。這裡埋有詹姆士·門羅總統（譯註：美國第五任總統）、約翰·泰勒、傑弗遜·

戴維斯，和菸草大王路易斯．金特，還有專為蓋茨堡戰役死亡士兵圈出的墓園，以及整齊草坪上的家庭墓園，艾比就埋在那裡，她妹妹韓娜旁邊。

我在樹下凝望。下面的水流因著近日的落雨而混濁，宛如生著銅鏽般發出朦朧的薄光，很難想像艾比已經成為這個墓園永遠的休憩者，變成一座將隨著光陰毀朽的花崗石墓碑。我揣想著不知道她最後有沒有回到以前的家，到曾是韓娜的房間去，就像她告訴過我的，當她有一天有勇氣時會回去看看。

我聽到腳步聲從我身後響起，轉頭看到衛斯禮緩緩朝我走來。

「你要跟我談談嗎，凱？」

我點點頭。

他脫下了深色的西服外套，領帶鬆垮的繞在頸上，盯著河水，等著要聽我說話。

「有些新的發展，」我開始，「我星期四打了電話給高登．史浦勒。」

「那個哥哥？」衛斯禮回問，好奇的看著我。

「史帝芬．史浦勒的哥哥，是的。在我查看其他幾件事前，並不打算告訴你。」

「我還沒有跟他談過，」他聲明，「但他在我的名單上，只是DNA的分析結果實在叫人失望，那仍然是主要的問題。」

「那就是我的重點。DNA的分析結果其實根本沒有問題，班頓。」

「我不懂。」

「在為史浦勒進行的解剖過程裡，我發現很多以前留下的醫療性傷痕，其中一個是鎖骨中間上方的一道小小切痕，那通常是為治療頸部動脈流通問題所開的刀。」我說。

「意思是？」

「除非病人有嚴重的問題，否則不會進行那樣一個手術，這個創傷是爲了能快速的傾倒流質物，像注入藥物或血液等。換句話說，我知道史浦勒過去某段時間曾經有過很嚴重的健康問題，我開始認爲這可能跟他在伊莉莎白和吉兒謀殺案後，從他自己的書店消失五個月的原因有關。還有其他創疤，在他腰骨上方，以及臀部側面。精確細小的疤痕讓我懷疑他曾抽過脊髓，所以我打電話給他哥哥，詢問史帝芬的醫療紀錄。」

「你得到了什麼？」

「史帝芬從自己書店消失的那段時間，是在醫院治療再生障礙性貧血症，」我說：「我已經跟他的血液醫師談過，史帝芬接受過完整的淋巴放射線照射，那是一種化學治療。高登的骨髓被移植到史帝芬身上，接著在無菌室待上一段時間，一般人稱爲氣泡室。你可以回想史帝芬家以某種角度看，就像個氣泡室，完全無菌。」

「你是說骨髓移植改變了他的DNA？」衛斯禮問，他看來有些亢奮。

「血液裡頭的，沒錯。他的血液細胞已經因爲他的再生障礙性貧血症而幾乎消失。他哥哥的血型跟他吻合，其血液裡的各分類群也都相符合。」

「但是史帝芬和高登的DNA不會一樣。」

「不會，除非是同卵雙胞兄弟，他們當然不是，」我說：「所以史帝芬的血液特徵和從伊莉莎白．摩特汽車裡找到的血液相同。但是到了DNA的分析階段，就辨認出不同，因爲史帝芬留在那輛福斯車的血是他在接受骨髓移植之前的。而史帝芬最近抽取出的血液，就是我們後來得到的，在某個層面來說，是高登的血。實驗室裡用來跟福斯汽車採到的老舊血跡做DNA比對的不是史帝芬的DNA，而是高登的。」

「難以置信。」他說。

「我要針對他腦裡的軟組織再做一次DNA分析，因爲史帝芬其他細胞裡的DNA，跟他骨髓移植前的相同。骨髓生產血液細胞，所以如果你做過骨髓移植，你得到的是捐者的血液細胞，然而腦髓、脾臟、精液細胞不會改變。」

「跟我說說再生障礙性貧血症是什麼。」他說，我們開始舉步離開。

「你的脊髓不再製造任何東西，就好像你長期暴露在放射線下，所有血液細胞都壞死消失了。」

「是什麼原因造成的？」

「無解，沒有人知道眞正的原因。但長期暴露在殺蟲劑、化學物質、輻射線、有機磷酸鹽等環境下可能會引起這類疾病。値得注意的是，醫學界長期以來就認爲苯跟這種貧血症有關。史帝芬曾經在一家印刷廠工作，苯是清潔印刷機器和其他機器的溶劑。根據他的血液醫師說，他曾每天接觸它，長達一年之久。」

「症狀是什麼？」

「衰弱，呼吸急促，發燒，可能有感染，還有牙床鼻腔經常性流血。當吉兒和伊莉莎白被謀殺時，史浦勒已經罹患再生障礙性貧血症。他很可能常流鼻血，容易被小小事端引發。壓力總是會讓所有事情變得更糟，他可能在進行綁架伊莉莎白和吉兒時承受巨大壓力。如果這時他的鼻子開始流血，那就可以解釋伊莉莎白汽車後座的血跡了。」

「他什麼時候去看醫生的？」衛斯禮問。

「那兩個女人被謀殺後一個月。當時在對他做檢驗的過程裡，發現白血球數量很少，血小板和血紅素的量也很低。血小板的量降低，表示曾經流了很多血。」

「當他有那樣的病，還犯下謀殺案？」

「你可以與再生障礙性貧血症和平共存好一陣子，不受影響，」我說：「有些人僅僅在一般例行的體檢時才會發現。」

「健康不良以及對首批被害人失去控制，足夠讓他怯懦撤退一段時間，」他衝口而出，「多年以後他恢復健康，幻想更深且一再反芻那件謀殺，並想法改善手法。終於，他有足夠的信心再度殺人。」

「那可以解釋爲什麼隔了那麼長的時間，但是有誰眞正知道他腦海想著什麼。」

「我們永遠不會知道了。」衛斯禮冷冷的說。

他停下來，凝視著一座古老的墓碑，好一會才又開口。「我也有些消息。紐約有一家偵探用品商店，我們在史浦勒家裡搜到這家公司的型錄。經過一番追查後確認，四年前他曾向他們訂購一個夜視鏡。另外，我們在玻茲矛斯的一家槍枝販賣店裡問到他買了兩盒海折－沙克彈藥，時間是黛伯拉和弗瑞德失蹤前不到一個月。」

「他爲什麼要這樣做，班頓？」我問：「他爲什麼要殺戮？」

「我永遠都不會有令人滿意的回答，凱。但是我跟他以前的室友談過，那人指出史浦勒跟他母親的關係並不健康。她非常吹毛求疵，而且有強烈的控制慾，經常輕蔑、貶低他。他仰賴著她，同時可能也恨著她。」

「從受害者角度來看的推測是什麼呢？」

「我想他選擇年輕女子，是因爲他知道他無法得到她們，那些女孩永遠不會給他機會。看到吸引人的情侶，讓他大爲光火，因爲他自己沒有能力建立關係。他從謀殺過程中取得優勢，讓自己對他嫉妒的事物施展權力。」稍停，他再補充說：「如果你和艾比跟他沒有那樣的偶遇，我實在不確定我們能夠抓到他。想想實在叫人心寒，我們之所以開始追蹤這傢伙只因著一張停車貼紙。運氣，只能說我們很幸運。」

我並不覺得有什麼運氣，艾比就沒有這個好運。

「你也許會想知道，自從這些消息發布在新聞之後，我們接到很多很多的電話，聲稱符合史浦勒描述的人曾在酒吧外、休息站、便利商店跟他們攀談。有一次，他甚至搭過一對情侶的便車。他對他們說他的車子拋錨了，那兩個孩子載了他一程，沒有問題。」

「在那些觀察遊逛中，他只接近年輕的男女情侶嗎？」我問。

「不一定。這也解釋了你和艾比那天晚上爲什麼會遇上他來問路。史浦勒喜歡冒險和幻想，凱。某方面來說，殺人是他玩的遊戲中偶爾發生的部分。」

「我仍然無法完全理解爲什麼中央情報局會那樣擔心凶手可能來自培力營。」我告訴他。

他停了一下，拉緊掛在他肩上的西裝外套。

「除了作案手法、紅心J以外，」他說：「警方在吉姆和波妮的汽車裡找到一個塑膠製，附有電腦條碼的加油卡，就在座位底下的地板上。警方認爲那是凶手在綁架那對情侶時，從袋子裡，或者夾克、襯衫口袋裡不小心掉落下來的。」

「然後呢？」

「加油卡上的公司名字是辛特龍。經過一番追查後，線索把我們引向維京外銷。維京外銷是培力營的掩護。那加油卡是給培力營人員在基地加油用的。」

「很有趣，」我說：「艾比在她的一份筆記簿上提到一張卡，我以為她說的是紅心J。她知道那張加油卡，是不是，班頓？」

「我懷疑是珮德．哈韋告訴她的。哈韋太太很久以前就知道這張卡的存在，這也解釋了她為何在記者會上做出聯邦機構在隱瞞什麼的指控。」

「很顯然當她決定槍殺史浦勒時，已不再相信那種說詞了。」

「在那場記者會後局長向她做過簡報，凱。我們不得不告訴她我們懷疑那張加油卡是故意留在現場的。我們打一開始就這樣懷疑，但那並不表示我們就輕忽其他的可能性。中央情報局毫無疑問的對它很緊張。」

「而這讓她安靜了。」

「那應該讓她好好想了想。當然，在史浦勒被逮捕後，局長跟她說的話就變得很有道理。」

「史浦勒怎麼會有培力營的加油卡呢？」我困惑著。

「培力營的人員常光顧他的書店。」

「你是說他從一個培力營來的顧客身上偷到這張卡？」

「是的。假設一個培力營的人員離開書店時，把錢包忘在櫃檯。當他回頭尋找時，史浦勒很可能把它拿走，然後宣稱沒有看到。接著把那張加油卡留在吉姆和波妮的汽車裡，誤導我們把那些謀殺案跟中央情報局聯想在一起。」

「卡上沒有供確認的號碼？」

「標籤上的認證號碼被撕掉了，所以我們無法循卡追蹤到持有者。」

我開始覺得疲倦，雙腳也開始叫疼，我們停車的地方已經在望。那些來哀悼艾比的人都已經離開了。

衛斯禮在我打開車鎖後，拉著我的手臂說：「這些日子，我眞是很抱歉……」

「我也是。」我沒有讓他說完，「我們從這裡繼續走下去，班頓。盡你的能力去幫助珮德．哈韋，不要再讓她受到懲罰。」

「我相信大陪審團能夠理解她受到的折磨。」

「她知道DNA的分析結果嗎，班頓？」

「她有管道獲知這個調查案件裡重要的細節，即使我們很努力不讓她知道，我想她知道，那無疑可以解釋她的行動，她不相信史浦勒會受到懲處。」

我進入車裡，把鑰匙插進發動孔裡。

「我爲發生在艾比身上的事感到很抱歉。」他補充道。

我點點頭，關上車門，眼睛迅速湧滿了淚水。

我循著窄小的路來到墓園出口，穿過精巧的鐵製閘門。陽光撒在遠處市中心的辦公大樓和尖塔，再反射到樹枝群葉上。我打開車窗，往西開往回家的路。